KB106996

언어의 그림자

— 현대소설의 장르적 변용 —

언어의 그림자
- 현대소설의 장르적 변용 -

초 판 인 쇄	2023년 12월 21일
초 판 발 행	2023년 12월 28일
저　　　자	홍순애
발 행 인	윤석현
발 행 처	박문사
책 임 편 집	최인노
등 록 번 호	제2009-11호
우 편 주 소	서울시 도봉구 우이천로 353
대 표 전 화	02) 992 / 3253
전　　　송	02) 991 / 1285
전 자 우 편	bakmunsa@hanmail.net

ⓒ 홍순애, 2023 Printed in KOREA.

ISBN 979-11-92365-47-3　93800　　　　　　정가 23,000원

* 이 책의 내용을 사전 허가 없이 전재하거나 복제할 경우 법적인 제재를 받게 됨을 알려드립니다.
** 잘못된 책은 구입하신 서점이나 본사에서 교환해 드립니다.

언어의 그림자
－ 현대소설의 장르적 변용 －

홍 순 애 저

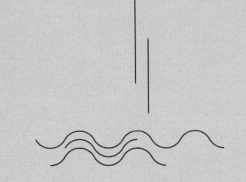

박문사

머리말

이 책은 그동안 공부의 결과를 엮은 것으로 근대문학에 대한 고민의 흔적이라고 할 수 있다. 포스트닥터 연구과정과 한국연구재단 연구과제들의 논의를 확장한 것으로 소설이라는 장르에 한정하지 않고 연설, 기행문등 다양한 문학 장르를 연구대상으로 했다. 이 연구들은 연설, 기행문의 담론의 구성과 공론형성의 특성들을 분석하고 이를 바탕으로 소설의 장르분화와 장르창출의 문학사적 의미를 살펴보았다. 소설이 근대를 구성하는 다양한 물적, 정신적 토대 위의 상호연관성 속에서 변모하는 장르라는 관점을 고려할 때 소설연구는 그동안의 도식적이고 정태적인 체제를 벗어날 필요가 있다. 이것은 소설장르가 사회, 역사적 산물로써 생성, 발전, 소멸하는 과정을 수반한다는 점에서 당대의 정치적 문제와 개인적 삶의 변화는 필수적으로 고려해야 할 사항이라 할 수 있다. 이 책은 소설 장르가 갖는 사회와의 대응관계, 공론의 추이, 담론의 구조화 과정을 세부적으로 살펴봄으로써 문학의 한정된 영역을 탈피하여 소설 장르를 확장했다는 점에 의의를 두고자 한다. 문학은 언어의 그림자이다. 그림자는 모든 것의 반영이자 숨겨진 이야기이다. 은밀하게 감춰진 진실을 드러내는 문학은 그림자의 궤적이라 할 수 있다.

1부에서는 소설의 장르분화와 연설의 연계성을 논의했다. 연설은 정치적 선전, 선동의 영향력이 제한된 시공간 내에서 가장 강력하게 작동하면서 제국과 식민의 권력관계, 공론의 생산과 유포, 소비 과정을 적나라하게 드러내는 미디어이다. 연설과 소설은 사회 현실의 반영하고 지식인의 자의식적 행동을 포함한다는 점, 내면의 고백을 공적·사적으로 공유한다는 점에서 동일하다. 근대계몽기 공론형성과 정치적 설득을 위한 연설의 성격은 안국선의 「금수회의록」, 흠흠자 「금수재판」, 이해조 「자유종」 등의 소설에서 재현되었고, 1910년대에는 식민권력의 동화정책과 실력양성의 문명화 기획의 일환으로 연설회가 개최되면서 공적인 고백으로서 '연설체 서간소설'이 형성되었다.

이러한 논의의 연장선에서 1장에서는 1920~30년대 연설이 계몽소설에서 브나로드운동의 구체적 재현을 위해, 카프계 소설에서는 계급투쟁, 노동쟁의의 파토스적인 언술이 '연설체 소설'로 장르분화되는 과정을 논의했다. 2장에서는 일제말기 파시즘 연설이 제국의 이데올로기를 심화하는 방법으로써 담론의 차원으로 이입된 '서사적 연설'과 서사적 차원으로 차용된 '연설적 서사'를 논의했다. 식민지 시기 연설은 소설장르와 상호연관성을 가지며 역동적으로 연행되었고, 소설은 연설이 갖는 설득과 비판의 성격을 차용하면서 새로운 장르로 분화되었다고 할 수 있다.

2부에서는 식민지 시기 이광수, 최남선, 채만식 기행문이 내재한 문화민족주의와 친일 협력의 논리를 살펴보았다. 식민지 공간을 여행한다는 것은 국토를 확인하는 작업의 일종이며, 경험지평의 확대와 새로운 시각의 창출과도 연관된다. 식민지 시기 기행문은 국토 개념의 환기와 민족정체성의 재구성을 위해 대동아공영권의 논리하에 동원되었다. 식민지 지식인들은 국토상실의 허무감을 메타포를 재현하면서 지리적 상상력에 의한 국토의 모상을 구축하는 한편, 만주국 건국에 따른 제국의 야망과 반감을 기행문을 통해 재현했다. 공간적 메타포가 지형학적인 동시에 전략적인 성격을 내포한다는 점에서 기행문은 식민지 체제하 국가, 자아 형성의 국면을 복합적으로 드러낸다.

이러한 논의의 확장으로 1장에서는 1930년대 이광수 기행문이 유적을 기념비화 함으로써 공적기억을 환기하며 민족서사를 구성하는 한편 식민과 제국의 공통의 역사를 증명하며 변절, 훼절의 논리를 정당화하고 있음을 살펴보았다. 2장에서는 최남선 기행문을 중심으로 단군과 불함문화론의 논리가 만몽문화의 영역 안에서 내선일체와 일선동조론의 논리로 변질되고 있음을 논의했다. 3장에서는 채만식의 만주시찰기를 통해 '불멸의 고무장화'로 표현되는 작가의 친일 협력의 논리를 살펴보았다. 채만식은 객관적 서술과 만주동포에 대한 연민의 서사를 서술함으로써 비협력의 포즈를 취하고 있고, 대일협력의 수렁에서 정강이까지만 미끄러져 들어간 고무장화처럼 채만식의 일제 말기 기행문은 '민족의 죄인'으로 언급되는 채만식의 맨얼굴을 보여준다. 시선주체의 내면이 투사되는 장인 기행문은 일제 말기 작가들의 저항과 협력의 모순을 잘 보여주는 중요한 문학 장르였다고 할 수 있다.

　3부에서는 구조주의 서사이론을 중심으로 근대문학의 대표적인 작가인 염상섭, 최정희, 최인훈, 김승옥의 소설들을 통시적으로 논의했다. 1장에서는 1920년대 염상섭의『만세전』을 대상으로 주체로서의 동일자가 타자에 대응하면서 타자를 배재하는 과정, 주체가 공간의 이동에 따라 타자화되는 과정을 살펴보았다. 이 소설은 여행의 서사를 통해 타자화된 위치의 전도를 통해 객관적 현실을 내면화함으로써 신생을 추구하는 과정과 근대인으로 갱신되는 과정을 보여준다. 2장에서는 1940년대 일본어로 쓰인 최정희 소설「야국초」는 모성적 글쓰기를 통해 천황제 파시즘을 선전하며 천황의 적자로 편입하고자 하는 작가의 협력의 이력을 잘 보여준다.

　3장에서는 1950년대 한국전쟁 이후를 서사화하고 있는 최인훈의『광장』이 정치적 이데올로기를 재현하는 텍스트가 아니라 사랑의 여정을 보여주는 텍스트라는 관점으로 새롭게 논의했다. 남과 북, 타고르호의 지리적 정위에 따라 섹슈얼리티와 에로티시즘으로 진동하는 인간의 육체와 죽음의 문제를 논의했다. 4장에서는 1960년대 김승옥 소설「무진기행」을 중심으로 무진이라는 공간이 갖는 은유와 환유로써의 주제적 크로노토프와 꿈의 구조로 구성된 파생적 크로노토프를 논의했다. 근대문학의 시대별 중요텍스트를 논의한 3부는 작가론의 측면에서 시대인식과 현실대응에 대한 작가들의 (무)의식을 논의했다는데 의미가 있다.

　이 연구들 중 1부 1장 1920~30년대 '연설체소설' 연구는 한국연구재단 기초연구에 선정되어 쓴 논문으로 한국어문교육연구회의 우수 논문상을 받았다. 2부 1장 이광수 기행문과 2부 2장 최남선 기행문은 각각 한국연구재단 신진연구에 선정되어 쓴 논문이다. 이 책을 발간하는데 많은 분들의 도움이 있었다. 항상 연구에 도움을 주시고 교수로서의 가야 할 길을 보여주시는 김경수 선생님과 우한용 선생님께 감사드린다. 그리고 원고를 정리하는데 도움을 준 국문과 권누리, 송다은 학생에게도 고맙다는 말을 전하며, 연구자의 꿈을 이루길 기원한다. 항상 힘이 되어주는 양가부모님과 남편 이상열, 아들 후동, 후승에게 감사의 말을 전한다. 가족의 사랑은 언제나 마르지 않는 저수지 같아서 나의 삶의 원천이 된다. 마지막으로 책 발간에 애써주신 박문사 사장님과 편집부 최인노 님께도 감사의 인사를 드린다.

2023 동덕 교정에서

목차

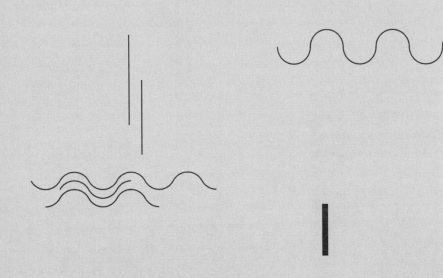

제1부

근대 소설의 형성과
연설의 연계성

제1장

1920~30년 소설의 장르분화와 '연설체 소설'의 형성

1. 청중의 탄생과 공론장의 활성화

근대계몽기 연설은 개화 지식인들과 배재학당의 학생들에 의해 도입된 이래 새로운 문명과 지식, 계몽의 담론을 전달하는 역할과 이로 인한 공적인 효과를 생산하는 미디어의 역할을 자임했었다. 근대계몽기 연설회는 근대적 볼거리 중의 하나였고, 대중에 대한 대규모의 교육적 효과를 거둘 수 있는 학습의 장이면서 정치적 주체의 결집된 힘이 가시화되는 공간이었다. 청중은 개별화된 개인의 성격보다는 시각, 청각, 촉각의 감성을 공유하는 공동체로 연대감을 형성하였고, 국민통합이라는 명제를 인식하고 행동하는 운명 공동체로서의 정치적 주체의 역할을 수행하였다. 이들은 연설회를 통해 소리를 매개로한 공론을 형성하였고, 그 결과 근대적 언어, 문명의 언어가 계층에 상관없이 균등화되는 효과를 가져왔다.

연설은 단순히 의사소통의 설득을 위한 도구적 차원과 도덕성의 실천적 차원에 그치는 것이 아니라 미학적인 표현의 영역을 포함하면서 청중의 자기 성찰과 근대적 개인상의 구축을 가능하게 했다. 연설은 정치적 선전 선동의 영향력이 제한된 시공간 내에서 가장 강력하게 작동되면서 제국과 식민지의 권력 관계와 공론 생산과 유포, 소비 과정이 적나라하게 드러나는 미디어이다. 또한 연설은 청중 개개인에게 새로운 사실에 대한 자각과 가치관의 변화를 가능하게 하며, '모름'에서 '앎'으로 전환, 개인의 의식을 확장시키는 역할을 한다. 연설의 이러한 특성은 정치적, 제도적 틀 내부에서 인간들 간의 태도, 관계 입장들의 역학적 관계를 전제함으로써 일제강점기의 지배 권력의 구조와 식민지인의 인식구조를 파악하게 한다.

연설의 미디어적 특성은 근대계몽기 문학장에도 영향을 미치고 있는데, 「금수회의록」, 「금수재판」 등의 우화소설에 연설의 구조가 차용되었고, 신소설에는 이해조 「구의산」, 고경화 「벽부용」에서 연설적 언술이 서술되었다. 그리고 1910년대 식민지 체제하에서 연설은 식민 권력에 의한 정치적 수사와 식민화를 위한 동화와 동원의 체계 속에 위치하였다. 다른 한편으로는 식민지 지식인들과 동경 유학생 학우회의 『학지광』을 중심으로 문명 개화와 실력양성을 위한 문화운동의 차원에서 연설과 강연, 웅변대회가 개최되었다. 이 시기 연설은 청중이라는 대상을 호명하는 방식, 구술체의 말하기(telling)의 특성, 파토스를 중심으로 연행되는 연설의 성격과 고백체 서간의 수신자를 허구적으로 상정하고 내면을 감성의 언어로 전달하고자 하는 특성이 결합하여 '연설체 서간문'을 형성하며 문학장과 연계되었다.

구술미디어는 감정 이입적이며 참여적[1]인 특성을 갖는다. 특히 식민지 체제하에서의 연설의 미디어는 음성으로 전유되는 연설장이라는 한정된 시공간을 기반으로 하여 청중이라는 근대적 상상의 공동체를 형성하며 존재했었고, 공론의 형성과 정치적 주체를 생산하는 역동적 문화의 장을 생산했다. 연설을 통해 대중들은 개인의 환경에 산재한 무질서한 감각적 자극들을 일관성 있는 구조로 해석하고 자신의 상황을 인식하고 예측하며 현실에 질서를 부여하게 되는 과정을 경험[2] 하면서 근대적 주체로 거듭날 수 있었다. 1920~30년대 연설의 미디어는 계층에 관계없이 소통됨으로써 균질화된 언어의 체계가 성립되는 계기가 되었다.

연설을 통한 근대 주체의 등장과 공론의 활성화는 다양한 사회문제를 지각, 확인하게 하면서 대중들에게 정치적 관심을 고양시키며 정치에 대한 비판력을 함양할 수 있는 여지를 준다는 점에서 문제적이다. 이러한 미디어가 정치·사회 제도와 일상적 삶의 영역에서 어떻게 문학과 관련을 맺으며 영향력을 행사하고 있는지, 사회 비판의 정당화를 위한 규범적 토대로서 작용하는데 그치지 않고 현실적 문제해결에 기여하는지 논의해야 할 것이다. 소설은 근대를 구성하는 다양한 물적, 정신적 토대위의 상호연관성 속에서 변모하는 장르이다. 소설 장르가 사회, 역사적 산물로서 생성, 발전, 소멸되는 변화과정을 수반한다는 점에서 당대 공론의 추이와 미디어적 환경은 필수적으로 고려되어야할 사항이다. 특히 일제강점기 대중에게 일상적인 제도로서 수용되었던 연설의 미디어적 특성을 규명하고 그 속에서 소설의 분화과정을 재규정하는 작업은 소설연구의 영역을 확장

---

1 조명기, 『커뮤니케이션의 역사』, 서강대학교 출판부, 2004, 323쪽.
2 홍순애, 『한국근대소설과 알레고리』, 제이앤씨 출판사, 2009, 335쪽.

할 수 있다는 점에서 중요하다. 근대문학을 좀 더 심도 있게 진행하기 위해서는 문학을 둘러싸고 있는 사회제도의 관계, 현실과의 구체적인 상동 관계를 규명하는 작업과 함께 당대의 다양한 서사양식, 미디어를 포괄하는 연구가 수행되어야 한다. 특히 소리와 음성으로 전유되고 한정된 공간에서 일회성으로 연행된 미디어로써의 연설은 식민지 시기 공론의 형성과 담론의 추이를 적나라하게 보여주고 있다는 점과 문학담론의 내적 원리를 규명할 수 있다는 점에서 주목할 필요가 있다.

미디어에 대한 논의는 신문과 잡지매체를 중심으로 문학개념의 형성과 문화제도 또는 근대문학 형성의 영향관계 안에서 논의되었다. 이러한 연구들은 당대의 자료를 통해 근대의 지식장의 재편과 식민지 근대의 내적 논리, 리얼리즘의 창안과 소설양식 형성 등에 대한 구체적인 결과물들을 보여주고 있어 근대문학연구에 많은 기여를 하고 있다. 이 장에서는 단순히 연설의 발화적 형태만을 문제 삼는 것이 아니라 연설장을 둘러싼 연사와 청자의 관계, 담론의 향유 양상 등에 관련된 복합적인 의미망을 살펴보고자 한다. 연설은 근대 계몽기의 토론체 소설에 국한되어 연구되었고 연설의 의사소통에 관련된 수사적인 측면만이 강조되어 연설의 현장성과 공론 형성의 의미 등은 간과되었다.

1920~30년대 식민지 체제하에서 연설장은 대중들의 일상 생활에 직접적으로 관여하는 역동적인 문화공간이었고, 연사와 청중의 쌍방향적 소통의 미디어 기능을 수행했다. 이에 1920~30년대 유학생들과 종교 단체의 전국 순회강연, 각종 청년회, 유명 인사들의 연설

회 등을 통해 연설이 일반 대중에게 향유되는 측면과 근대소설의 형
성 과정에서 내적 원리로써 연설의 담론이 소설장르에 차용, 이입되
는 과정을 살펴보고자 한다. 문학사의 전개과정이 현실, 현상의 전
이나 해체, 규범의 재생 또는 반복 아래에서 연속성과 비연속성이라
는 두 개의 상호 모순되는 방법으로 이루어진다고 했을 때, 연설과
소설의 장르적 연계성은 문학 텍스트의 외연 확대와 소설 장르론에
대한 새로운 이해를 가능하게 할 것이다.

2. 개조론의 전유와 연설 주체들의 길항

1910년대 연설이 총독부의 정책을 선전하고 교화하기 위해 개최
되었다면, 1920~30년대 연설, 강연회는 총독부 산하 기관과 각 지방
의 청년단체, 사회주의 단체를 중심으로 연행되었다. 이 시기 강연회
는 식민 권력의 동화 정책이나 실력양성을 위한 대중 교화의 방법으
로 존재했다. 그리고 전국 순회강연과 사상 대회 등은 각 신문사와
문화단체의 후원 하에 개최되었다. 이 시기에는 '연설회'라는 명칭
대신 '통속강연'[3] 이나 '사상대강연회'[4] 등으로 많이 표기하고 있는

---

3 「부인을 위하여 신시험」(조선녀자교육회 주최 부인통속강연, 『동아일보』,
  1920.4.14), 「성진여자청년회 통속강연회」(『동아일보』, 1921.3.12), 「풍속개
  량에 대한 여의 소감」외 (성진기독청년회 주최 통속강연, 『동아일보』, 1921.
  4.29), 「안성청년회 주최 연합 통속강연」(『동아일보』, 1921.4.25), 「태광친목
  회 통속강연」(『동아일보』, 1921.9.22), 「지방자치에 대하여」외(강령통속강연
  회, 『동아일보』, 1922.2.24) 등이다.
4 김한경, 「세계의 대세 미래는 민중의 것」(사상대강연회, 『동아일보』, 1925.

데, 이때의 강연이라는 것은 전문적인 지식을 보급하기 위한 학술적인 강좌의 형태라기보다는 실력양성과 문명개조, 계급주의 타파 등에 대한 내용을 주요 연제로 계몽과 설득에 기반한 연설회의 성격에 가까웠다. 1910년대 『학지광』에서도 연설과 강연을 구분하여 표기하지 않았는데, 1920년대 조선에서도 이러한 경향을 띠고 있다. 다만 학생들이 하는 연설의 경우를 '웅변'으로 차별해 쓰고 있다.[5] 이러한 명칭의 혼용은 '연설회'라는 단어가 갖는 강한 정치적 성격으로인해 개최 자체가 불가능해지는 경우를 염두에 둔 즉, 식민권력의 검열을 고려한 선택이었다.

1920년대 초에는 조선의 민족적 결집을 보여준 3·1운동의 여파로 문화정치가 시행됨으로써 종교단체와 각 지역의 청년회 결성이 활발해지면서 연설, 강연회가 전국적으로 개최되었다. 대규모 연설, 강연회의 경우에는 경성 천도교당의 이천 석 좌석이 모자랄 정도로 성황을 이루었다. 이렇게 연설, 강연회가 유행할 수 있었던 것은 당시 다양한 단체들이 설립되고, 그 단체에 부합하는 실천적 내용을

2.7), 박홍곤, 「반동과 그의 효과」 외(목포 무산청년회 주최, 해방운동자동맹 제1회 사상대강연회, 『동아일보』, 1925.2.25), 「사상대강연회」(동부청년연맹 무산자 동맹주최, 『동아일보』, 1925.11.13), 지용수, 「자본주의의 사적 발달과 그 필연붕괴」 외(광주사상단체 신우회 사상대강연회, 『동아일보』, 1925.1.21), 정종명 「천하의 난해사」 외(우리회 주최 사상대강연회, 『동아일보』, 1925.12.16), 「광양 청년회 주최 사상대강연회(『동아일보』, 1926.1.21), 「『부인공론』 전조선독자방문기념 문예사상대강연회」(『동아일보』, 1931.9.9) 등이다.

5 1920년대 초반에는 학생들을 대상으로 현상웅변대회를 개최하여 웅변을 장려했다. 문우회 주최 웅변회(1921.3.26), 평양 각 청년회연합웅변회(1921.4.8), 마산구락부웅변대회(1921.7.28), 남녀학생현상웅변대회(1922.8.9), 동경, 경성, 광주 등 유학생웅변회(1922.8.9), 평양기독교청년회 주최 평양웅변대회(1922.9.15), 대구청년회 주최 현상웅변대회(1922.9.26) 등이다.

연설과 강연을 통해 전파했기 때문이며, 신문과 잡지에서도 연설과
강연의 필요성에 대해 반복적으로 언급하면서 참석을 유도했기 때
문이었다. 1920년대 대중지를 표방하고 간행되었던 『개벽』은 청년
회의 단체결성과 더불어 '통속강연'의 개최를 촉구하는 기사들을 다
수 게재했다. 이 기사에는 "사회교육의 기관이 完備치 못한 今日에
無識階級, 有識階級을 網羅하야 直接感化시기는 방법은 오즉 講演
이다. 講演隊를 組織하야 方方谷谷에 巡廻講演하야 우리 二千萬이
講演에서 어든 지식이 남과 갓게 하라."⁶고 요구하고 있으며, 신문과
잡지의 구독, 경제기관을 설립하는 것이 이 시기 청년들의 해야 할
일임을 강조하고 있다. 이러한 요청에 부응하여 1920년 초는 '강연'
과 '강연단'이라는 말이 유행어가 될 정도로 거리에는 강연회를 주최
하는 광고로 가득했고, 신문의 3-4면의 '지방란'은 거의 강연회의 회
보가 될 정도였다. 1921년 7월 한 달 동안 전국적인 순회 강연단이 51
개 단체에 헤아릴 만큼⁷ 많았으며, 이 시기 강연회는 민족계몽을 위
해 활성화되었다.

1920년대 문화운동을 표명하며 일상적으로 자리 잡았던 연설과
강연회는 사실 주최자의 성격 여부에 따라 차별화되었다. 우선 식민

6 오태환, 「각지 청년단체에 대한 현대명사의 요구」, 『개벽』6호, 1920.12, 41-42쪽.
7 김기전, 「靑天白日下에서 이 적은 말을 敢히 여러 兄弟에게 들임」, 『개벽』14
호, 1921.8, 14-22쪽.
이 기사에서 김기전은 강연자의 태도와 강연내용의 구체적인 작성 등에 대해
언급하고 있고, 청자들에게도 박수를 너무 자주 치지 말며, 강연을 너무 자주
들으면 감수성이 노둔하여서 해로우니 심심풀이로 강연을 듣지 말며, 강연의
주최자에게는 강연을 너무 자주 열어서 강연이란 이름으로 이익을 취하거나
사회를 속이지 말 것을 당부하고 있다.

권력에 의한 식민지 규율을 강제하기 위한 방편으로 총독부 주관하에 열린 강연회는 '국민협회'를 중심으로 개최되었다. 일례로 개성에서 열린 대연설회에서는 송도면사무소, 개성군청, 개성경찰서 등의 지원을 받아 개성좌 극장에서 100여명의 대중이 참여한 가운데 열렸다.

그 중 연사인 김구 군은 「자각」이란 연제로 "獨立運動을 함은 輕擧妄動이니 日本政府가 干涉이 만키는 만흐나 그것이 모다 朝鮮人을 爲함이니 곳 그의 政策은 干涉主義 保護政策인 즉 이제 死活의 問題가 當到하얏쓰니 自覺하야 日本에 善히 奉事하라"고 연설하였고, 고의준 군의 경우 "무어라고 한참 동안 西洋 各國 일홈을 列擧하더니 將次의 世界의 平和를 爲하야 努力할 者는 곳 朝鮮 밧게 업스니 速히 參政權을 獲得하야겟다고 魔術師의 말가티 아지도 못할 大雄辯을 吐하얏"다. 이에 청중들은 "피- 피- 하는 소리와 嘲笑하는 코우스 소리"의 야유를 했다는 기사가 잡지에 게재되기도 했다.

이 외에도 '동민회'는 아시아민족의 결합과 내선의 융화 및 사상의 선도를 목적으로 1924년 4월에 결성되어 강연회, 강습회 등을 개최했다. 소작인 상조회, 청림교, 대정친목회, 유민회, 동광흥회, 조선경제회, 상애회, 교풍회 등을 조직하여 관민일치, 대동단결, 노자협동의 3개조를 표방하며 동맹을 결성하고 이에 연설과 강연회를 통해 식민지 규율의 내면화를 주도하였다. 이러한 연설회는 식민지 체제의 공고화를 위한 방편의 하나로 지방의 군과 면 단위로 개최되었다. 총독부는 신문, 잡지의 검열을 통해 사상과 언론 통제를 하는 한편, 연설과 강연회는 사이토 총독의 부임 이래 '문화정치'의 일환으

로 전국적으로 시행되면서 '식민통치 미화론'과 '식민지 근대화론'
으로 포장되어 식민지 지배 정책과 동화 정책의 일부로 연행되었다.

1920년대 초 동경 유학생들에 의해 개최된 '고국전국순회강연단'
의 출현은 3·1운동의 실패로 인해 침체되었던 사회의 분위기를 일
소하며 학우회[8]를 시작으로 문원사, 재일본 동경유학생 구락부, 동
경호남학생 친목회, 천도교청년회 동경지회, 조선불교 유학생회 등
이 순회강연단을 조직하여 자유주의적 문화운동의 연장선에서 강연
회를 열었다. 1920년대 유학생들 중 많은 수가 고국순회강연에 매진
했던 것은 연설이야말로 그들에게는 이미 익숙한 형태의 표현 수단
이었으며, 그것은 동포들에게 그들의 의견을 직접 호소할 수 있는 가
장 확실한 방편[9]이었기 때문이다. 유학생 강연단은 새로운 문화건설
을 위한 내용과 신사상의 전파를 목적으로 실행되었다. 1920년대 전
국적인 지부를 확대하며 많은 독자를 가지고 있던 『개벽』에서는 이
러한 연설과 강연회의 성황에 대해 연설의 방법을 설명한 『웅변묘법』
이라든지 서양학자의 연설을 게재하기도 했다. 특히 이 잡지는 「강연
월단」을 통해 사회 저명인사가 학생회와 청년회 주최로 열린 강연

---

8 1921년 7월 학우회 순회공연단의 개최지는 동래, 부산진, 부산, 김해, 밀양, 마
   산, 함안, 진주, 통영, 거창, 울산, 경주, 대구, 공주, 청주, 조치원, 천안, 예산, 경
   성 19곳이며, 강연 단장 김준연을 비롯하여 연사는 김도연, 김동필, 이종근, 서
   춘, 변희용, 김연수, 신동기, 최원순, 윤창석, 김송은, 박철희, 한재겸, 이동제,
   박정근 등이었다. 연제는 「개조시기와 청년의 사명」(최원순), 「현대청년의 도
   래」(신동기), 「시대와 각성」(윤창석), 「문화상으로 본 청년의 사회적 위치」
   (최원순), 「교육의 신 요구」(신동기) 등이었고, 이후 2회(1921.7), 3회(1923.7),
   4회(1927.7), 5회(1928.7), 6회(1929.7), 7회(1930.7)까지 강연회를 열었다.
9 정미강, 「1920년대 재일 조선유학생의 자유주의적 문화운동연구」, 한국학중
   앙연구원 박사학위 논문, 2006, 129쪽.

회에서 발언한 강연 내용을 속기로 기록하여 게재했다. 『개벽』 17호 (1921.11)에는 「세계사조의 진향」(김명식), 「조선의 장래와 교육」(송진우), 「간도와 조선인의 교육」(윤화수)의 강연 원고를 싣고 있고, 제18호 (1921.12)에는 「인생의 운명」(노정일), 「純民의 탄생」(정창선), 「반도교육과 고학생」(최혜선), 「누구 사람이냐」(김활란), 「현대적 경제 조직의 결함」(김사국)을 게재했다.

> 오늘 나의 말씀하고저 하는 바는 問題와 가티 朝鮮의 將來와 敎育이 올시다. 그런데 朝鮮의 將來라 함은 朝鮮의 將來가 如何히 되리라 하는 運命說이 아니오. 오즉 朝鮮의 이 朝鮮을 觀察할 때에 혹 冷嘲하며 혹 同情하며 혹 激動하는 者-잇서서 그 論調가 不一할 뿐만 아니라 한 가지 朝鮮人間에도 제각금 主張을 세우게 되나이다. 그러나 나는 恒常 생각하기를 蕭條暗淡한 現朝鮮을 장차 繁榮하고 華麗한 朝鮮으로 變하랴면 爲先 民族의 品性과 知識을 陶冶하여야 하겟스며 民族의 品性과 知識을 陶冶하랴면 무엇보다도 急切緊要한 일이 敎育이라 하노라. 1. 宗敎家는 말하되 朝鮮人의 缺點은 信仰心의 不足이라. 그럼으로 이 社會를 改造하랴면 무엇보다 먼저 宗敎의 振興이라 하나이다.[10]

여기에서 '개조'의 의미는 식민지로 전락한 조선의 현실을 극복하기 위한 하나의 방법으로써 그 이전 시대와는 다른 변화된 삶의 양태를 구축하기 위한 명제에 가깝다. 1910년대 민족주의자들과 유학생

---

10 송진우, 「조선의 장래와 교육」, 『개벽』 17호, 1921.11, 63-64쪽.

연설은 사회진화론에 의한 실력양성론을 주요 내용으로 전달했는
데, 1920년대 또한 민족부흥과 교육의 절대성을 강조하면서 개조론
을 논의했다. 이광수는『민족개조론』에서 "개조가 민족의 생활에 대
한 方向轉換이며, 乾坤一擲의 대결심, 대기백"¹¹으로 진행되어야 함
을 역설하고 민족의 개조가 목적임을 드러낸 바 있다. 이 시기 강연
과 연설회에서는 개조라는 단어가 하나의 유행처럼 언급되었는데,
이것은 "세계 대개조", "사회개조" 등으로 사용되면서 1920년대 지
식인들의 보편적 이념으로 인식되었다. 이렇게 개조론이 연설의 담
론으로 이입된 것은 민족개조의 필연성에 대한 자각과 성찰을 이끌
어내기 위한 목적뿐 아니라, 일반 대중들이 관념적으로만 알고 있는
것에서 더 나아가 강연회의 직접적 호소를 통해 청중들을 설득하기
위한 의도였다.

1920년대 연설, 강연회가 식민권력과 민족주의자들에 의해 개최
되었다면 다른 한 방향은 사회주의 계열에서 개최했던 '사상대강
연', '사상연설'이다.¹² 이들은 1924년 초부터 조선노농총동맹, 조선

---

11 이광수, 「민족개조론」, 『개벽』 23호, 1922.5, 21쪽.
12 김해은 「시대와 사상」, 임동순 「계급투쟁의 원인」, 서병의 「농민아 단결하라」
    (노동회 주최 순천사상강연회, 1924.5.20), 조봉암 「대중의 兵卒이 되어」, 김
    한어 「세계의 대세」, 김한경 「미래는 민중의 것이다」(철원군 사상대강연,
    1925.2.7), 김주영 「시대와 민중」, 이헌 「사회주의 운동과 청년의 사명」, 정
    순제 「유물사관은 무엇」, 이창수 「청년의 할 일」, 문태곤 「청년의 사명」(청년
    회 주최 구례사상강연회, 1925.5.8), 채규항 「唯洞史觀본 사회의 진화」, 이향
    「푸로레타리아의 문학」, 장명현 「대중과 제도」, 박용대 「무산계급과 종교」
    (영흥 삭풍회 사상강연회, 1926.2.18), 임혁근 「조선사회운동과 민족운동」, 김
    영후 「이상적 조선청년」, 황의준 「현대의 경제제도」, 송시용 「청년의 역사적
    사명」(이리 사상강연회, 1927.5.28) 등이다.

청년총동맹 등 전국적인 대중운동체를 조직한 이후 지역적 관계나
학맥[13], 친소관계를 맺으며 대중적 실천[14]을 단행하였다.

世界大勢는 時時刻刻으로 此事實을 警告하며 說明하나 이 點에서
나는 생각하기를 民衆文化의 建設은 自然한 理勢라. (拍手) 從來의 敎
育制度는 特權階級의 專有機關이 되어 그네들만 敎育을 受하고 知識
을 硏하야 畢竟優秀한 質을 享得하엿스나 今也에는 民衆도 敎育을 受
할 機會를 有하며 知識을 硏할 便宜를 得하나니 權勢階級과 如한 機會
로 그質을 向上케 되엇도다. 어찌 優秀한 質이 權勢階級에게만 有하리
오.(拍手) 그러나 아즉까지도 民衆은 知識을 修하야 그 質을 向上하는
機會와 便宜가 權勢階級에 比할 수 업나니 此實社 會運動에 一大障壁
이오 萬民平等의 眞理에 莫甚한 不合理이라 하노라.(拍手)[15]

조선노동공제회를 설립했던 김명식은 청년회관에서 강연하면서

---

13 동경유학생 학우회의 고국순회강연단의 경우 1923년 3회 때에는 자유주의
　문화운동과 사회주의적 개조론이 동시에 강연되기도 했고, 1927년 4회 이후
　에 학우회가 사회주의계 학생들에 의해 주도되면서 사회주의 사상을 전파하
　는 내용이 우세했다.
　정미강, 앞의 논문, 256쪽.
14 전명혁,『1920년대 한국 사회주의 운동연구』, 선인, 2006, 422쪽.
　사회주의 세력들은 1922년 '공산주의 그룹'을 조직, 1922년 자유노동자대회
　를 개최하는 등 대중운동을 본격화하였고, 1923년 '고려공산맹'은 전조선
　청년당대회를 열었는데 이때 94개 단체가 참여하였다. 1924년 화요파는 민중
　운동자대회를 개최하였는데 여기에는 451개의 단체가 참가하였다. 이들 단
　체들은 각 지방에 산재하여 위치하면서 사상운동을 위한 연설, 강연회를 활
　발히 개최했다.
15 김명식,「세계사조의 진향」,『개벽』17호, 1921.11, 62쪽.

'力'의 통일이 강자의 특권계급을 위한 것이 아니라 약자의 민중 전체의 이익과 행복을 위해 이루어져야 한다고 말한다. 연사는 약자의 행동을 촉구함으로써 계급의 문화를 개조하고 민중문화를 건설해야 해야 하는 것이 현재의 임무라고 역설한다. 여기에서 개조론은 개인의 자율적 존엄성 및 그에 기반 한 사회적 연대의식, 더 나아가서는 자주적이고 평등한 세계의 일원으로서의 의식을 갖춘 근대적 개인상[16]을 형성하게 하는 근간이 된다. 이 시기 강연에서는 인본주의적 사상을 개조론으로 확대 인식하여 러셀, 오이켄, 카펜더 등의 사회 개조론자들이 빈번하게 인용되었다. 1921년에 『개벽』에서 이러한 강연회의 원고를 싣고 있는 것은 이돈화가 『개벽』 초기부터 사회주의적 경향으로 경사되었기 때문이다. 『개벽』 41호(1923.11)에는 일본의 사회주의자 사까이 도시히꼬의 「사회주의와 자본주의의 입지, 사회주의학설 대요」에 대한 장문의 강연문을 게재하고 있다. 그리고 조선청년회연합회 기관지였던 『아성』, 조선노동공제회의 『공제』, 상해파 국내부 기관지인 『신생활』, 조선공산당 기관지인 『조선지광』, 『대중신문』, 『불꽃』 등을 통해 강연과 연설에 관련된 기사들을 싣고 있다. 이렇게 당시 사회주의 단체의 강연은 농민과 노동자들의 새로운 정치적 상상력을 추동하면서 전유되었다.

사회주의계의 강연회는 본격적으로 북풍회, 화요회, 조선노동당, 무산자동맹 등이 주체가 되면서 계급투쟁과 관련된 노동자의 권익 보호 등에 대한 이론이나 내용들을 언급했다. 사리원 청년회에서 주

---

16 선우현, 『사회비판과 정치적 실천-하버마스의 비판적 사회이론』, 백의, 1999, 256쪽.

최한 사상대강연회(1925.9.27)에서는 4~5백 명의 청중이 참여하여 「금후의 청년운동」, 「과거 현대의 청년운동」, 「부인운동의 근본의」, 「신흥 운동의 필연성」등을 주제로 열렸고, "일본청년 社會思想家 중서씨와 日本사상가 某女士가 15일 종로 중앙기독교청년회 唯物史觀에 現한 문제, 근대 부인 운동 강연 도중 소환"(『동아일보』, 1925.8.16)되기도 했다. 사회주의자들에 의해 노골적으로 제시되는 반일, 반제의 의식이 사상연설회를 통해 급속히 전파됨으로써 총독부에서는 검열정책을 강화하여 사상통제를 강행했다. 사상연설회에 다수의 청중 동원이 용이했던 것은 당시의 문맹률이 높은 농민을 대상으로 하여 문자 대신 음성으로 전달되었기 때문이며, 이데올로기의 선전 선동에 있어 연설회의 현장성은 연대감을 고취시키는데 보다 효율적이었기 때문이었다.

식민지 시기 대중들은 식민권력, 민족주의자, 사회주의자들이 주최하는 강연회를 통해 당대의 담론을 공유하며 현실인식을 확장할 수 있었다. 이것이 가능했던 것은 연설회와 강연회가 당대에 여론의 향방을 추적하고 그것에 대한 반응에 즉각적으로 대처하며 연행되었기 때문이다. 청중들은 의사소통 목적과 설득을 위한 수사로 정교하게 직조된 연설과 강연을 청취함으로써 자연스럽게 당대의 담론을 수용하게 되는 것이고, 이것은 공론형성의 계기가 되었다. 지식의 유무와 계층의 상하에 관계없이, 동일한 담론을 공유하는 장이 연설과 강연회였고, 이러한 강연장을 둘러싼 공론형성의 과정은 식민주의 논리, 민족개조의 논리, 계급투쟁의 논리로 전유되면서 문화적 주체, 정치적 주체의 형성을 가능하게 했다고 할 수 있다.

3. 소설의 장르적 개방성과 '연설체 소설'

1920~30년대 성황을 이루었던 연설, 강연회는 내용과 형식의 측면에서 소설의 내적 원리로 차용되면서 소설장르의 분화 가능성을 보여주었다. 1910년대 연설은 고백체 서사의 일종인 서간체 소설에서 수신자에게 사적인 고백을 대신하여 설득과 비판적 언술을 서술하는 '연설체 서간'으로 분화되었다. 그 예로 이광수의 「어린 벗에게」, 나혜석의 「잡감(K언니에게 與함)」 등과 『학지광』에 게재된 서간문에는 조혼의 폐해와 전통적 제도의 비합리성 또는 조선여자의 현실에 대한 공적인 계몽담론을 연설체의 파토스의 감성으로 서술하고 있다. 1910년대 소설에서는 서간과 연설의 다중성을 내포함으로써 소설이 분화된 '연설체 서간'을 형성하였다.

1920~30년대 소설에서는 이전 시기와는 달리 직접적인 설득의 연설적 언술이 서사성 보다 우위에 있지는 않다. 김동인의 경우 "小說의 生命, 小說의 藝術的 價値, 小說의 內容의 美, 小說의 調和된 程度, 作者의 思想, 作者의 精神, 作者의 要求, 作者의 獨創, 作中 人物의 각 個性의 發揮에 대한 描寫, 作中人物의 社會에 대한 舊套와 活動등을 九하는"것이 소설이며, "論文에 一行이면 다 쓸 哲理를 小說에셔는 몃 項 혹은 全卷에야 쓴다. 그러니 싸라서, 論文에서는 아라보기 어렵든－아직 발달되지 못한 단순한 머리에는－一句라도, 小說에셔는 자연히 머릿속에 드러와 배긴다함이오"[17]라고 언급한다. 김동인

---

17 김동인, 「소설에 대한 조선사람의 사상을 ……」, 『학지광』 18호, 1919.1, 57쪽.

은 가정소설, 통속소설과 변별되는 '참예술'로서의 예술소설을 논설과 변별되는 소설 장르의 하나로 인식하고 있었다. 1920년대 초기 계몽의 정치성보다는 예술의 측면에 입각한 소설관이 이 시기 문학론의 일단을 형성하였는데, 여기에는 예술성이 새로운 이념성보다 제일차 인식범주로 들어옴으로써 문학예술의 독자성(인공성)을 확립[18] 하고 있었기 때문이었다.

이러한 경향으로 인해 1920~30년대 소설에서는 근대계몽기의 「금수회의록」에서처럼 서사 자체가 연설적 구성으로 되어 있는 경우는 거의 찾아 볼 수 없다. 그리고 1920년대 김동인이나 현진건 등의 『창조』 동인들의 단편소설에도 연설적 언술이 드러나고 있는 경우는 드물다. 김동인의 「마음이 옅은 자여」, 염상섭의 초기 3부작인 「표본실의 청개구리」, 「암야」, 「제야」 현진건의 「빈처」 등의 소설들은 내면의 발견과 더불어 고백체가 확립되는 시기와 맞물려 있어 정치적이고 계몽적인 연설적 언술은 소설의 언어로 고려되고 있지 않다. 그러나 1920년대 후반 브나로드운동을 소개하고 있는 농촌소설에 연설이 차용되는 양상이 나타나며, 카프계의 소설, 노동자 소설에서 사회주의 사상의 효율적 전달을 위해 서사 안에 연설적 언술이 배치되기 시작한다. 이러한 연설적 언술의 차용이 소설에서 나타나면서 본격적인 '연설체 소설'의 장르가 생성된다. 직접적인 작가의 이데올로기가 언술에 개입되는 '연설체 소설'은 작중인물의 대화로 연설 담화를 구성하고, 스토리의 층위에서는 연설회 장면이 삽입된다.

---

18 김윤식, 정호웅, 『현대소설사』, 예하, 1993, 85쪽.

먼저 1930년대 브나로드운동과 관련하여 농촌계몽을 주제로 하는 '연설체 소설'은 연설회 장면이나 인물들이 발화하는 장문의 대화체로 제시된다. 1932~1933년에『동아일보』에 연재된 이광수의 『흙』과 1935년『동아일보』15주년 기념 문예현상 모집에 당선된 심훈의『상록수』[19] 이외에 이무영의「제1과 제1장」, 박영준의「모범경작생」 등은 연설이나 연설적 언술이 소설의 주제를 추동하는 역할을 한다.『동아일보』에서는 1929년 7월에 브나로드운동을 선포한 바 있었고,『흙』이『동아일보』에 연재될 당시(1932.4~1933.9) 이광수는 이 신문사의 편집국장으로 재직하고 있었다. 또한『조선일보』에서도 1929년 하기방학에 '한글보급반'을 조직하여 문자보급 운동을 시작하던 때였다. 이러한 매체의 직접적인 농촌계몽에 대한 호소는 현장 연설을 통해, 또는 당대 소설에 직·간접적으로 전달되었다.

눈뜬 소경에게 글자를 가르쳐 주는 것은 두 말 헐 것 없이 필요합니다. 계몽운동이 우리에게 있어서 가장 시급헌 사업 중의 하나인 것도 사실입니다. (중략) 그렇지만은 우리는 남에게 뒤떨어진 것을 탄식만 할 것이 아니라 높직이 앉아서 민중을 관찰하거나 연구의 대상으로 삼

---

19 『동아일보』에서는 현상공모 소설은 선정하면서『상록수』가 공모 조건에 부합하는 작품이라 설명하고 있다.『동아일보』에서 내건 소설 공모조건은 1. 조선의 농어산촌을 배경으로 하야 조선의 독자적 색채와 정조를 가미한 것. 2. 인물 중에 한 사람쯤은 조선청년으로서의 명랑하고 진취적인 성격을 설정할 것. 3. 신문 소설이니 만치 사건을 흥미있게 전개시켜 도회인 농어산촌임을 물론하고 열독하도록 할 것 등을 내걸었고, 이 작품이 이 세 가지 조건 외에 많은 부분에 부합하여 선정한다고 적고 있다. (『동아일보』2면, 1935.8.13) 이 소설은 고려영화주식회사에서 1936년 3월 영화로도 제작되어 개봉되었다.

으려 하는 태도를 단연히 버리고, 그네들이 즉 우리 조선 사람이 제힘으로써 다시 살어 나기 위한 기초공사를 해야 하겠습니다. 오늘 이 자리에 모인 바루 여러분의 손으로 시작해야겠습니다. 물질로 즉 경제적으로는 일조일석에 부활하기가 어렵겠지만, 무엇보다도 먼저 모든 것을 지배하고 온갖 행동의 원동력이 되는 정신, 요샛말로 이데올로기를 통일하기 위하여 전력을 기울여야 하겠습니다.[20]

『상록수』의 시작 부분에 해당하는 이 인용문은 ○○일보사에서 주최하는 학생계몽운동에 참여했던 대원들을 위로하는 다과회에서 박동혁이 학생 앞에서 연설하는 장면이다. 이 외에도 영신이 농우회원들을 모아놓고 연설을 하는 장면, 회관 낙성식에서의 동혁의 연설, 한곡리 마을 회관의 낙성식에서 영신의 연설, 진흥회에서 동혁의 연설, 영신의 죽음 이후 동혁의 연설 등 소설에는 여섯 번의 연설장면과 장문의 연설 언술이 등장한다. 이 소설에서 연설장면을 서술하는 것은 농촌계몽의 중요성을 직접적으로 언술함으로써 독자들을 쉽게 인지시키기 위한 것과 소설 주제의 논리성, 설득의 효과를 배가하기 위함이다. "배우자! 가르치자! 다 함께 브나로드!!", "아는 것이 힘, 배워야 한다."는 슬로건이 직접 소설 곳곳에 드러날 정도로 계몽의 목적에 철저한 이 소설에는 연설이 인물층위에서 재현된다. 연설이 갖는 사회적 실천의 적극성과 이성적인 논리성에 기반한 설득의 방식, 비합리적인 현실의 비판에 대한 연설자의 윤리적인 호소는 여기에

---

20 심훈, 『상록수』, 동아출판사, 1995, 17쪽.

서 인물의 신뢰도를 확보하는 방식으로 작동된다. 그리고 "인물 중의 한 사람쯤은 조선 청년으로서의 명랑하고 진취적인 성격을 설정할 것"이라는 소설공모 조건에서 보듯이 인물의 진취성을 단적으로 드러내는 표지로 연설 장면이 등장한다.

> 조선하면 농민 대중이 전인구의 팔십 퍼센트가 아닌가 또 사람의 생활 자료 중에 먹는 것이 제일이 아닌가 그 다음은 입는 것이고 하고 보면, 저 농민들로 말하면 조선민족의 뿌리 몸뚱이가 아닌가. 지식계급이라든지 상공계급은 결국 민족의 지엽이란 말일세. (중략) 아다시피 전민족은 경제적으로나, 도덕적으로나, 지식적으로나 기술적으로나, 예술적으로나, 모든 방면으로 다 쇠퇴하여져서 마침내는 국가 생활에 파탄이 생기게 하고 그리고는 그 결과가 말야, 극소수, 양반 중에도 극히 권력 있던 몇 십 명, 몇 백 명은 넘을까 하는 몇 새 양반계급을 남겨놓고는 다 몰락해 버리지 않았느냐 말야.[21]

이광수의 『흙』에서 허숭은 갑진과 일본으로 가는 배 안에서 그에게 조선 현실의 실상을 언급한다. 소설에는 지식계급과 상공계급의 향락적 생활로 인해 대다수 농민 계급이 피폐해지는 과정과 그로 인해 "국가생활"이 파탄되는 원인을 추적하여 언급함으로써 논증에 의한 설득의 연설적 언술이 제시되어 있다. 『상록수』에서 연설이 직접적으로 스토리 층위에서 놓여있다면, 여기에는 연설적 언술이 대

---

21 이광수, 『흙』, 동아출판사, 1995, 56쪽.

화의 양상으로 변이되어 이입된 형태이다. 연설이 보통 다수의 청중을 전제로 하여 연행되는 특성이 있지만, 이 소설에서는 인물들의 담화적인 측면에서 연설이 수용됨으로써 작가의 목소리가 직접성을 띠고 나타난다. '참예술'과 변별되는 계몽소설의 논증적 설득의 목소리는 농촌의 계몽과 문자보급운동을 소재로 하고 있는 농민소설에서 작가의 이데올로기를 좀 더 직접적으로 보여주면서 주제의식을 부각시키기 위한 방식으로 사용되고 있다.

두 번째로 1920~30년대 중반에 카프계 소설, 노동자소설에서 '연설체 소설'이 분화되는 과정이다. 현실을 비판하고 특정 이데올로기를 전파, 선전하는 연설의 성격은 직접적인 정치성의 실현이라는 카프계 목적소설들에 의해 재현된다. 1920년대 초기의 문학이 낭만적인 예술관의 실천으로 특화된 반면, 신경향파에서 카프로 이어지는 좌파문학운동은 직접적인 정치성으로 해서 새로운 것으로 부각된다.[22] 이러한 계급주의적 정치성에 대한 새로운 경향에 대해 박영희는 「신경향파 문학과 그 문단적 지위」(『개벽』64호, 1925.12)의 글을 통해 "우리는 苦悶期에서 幻滅期로 幻滅期에서 活動期에 이르럿다. 물론 형식의 고전적 전통을 파괴해야 할 것은 무산계급문학을 세우는 데에 가장 필요한 요소일 것이다. 그러나 현금 우리의 창작이 불완전한 그만큼 완성될 날이 명확히 잇슬 것이다. 우리는 형식보다는 絶叫에, 묘사보다는 사실표현에 美보다는 力에, 타협보다는 不滿에, 과정보다는 진리에 나아갈 것도 한 가지 각오해야" 한다고 언급하며 "신경

22　박상준, 『근대문학의 형성과 신경향파』, 소명출판, 2000, 148쪽.

향 뿐으로써 만족할 것은 물론 안이지만, 따러서 우리는 압흐로 얼마나 큰 투쟁이 잇슨 후에 우리의 건설이 완전하여 질 것도 생각"[23] 해야 한다고 말한다. 박영희는 여기에서 신경향파 소설들이 무산자계급을 위한 소설이 되어야 함을 강조하고 있다. 이러한 소설론은 카프계소설과 동반자작가 소설에서 인물들의 연설적 언술과 연설회장면을 통해 재현되는데, 구체적인 작품은 이기영의「봄」, 조명희「낙동강」, 송영「군중정류」, 「석공조합대표」, 김남천「공장신문」, 유진오「여직공」, 한설야「황혼」, 이량「새로 차저낸 것」(『조선지광』, 1927.5), 김영팔「엇던풍경」(『조선지광』, 1927.3) 등이다.

　백정이나 우리나 다 같은 사람이다…… 다만 직업의 구별만 있을 따름이다……무릇 무슨 직업이든지, 직업이 다르다고 사람의 귀천이 있는 것은 결코 아니다. 그것은 옛날 봉건시대 사람들의 하는 말이다…… 더구나 우리 무산계급은 형평사원과 같이 손을 맞붙잡고 일을 하여 나가지 않으면 아니된다……… 그러므로 형평사원을 우리 무산계급은 한 형제요 동무로 알고 나아가야 한다.[24]

　나는 XX 전에는 평양에 석공조합원으로서 모든 같은 석공과 또는 비슷한 동무들의 똑같은 이익과 행복을 위하여 싸우다가 감옥에를 세 번이나 들어갔습니다. (더 비장한 소리로) 그래서 나의 어린 처는 그 사람으로서는 맡지 못할 흉악한 고무 냄새를 맡아 가면서 나의 늙은 아버

23 박영희,「신경향과 문학과 그 문단적 지위」,『개벽』64호, 1925.1, 5쪽.
24 조명희,『낙동강』, 동아출판사, 1995, 266쪽.

지를 공양하고 나를 기다리다가 그만 원통하게도 원통하게도 영양부
족이 원인이 되어서 죽어버렸습니다. 춥고 더운 삼년 동안의 감옥생활
을 하다가 나온 내가 처자와 부모까지 다 굶어 죽은 것을 당할 때에 과
연 이 가슴이 어떻겠습니까…… 여러분! 그 때는 말 할 수 없이 나의 마
음은 비장하여졌습니다. 그저 두 토막의 송장이 되더라도 앞날의 승리
를 향하야 돌진하려고 했었습니다.[25]

1927년 『조선지광』에 소설이 발표되면서 카프의 제1차 방향전환
에 일조한 조명희의 「낙동강」에서는 '그'가 자신의 과거를 회상하는
장면에서 연설장면이 묘사된다. '그'는 연설을 통해 백정이나 농민,
형평사원 등 무산계급이 동등한 계급으로 한 형제이고 동무이며, 무
산계급이 연대할 것을 촉구하고 있다. 그리고 1927년에 발표한 「석
공조합대표」에서는 석공조합원을 대표하는 '나'가 회사 측의 외압
에도 불구하고 노동자대회에 참여하려는 의지를 다지면서 자신이
'XX 회장'에 취임할 당시의 연설을 회상하는 부분에서 연설적 언술
이 나타난다. 이 연설에서 '나'는 투쟁과정에서의 고난을 소상하게
언급하고 있으며, 어떠한 외압과 어려움 속에서도 현재의 상황을 극
복해야 할 것을 결의하고 있다. 이 두 소설에서 연설가인 '그'와 '나'
는 내면에서 우러나오는 언어를 발설함으로써, 그리고 일상어의 범
위를 벗어나지 않는 용어를 언급함으로써 청중(독자)들을 설득한다.
카프소설에서는 보다 쉽게 이데올로기를 전달하기 위해 연설의

---

25 송영, 「석공조합대표」, 『탈출기, 낙동강, 질소배료공장, 군중정류』, 동아출판
   사, 1995, 398쪽.

발화 방식을 차용하고 있고, 연설의 직설적인 언술은 대중들이 인지
하기 쉬운 하나의 방법으로 활용되고 있다. 연설에서 연사는 '나'에
한정하는 것이 아니라 청중(독자)과 연사가 하나라는 '우리'라는 단어
를 씀으로써 공동체라는 것을 인지시킨다. 이것은 연설의 파토스의
측면을 강화한 것으로 감정적 호소를 통해 연대감을 형성하는 계기
가 되고 있다. 그리고 연설은 현실의 비판에서 그치는 것이 아니라
이것의 실행적 측면을 강조함으로써 선동적 수사를 동원하고 있다.
이러한 연설적 언술은 카프계 소설에서 제시하는 이상주의적인 사
회의 전망을 가능하게 하는 역할을 하고 있다.

연설은 연설자가 특정한 주제에 대해 정리된 내용을 전달하는 논
증의 행위이며, 이를 통해 지지, 호소, 설득의 효과를 얻으려는 의사
전달 행위이다.[26] 연사는 청중을 설득하기 위해 신체적 언어 즉 목소
리나 태도 등을 규범화 하여 연설의 효과를 증대시키고, 청중은 박수
로써 연사의 의견에 대해 동의하면서 단순한 수용자가 아니라 중요
한 참여자의 역할을 수행[27]한다. 이러한 상호소통의 연설의 성격은
1920~30년대 농민소설과 카프계 소설에서 농촌 현실에 대한 계몽의
필요성과 사회주의 계급투쟁의 정당성을 전파하기 위해 차용되었
다. 그리고 이러한 차용의 결과는 1910년대 '연설체 서간'에 이어
1920~30년대에는 '연설체 소설'의 새로운 장르로 분화되었다. 일상
에서 제도화된 연설의 담론이 공적담론의 일부로써 소설에 이입되

---

26 최선경, 「연설문의 텍스트 언어학적 분석」, 서울대 박사학위논문, 1999, 71쪽.
27 홍순애, 「근대계몽기 연설의 미디어 체험과 수용」, 『어문연구』 135호, 한국어
    문교육연구회, 2007, 285쪽.

어 '연설체 소설'로 장르분화된 것은 연설의 감성적이고 선동적인 언어에 대한 소설가들의 관심의 결과이기도 하고 다른 한편으로는 소설이 갖는 장르적 개방성의 일면이라 할 수 있다.

소설에서 인물의 층위에서 발화되는 농촌의 현실에 대한 성찰과 계급투쟁의 필요성에 대한 언급은 당연히 작가의 이데올로기가 상정된 것이다. 이것은 화자의 문제와도 관계되는데, 식민지 상황이라는 억압의 기제 속에서 가치관의 변화는 곧 이야기의 구조와 화자의 변화를 가져오게 마련이다. 즉 화자는 집단 공동체의 음성을 그 두드러진 특징으로 나타내고 있고, 여기에 뿌리를 두고 점차 분화된 소설의 경우는 시간이 흐를수록 다양한 방식으로 화자를 설정하고 그것을 통해 개별 작가의 가치관과 세계관을 다양하고 깊이 있게 반영[28]하게 된다. 이에 화자의 발언은 단순한 개인의 언어라기보다 당대의 공동체가 반영한 담론의 성격을 갖는다. 이러한 화자의 담론들이야말로 소설을 소설로 만들어주는 것, 장르로서의 소설의 고유성을 보장해주는 요소[29]라고 할 수 있다. 따라서 1920~30년대 소설에서 화자의 연설적 언술의 차용은 당대 사회적 대중의 목소리를 대신할 화자의 필요와 문장을 초월하는 감정 이입적인 언어로 감성의 공유를 시도하는 작가들의 변화된 장르의식의 결과라고 할 수 있다.

식민지 시기 제도화된 연설, 강연회의 미디어적 환경과 소설장르

---

28 민현기, 「소설 장르의 본질」, 『한국학논집』 20집, 계명대학교 한국학연구원, 1993, 98쪽.
29 미하일 바흐친. 전승희, 서경희, 박유미 역, 『장편소설과 민중언어』, 창작과 비평사, 1988, 151-152쪽.

가 갖는 담론의 상징적 재생산의 공간이라는 유사성 속에서 사회적 상호작용의 장을 형성하였다는 점은 무시할 수 없다. 연설과 소설장르가 식민권력에 의한 강압적인 정치적 현실, 가난과 기아로 점철된 식민지의 상황에서 대중을 계몽하고 식민정책을 비판하는 공적담론을 연사의 목소리와 작가의 언어로 전달했다는 점과 이 두 차별화된 장르가 민족과 계급이라는 집단적 이데올로기의 전파를 위해 서로 연계되었다는 점에 주목할 필요가 있다.

식민지 시기 공식적 의사소통과 비공식적 의사소통간의 대규모적 접촉 이외에 자신의 의견을 문학적으로 형성[30]하려는 작가의 의도는 당대 연행된 연설과 강연이 일상에서 대중적으로 존속하고 있었기 때문에 실현될 수 있었다. 낯익은 소통의 방식을 차용함으로써 작가는 좀 더 주제에 밀착된 언술을 화자를 통해 전달할 수 있었던 셈이다. 그리고 공공영역의 범위 안에 논의될 문제가 소설의 연설적 발화를 통해 언급된다는 것은 현실적 문제를 독자와 공유하고자 제안하는 것이며, 동시에 문제 해결을 위해 작가와 독자의 관계가 새롭게 설정된다는 것을 암시한다. 다시 말해 사회 문제에 대한 작가의 이데올로기가 연설적 발화를 통해 직접 소설에 기표됨으로써 보다 용이하게 소설의 주제가 전달되고, 이로 말미암아 공론형성은 자연스럽게 문학장을 통해 형성되었던 것이다.

1920~30년대 소설에서 연설체 서술의 이입은 화자의 문제와 독자-작가와의 관계 이외에도 서사구조의 변화를 가져왔다. 소설의

---

30 위르겐 하버마스, 한승완 역, 『공론장의 구조변동』, 나남출판, 2001, 375쪽.

서사구조는 허구를 기반으로 형성된다는 것은 기본적인 전제에 속
한다. 그래서 이 이야기는 최초의 규범적인 메시지를 배후에 감추고
진행[31] 되어 가고, 메시지는 서사가 종결되고 나서 생성된다. 그러나
'연설체 소설'에서 연설적 언술을 통한 서사의 메시지는 상징화된
의미로 구성되어지는 것이 아닌 직접적인 '~해야 한다'와 같은 '지
시'의 형태로 서사의 중간에 노출될 수밖에 없다. 이러한 '지시'의 메
시지는 인물들의 행동을 추동하는 요인이 되고, 또한 '지시'의 메시
지를 강화하는 조건으로서 서사구조가 짜여진다.

농촌소설의 연설적 언술은 인물들의 행동에 대한 당위성을 표명
하게 되면서 앞으로의 서사 전개가 어떻게 진행될 것인지를 암시하
는 기능을 담당한다. 그래서 서사는 선험적으로 주어지는 계몽의 역
할에 의해 스토리가 진행된다. 또한 카프계 소설에서 소작쟁의나 노
동쟁의 과정에서 재현되는 연설적 언술에는 계급투쟁을 쟁취하기
위한 목적의식이 표면화되어 드러나기 때문에 이후의 서사 전개는
목적을 성취하기 위한 서사로 구성된다. 이러한 목적 지향, 성취 지
향의 서사구조는 연설이 소설에 이입된 결과로 나타난 '연설체 소
설'장르의 구조적 특성이라 할 수 있다.

소설장르는 당대의 매체와 미디어의 환경에 영향을 받으며, 시대
적 상황에 따라 변이, 변화되고 이러한 과정을 거쳐 안정화의 길을
걷기도 한다. 바흐친은 루카치가 서사시의 타락이 소설이며 불안전
한 인간이 만들어낸 불안전한 형식이라는 것을 반박하며 소설 장르

---

31 Jerome Bruner, Making Stories-low, literature, life, Harvard University Press,
2002, p.6.

의 자율성을 언급한 바 있다. 그는 소설이 통치적인 침입의 산물이
고, 서사시적 거리의 파괴의 산물이며, 항상 완성되지 않는 현재의
장르[32]라고 말한다. 보통 우리가 장르라 할 때 문학의 어떤 분류개념
에서 선험적으로 주어진 것이 아니라 구조상의 특징에서 출발되는
것으로 파악하고 있다.[33] 다시 말해 장르는 담론(discourse)의 구조에
의해 구성되는 것이며, 이러한 장르의 성격은 당대의 사회, 정치, 문
화적 상황과 별개로 존재할 수 없다. 이에 소설장르는 고정된 것이
아니라 시대적 상황에 따라 끊임없이 동요를 반복하며 존속한다.

1920~30년대 연설체 소설 장르가 분화된 것과 같이 소설은 당대
의 미디어라는 영향 아래 변화한다. 이러한 소설장르의 변화 가능성
은 소설장르를 어떻게 규정할 것인가의 문제와 더불어 우리 문학사
에서 다양하게 논의되고 있는 근대소설의 형성 과정을 탐구하는 것
과 맥을 같이 한다. 특히 1920~30년대 근대문학의 형성기에 소설장
르의 분화와 관련하여 연설과 강연이라는 미디어 환경의 연계성 논
의는 문학장을 둘러싼 매체의 환경과 작가들의 장르의식을 통해 소
설장르 형성의 의미를 규명할 수 있다.

연설은 1920~30년대 개최의 주체에 따라 그 성격과 의미가 확연
히 변별되었다. 식민지 시기 연설회는 식민 권력을 옹호하거나 식민
지 근대화를 위한 수단으로 또는 식민지 체제의 지배 논리를 내면화
하는 방식으로 작동되었다. 두 번째로는 민족주의자들이나 청년회

---

32 롱 키베디 바르가, 김현 옮김, 「반소설로서의 소설」, 『장르의 이론』, 문학과 지
   성사, 1987, 162쪽.
33 김윤식, 『한국근대문학양식론고』, 아세아 문화사, 1980, 107쪽.

를 중심으로 연행된 것으로 전국 순회강연과 '풍속강연'이 '개조론'을 중심으로 실력양성이나 교육의 필요성 등에 대해 강조하면서 개최되었다. 세 번째로 사회주의자들에 의한 '사상연설회', '사상강연회'는 농민과 노동자를 청중으로 하여 사회주의 이론과 계급투쟁의 필요성을 전파하면서 사상단체인 북풍회, 화요회 등을 통해 개최되었다. 이러한 연설회와 강연회는 식민체제라는 억압적인 상황에서 민족주의자들의 강연과 '사상연설'의 경우 식민권력에 의한 경찰당국의 검열과 제재를 수반할 수밖에 없었고, 그럼에도 불구하고 식민지 시기 연설회와 강연회가 성황리에 개최될 수 있었던 것은 대중들 스스로 자각하고자 하는 열의와 사회변혁, 식민체제의 탈피에 대한 열망에 의해 추동되었던 때문이라고 할 수 있다.

이러한 연설 미디어의 영향은 1920~30년대의 소설의 내적원리로 차용, 이입되면서 소설과 연계되어 '연설체 소설'의 장르 분화를 가져왔다. 특히 이광수와 심훈, 이무영, 정영준 등의 1930년대 농민소설에서는 농촌계몽의 브나로드운동의 구체적 재현을 위해 담론의 층위에서 인물의 연설적 발화로 차용되었고, 스토리의 측면에서는 농민과 학생들을 청중으로 하는 연설회 장면이 삽입되어 주제의식을 강화하면서 재현되었다. 또한 1920년대 후반부터 1930년대 중반의 카프계 소설에서 계급주의와 노동자운동을 소재로 하는 이기영과 송영, 조명희, 한설야 등의 소설에서 농민의 계급투쟁을 고취하고 노동자 쟁의를 합법화하는 파토스적 언술이 스토리와 담화의 측면으로 재현되었다. 식민지의 연설은 미디어의 의사소통의 과정 안에 위치하는 것뿐만 아니라 소설장르와 상호 연관성을 가지며 역동적으로 연행되었고, 궁극적으로는 대중의 자기실현의 욕구와 더 나은 현실과 세계적 비전에 대한 공공의 상상력에 의해 연행되고 존속되었다고 하겠다.

제2장

일제말기 소설과
파시즘 연설의 서사전략

1. 일본어 글쓰기와 제국의 상상력

근대의 풍경에서 새롭게 조명되어야 하는 부분 중의 하나가 연설이다. 연설은 이전의 시기에는 볼 수 없었던 것으로 근대계몽기 이후 경성의 도시적 성격을 이미지화 하는 스펙터클의 하나였다. 공론의 개념이라든지 정치적 주체의 성립, 새로운 소리 공동체의 탄생 등 근대를 표상하는 아이콘들이 생산, 소비되는 공간이 바로 연설장이었다. 그러나 연설은 연설 주최자에 따라 실력양성을 위한 교육의 장으로, 식민화를 내면화하는 방식으로, 신체제의 선전을 위한 도구로 이용되기도 했다. 일제말기 연설에서 연사들은 주로 식민지 지배자들과 군인, 대일 협력의 지식인들로 구성되었고, 이들이 선택하는 언어는 당연히 청중을 설득하기 위한 선동의 언어였다. 연설장의 구조는 앎과 무지, 지배자와 피지배자, 지도자와 종속자 등의 이분법적인 구도 하에서 '위에서 아래로'의 일방향적인 관계를 형성하였다. 이것은 연설이 식민지 민중에 대해 제국이 제안하는 공공의 상상력을 어떻게 연설장을 통해 관리하느냐와 관계되고 있다는 점에서 주목을 요한다.

연설은 근대계몽기에서부터 일제말기까지 문명개화를 위한 교육의 일환으로, 또는 문화운동의 실천적 방법으로 천황제 파시즘체제를 강화하는 방식으로 연행되었다. 담론을 수렴하고 재생산하는 연설장은 근대 시공간의 개념을 정립하면서 청중의 탄생과 공론장의 형성, 근대적 주체가 형성되는 역할을 담당했다. 이러한 연설이 당대의 소설들과 연계되는 지점들은 근대계몽기의 「금수회의록」과 「금수재판」 등의 소설에서 연설형식으로, 1910년대의 근대소설의 형성기에 이광수와 나혜석의 서간체 소설 '연설체 서간'의 서술방식으로, 1920~30년대 농민소설이나 카프소설에서 보이는 스토리적인 측면에서의 연설회의 장면과 담론층위에서의 공장노동자들의 연설적 언술을 반영한 '연설체 소설'의 장르분화로 나타났다.

갑오경장 이후부터 해방 전까지 연설과 소설의 정치적 효과가 가장 크게 작용했던 때는 아마도 근대계몽기와 일제말기의 신체제하일 것이다. 근대계몽기 연설과 소설이 문명에 대한 지식과 계몽의 담론을 전달하며 정치적 주체와 개인의 탄생을 견인했다고 한다면 일제말기 연설과 소설은 총력전을 위한 선전, 선동의 역할을 대리함으로써 파시즘 체제를 공고히 하는 기능을 담당했다. 또한 신체제하 연설은 내선일체와 대동아공영권에 대한 제국의 판타지를 강조하는 정치 선전의 장으로 활용되었다. 특히 일제말기라는 시대적 상황에서 파시즘의 대중심리를 간파하고 더 나아가 제국의 정치적 이데올로기를 선전, 선동하는 역할에 동원되었던 연설과 소설은 제국의 언어를 어떻게 전달하느냐의 문제에 직면해 있었다.

연설에 사용하는 언어와는 달리 문학어의 경우는 작가의 친일 협력, 또는 저항의 정도에 따라 제국의 언어와 식민지의 언어를 동시에 사용할 수 있다는 점에서 연설장의 일 방향적인 지시의 언어와는 변별된다. 물론 여기에는 제국의 언어를 사용했다고 해서 협력했다고 인정할 수 없는 미묘한 문제가 개입되어 있기는 하지만, 문학의 경우는 김동인을 비롯한 많은 문인들이 말하고 있듯이 일본어로 상상하고 한글로 글을 썼다는 점에서, 그리고 제국의 언어로 글쓰기를 한 경우에는 제국 문단에 식민지인이 아닌 내선일체의 동등한 제국의 신민으로 등장했다는 점에서 문학어로 인해 제국과 식민의 관계는 중층화 되었다.

연설과 소설의 상호연계성은 일제말기 천황제 파시즘시기에 긴밀한 상호 협조적인 관계를 맺게 된다. 일제말기 문학가들의 대일 협력과 친일의 여부, 자국어와 일본어 글쓰기라는 복잡한 상황 속에서 국민문학과 파시즘 연설은 그 장르적 변별점에도 불구하고 서로 상호연계 된다는 점에서 주목할 필요가 있다. 신체제하 제국의 정치적 이데올로기를 선전하기 위해 동원되었던 소설과 연설은 당대 민중들에게 제국을 상상하는 정치적 이데올로기의 일부로 연행되었다. 마루야마 마사오는 "정치적 이데올로기는 국가, 계급, 정당 그 외의 사회집단이 국제 내지 국내 정치에 대해서 품고 있는 표상, 바람, 확신, 전망, 환상 등 제 관념의 복합체로서 나타난다."[34]라고 말한다. 반

---

34 마루야마 마사오, 김석근 역, 『현대정치의 사상과 행동』, 한길사, 1997, 319쪽.

49

도와 내지의 공간적 함의와 제국과 식민지라는 권력의 역학 속에서 연설가들과 작가들이 제국의 정치적 이데올로기를 어떻게 인식하고 수용, 또는 선전하는가에 대한 문제는 이들의 협력과 저항의 지점들을 보여주고 있다는 점에서 중요하다.

일제말기 연설은 1937년 중일전쟁 이후 '국가총동원법'이 1938년 4월에 발의되고 총력전체제를 위한 '국민대연설회'가 시행되면서 새롭게 부상하게 된다. 이때의 연설회는 '문화정치' 때와는 달리 선전 선동의 파시즘적인 연설의 형태를 띠게 되고, 연설적 수사가 이전의 시대와는 확연한 차이를 보이며 변모하게 된다. 친일협력에 동원 된 지식인층과 사회적 유명 인사들이 연사로 동원되면서 이 시기 연설회는 이들의 친일의 정당성과 국민동원의 구호 속에서 새로운 역할을 부여받게 된다. 일제말기 연설은 총력전체제, 신체제하에서 제국의 정치적 이데올로기를 정당화하기 위한 방법으로 또는 내선일체의 천황제 신민의 논리, 대동아공영권의 합리화를 위해 동원되었다. 연설은 작가의 친일과 협력, 저항의 문제와도 관계되는 것으로 소설에서 연설은 작가의 내부적 균열을 어떠한 식으로 연설을 통해 봉합하는지에 대한 답이면서, 작가들의 내적 논리를 문학어로 표출하는 과정의 결과였다.

이 장에서는 일제말기 연설가와 작가들이 어떻게 제국의 정치적 이데올로기를 전달하려고 했는지에 대해 서술방식과 서사전략을 중심으로 살펴보고자 한다. 연설은 제국의 판타지를 강화하는 조건으로 소설의 서사적 전략을 어떻게 차용하고 있는지, 이러한 연설의 제도화, 일상화를 통해 당대의 소설이 연설의 영향하에서 어떻게 소설의 서사 전략의 일부로 서술하고 있는지 논의하고자 한다.

2. 제국 이데올로기의 심미화를 위한 '서사적 연설'

일제말기 연설은 1920~30년대 실력양성의 문화운동과 사회주의 사상을 전파하기 위해 연행되었던 것과는 다른 차원으로 전개되었다. 일례로 미나미 총독은 1938년에 중일전쟁 1주년을 기념하여 '국민정신총동원 조선연맹'을 결성하여 대규모의 연설회를 개최하여 총력전 체제를 강화하면서 조선 민중들에게 내선일체와 황국식민의 논리를 강조했다. 그리고 일제말기 총독부 산하 단체들과 '조선임전보국단', '국민총력조선연맹'[35], '애국반'[36] 등의 친일 단체들은 내선일체의 황국신민의 형성과 대동아공영권의 정당화를 위해 '시국강

---

35 '국민정신총동원조선연맹'은 1938년 7월에 조직되어 1940년 10월 '국민총력 조선연맹'으로 개편되었고 1945년 7월 '조선국민의용대'를 결성했다. '국민 정신총동원조선연맹' 명예총재에 조선총독부 정무총감 오노 료쿠이치로, 전 임총재에 조선군사령관 가와시마 요시유키, 전임이사에 전 제20사단장 육군 중장 가와가시 후미조를 임명했다. 중앙부서와 중요 요직은 총독부와 군부의 고관 및 지주, 자본가들을 망라했다. 하부조직으로는 각 도(道)에 도연맹, 부 (府)와 군(君)에는 부, 군연맹, 정(町), 동(洞), 리(里)에는 정, 동, 리 연맹이 조직되었다.
정창석, 「일본 군국주의 파시즘ー그 식민지에의 적용」, 『일본문화학보』 제34집, 한국일본문화학회, 2007, 655-656쪽.
36 애국반은 국민정신총동원조선연맹의 지방연맹 최말단으로 10-20가구를 단위로 조직하였고, 1942년 당시에 43만여 개의 애국반이 편성되었다. 애국반은 '국민정신총동원 총후보국 강조주간', '일본정신발양주간', '근로보국주간' 등 일반 민중들의 일상생활에서의 실천과 정신무장 및 동원을 강제했다.
정창석, 위의 논문, 656쪽.

연회', '군사강연', '사상 국방 강연회' 등을 개최하면서 제국의 논리를 설파했다. 그리고 이들은 제국의 이념을 효율적으로 전달하기 위해 연설문에 내러티브, 즉 이야기를 구성하여 삽입하는 방식을 고안했다. 연설은 본래 설득적 언어의 논리성을 전제로 하지만 신체제하의 연설은 대중의 심리를 조종하기 위한 방법으로 내러티브 전략을 도입했다. 내러티브는 연사의 당부와 주장, 명령의 수사와 더불어 연사가 주장하는 논리를 구체화하기 위해 차용된다. 구전되는 이야기와 자기의 체험, 주변의 경험 등을 '사건'으로 재구성하여 연사의 의도에 따라 플롯팅 되는 내러티브는 이 시기 연설의 효과를 극대화하는 전략으로 동원된다.

일제말기 개최된 각종 강연회와 연설회는 『동아일보』, 『삼천리』, 『신시대』에 게재되었는데, 이 기사들은 연사의 이력, 연설의 내용, 청중의 반응 등을 자세하게 전하고 있다. 『동아일보』는 1937년 7월부터 1면에 시국강연회, 연설회, 좌담회 등을 소개하면서 참석을 유도하였다. 1937년 경성 종로청년회관에서 열린 시국강연에서는 「동양평화의 근본책」(천도교 중앙종리원 이돈화), 「시국 각성의 필요성」(불교전문학교 교수 권상노), 「금일 아등의 임무」(천도교 중앙교회 이종린) 등의 주제로 종교의 지도자들이 "제국의 東洋保障的 책임"의 중요성과 "內鮮一體의 大義를 발휘하여 東洋의 영구적 福祉를 창조하는 일분자로 責任을 다할 것"[37]을 언급하였다. 「金少左 시국강연회」(1937.7.15)의 경우는 경성 탑동공원에서 천여 명의 청중이 모인 가운데 열렸다. 김

---

37 이돈화, 「동양평화의 근본책」, 『삼천리』 9권5호, 1937.10, 5-6쪽.

석원 소좌는 전쟁 중에 입은 부상에도 불구하고 공을 세워 일본으로부터 훈장을 받은 인물로 일제말기 각 지방의 연설회, 강연회에 주요 연사로 등장했다. 그리고 그는 총력전의 정신을 실천한 황국신민의 모범적인 인물로 상징화되었다. 1938년 전시연설[38]에서는 전쟁의 비상시국과 관련하여 국민총동원의 필요성과 '一視同仁'의 일환으로 실현된 지원병 제도의 제정, 대동아공영권을 염두에 둔 동양평화 쟁취 등의 주제가 주를 이루었다. 수야(水野) 전정무총감은 조선어로 연설했고[39] 1940년 '군사령관의 국방연설회'에서 중촌효태랑 조선 군사령관은 「고도국방태세를 정비하라」라는 연제로, 미나미 총독은 「이천삼백만 민중의 단결」로 직접 연설에 참여함으로써 제국의 이념을 선전했다.

---

38 박춘금, 「전시의회와 여의 연설」, 『삼천리』 10권5호, 1938.5, 55-58쪽.
39 수야 전 정무총감은 1919년 9월 부임하였을 당시 조선인사와 접촉하였을 때 언어로 인해 의사소통이 되지 않았기 때문에 조선어를 배웠다고 한다. 그는 경성사범학교 강사를 선생으로 조선어를 교수 받았다. 정무총감의 조선어 연설에 대한 술회 내용은 『삼천리』에 게재 되었다.
「수야 전 정무총감의 조선어에 대한 술회」, 『삼천리』 11권7호, 1939.6.

「총력전 체제하 연설 목록(1937-1942)」

년도	연설 제목	연사	출처
1937년	동양평화의 근본책	천도교 중앙종리원 이돈화	『삼천리』 제9권 제5호(1937.5)
	시국 각성의 필요성	불교전문학교 교수 권상노	
	오인이 취할 태도	천도교 중앙교회 이종린	
	시국과 오인의 각성	안인직	
	태양은 창공에 놉히 드날닌다	기독신보 사장 전필순	
1938년	전시 의회와 여의 연설	박춘금	『삼천리』 제10권 제5호(1938.5)
	비상시국과 가정경제	황신덕	『삼천리』 제10권 제8호(1938.8)
	시국과 여성의 각성	조선여자청년회 유각경	
	비상시 부인	성신여자학교 교장 이숙종	
1940년	도지사 의회 연설	미나미 총독	『삼천리』 제12권 제6호(1940.6)
	고도 국방 태세를 정비하라	조선군사령관 중촌효태랑	『삼천리』 제12권 제10호(1940.12)
	반도 신체제확립	미나미 총독	
1941년	아국의 국방과 동아의 정세	조선군참모 산지내 중좌	『삼천리』 제13권 제3호(1941.3)
	승전의 길은 여기 있다	박인덕(영하인덕)	『삼천리』 제13권 제11호(1941.11)
	읍소	최린(주가린)	
	극동의 결전과 오인의 각오	윤치호(이동치호)	
	임전보국단 결성에 제하여	김동환	
	동아의 유신, 미영격멸	장노회신학교 교장 채강근(좌천강근)	

	결전체제와 국민의 시련	윤치호(이동치후)	
	ABCD 포위진의 병력배비 적성국가의 정체	장덕수	
	세계의 교란자는 누구냐	신흥우(고령흥우)	
	신동아 건설과 조선	매일신보사장 이성근	『삼천리』 제14권 제1호(1942.1) 1941.12.10 개최 '결전대연설회' 조선임전보국단 주최
	아등의 궐기의 추이	조병상	
	동아공영권 건설의 성전	여운홍	
	사상과 함께 미영을 격멸하자	이광수(향산광랑)	
	루스벨트여 쏨하라	주요한(송촌꼉일)	
	일노이안 천하	리돈화	
	타도 영미 침략주의	이성환	
	적이 강복하는 날까지	김동환(백산청수)	
	여성의 무장	이화여전 교장 김활란	『대동아』 제14권 제3호(1942.3) 1941.12.8 개최 '반도지도층부인의 임전보국의 대사자후'
	미몽에서 깨자	숙명여전 교수 임효정	
	가정의 신질서	임숙재(풍천숙재)	
	국방가정	박순천	
	총후부인의 각오	허하백	
	여성도 전사다	모윤숙	
	군국의 어머니	최정희	
1943 년	총 출진하라	윤치호	정윤혁 엮음, 『학도여 선전에 나서라』, 없어지지 않는 이야기, 1997.
	활로를 바로 가자 오직 황민화가 있을 뿐	박춘금	
	전통의 용맹 보여라. 좋은 나무엔 좋은 열매	신흥우	
	필생즉사, 필사즉생 – 필유대생함이 남아	이종린	

1940년에 신체제론이 공표되면서 연설과 강연은 '조선임전보국단', '국민총력연맹' 주최로 '결전대연설회', '비상시국 대연설회', '군사령관의 국방연설' 등 대규모로 개최되었고, 삼천 명 이상의 청중을 동원하며 라디오를 통해 전국으로 중계되었다. 1940년 12월에는 김동환, 유진오, 함대훈, 김동환 등이 '문예보국강연대'를 조직하여 전국적인 순회강연을 하기도 했다. 이러한 대규모의 연설은 책으로 간행되어 『애국연설집』으로 판매되었고, 이 책은 1940년 5월 18일에 판매를 개시하여 "發賣 壁頭부터 절대한 인기를 博"하여 3개월 만에 초판이 매진[40]되었을 정도였다. 1942년에는 '결전대연설회'가 청중 오천 명을 동원하는 가운데 장덕수, 신흥우, 조병상을 주축으로 「타도 영미 침략주의」(이성환), 「적이 강복하는 날까지」(김동환), 「군국의 어머니」(최정희) 등의 주제로 개최되었다. 이러한 연설회는 식민지 본국인 일본에까지 문학인들이 동원되어 명치대학에서 '반도출신 출정학도 궐기대회'가 열렸고, 최남선과 김석원이 징병을 독려하고 국민의 결사항전의 의지를 촉구하는 연설을 했다.

1941년 12월 10일 '국민총력연맹' 주최로 한 '결전대연설회'에서 장덕수는 영국과 미국을 적성국가, 세계 신질서 건설을 방해하는 세력으로 규정하고 있다. 그리고 이러한 주장을 뒷받침하기 위해 연설은 뉴욕에서 일어난 일과 자신이 경험한 것을 서사화하여 언급한다.

---

40 『애국연설집』 간행과 판매에 관한 기사는 『삼천리』 12권6호(1940.6)와 12권9호(1940.10)에 수록되어 있다. 이 연설집은 초판이 매진되어 재판을 찍을 정도로 인기가 있었다.

하로는 뉴욕의 종로라고 할만한 부로오드 웨이의 한 식당에 점심을 먹으려 갓섯읍니다. 음식의 주문을 마치고 안젓노라니까 한 4, 50 되어 보이는 점잔은 흑인 한 사람이 드러와서 역시 점심을 사먹으라는지 손에 드럿든 가방을 옆에 놋고 식탁을 의지하야 안젓습니다. 얼마있다가 그 식당주인이 그 사람에게 가서 무어라고 몇 마디를 속살거린 즉 그 흑인은 얼골에 분기를 띄고 자리를 차고 나아갑니다. 하도 이상해서 그 주인을 불러 사유를 무른즉 그 대답이 우리 집에서는 흑인에게 음식을 팔지 안스미다 합니다. 웨, 흑인의 돈에는 녹이 슬었드냐 한즉 흑인에게 음식을 팔면 백인 손님들이 오지를 안는다고요. 다음으로 내가 친히 당한 이야기를 하나 하겠읍니다. 오레곤 대학에 있을때에 그 동리 어떠한 이발소에 이발을 하라갓읍니다. 그런즉 그 집주인이 하는 말이 우리는 동양사람의 머리를 깍지 안는다고, 웨 동양사람의 머리털은 쇠사실인줄 아느냐 한즉 하여튼 동양사람의 머리는 안 깍는다는데 무슨 장소리냐 해서 할 수 없이 대학 안으로 도라와서 이발을 한 경험이 있읍니다.[41]

1인칭 '나'의 체험과 타자인 '그' 경험을 하나의 '사건'으로 재구성하는 이 연설은 연사의 주장을 좀 더 효율적으로 전달하기 위해 내러티브가 연설의 중간에 삽입되고 있다. 이 내러티브는 맹목적인 주장과 주의가 주는 연설의 공허함과 지루함을 대신하면서 청중의 감정과 감성에 의한 설득을 유도하고 있다. 감상주의적 파토스 이면의

---

41 장덕수, 「ABCD 포위진의 병력배비 적성국가의 정체」, 『삼천리』 14권1호, 1942.1, 25쪽.

교훈적 목적은 보다 구체적인 상황과 연결되고 일상생활의 깊숙하고 세세한 부분, 사람들 사이의 사사로운 관계, 그리고 개인의 내면적인 삶[42]까지 포괄하면서 청중에게 전달된다. 주장을 호소하는 연사의 목소리와 내러티브의 주 인물이(연사) 시각적으로 감지되는 상황, 오감이 자극되는 이러한 연설에서 청자의 공감도는 커질 수밖에 없고, 그로 인해 청자와 연설자간의 감정의 거리는 좁혀진다. 청중은 내러티브가 허구냐 사실이냐에 관계없이 연사의 직체험적인 내러티브를 통해 연사와의 연대감을 형성하게 되는 것이다. 파시즘은 정치선전 내용들을 국민의 의식 속에 반복해서 효과적으로 주입하는 방식으로 작동[43]되고, 그것은 행동의 준거로써 반복적으로 또 다른 행동을 지시하는 기능을 갖는다. 이러한 파시즘의 정치선전의 전략으로써 내러티브의 반복적 차용은 청중의 심리를 자극함으로 연설의 효과는 극대화된다.

> 전에 들은 스파타의 어머니 이야기 하나가 있습니다. 스파타 어머니들은 전지에 내보내는 愛子에게 큰 널쪼각을 주면서 네가 스파타를 위하야 죽도록 싸와서 이 널 우에 누어 오든지 네가 승리하야 승전고를 울이며 말을 타고 오라고 축복했다 합니다.[44]

---

42 미하일 바흐찐, 전승희, 서경희, 박유미 역, 『장편소설과 민중언어』, 창작과 비평사, 1988, 226쪽.
43 김종영, 「파시즘에서 연설의 기능」, 『텍스트 언어학』 13집, 텍스트언어학회, 2002, 370-371쪽.
44 장정심, 「보국과 절제」, 『삼천리』 제10권 8호, 1938.8, 200쪽.

제일선에 나간 충북 출신인 이인석 상등병이 전사한 것은 내지에서 들었는데 처음에는 지원병이 전지에 가서 비겁한 일을 할 바가 두려워 하였다. 그러나 고이소 총독이 말한 바와 같이 대화혼은 조선인에게도 있었다. 이 상등병이 전사할 때 요우(僚友)가 안고 무엇인가 할 말이 없 느냐고 물을 때 나는 아직까지 일본군인으로서 부끄러운 일을 하지나 않았느냐고 묻고 그 요우도 너도 훌륭히 싸웠다고 할 때야 비로소 「천 황폐하 만세」를 부르고 죽었다고 한다.[45]

파시즘 연설에서 내러티브는 현실에서 일어날 수 있는 상황들을 재현한다. 연설을 통해 병사들의 죽음이 무의미하지 않다는 것을 설 득하기 위해 이 연설문에서는 스파르타의 어머니와 충북의 지원병 의 예를 들고 있다. 전쟁에 동원된 병사들의 경험을 들려주고, 그들 이 어떻게 죽음을 맞이하고, 결사항전했다는 내러티브는 후방에 남 아 있는 미래의 병사와 어머니들에게는 하나의 신화로 각인된다. 파 시즘 연설에서 일치와 화합의 의식이 중시[46]되면서 천황을 위한 전 쟁의 당위성과 멸사봉공해야 한다는 의무감은 여기에서 내러티브 를 통해 필연적인 사실로 각인된다.

연설에서 내러티브의 도입은 사건을 중심으로 구성되고, 이러한 사건들의 행위자로서 인물은 스토리의 의미를 생성하는 역할을 담 당하게 된다. 스토리는 작중 인물을 사건들의 시퀀스와 관련지어서

---

45 장덕수, 「대결단을 내라」, 『학도여 성전에 나서라』, 없어지지 않는 이야기, 1997, 214-215쪽.
46 김종영, 앞의 논문, 384쪽.

배열하며, 그러한 일련의 관계들은 작중 인물이 행위자로서 수행하는 기능을 확인시켜 준다.[47] 스토리 내에서 인물의 배치는 문장을 뛰어넘는 의미생성의 기능을 수행하면서 연사가 주장하는 이데올로기를 생성한다. 서사물은 일종의 커뮤니케이션이다.[48] 발신자의 의도가 수신자에게 정확하게 전달되도록 고안된 것이 내러티브이며, 발신자인 연사의 언술이 수신자인 청중에게 도착되었을 경우 청중들은 이것이 기술텍스트(written text), 구술텍스트(oral text)에 상관없이 해석을 해야만 한다. 이러한 해석 과정에서 청중은 자신의 경험을 끌어오게 되고, 현실에 있음직한 사건들을 대입하면서 적극적인 텍스트의 해석 행위에 참여하게 된다. 청중의 적극적인 해석행위의 중심에 위치한 것은 다름 아닌 내러티브로써의 사건이고, 이것은 연사의 의도된 플롯팅을 기반으로 하여 청중에게 전달된다. 따라서 플롯팅 된 내러티브는 청중에 의해 제2의 해석의 결과로써 새로운 내러티브를 생성하면서 해석의 반응을 이끌어 내게 되는 것이다.

신체제하 연설장에서 서사화의 방식을 전략적으로 이용하고, 이로 인한 해석의 결과를 극대화하고 있는 것은 여성을 연사로 한 연설이다. 최정희, 모윤숙, 김활란 등의 연설은 가정 안에 위치한 여성의 경험을 중심으로 구체적인 내러티브를 구성한다. 이들이 연설에서 강조하고 있는 것은 대동아공영권의 정당성이고, 이것은 천황제 파시즘의 가족주의로 수렴되는 양상을 보인다. 대동아공영권의 전망

---

47 스티브 코핸, 린다 샤이어스, 임병권, 이호 역, 『이야기하기의 이론-소설과 영화의 문화 기호학』, 한나래, 1996, 103-104쪽.
48 시모어 채트먼, 김경수 역, 『영화와 소설의 서사구조 이야기와 담화』, 민음사, 1990, 31쪽.

은 기본적으로 일본을 중심으로 한 새로운 동아시아 질서를 상정하는 것이기 때문에 거기에는 기존의 동아시아의 국가 간의 체계를 넘어서는 상상력이 요구되었다.[49] 이러한 상상력은 내러티브를 통해 국가에 동원되는 여성인 '군국의 아내, 어머니'로 구성된다.

초등학교 3학년에 다니는 열 살 먹은 아이올시다. 이 아이는 아침 자리에서 이러나기 싫어하다가도 궁성요배 싸이렌이 들리기만 하면 벼락같이 벌떡 이러나서 동쪽을 향해 엄숙히 허리를 높이고 섭니다. (중략)「어느 날 엄마 내가 전쟁에 나가 죽으면 울테야」하고 물었습니다. 돌연한 이 물음에 저는 당황했습니다. 그것은 바른 길이요 옳은 길이라 알면서도 꼭 하나 밖게 없는 아이! 어느 어머니가 자식을 사랑하지 않겠습니까 마는 제게 있어서는 왼 세상을 주어도 바꿀 수 없는 오직 하나인 아이올시다.「죽는다」는 말에 놀라지 않을 수 없고 가슴이 철렁 내려 안 앉을 수 없었습니다. 그래서 저는 잠깐 어리벙벙해 있을 수밖에 없었습니다. 그랫드니 아이는 다시「엄만 틀렸어」하고 낙망하는 얼굴을 보이고 있었습니다. 저는 정말 틀린 엄마였습니다. 아이의 말에서 저는 다시 저를 반성했습니다. 그래서 틀린 엄마를 불만해하는 아이를 끌어다 안으며,「울지 않을테야 좋은 일하구 죽는데 웨 울까」이렇게 대답해 주었습니다. (중략)「노래만 할까, 엄만 네가 전쟁에 가서 죽는다면 춤을 추겠어」하고 참으로 아이와 똑 같은 빛나는 얼굴빛을 아이에게 보여주었습니다.[50]

---

49 김재용, 『협력과 저항』, 소명출판, 2004, 74쪽.
50 최정희, 「군국의 어머니」, 『대동아』 14권 3호, 1942.3, 116-117쪽.

'전시연설'에서 여성은 가정경제의 책임자로, 전장에 나간 군인의 아내와 어머니의 역할을 동시에 수행하는 제국신민의 일원으로 인정되고 있다. 최정희가 행한 이 연설에서 '나'는 초등학생의 엄마이며, 미래의 병사를 길러낼 역할을 담당한 군국의 어머니로 등장한다. 이 연설에는 1인칭의 '나'가 초점화하는 '아이'서사가 삽입된다. 아이는 충실한 황국신민의 모습을 보이지만 '나'는 '틀린 엄마'로서 아이의 말에 반성하는 엄마이다. 아이의 가르침으로 인해 엄마는 결국 "네가 전쟁에 나가서 죽는다면 춤을 추"는 인물로 변모된다. 여기에 삽입된 서사는 최정희의 작품 「야국초」의 내용과 겹치기도 한다. 서술자인 엄마는 "제가 용기와 자신과 신념을 가지려는 노력을 하게 된 동기는 지나사변에 있는 것도 아니고 일·미·영전에 있는 것도 아니고 어머니의 가르침도 아니고 어느 스승의 타이름도 아닙니다. 제 아이올시다."라고 언술하며 강한 어머니로 거듭난다.

일제말기 '가정'은 전쟁을 위한 가장 기초적인 단위로 설정된다. 가정을 관리하는 아내와 어머니는 총후를 담당하는 최후의 보루적 존재이면서 전쟁을 가능케 하는 원동력으로 인정된다. '군국의 어머니'인 여성은 천황의 가족주의에 포섭된 대상이며, 천황의 신민을 생산하는 역할로 등장한다. 즉 여성은 이 시기 '황민'의 자질을 내면화 한 젠더의 개념으로 새로운 정치적 주체로 설정되고 있다. 연설에 나타난 총후부인 담론은 생활정비에서 후방관리까지 폭넓은 지형에 이데올로기 담론[51]의 성격을 띠면서 파시즘 체제에 동원된 젠

---

51 권명아, 『역사적 파시즘-제국의 판타지와 젠더정치』, 책세상, 2005, 179쪽.

더의 일면을 보여준다. 이 시기 총후부인담론은 당대의 여성들을 의식화하기 위한 방식으로 파시즘 연설에서 서사적 변용을 거쳐 작동되었다.

연설문의 지시적 언어가 설득력을 갖게 되는 것은 서사 안에 삽입된 내러티브의 효과 때문이다. 의사소통이란 음성적 또는 비음성적 메시지로 표현된 느낌이나 생각을 주고받고 이해하는 의식적, 무의식적, 의도적, 우연적 과정의 총체이다. 이것은 지속적인 상호과정을 통해 가능하다.[52] 청중과 연사 간의 의사소통은 연설의 본질이다. 일제말기 연행된 연설의 경우는 하나의 이야기를 작가의 의도에 맞게 서사화하여 발언함으로써 제국의 정치적 이데올로기를 효과적으로 전파했다. 이러한 '서사적 연설'로 인해 청중은 자신의 현실 세계를 보다 용이하게 이해하고 예측함으로써 체제 순응적으로 제국의 질서에 포섭되었다. 이것은 '서사적 연설'이 청중의 감성의 파토스를 증폭시키는 역할을 수행했기 때문에 가능한 것이었고, 동시에 제국의 이데올로기를 심미화하기 위한 전략으로써 장르적 변용을 거친 결과라고 할 수 있다.

3. 내선일체 황국신민의 논리 강화를 위한 '연설적 서사'

일제말기 소설은 제국의 정치적 합목적성을 선전하기 위해, 그리

---

52 지수호, 「수사적 의사소통」, 『텍스트 분석방법으로서의 수사학』, 유로서적, 2004, 94쪽.

고 내선일체의 황국신민의 육성하기 위한 목적으로 쓰였다. 제국의 식민지 논리를 내면화 하는 동시에 천황제를 옹호하고 식민지 본국의 전쟁에 협력해야 하는 상황에서 소설은 전쟁 동원에 적합한 신민을 생산하고 개조하는 방식으로 작동될 수밖에 없다. 이에 소설의 내용은 행동을 촉구하고 지시하는 방식의 언어적 수사와 기법을 도입하게 된다. 그중의 하나가 소설의 중간에 인물의 논리, 작가의 내적 논리를 위해 연설체를 차용하는 '연설적 서사'이다. 이러한 소설들은 대일 협력을 강조하는 국민문학에서 많이 나타난다. 연설적 서사체들은 허구성을 기반으로 하고 있는 소설의 기본적인 성격을 담지하면서 작가가 전달하고자 하는 주장을 이야기를 통해 보여주기(showing)하면서, 동시에 직접적인 작가의 언급이 짐작되는 말하기(telling)의 기법들을 사용하고 있다. 이 소설들에서 말하기는 일방적으로 인물이 독자를 염두에 두고 연설체로 발화되는 것으로 논쟁적인 서술이 주를 이룬다.

일제말기 소설가 중에서 가장 문제시되는 인물이 이광수라는 것은 재론의 여지가 없다. 이광수의 행적뿐 아니라 그의 작품에 드러나는 대일 협력적인 논리가 다른 여타의 작가들에 비해 심화되었기 때문이다. 이광수는 1940년 『매일신보』에 게재한 「황민화와 조선문학」(1940.7.6)에서 조선문학은 "회고적 감상적 일차적인 기분을 청산할 것이다. 그리고 희망과 영광에 권하는 감정을 기조로 할 것이다. 맑시즘은 말할 것도 없거니와 구미식인 모든 개인주의적 향락주의적 변방잡기적 병적인 그러한 조류에서 탈출할 것이다. 그리고 신행신흥 국민의 문학다운 문학을 건설할 것이다."라고 언급한다. 그리고 이러한 문학을 하는 것이 작가의 임무이고 천황의 천은에 대한 보답임을 강조한다.

이와 같은 언급은 1920년대의 '민족개조론'이 총력전 체제하 '황민화의 개조'로 방향을 선회하고 있다는 것을 분명히 한다. 창시개명을 단행하고 이중어 글쓰기에 동참하게 되는 시점에서 이와 같은 언급은 이광수 자신의 문학적인 전향을 선포하는 발언이라고도 할수 있다. 이광수에게 신문학은 일본어의 이중어 글쓰기이고, 이 과정에서 소설은 실제작가의 목소리가 그대로 드러나는 연설체의 언술을 포함함으로써 작가의 내면을 투사한다. 이광수는 「진정 마음이 만나서야말로」(1940, 일본어 창작), 「그들의 사랑」(1941), 「봄의 노래」(1941), 「대동아」(1943, 일본어 창작)를 통해 연설적 서사를 시도하고 있다.

세상은 무엇이든지 이론대로 굴러가는 것이라고만 생각했었단다. 그런데 왠지 그렇지 않은 것 같다. 역시 정말 인간을 움직이는 것은 정(情)이라고 생각하게 되었단다. 심리학에서 말하는 그런 감정이 아니라, 에, 보통의 인정(人情)이라는 것이다. 이 인정이라는 놈이야말로 인생의 지배자처럼 생각된다. 이를테면 애국심도 그렇지 않느냐, 그건 결국 정이란 말이다. 우리가 일본을 사랑한다. 폐하를 위해 생명을 버린다. 그건 모두 이성이 아니라 정(情)이란 말이다. 부모 자식이건 형제건 정으로 맺어져 있는 것이 아니냐. 그렇다고해서 이성을 부인하겠다는 것은 아니지만 말야, 이성, 즉 이론이 정화되어야 비로소 행이 된다고 생각한다. 아직 정이 되지 않은 이론은 요컨대 공론이지. 과학적 이론은 별도로 하고 말이야. 내선일체도 그렇다고 생각한다.

내지인과 조선인이 정으로 맺어지지 않으면 진짜가 아니라고 생각
한다.[53]

「진정 마음이 만나서야말로(心相觸れてこ5)」는 1940년 『녹기』에 연
재된 춘원의 첫 일본어 장편이다. 그는 작가의 말에서 "이 작은 변
변치 않은 이야기가 내선일체의 대업에 티끌만한 공헌이라도 될
수 있다면, 나의 바람은 이루어진 것입니다."라고 적고 있다. 이 소
설은 김충식과 일본인 여성인 후미에, 그리고 다케오와 김충식의
여동생인 석란의 사랑이 교차되면서 내선일체와 내선결혼[54]에 대
한 문제를 다루고 있다. 다케오는 부상당한 몸으로 석란과 신혼여
행 중에 적진에 침투하여 대동아공영권에 대한 논리를 중국군들에
게 설파한다. 여기에서 거론하는 '情'의 개념은 이광수 문학 초기부
터 강조된 것으로 「문학의 가치」에서는 "정의 분자를 포함한 문장
을 문학"[55]이라 정의하였고, 「문학이란 何오」에서는 문학이 '情의
만족'을 위한 것임을 피력한 바 있다. 이러한 이광수의 '정'의 문학
은 이 소설에서 "피와 살이 일체"가 되는 내선결혼의 논리에 인용
되고 있다. 이광수의 '정'의 개념이 변모되는 것은 문학관의 변모라

---

53 이광수, 「진정 마음이 만나서야말로」, 『진정 마음이 만나서야말로 이광수 친
   일소설 발굴집』, 평민사, 1995, 46–47쪽.
54 여기에서 내선결혼은 내선일체에 대한 최후의 결과로써 인식되고 있다. '피'
   로 상징화 되는 민족의 표상이 내선결혼을 통해 와해됨으로써 내선결혼은 제
   국에 전적으로 순응하는 체제로 인식되었다. 내선결혼을 다룬 소설로는 이인
   직 「빈선랑의 일미인」, 염상섭 「남충서」, 채만식 「치숙」, 김사량 「빛 속으로」
   등이 있다.
55 이광수, 「문학의 가치」, 『대한홍학보』, 1910.11.

기보다는 '정'의 대상 교체에 따른 변화이며, 내적 논리에 따른 결정이었다고 할 수 있다. 이러한 이광수의 전향의 과정은 이 소설에서 논리적인 연설적 언술로 나타나고 있다.

> 일본은 부정불의(不正不義)라고 생각하면 칼을 빼어 일어서는 것이다. 이 욕 때문에 일어서는 영미와는 근본적으로 다르다. 자제의 나라는 일본의 이러한 성격을 파악하지 못했다. 그래서 진정한 친구, 정직한 형제를 적으로 돌리고 교활한 교지 그 자체인 영, 미의 미끼에 걸려 지나사변이라는 대불행을 일으킨 것이다. 구적(仇敵)에 꾀여 형제에게 대항하고 있는 것이다. 자네들은 예를 져버려서는 안된다. 예의 눈을 통해 일본을 다시 보라는 것이다. 그렇게 함으로써 자네의 조국도 아시아도 구원되는 것이다. 자제들은 일본의 예, 즉 일본의 도의성을 확실히 인식하여 일본이 말하는 것을 그대로 받아들이면 된다. (중략) 아시아 제 민족이 지금 바로 극기복례의 자기수련을 바로 시작하지 않으면 안된다네, 아시아의 공동체는 그렇게 함으로써만 번영할 것이다. 지금 일본이 절규하고 있는 대동아공영권이라는 것은 그것에 다름 아니다. 즉 이욕세계를 타파하고 예의 세계를 세우고자 하는 것이다. 일본은 진지하네. 피로써 대업을 이룩할 각오라네. 영, 미가 여전히 동양 제패라는 분수에 넘치는 야망을 버리지 못하는 한, 일본은 반드시 영, 미를 분쇄하고자 일어날 것이네.[56]

---

56 이광수, 「대동아」, 『진정 마음이 만나서야말로―이광수 친일소설 발굴집』, 평민사, 1995, 396-397쪽.

　1943년 카야마 미쓰로(香山光郎)의 이름으로 발표된 일본어 소설
「대동아」에는 대동아공영권에 대한 논의를 자세히 설명하고 있다.
이 소설에 등장하는 일본인 가께이 박사는 상해의 동아동문서원 교
수였으나 중일전쟁으로 와세다 대학에 초빙되어 학생들을 가르치
고 있다. 그의 집에 머물고 있는 중국 유학생 범은 일본이 중국과 전
쟁을 벌이는 것에 대해 회의를 품고 중국 귀국을 결심한다. 이에 가
께이 박사는 아시아가 운명 공동체라는 것과 일본이 이를 위해 싸우
고 있다는 것을 말하며 범을 설득하게 된다. 범은 일본의 대동아공영
권 논리에 감복하고 일본의 진의가 사실로 증명되는 날에 다시 돌아
오겠다는 약속을 하고, 5년 후에 다시 일본으로 돌아오는 것으로 소
설은 끝이 난다. 조선인이 등장하지 않는 이 소설은 대동아공영권의
논리를 중국인의 입장에서 재현하고 있다는 점에서 다른 소설들과
차별화된다.

　이 소설은 장르의 개방성과 혼합성을 잘 보여준다. 「가가와 교장」
과 「군인이 될 수 있다」가 각각 하나의 서사로 내선일체와 황국신민
의 자세를 보여주고 있다면, 이 소설에서는 연설체의 언술로 대동아
공영권이 갖는 논리적인 정당성을 피력하는데 주력하고 있다. 소설
에는 상해에서 중국인에게 폭행당한 일본인 사건을 다룬 '노구교 사
건', '왕조명의 남경정부', '고노에의 성명' 등을 차용하여 시국의 현
황을 설명하는가 하면, 대동아공영권의 합리화를 위해 공자의 '주례
(周禮)'를 인용하여 일본의 정신을 설명하고 있다. 보여주기(showing)
에 의한 인물의 묘사보다는 연설체 언술로 인물의 성격을 규정하고
있는 이 소설에서는 가께이 박사를 통해 중국을 대동아공영권에 포

섭해야 하는 논리를 전달한다. 중국학 박사를 일본인으로 설정하고 있는 것은 인물의 신뢰성과 언술의 논리성을 담보하기 위한 설정으로 보인다.

이광수의 소설에서 연설체 서술은 이미 1910년의 「어린 벗에게」에서 서간문의 계몽적인 언술과 1930년대 「흙」에서 교육의 중요성을 강조하는 부분에서 등장한 바 있다. 그리고 일제말기 소설에서 이광수가 다시 연설체의 서술을 사용하고 있다는 것은 신체제를 위해 조선민중을 선동해야 하는 필요성에 의해서이다. 특히 이 소설의 경우 중국인이 대동아공영권을 위한 설득대상이 되고 있고, 소설 속의 인물이 아시아적 인물로 확대되고 있다는 것은 '대동아문학자'로서의 입지를 위한 이광수의 새로운 시도라고 볼 수 있다.

이광수가 소설의 형식 안에서 연설체 언술을 삽입하여 제국의 이데올로기를 직접적으로 설명하고 있다면, 정인택의 경우는 서간체 소설을 통해 천황제 파시즘의 논리를 직접적으로 드러낸다. 서간체는 고백을 중심으로 자기경험을 직접화하고 있다는 점에서 발신자의 내면화 경로를 잘 보여주는 특성을 갖는다. 고백은 한 개인이 존재할 필요가 있고 자신을 확정 시켜 줄 수 있는 공동체를 대표하는 청자에게 자신의 본성을 설명하기 위한 의도적이고 자의적인 시도이다.[57] 정인택의 「뒤돌아보지 않으리」는 전장에서 아들이 어머니에게 고백하는 편지의 형식으로 되어 있다.

---

57 우정권, 『한국근대 고백소설의 형성과 서사양식』, 소명출판, 2004, 27쪽.

"오늘부터 뒤돌아보지 않고 천황/ 신의 선택으로 떠나는 우리" 옛날 노래에 이런 노래가 있는데, 이것이야말로 일본군인 한 사람 한 사람의 마음을 그대로 노래한 것입니다. 자, 지금부터 선택 받아 천황을 수호해 드리기 위해서 전쟁에 나가는 거야, 오늘부터는 이제 모두 아무 것도 생각하지 않고 나라를 위해서 죽을 뿐이야 이것이 노래의 의미입니다. 이처럼 우리나라의 군인은 모두 죽을 각오가 되어 있습니다. 더욱이 여기에서 죽는다고 하는 것은 결코 슬픈 일도, 쓸쓸한 일도 아니기 때문에 하물며 불길한 일일 리는 없습니다. (중략) 부모님을 앞서는 자식은 불효하는 자식이라고 합니다. 이 말이 틀렸다고는 할 수 없지만, 이것은 평화로운 때의 이야기일 뿐 거국적으로 싸우고 있을 때에 적당한 말은 아닙니다. 오히려 이 반대의 경우가 지금인 것입니다. 천황의 은혜를 위해서 충의를 다해 죽는다면 부모님은 당연히 기뻐할 것입니다. 충과 효는 결코 다른 것이 아닙니다.[58]

고백의 주체인 아들은 자신이 전장에서 싸움을 하는 것이 천황의 은혜에 보답하는 길이라고 언급하며, 어머니에게 "늠름한 군국의 어머니"가 되어주기를 부탁한다. 그리고 이 소설에서는 실제로 남태평양에서 조난당한 대전정(大畑正)의 편지를 모방하여 보여준다. 여기에서 말하는 '군국의 어머니'는 일본 파시즘의 이데올로기를 형성하는 가족주의의 핵심이다. 가족주의는 일본 국가구조의 근본적인 특질로 "가장으로서의 국민의 '총본가'로서의 황실과 그 '적자'에 의해

---

58 정인택, 이시다코조 편, 노상래 역, 「뒤돌아보지 않으리」, 『신반도 문학선집 1』, 제이앤씨, 2008, 59-60쪽.

구성된 가족국가의 표상"[59]으로 의미화된다. '군국의 어머니'는 이러한 가족국가를 책임질 주체로서 파시즘 이데올로기를 구성하는 개념으로 새롭게 탄생된다. 즉, 이 '어머니' 표상은 궁극적으로 일제의 천황제 파시즘을 공고히 하는 기제로 사용되고 있는 셈이다.

앞에서 보았듯이 최정희가 연설문의 형식을 통해 '군국의 어머니'에 대한 서사를 삽입하여 보여주었다면, 이 소설에서는 같은 주제를 가지고 서사 안에 연설적 언술을 사용하고 있다. 서간체 소설에서 '나'를 중심으로 하는 발신자와 '나'의 편지를 받는 수신인으로서의 '어머니'의 관계는 허구적으로 구성되어 있다. 작가는 이러한 허구성의 기반 아래 발신자로서의 작가의 의도를 드러낸다. 물론 이것이 소설이라는 장치를 외연으로 하고 있다고 하더라도 내면의 고백을 중심으로 하는 서간이라는 형식은 화자인 인물의 독백으로 진행될 수밖에 없다. 오로지 한 인물의 발화만으로 이루어진 서간의 경우는 발화자의 내면을 심층적으로 접근할 수 있는 통로가 된다.

신체제하 서간체 소설은 이전의 시대에 쓰인 일상의 신변잡기적인 내용과는 차별화된다. 1920년대 고백적 서술은 자신의 존재에 대

---

59 마루야마 마사오, 앞의 책, 78쪽.
　마루야마 마사오는 이 책에서 일본 파시즘의 특질중 하나가 가족주의라고 보고 있다. 이 가족주의는 가족국가라는 사상에서 비롯되었으며, 이러한 충효일치의 사상은 일찍이 메이지 이후의 절대국가의 공권적 이데올로기였다고 설명한다. 그리고 두 번째는 농본주의로 이것은 사회적 기반으로서 일본주의 내지 국권주의운동의 일관된 전통에서 비롯된다고 한다. 세 번째는 대아시아주의에 기초한 아시아 제 민족의 해방이다. 일본이 유럽 제국주의에 대신하여 아시아의 헤게모니를 장악하려는 사상이 동아협동체론, 동아신질서론으로 전개된다고 보고 있다.

한 인식을 역사나 정치와 같은 거대 담론을 통해 하지 않고 사랑과 술, 죽음과 같은 자연적 인간의 본성[60]을 위주로 한다. 그러나 일제 말기 신체제하에서 전쟁에 참여하고 내선의 논리에 순응해야 하는 상황에서 인간의 본성을 논의하는 고백의 형식은 황국신민의 일체 화를 표명하는 글쓰기로 변모된다. 이광수의 「동포에게 부침」(『경성 일보』, 1940.10.1-6, 1940.10.8-9), 「행자(行者)」(『문학계』, 1941.3) 또한 '군(君)'과 '코바야시 선생'을 수신인으로 한 서간체 소설을 통해 논리적인 내 선일체의 과정을 피력하고 있다.

일제말기 고백을 중심으로 하고 있는 '연설적 서사'는 작가들에게 전향의 논리를 합리화하는 방식으로, 또는 서술자의 직접적인 발언 을 통해 제국 이데올로기를 설득하는 전략으로 사용된다. 이러한 전 략에는 이전에 통용되었던 '개인'의 개념은 삭제되고 '국가'를 위한 공동체로서의 집단만이 인정된다. 이 시기 서간체 소설이 쓰이는 것 은 '전장'이라는 새로운 문학적 공간이 생성되었기 때문이다. 여기 에서는 대동아공영권의 논리를 몸으로 체현하고 있는 참전 군인을 발화자로 등장시킴으로써 제국의 이데올로기는 현장성을 갖게 된 다. 문학이 전쟁을 선전, 선동하는 도구로 동원되는 상황에서 서간 체 소설의 연설적 발화는 '나'에 대한 전향의 논리를 좀 더 설득력 있 게 전달하는 전략이 되고 있고, 후방에 있는 수신자(독자)의 전향을 독려하는 방식으로 차용되고 있다.

파시즘 연설에서 서사를 도입하는 것과 국민문학에서 연설체 언

---

60 우정권, 앞의 책, 100쪽.

술을 차용하는 것은 청중과 독자의 상상력과 관계된다는 점에서 유사하다. 가라타니 고진은 감성, 감정이 지적, 도덕적 능력과 밀접하게 연결되어 있으며, 그리고 그것들을 매개하는 것이 상상력이라고 언급한다.[61] 제국의 식민지로서 내선일체, 천황의 신민으로서의 역할, 그리고 신체제하에서의 대동아공영을 위해 전쟁에 동원될 수밖에 없는 현실에서 연설과 소설은 청중(독자)에게 이러한 사실들을 전달하는 소극적인 측면에서 벗어나 좀 더 적극적으로 행동을 촉구하는 방법을 고안할 수밖에 없다. 연사는 자신이 전달하고자 하는 주장을 서사적 내러티브로 구성하여 상상력의 차원으로 전달함으로써, 그리고 작가는 이미 구조화된 이야기에 서술의 형태를 변형함으로써 그 의미를 효율적으로 전달하고 있다. 이 과정에서 연설적 서사와 서사적 연설이 갖는 내러티브의 상상력과 연설의 논리성은 연사(작가)의 메시지를 초월하는 의미를 형성하며 독자의 심리를 조종하는 전략으로 이용되고 있다.

문학장르는 사회, 문화, 역사적인 상황과 밀접한 관련 속에서 형성되며, 이들 간의 유기적인 관계 속에서 분류, 통합된다. 장르가 내재하고 있는 확정적이고 엄격한 규범들은 다양한 변수에 의해 탈각되기도 하고, 주변화된 것으로 밀려나기도 한다. 이것은 장르 자체가 갖는 유동적이고 연성화된 성격 때문이라 할 수 있는데, 그래서 각각의 장르들은 타 장르들과의 교섭의 결과로서 혼합 장르적인 특성[62]을 지닌다. 이런 점에서 일제말기 신체제하에서 소설

장르가 갖는 타 장르와의 교섭은 작가들의 글쓰기 형태 즉, 친일과 대일 협력 또는 저항의 흔적에 따라 다르게 변주되었다는 것을 보여준다.

장르들은 여러 특성들의 복합적 구성체이다. 예를 들어 소설과 드라마는 서정시에서는 비본질적인 요소인 플롯이나 등장인물 등과 같은 특성들을 요구한다. 그러나 이 세 장르는 모두 비유적인 언어 형태를 사용할 수 있다. 더군다나 작품들은 보통 그 각각의 특성들을 각기 다른 비율로 혼합한다.

제2부

식민지 시기 기행문의
지정학적 상상력

제1장

이광수 기행문의 유적의 기념비화와
민족서사 창안 논리
—1930~40년대 기행문을 중심으로

1. 국토여행의 이데올로기

식민지 체제하에서 민족과 국가는 일종의 이데올로기적 대립관계 속에 존재한다. 제국에 의한 식민지의 상황에서 민족의 정체성은 긍정 또는 부정의 방식으로 이분화되거나 균열의 경로를 겪는다. 국가는 민족으로 되는 경향이 있지만, 민족은 항상 국가로 되지[63]않는 모순 속에서 국가와 민족은 지배와 피지배의 권력적 관계 안에서 저항과 협력의 긴장감을 형성할 수밖에 없다. 식민지 시기 전시동원 체제(1931-1945)에서 민족의 순혈주의를 지지하는 민족주의와 제국의 이념을 승인하는 국가주의는 식민지 지식인의 정치적 삶과 내면적 삶의 논리 안에서 진동하였고, 이것의 이데올로기적 사유는 허구화

---

63 에티엔 발리바르, 서관모 역, 「민족형태:그 역사와 이데올로기」, 『이론』, 진보평론, 1993, 99쪽.

를 통해 또는 경험적 사실을 바탕으로 하는 글쓰기를 통해 재현되었다. 그러나 여기에서 간과할 수 없는 문제는 민족주의 이데올로기와 국가 이데올로기가 그렇게 간단하게 상충되고 결합되는 가이다. 지배와 피지배의 이분법이 그대로 국가주의와 민족주의를 포섭하고 있지 않은 것처럼 식민지인이 선택하는 이데올로기 또한 선명하게 구별되지 않는다. 지배자의 담론을 모방하거나 긍정한다고 해서 국가주의에 귀속되었다고 말할 수 없고, 저항한다고 해서 민족주의라고 표방할 수도 없는 문제가 상존한다. 특히 전시동원 체제에 들어선 1930년대 이후 이 둘의 관계 사이에는 무수히 많은 변수들이 존재했고, 여전히 그 관계는 논리적으로 규명되고 있지 않다.

이광수의 경우는 이러한 문제의 핵심에 위치한 작가로 식민지 시기 민족주의자에서 친일의 협력자로 전향한 대표적인 인물이다. 민족주의자의 의무와 책무, 그리고 제국에 대한 국가주의의 포섭이라는 양극단의 상황에서 그는 자신의 글쓰기를 통해 끊임없이 훼절에 대한 논리를 합리화하거나 반박하면서 전향의 내적 논리를 생성하였다. 이광수는 자신의 자전적 삶의 영역을 환기시키면서 그것을 글쓰기에 투영했고, 이것은 소설의 허구화를 통해 또는 자서전과 기행문으로 서술되었다. 이광수에 대한 많은 논의들은 그의 소설에 대한 작품론의 해석과 일제말기 총력전 체제하의 대일 협력에 대한 논리를 해명하려는 것이 주를 이루고 있다.[64] 이광수의 민족주의와 친일

---

64 김윤식은 "가면 없이는 춤추지 않는다."라는 문장을 통해 이광수가 카야마 미쓰로의 탈을 쓰고 협력의 행보를 하고 있었으며, 『법화경』의 행자로서의 내적 논리를 견지하였다고 보고 있다. 서영채의 경우는 대동아공영권의 논리를 문자 그대로 받아들임으로써 이광수의 행위는 마조히즘적인 유머의 산물이며

협력에 대한 문제는 조선어와 국어(일본어)라는 이중어 글쓰기와 함께 춘원과 카야마 미쓰로(香山光郞)의 거리만큼이나 무수한 틈을 내재하고 있는 것이 사실이다.

이광수의 소설, 논설, 문학론 등에 비해 기행문은 그동안 논의가 한정되어 진행된 것이 사실이다. 그의 저작들은 다른 작가들의 글들에 비해 많은 분량을 차지하고 있고, 그에 대한 연구 또한 자전적 생애, 사상적 궤적과 관련하여 역사학계, 문학계에서 심도 있게 진행되어 왔다. 이광수의 문학이 "민족주의적인 이상과 그의 계몽주의적인 정열[65]을 서술하고, "민족적 각성을 통한 민족개조"[66]와 "제국권력을 향한 야망과 식민지인으로서의 반감 사이"[67]에서 "맨얼굴과 香山光郞이라는 가면 쓰기"[68]였다는 논의로 볼 때 그의 글쓰기는 키메라적인 일면이 존재한다. 이광수의 다채로운 단면들은 비허구적인 장르인 기행문을 통해 보다 세밀하게 해석할 수 있는 여지를 준다. 기행문이 허구성에 의한 글쓰기보다 작가의 내면이나 사상들을 직접적으로 전달하는 장르적 특성을 갖는다는 점, 간접화된 서술 양식

이것의 이데올로기를 조롱하기 위해 자기 자신을 제단에 희생양으로 헌납하고 있다고 언급한다. 최주한은 이광수의 전면적인 전향은 일본을 조국으로 받아들이는 것만이 조선이 광영되게 살 수 있는 길이라는 확신이 전제된 것이었고, 그것은 친일파라는 대대적인 세상의 비난을 살 만큼 철저한 것이기도 했다고 논의하고 있다.
김윤식, 『일제말기 한국 작가의 일본어 글쓰기론』, 서울대 출판부, 2003, 358쪽.
서영채, 『아첨의 영웅주의―최남선과 이광수』, 소명출판, 2011, 114쪽.
65 조연현, 『한국현대문학사』, 성문각, 1969.
66 윤홍로, 『이광수의 문학과 삶』, 한국연구원, 1992.
67 최주한, 『제국권력에의 야망과 반감 사이에서』, 소명출판, 2005.
68 김윤식, 『이광수와 그의 시대 2』, 솔, 1999.

이 아닌 실제적인 경험을 서술하고 있다는 점에서 주체의 의식과 무의식은 보다 정교하게 드러난다.

이광수는 1910년대 「오도답파여행」(1917), 「남유잡감」(1918)을 연재했고, 『신생활』지에 근대인의 시각으로 자연을 관조하는 『금강산유기』(1922)[69]를, 1930년대는 「충무공유적순례」(1930), 「단군릉」(1936) 등의 기행문을 신문과 잡지에 게재하며 민족주의자로서의 위상을 보여주었다. 그리고 「동경잡신」(1916), 「상해인상기」(1917), 「삼경인상기」(1943) 등을 서술하면서 근대 문명의 차이와 식민지 조선의 실감을 서술한 바 있다.[70] 이광수 기행문은 식민화된 공간의 철저한 시각화와 연계되면서 식민지 국토를 확인하는 작업의 일부로서 조선의 표상 정립과 관계된다. 여행이 일상으로부터의 벗어남의 의미를 지니고, 일상과 비일상의 세계 사이에서 자기를 새로 구축하는 경계인의 정

---

69 서영채, 「최남선과 이광수의 금강산 기행문에 대하여」, 『민족문학사연구』 24호, 민족문학사학회, 2004, 256쪽.

70 이광수의 기행문을 정리하면 다음과 같다.
「대구에서」(『매일신보』, 1916.9.22-23), 「오도답파여행」(『매일신보』, 1917.3), 「남유잡감」(『청춘』, 1918.6), 「동경잡신」(『매일신보』, 1916.9.27-11.9), 「상해인상기」(『청춘』, 1914.12-1915.1) 「해삼위로서」(『청춘』, 1915.3), 「동경에서 경성까지」(『청춘』, 1917.7-9), 「금강산유기」(『신생활』, 1922.3-8), 「향초록」(『동아일보』, 1923.9.9-9.17), 「나의소년시대」(『조선문단』, 1925.4), 「충무공유적순례」(『동아일보』, 1930.5.21-6.8), 「연등기에서」(『대조』, 1930.7), 「상해이일저일」(『삼천리』, 1930.11), 「신주승전봉과 권율도원사」(『동아일보』, 1931.8.13), 「노령정경」(『동광』, 1931.10), 「합포풍경」(『동아일보』, 1933.4.19), 「만주에서」(『동아일보』, 1933.8.9-8.23), 「북경호텔과 관성자의 밤」(『신여성』, 1934.9), 「평양」(『조선일보』, 1935.5.1), 「평양의 명일」(『조선일보』, 1935.5.2), 「단군릉」(『삼천리』, 1936.4), 「동경구경기」(『조광』, 1936.9), 「국기관 씨름-동경구경기」(『조광』, 1936.11), 「농사학교와 고려신사」(『조광』, 1937.1), 「삼경인상기」(『문학계』, 1943.1)

신을 바탕으로 한 것[71]이기에, 이광수에게 있어 여행은 새로운 시각의 창출인 동시에 추상화된 조선의 지리적 상상력을 현실화하는 과정이었고, 이러한 경험으로 인해 그는 식민지 현실을 거시적으로 조망하게 된다.

식민지 공간을 여행한다는 것은 국토를 확인하는 작업의 일종이며, 경험적 지평의 확대와 새로운 시각의 창출과도 연계된다. 이광수의 기행문은 민족주의적인 동기에 의해 서술되었고, 추상화된 지리적 영토를 구체적인 현실로 전화하는 계기가 된다. 기행문은 지리적 상상력을 통해 재구성된 국토의 이미지를 환기하고, 이것은 공공의 기억을 생성하면서 역사와 유적을 기념비화하는 역할을 수행한다. 로봇 벨라는 진정한 공동체란 '기억의 공동체'라고 언급하며, 기억이 갖는 '구성적 서사'의 역할을 강조[72]하는데, 이것은 기억 행위를 통해 무엇인가를 재구성한다는 것을 의미한다. 공적인 기억의 장소, 이것이 기행문에서는 하나의 공간으로 제시되고 있고, 고도(古都)와 유적지 등의 재현은 공동체가 갖는 이념을 동질화하는 역할을 한다. 과거를 호출하고 역사적 공간을 순례하는 과정은 민중이 내재하고 있던 기억을 현재화하는 작업에 다름이 아니다.

다수의 민중이 지식으로 공유하고 있던 역사적 사실은 정치적, 사회적 상황에 의해 복원되고, 이것은 집단적 기억으로 현재의 상황에 의해 재서술된다. 이러한 집단기억은 기억을 공유하는 공동체의 정

---

71 구인모, 「국토순례와 민족의 자기구성 - 근대 국토기행문의 문학사적 의의」, 『한국문학연구』 27집, 동국대학교 한국문학연구소, 2004, 133쪽.
72 제프리 K, 올릭, 강경이 옮김, 『기억의 지도』, 옥당, 2011, 58쪽.

체성과 관계되며 사회, 문화, 정치적 힘들의 역학 관계 안에서 다양한 방식으로 서술되면서 공동체의 이데올로기를 표면화하는 역할을 수행한다. 즉 기억의 정치는 역사적 기억의 구조화에 의해 한 사회, 한 민족 성원들의 집단적 정체성 및 자긍심의 형성과 공동과업의 설정에 일정한 방향을 제시하고 틀을 규정한다.[73] 다시 말해 기행문의 국토순례와 유적순례는 집단기억의 호출과 식민지 조선이라는 현재적 상황의 결합이라는 구도 하에서 실행되면서 공적으로 공유된다. 여기에서 당대의 민중들이 불균등하게 인식하고 있던 역사라는 개념의 공적기억과는 달리 이광수는 자신이 국토순례를 통해 이전과는 다른 민족서사를 재구성한다. 그리고 이것은 유적의 기념비화를 통해 보다 구체적으로 제시된다.

이광수의 사상적 전이는 1930년대 초반 만주사변 이후 만주국이 설립되는 과정과 제국의 전시동원 체제가 본격적으로 작동되는 시기와 맞물려 있다. 1930년대 민족영웅들의 추모 열기는 1920년대 후반부터 논의되기 시작한 '조선학' 운동과도 연결된다. '조선심'과 '조선혼'을 구축하기 위한 이러한 조선학 운동은 역사와 문화, 문학으로까지 확산되어 1930년대 조선의 정체성 찾기의 토대가 되었고[74], 민족적 상징의 공간들을 순례하는 기행문들을 통해 조선적 표상을 재생산했다. 이광수는 이것을 계기로 「충무공 유적순례」, 「신주 승전봉과 권율도원사」, 「단군릉」의 기행문을 서술하여 유적의 보존

---

73 김영범, 『민중의 귀환, 기억의 호출』, 한국학술정보, 2010, 264쪽.
74 홍순애, 「『신생』의 지향과 '조선적인 것'의 탐색」, 『현대소설연구』 51호, 한국현대소설학회, 2012, 151쪽.

과 추모의 방식 등을 제시하는 한편, 민족에 대한 새로운 서사 구축
을 시도하였다.

이 장에서는 이광수의 1930~40년대 기행문을 통해 집단기억의 호
출과 기억의 정치가 갖는 의미를 고찰하고자 한다. 이러한 논의를
통해 이광수 기행문의 국토여행의 논리와 공간이 갖는 정치성과 이
데올로기를 분석할 수 있을 것이며, 이광수의 1930년대의 민족주의
자의 면모와 1940년대 일제말기 친일 협력의 논리를 해명할 수 있을
것이다. 1930~40년대 이광수의 기행문은 만주사변으로 인한 제국의
파시즘 체제가 강화되었던 상황과 일제말기 총력전 체제하에서의
전향에 대한 논리를 보여준다는 점에서 주목할 만하며, 일제말기 춘
원과 카야마 미쓰로(香山光郎)의 간격을 고찰함으로써 이광수의 친일
협력의 내적 논리를 규명할 수 있을 것이다.

2. 공적기억의 호출과 '조선심'의 민족서사
-「충무공유적순례」(1931)

1931년 5월 15일『동아일보』에는「이충무공 묘산 경매문제」라는
제목으로 정인보의 글이 게재되었다. 이 신문 기사는 충무공의 묘소
부근과 고택, 제전이 동일은행에 저당 잡혀있고 빚 기한을 넘겨 경매
절차가 진행되고 있다는 내용이었다. 이에 정인보는 "충무공의 묘산
을 보존하는 책임은 조선인의 공동으로 부하할 것이라 은행에만 추
돈(推托)할 수 업스나 은행이라고 책임권에 제외할 수 없는 일이다."

라고 언급했다. 이 기사를 시작으로 『동아일보』에서는 충무공 사당 중수운동을 전개하여 모금 운동을 벌였고, 이 운동의 성과로 모금액보다 열 배가 넘는 성금이 모여 1932년 6월 6일에는 충무공의 영정 봉안식과 현충사 낙성식이 동시에 개최되었다. 『동아일보』를 중심으로 한 충무공 사적에 대한 복원 운동들은 민족 수난의 극복과 민족 영웅상의 재건이라는 측면으로 공유되었다.[75] 이러한 충무공 위토가 경매에 부쳐지는 사건으로 인해 당시 역사적 인물에 대한 관심과 유적보존의 문제가 미디어를 통해 담론화되었다.

충무공 묘소 문제는 이 시기 유물 보존 문제와 역사적 인물에 대한 재평가 작업과 함께 제기되었는데, 이것은 1920년대 말부터 담론화 되었던 '조선학 운동'과도 관계된다. 1920년대 후반기부터 『신생』, 『한글』에서는 최현배, 이윤재 등의 언어학자들에 의해 민족어의 구축과 조선어 문법의 통일을 위한 한글 운동이 시작되었고, 이것의 연장으로서 조선의 '문화혼'과 조선적인 것의 정체성을 재발견하기 위한 담론들이 미디어를 중심으로 확산되었다. 이 시기 조선학 운동은 역사, 풍습, 문학론으로까지 확장되었고, 이것은 조선인의 문화적 동질성의 획득이라는 필연성 속에서 논의되었다. 이러한 조선학 운동의 움직임 속에서 충무공 묘소의 경매 처분이 하나의 기폭제가 되어 유적 문제, 유물 문제, 후손들의 생활난까지 거론되면서 하나의 사회적 문제로 대두되었다.[76] 『동아일보』에서는 사설과 기획

---

75 이광수는 역사소설 『이순신전』을 1931년 6월 23일부터 1932년 4월 3일까지 『동아일보』에 연재했고, 『동광』에 李芬의 「李忠武公行錄」(1931.7)을 번역하여 게재하기도 했다. 『이순신전』은 1931년 충무공 사당 중수운동에 부응하여 쓰였고 역사기록에 치중하여 서술된다.

기사를 통해 계속해서 충무공 묘소의 경매 건에 대한 정보들을 전달했고 유적지 보존 운동과 성금 모금을 독려했다. 이에 당시 편집국장으로 재직하고 있었던 이광수는 충무공의 묘소와 유적지를 직접 순례하며 기행문으로 작성했다. 이 기행문의 연재는 사회적 공감대를 형성하기 위한 의도적인 기획이었다.

이광수는 1931년 아산의 충무공 묘소를 참배하고 전적지를 방문한 것을 「충무공유적순례」[77]라는 제목으로 『동아일보』(1931.5.21~6.8)에 연재했다. 그는 아산의 충무공 묘소와 후손들을 찾아보고, 명량해전과 노량해전의 장소였던 벽파진과 한산도, 고금도의 이순신 사당과 비각들을 순례하는 과정을 기행문으로 작성했다. 「충무공유적순례」는 이동 경로를 날짜에 따라 구분하여 서술하고 있고, 『난중일기』의 대목을 발췌하거나 충무공의 사당, 비각 등에 새겨져 있는 글귀들

---

76 1930년부터 시작된 이충무공 묘소문제는 『동아일보』「李忠武公廟閣이 頹落, 제로는 은행에 저당되고 春秋享祀도 끄칠 地境」(1930.9.20)의 기사에 이어 「二千圓빗에 競賣當하는 李忠武公의 墓所位土 묘소가 잇는 산판도 빗에 들어가 債權者東一銀行에서 最後通知」(1931.5.13), 「忠武公의 遺物을 拜觀하고[上]」(1931.5.14), 「民族의 羞恥 債務에 시달린 忠武公 李舜臣 墓所」(1931. 5.14), 「李忠武公 墓山競賣問題」(1931.5.15), 「共同責任, 忠武公墓土競賣問題」(1931.5.17) 등의 기사들이 연이어서 게재되었다.
77 「충무공유적순례」는 5월 19일 시작되어 6월 1일 고금도를 마지막으로 순례를 마친다.
5월 19일 경성역 출발, 온양역 도착→5월 20일 종손 이종옥씨 방문, 충무공 묘소 참배→5월 21일 온양출발, 목포 도착→5월 22일 좌수영, 울둘목 견학(명랑해전 무대)→5월 23일 벽파진, 화원면 목장, 고하도 견학, 목포 도착→5월 24일 목포를 출발하여 여수도착, 충민사, 석천사 순례→5월 26일 장군도, 전승유적 견학, 고소대 견학→5월 27일 통영으로 출발 관음포, 사천, 당포, 한산도 거쳐 통영 도착→5월 28일 충렬사 참배→5월 29일 한산도의 제승당, 비각, 운수당 순례→5월 30일 통영 출발하여 여수 도착→5월 31일 여수 출발하여 녹도, 쌍충사, 고금도 순례→6월 1일 고금도 순례

을 인용하고 있다. 이광수의 충무공 유적 순례는 5월 19일 아산의 묘소 참배를 시작으로 진행되었고, 신문에는 5월 21일부터 연재되었다. 보통 기행문의 경우는 여행을 한 뒤 집필되지만 이 기행문은 유적 순례와 신문 연재가 동시적으로 이루어고 있다. 이것은 충무공 묘소 문제를 다루고자 하는 '저날리스틱한 동기'[78] 뿐만 아니라 민족 위인의 재발견과 이러한 문제적 상황을 적극적으로 대처하고자 하는 이광수의 의도가 발현된 것으로 볼 수 있다.

이광수는 이 기행문에서 출발 시간과 도착 시간, 그곳에서 무엇을 보았고, 누구를 만났는지에 대해 자세하게 서술한다.

> 午前十時 京城驛發, 午後 一時四十分 溫陽着, 그러나 이 길은 溫泉 놀이 온 길은 아닙니다. 祉命으로 우리 忠武公 李舜臣의 史蹟을 찾는 길, 그야말로 忠武公遺跡巡禮의 길입니다. 溫陽서 오기는 牙山 뱀밭에 있는 公의 墓所를 拜觀하려는 것입니다. 公의 墓所는 溫泉에서 北으로 約四킬로, 거기를 가면 忠武公의 墓所以外 公의 遺物과 遺蹟도 볼 수가 있습니다. (중략) 집은 三百年 古家라 많이 頹落하였으나 그 體材는 忠武公 當時 것이라 하며 뜰 東쪽에 선 兩株 늙은 銀杏은 忠武公의 手植이라합니다. 元來 이 家基는 忠武公 外家 卞氏 舊基인데 外家가 無子하여 忠武公께서 外孫奉祀를 하시게 된 것이라 합니다. 나는 李鍾國氏를 初面할 때에 忠武公 宗孫에게 對한 哀情과 禮로 절하였습니다.

---

78 이광수, 「이순신과 안도산」, 『삼천리』 17호, 1931, 32쪽.
78 여기에서 이광수는 요즘 소설 『이순신』을 집필하고 있다고 언급하며 약 2개월 동안 밤낮 이순신과 임진란만 생각하였더니 눈에 어른거리는 것이 모두 300여 년 전 일이라고 말한다. 그리고 가끔 임진란에 대한 꿈을 꾼다고 언급한다.

(중략) 應烈君은 時年 十八歲인데 昨年에 普成高普 第二學期를 마치고
는 學費가 없어서 中途에 工夫를 廢하였다고 합니다. 그 손에 마디가
生기고 못이 박힌 것을 보니, 아마 일을 하는 모양입니다. 人物이 典實
하고 端雅합니다. 君은 우리 忠武公의 十四代孫입니다.[79]

이광수는 충무공 묘소의 위치와 상태를 상세하게 기록하고 있다. 이
러한 서술은 독자로 하여금 특정한 장소에 대한 지리적 상상력을 구축
하게 함으로써 미지의 영역을 기지(旣知)의 영역으로 인식하게 한다. 이
것으로 인해 독자의 경험적 영역은 확대되고 지도의 정방위적 위치 감
각에 의해 기행문의 리얼리티는 획득된다. 그리고 충무공 묘소는 현실
감 있는 묘사에 의해 실감되며, 하나의 역사적기호(signsofhistory)로 인식
된다. 묘소는 그 자체로 과거를 표상하는 하나의 기호이면서 과거에
있었던 일을 회상하게 만드는 하나의 기표의 역할을 수행한다. 유적
은 과거의 기억을 호출하는 기제가 되며, 그것은 사적이기보다는 공
적으로 전유 되는 과정을 통해 기념비화된다. 즉 기념이라는 상징적
행위를 통해 기억 주체들은 과거에 대한 새로운 이미지를 창출해내
고 마침내 하나의 '기억 공동체'[80]를 구성하는 것이다.

이광수는 이어서 "마침 철도도 개통이 되었으니 여러분 많이 오셔
서 우리 민족의 은인이요, 족혼(族魂)의 조상인 충무공묘에 절하시기
를 바랍니다."라는 언급을 통해 유적을 답사하고 순례할 것을 권유
한다. 이 언급은 위인에 대한 공적 유물의 신성화 작업의 필요성을

79 이광수, 「충무공유적순례-1회, 2회」, 『동아일보』, 1931.6.6- 6.7.
80 김영범, 앞의 책, 255쪽.

강조하는 것으로 독자에게 계도의 메시지로 전달된다. 이러한 계도의 메시지가 설득력을 갖는 것은 역사적 사건이 공적인 기억으로 호출되면서 유적 보존의 필요성을 환기하고 있기 때문이다. 즉 충무공 묘소를 순례의 장소로 추천하고, 충무공을 추모하자는 언급은 공적 기억을 환기하는 효과를 갖는다.

露梁의 싸움은 忠武公 四十餘戰中에 가장 悲壯한 戰爭이엇습니다. 가장 困難한 전쟁이엇습니다. 웨 그런고 하면 이 戰爭은 忠武公의 英雄的 一生의 最終의 悲劇이엇으니 가장 悲壯한 것이오. (중략) 오늘은 굳게 죽기를 決하엿사오니, 원컨댄 하늘은 반드시 이 賊을 滅케 하소서하고 몸소 先鋒이 되어 露梁으로 나아가 구름같이 밀려오는 敵의 艦隊를 맞아 싸홧습니다. 寒月이 觀音浦 위에 걸린 때에는 彼此의 艦隊는 참으로 피에 젖엇습니다. 밤이 三更이 지나고 四更이 되매 敵艦이 燒破된 者 二百餘隻, 我軍의 損害도 不少하얏으나 戰爭은 마츰내 我軍의 勝利가 되어 敗餘의 敵艦이 南海로 逃走할 때, 때는 四更 먼東이 훤히트려 할때에 明船이 日本艦隊에게 包圍되어 鄧子龍은 戰死하고 都督 陳璘이 將次 危殆하려함을 보고 公은 곳 배를 놓아 몸소 失石을 무릅쓰고 손소 북을 두다려 陳璘은 救出하였으나, 이때 공은 右胸에 敵丸을 맞고 내 죽엇단 말을 말어라 한 마디를 남기고 돌아가시고 말앗습니다. 戰爭은 이기고 몸은 죽엇습니다. 前後 四十餘戰에 한번 敗戰이 없엇습니다.[81]

---

81 이광수, 「충무공유적순례-11회」, 『동아일보』, 1931.6.6.

이광수는 노량해전이 행해졌던 장소를 둘러보고, 충무공 전사 후에 건립된 충렬사를 순례한다. 그는 노량해전이 임진왜란 7년 전쟁을 끝내는 전투로 왜군을 섬멸하여 철천의 한을 푼 건곤일척의 대분투였다고 평가하고 있다. 충렬사와 노량해전은 이순신에 대한 역사적 사실로서 민족의 공적기억을 매개하고 있다. 그러나 여기에서는 역사적인 사실을 설명하기 보다는 허구적으로 사건을 장면화하여 서술하고 있다. 상상력을 추동하는 이러한 서술은 임란 당시의 전투적 상황을 보다 효과적으로 제시하는 역할을 한다. 이광수는 이러한 서술 기법을 통해 역사적 사건을 현재 식민지 상황으로 끄집어 올려 현재적 사건으로 재구성하여 보여준다. 여기에는 1598년 상황보다는 1931년 현재, 즉 '과거', '그 장소' 보다는 '지금', '여기'의 현재성이 초점화 되고 있다.

이광수는 과거와 다르지 않는 현실을 유적 앞에서 상기하고 있으며, 현재의 문제적 상황을 과거를 통해 환기시키고 있다. 이러한 역사적 사실에 기반 한 공적기억의 호출은 여기에서 그치는 것이 아니라 이광수만의 서사를 직조한다. 이광수가 노량해전의 상황을 세부적으로 묘사함으로써 추상적인 전쟁의 상황을 보다 구체적으로 재구성하고 있다는 것이다. 이것은 망각된 민족서사를 재구축함으로써, 16세기의 조선이 아닌 식민지 시기 재구성된 민족서사를 생산하고 있다고 할 수 있다. 기억에 의해 과거의 사건들이 인간의 의식 속에 보편적인 이미지[82]로 생성됨으로써 임진왜란은 현재적 사건으로

---

82 오경환, 「집단 기억과 역사: 집단기억의 역사적 적용」, 『아태쟁점과 연구』 2권 3호, 한양대학교 아태지역연구센터, 2007, 87쪽.

인식되는 셈이다. 그리고 이러한 역사적 사건을 상상으로 이미지화
하는 서술기법은 이전의 이광수 기행문과는 차별화 되는 지점[83]이다.

　이광수는 이 기행문에서 이순신의 충의와 충절에 집중해서 서술
하고 있을 뿐만 아니라, 조선의 치자(治者)계급의 사대 근성, 노예 근
성에 대하여 비판하는데, 이것에 대해 예로 들고 있는 것이 고금도의
관왕묘(關王廟)이다. 이광수는 여기에서 이순신의 영웅적 행적을 상
상을 통해 재구성하면서, 이와 비교되는 사대주의에 함몰된 당대의
신하들의 행적을 비판한다.

　　朝鮮民族中에는 古來 排外的, 換父易祖的, 奴隷的根性을 가진 一階
　　級이 存在하여여 왔다. 이 무리는 自家의 利益을 爲하여 公義를 굽혀
　　온 罪人들이다. (중략) 이제 古今島에 忠武公 李舜臣의 遺蹟을 찾을 때
　　에 한 가지 크게 痛憤한 것이 있으니, 本末顚倒가 至于此極할 수야 있
　　을까. 마치 忠武公은 關羽의 臣子처럼 되었고, 東廡에 配食한 陳璘, 鄧
　　子龍보다도 下風에 서게 되었으니, 忠武公과 陳璘을 並稱할 때에 朝鮮
　　놈의 입으로 陳李라 함은 實로 痛憤할 일이다. 陳璘은 一個 名將이요
　　忠武公이야 말로 國土와 民族의 命運을 生命으로서 혼자 支撑한 大恩
　　人이 아닌가.[84]

83　이광수의 1910년대와 1920년대의 기행문에서는 과도한 주관성이 서술되었
　　는데, 「동경에서 경성까지」(『청춘』 9호, 1917.7)에서는 비탄과 영탄의 감정적
　　서술이 빈번하게 등장한다. 『금강산유기』의 경우에서도 위대한 자연에 대한
　　숭고성을 찬탄하며 감정적인 언어로 서술한다.
　　이광수, 「동경에서 경성까지」, 『이광수 전집 18』, 삼중당, 1966, 220쪽.
　　이광수, 「금강산유기」, 『이광수 전집 8』, 삼중당, 1966, 73-74쪽.
84　이광수, 「고금도에서 충무공 유적순례를 마치고」, 『동아일보』, 1931.6.11.

관왕묘의 이순신의 위패는 관우의 신하 자리에 위치해 있는 것과 진린이나 등자룡보다 낮은 등급으로 배향된 것을 이광수는 목도하면서 '찬 땀이 흐른다'라는 표현을 쓰고 있다. 이광수는 남의 조상을 숭배하는 무리를 낳은 조선을 조소하고 싶다고 언급하면서도 모든 조선인이 그런 사상을 가진 것은 아니라고 애써 위안한다. 이순신과 갈등 관계에 놓여있는 간신배(조정)에 대한 비판은 여기에서 임란 당시의 상황뿐만 아니라 현재까지 지속되는 문제임을 지적하고 있다. 역사를 기반으로 하는 임란의 상황이 불명확한 상태로 민중들에게 기억되고 있었다면 여기에서 이광수는 당대의 신하들의 사대주의적 경향과 조정의 무능함을 제시함으로써 보다 세밀한 당대의 정황을 전달하고 있다.

이순신의 영웅 한 명과 다수의 위정자들의 대립은 여기에서 위패의 위치로 표상되고 있고, 이것은 현재 식민지 상황에 대한 위기와도 관련되고 있다. 이광수에게 위패의 위치를 바로 잡는 것은 조선의 독립성과 정체성을 되찾는 일인 동시에 오류의 역사를 바로 잡는 행위로까지 인식된다. 다시 말해 충무공의 위토가 경매 위기에 처해 있다는 것은 현재 조선의 식민지의 상황을 은유화 하는 것이며, 이러한 절멸의 상황은 유적 순례를 통해 환기되고 있는 것이다. 이것은 이광수가 의도하는 재구성된 민족 서사의 핵심인 것이다.

기행문을 통한 유적의 기념비화는 평양의 단군릉을 참배하고 있는『단군릉』(『삼천리』, 1936.4)을 통해서도 제시된다. 실제로 이 지역을 여행한 것은 1932년 9월로 이광수는 몇 년이 지난 1936년에 이 기행문을 잡지에 게재하였다. 이광수의 다른 기행문들에 비해 짧게 서술하고 있는 기행문은 고구려의 대궐터인 만수대와 을밀선인의 유적인 을밀대를 순례한 기록을 담고 있다. 그리고 이광수는 동명성왕의 유적이라고 전해지는 기린굴과 영명사터를 묘사하면서 유적의 훼손 상태와 재건하지 못하는 상황에 대해 비탄의 감정을 서술한다.

江東인사들은 檀君陵을 잘 守護하지 못한 책임을 누누히 변명하면서 우리를 檀君陵으로 인도하엿습니다. 함박, 쪽박이라는 江東太白, 小白이 나는 우리에게 문화를 처음으로 주시고 국가생활을 처음으로 주신 조상이신 檀君陵 앞에 俯伏하엿습니다. (중략) 지금이라도 어느 재산 잇는 朝鮮인이 돈 만원이나 내어서 檀君陵을 修築守護케하고 朝鮮史를 編纂發行케 하고 朝鮮語의 사전과 文典을 발행케하고 檀君에게는 좋은 자손이오 우리에게는 높은 兄祖인 모든 민족적 위인들의 유적을 찾아 기념하고 전기를 編修하야 발행케 할 特志家는 없는가. 얼마 안되는 돈. 십만 원이면 足할 일. 이만한 일을 할 자손은 없는가. 이만 일을 할 자손은 없는가. 江東인사들은 檀君陵의 修築存護를 위하야서 義捐金을 모집하엿으나 某事情으로 中止가 되고 잇습니다. 한 사람이 나서시오, 한 사람이![85]

여기에서 이광수는 단군릉이 훼손되고 있는 상황을 목도하고 이것을 재건해야할 필요성을 제기한다. 그는 유적을 보존하는 것이 민족의 자손 된 자의 의무임에도 불구하고 그렇지 못한 상황과 의손금

---

85 이광수, 「단군릉」, 『삼천리』, 1936.4, 74-75쪽.

모집이 중단된 것에 대해 자세하게 서술한다. 이광수는 돈의 액수를 구체적으로 제시하면서 의손금을 낼 대상을 지역 유지, 강동 인사들, 민족의 자손 된 자라고 지목한다. 이 기행문은 "우리 시조 단군릉을 존숭하고 수호할 것이 아닙니까"라든지, "이만한 일을 할 자손은 없는가"라는 격양된 감정을 직접적으로 드러냄으로써 유적 보존 사업이 미진하게 진행되는 것에 대해 비판한다.

사실 이 시기 단군담론은 조선학 운동의 일환으로 역사학자들 사이에서 논의되었다. 1920년대 후반 최남선은 『불함문화론』을 통해 단군신화를 재정의하고 고대문화의 원류를 언급한 바 있다.[86] 최남선은 단군의 존재를 부정했던 시라토리 구라키치(白鳥庫吉)의 의견에 대해 반박하면서 동북아시아 문화권을 구획하고 조선이 그 중심에 있다고 주장했고 단군이 조선의 단군이 아니라 극동 문화의 단군이라고 칭하면서 그 위치를 규정하였다. 단군의 존재가 민족의 시원과 민족의 개념을 성립시키기 위해 필요하다는 것을 이광수나 최남선은 공통적으로 인식하고 있었던 것이고, 여기에서 이광수는 단군을 하나의 민족의 집단기억의 원초적 대상으로 제시하고 있다.

---

86 최남선의 단군 해석방법에는 심리적인 발현으로서의 원시문화 현상론, 민족학 통칭으로서의 논점을 제시하면서 언어, 문화 계통을 증명하는 고찰방법을 썼고, 특히 『삼국유사』에서 보이는 「고기」는 최남선의 논리구조를 뒷받침 했다. 「고기」를 통해 최남선은 환웅천손 강림에 대한 신단 해석과 단군 혹은 단군 왕검이라는 호칭에 대해 왕검(王儉)은 고어에서 주권주를 의미하는 '엉검(Omgom)', '알감(Algam)', '임검(Imgom)'의 음자라고 제시하며 단군에 대한 비교언어학적 해석을 했다. 즉, 최남선은 '단군=조선'의 고유명사에서 '단군=샤먼·제사장'이라는 보다 넓은 광역을 포함하는 단군을 창출했다. 전성곤, 「최남선의 『불함문화론』 다시 읽기」, 『역사문제연구』 16권, 역사문제연구소, 2006, 82-84쪽.

이 기행문은 단순히 유적을 순례하는 것에 그치는 것이 아니라 유적을 본격적으로 복원하고자 하는 목적을 뚜렷하게 제시한다. 기행문에서는 충무공의 유적을 통해 언급했던 사대주의와 간신배들에 대한 비판을 단군릉이 있는 평양에서도 반복한다. 이광수는 평양이 '신라인'의 '앞잡이' 천 이백여 년 전 나당연합군의 손에 의해 폐허가 되었고, "신라인은 삼국 중에 가장 노예적 근성을 많이 가진 무리"라고 평가한다. 고구려의 멸망이 신라의 노예 근성으로 인한 것이며, 신라의 혈통과 정신이 남아 있는 것이 '천년의 불행'이라는 이광수의 언급은 고구려의 패망이 외부적 세력에 의한 것이 아닌 내부적인 문제를 거론한 것이라 할 수 있다.

이 기행문들에서 공통적으로 제시하고 있는 것은 유적의 복원에 대한 열망이다. 유적 순례의 목적 자체가 선명하게 제시되고 있는 까닭에 이 기행문에서 강조하는 것은 공적기억을 토대로 삼는 민족영웅과 단군에 대한 기념비화 작업의 필요성이다. 이광수는 기행문을 통해 유적의 기념비화를 시도함으로써 공적기억을 새롭게 환기하고 있으며, 이것은 새로운 민족적 표상을 제시하는 동시에 유적을 통한 새로운 집단기억을 형성하는 역할을 한다. 이광수의 이러한 역사인식이 소설이 아닌 기행문을 통해 나타나고 있다는 점에 주목할 필요가 있다. 여행이 단순히 풍경을 사유하는 과정이 아니라 역사적 유물을 통해 새로운 역사적 인식을 재정립하는 것이라는 점을 이광수는 기행문을 통해 시도하고 있다.

이광수는 기행문을 통해 국토와 연관된 상상적 공동체를 구성하고 있으며, 이것은 이광수의 민족에 대한 믿음과 신뢰, 국민국가에

대한 열망을 내면화하는 역할을 수행한다. 역사에 대한 망각과 유적
의 훼손은 민족의 미래적 모습과 동일시됨으로써 이광수는 기행문
을 통해 잊혀져 가는 민족서사를 재구성하고 있으며, 이러한 작업은
이광수 개인에게 있어서는 민족주의자인 자신의 의무를 져버리지
않는 행위이기도 했다. 그리고 이것은 만주사변 이후 파시즘 체제가
본격화되면서 조선인이 갖는 불안감과 위기감을 해소하는 하나의
대안이었다.

1930년대 초반 이광수의 기행문에서 유적 보존에 대한 참여를 독려
하고 민족서사를 재구성하고 있는 것은 이 시기 동아시아의 정치적
불안과도 관련된다. 대동아공영권의 교두보를 만주를 통해 마련하고
자 했던 일본은 중국과의 영유권 쟁탈과 군사적 분쟁을 계속하고 있
는 상황이었고, 이러한 중일의 충돌의 틈에서 재만 조선인은 삶의 근
거지를 상실한 채 유랑할 수밖에 없는 처지에 놓여 있었다.[87] 이러한
상황에서 이광수는 제국 권력에 의한 민족 생존의 위기감을 극복하기
위해, '조선심'과 '민족의식'을 고취시키는 방법을 동원하지 않을 수
없었다. 민족주의적 계몽의식을 글쓰기를 통해 전달하고자 했던 이광
수는 역사적 인물과 그 인물을 기념비화 하는 유물을 통해 민족의 서

---

87 야마무로 신이치의 언급처럼 만주는 '민족협화'와 '안거낙업'의 위상으로 출
   발했지만 '병영국가'라는 실질적인 문제를 내포한 채 존속했던 것이 사실이
   다. 그리고 여기에서 만주에 거주하는 만계(한족, 만주족, 몽고족)와는 다른
   층위에서 일계지만 2등 국민의 정체성을 가지고 살아갈 수밖에 없었던 조선
   인들은 그 어느 쪽에도 속하지 못한 경계선 그 바깥에 위치했다.
   홍순애, 「만주기행문에 재현된 만주표상과 제국주의 이데올로기의 간극-
   1920년대와 만주사변 전후를 중심으로」, 『국제어문』 56집, 국제어문학회,
   2013, 423쪽.

사를 재구축하려고 한 것이며, 이광수 자신의 민족주의자의 입지를 다지는 일이기도 했던 것이다. "조선문학의 장래는 엇더한 것인가, 그 것은 민족주의적일 것이다."[88] 라는 이광수의 언급대로 그의 글쓰기는 계도과 민족성을 견지하는 범위 안에서 전개되었던 것이고, 이러한 이광수의 민족주의자로서의 책무는 체험적 글쓰기인 기행문을 통해 당부와 권유, 또는 비판과 설득의 목소리를 동반하며 민족의 서사를 재구축하는 것이었다.

　이광수는 기행문을 통해 사적인 경험이 아닌 공동체의 거대 공간 의 동시적 체험이라는 개념을 기행문에 도입하여 민족문화의 통합 된 인식을 시도하고 있다. 공간의 동시적 체험은 다시 말해 역사를 중심으로 한 기억의 호출을 전제하는 것이고, 이것은 민족 영웅에 대 한 새로운 서사 만들기와 연계된다. 이광수는 민족의 기억에 대한 전 유를 유적과 사당, 비각 등을 중심으로 하여 민족 영웅이나 위인들의 호출을 통해 달성하고 있는 것이다. 그는 기행문을 통해 유적지 공간 의 역사적 사건을 허구적으로 재현하거나, 인물의 상상적 발화를 통 해 과거의 상황을 보다 실감나게 전달한다. 1930년대 이광수의 기행 문은 지리적 상상력에 의한 국토의 구상과 민족정체성의 재구성을 시도하고 있으며, 민족영웅 호출과 유적, 유물의 기념비화를 통해 새로운 민족서사를 구축하고 있다고 할 수 있다. 이광수 기행문은 1930년대 만주사변 이후 제국 권력의 확장과 이에 따른 식민지 조선 의 위기감을 극복하기 위한 기획이었다고 볼 수 있다.

88　이광수, 「조선의 문학」, 『삼천리』 5권3호, 1933, 19쪽.

3. 전도된 역사 인식과 만주 이상촌 건설의 환영
— 「만주에서」(1933)

3.1. 만주 기행문의 공간 정치의 이데올로기

이광수의 기행문은 국토에 내재된 제국과 식민의 역학을 해석하는 행위인 동시에 주체의 내면적 사유를 투사하는 글쓰기에 해당된다. 또한 기행문은 국토를 순례하거나 식민지 영토의 바깥을 여행하는 실질적인 경험을 통해 식민지 조선을 실감하고 민족주의 운동을 추동하는 글쓰기였다. 이 장에서 논의할 「만주에서」 기행문은 만주사변 후의 이광수의 만주 인식과 재만 조선인에 대한 부르주아 민족주의자의 시선을 재현하고 있다. 1933년 『동아일보』에 연재한 「만주에서」는 1930년대 초반 만주사변을 전후한 이광수의 만주 인식과 사상적 변모를 해석하기에 좋은 텍스트이다. 1933년 일본 신문협회의 일원으로 대련박람회에 참석하고 만주시찰 경험을 서술한 이 기행문은 이광수의 민족주의적 면모가 직접적으로 드러나고 있지 않은 상태에서 고토의식으로 침잠하는 양상만을 보인다. 식민지 시기 만주기행문은 만주국의 이면을 보지 못하거나 의도적으로 보지 않는 경우와 그 만주담론의 이데올로기적 측면에 대해 민감하게 반응하는 경우 사이[89]에 있다면 이광수는 의도적으로 만주의 현재를 외면하고 있다고 할 수 있다. 그리고 이광수 기행문의 특성이라고 할

---

89 서경석, 「만주국 기행문학 연구」, 『어문학』 86집, 한국어문학회, 2004, 345쪽.

수 있는 목적론적인 서술과 자신의 사상적 지향을 전면에 배치하는
서술 방식은 이 기행문에서 찾아 볼 수 없다. 그렇다면 이 시기 이광
수의 내면이 어떻게 「만주에서」를 통해 드러나고 있는가.

1931년 7월 장춘 근교의 조선인과 중국 농민이 논 개척을 위한 수
로 공사 문제로 충돌한 만보산사건과 1931년 9월 류타오후사건(柳條
湖事件)으로 인한 중국과 일본의 군부의 충돌은 일본의 만주국 설립
으로 이어지면서, 1930년대 초반 동북아의 새로운 지정학적 변화를
가져오게 된다. 그리고 이 시기 이광수는 안창호의 경성 압송(1932.5)
으로 인한 민족주의 운동의 좌절과 『동광』의 폐간(1933.1) 등의 동우
회 활동 중단이라는 상황에 직면해 있었다. 제국의 군국체제가 공고
화되는 상황에서 이광수의 민족주의 사상은 새로운 국면을 맞이할
수밖에 없었고, 이런 상황에서 1933년 만주 시찰단의 일행으로 만주
를 다녀온 그가 거기에서 무엇을 봤으며, 어떻게 그것을 재현하는가
는 향후 민족주의 운동의 방향 전환과 관계된다. 만주 시찰 직후 이광
수는 『동아일보』 편집장을 사직하고 『조선일보』 부사장 취임(1933.8)
하게 되지만, 1934년에는 일련의 민족주의 운동을 중단한 채 금강산
행을 단행[90]한다는 점에서 만주기행문은 그의 사상적 변모를 잘 드

---

90 이광수는 만주 시찰 후 1933년 8월 29일에 서북파의 기관지역 역할을 했던 『조
선일보』의 부사장에 취임하게 된다. 당시 경영난에 빠진 『조선일보』를 방응
모가 인수했고, 안창호를 사장으로 추대하는 것을 목적으로 이광수와 주요한
이 동참하게 된다. 그러나 처음과는 달리 안창호 추대가 이루어지지 않자 주
요한이 사임했고, 이후 이광수는 여러 차례 사임을 표명했지만 받아들여지지
않았다. 이광수에게는 편집권에 대한 권한이 주어지지 않았고 이광수는 자신
이 촉탁과 고문에 지나지 않는다고 언급했다. 그러던 이광수는 1934년 5월
「그 여자의 일생」 90여회를 연재하던 중 이 소설이 연애 중심의 감상적 소설

러낸다.

「만주에서」는 이광수가 대련에서 개최되었던 일본 신문협회대회에 『동아일보』 특파원 자격으로 참가하여 만주를 시찰한 것을 기록한 기행문이다.[91] 일본 신문협회는 제국 내에서 발행되는 일간신문의 발행인과 주요 간부들로 구성된 조직이었고, 동경, 오사카, 경성, 대련 등의 일본 내지나 식민지에서 1년에 한 번씩 대회를 개최했다.[92]

로서 생에 약진하여야 할 조선의 청춘대중에게 그릇된 정신적 양식을 주는 것이라는 '탄핵문'을 기자단에게 받게 되었고, 며칠 후 연재를 중단하고 신병을 이유로 그만두게 된다. 사임에 대한 기사는 5월 22일자로 게재되었으나 이광수는 이미 5월 초에 서울을 떠난 것으로 보인다. 이 시기 그는 아들 봉근을 잃고 실의에 차 있었고, 금강산 행은 허영숙도 알지 못했다. 「춘원 출가방랑기, 조선일보 부사장 사임 내면과 산수방랑의 전후 사정기」, 『삼천리』 6권7호, 1934.6, 93-95쪽.

91 「만주에서」 1회 '第一信'(1933.8.9), 2회 '大連途中記'(1933.8.10), 3회 '大連途中記(2)'(1933.8.18), 4회 '大連구경'(199.8.20), 5회 '大連博覽會'(1933.8.23) 연재되었다. 기행문은 만주시찰 기간 동안 연재가 시작되고 있어서 여행 도중에 이광수가 기행문을 쓴 것으로 보인다. '第一信'은 경성을 출발하여 심양에 도착(8월 2일)하여 쓴 것으로 8월 9일에 게재되었고, '第二信'인 '大連途中記'는 대련에 도착한 날(8월 3일) 밤에 쓴 것을 신문에서는 8월 10일에, 나머지 3신에서 5신까지는 그가 시찰에서 돌아온 이후 8월 18일부터 다시 게재된다.

92 일본 신문협회는 1913년 4월에 창립되어 일본 전국 일간신문, 신문통신사 등 206개사의 700명의 회원으로 조직되었다. 협회는 회원 상호간의 친목구제를 도모하기 위한 목적으로 설립되었고, 18회 대회(1930)때 총재로 황족인 히가시쿠니노미야 나루히코 (東久邇宮)가 히로히토 천황의 승인 하에 임명되었다. 나루히코는 전후 1945년 히가시쿠니노미야 내각을 구성했고 육군대학교를 졸업한 군인이었다.(『매일신보』, 1930.3.31. 참조)
일본 신문협회 16회 대회는 1928년 11월 18일 오사카 중앙공회당에서 개최되어 전국 신문, 통신사 간부 115명이 참석했다. 17회 대회는 1929년 9월 20일 조선호텔에서 개최되었고, 대회 이후 40여명이 금강산을 관광했다. 회의는 개회, 의장선거, 개회사, 축사, 강연, 폐회, 기념촬영, 만찬회, 회장의 예사, 내빈답사의 순서로 진행되었다. 18회, 19회 대회는 동경에서 개최되었고 20회 대회는 1932년 4월 20일 일본 이시가와현(石川) 가나자와(金澤市) 시의사당에서 개최되었다.

1933년 일본 신문협회 21회 대회는 대련시에서 개막되어 대련박람회와 만주 일원을 시찰하는 16일의 일정으로 진행되었다. 『동아일보』에서는 송진우와 이광수, 『조선일보』에서는 김동원이 참여했고, 『매일신보』에서는 신문사 사장 時實秋穗과 편집국장이었던 이익상[93]이 참여했다. 그러나 이들의 출발 일정은 차이가 나는데 송진우와 이광수, 김동원은 8월 2일 경성에서 기차로 만주 내륙을 통과하여 대련에 도착했고, 이익상은 7월 31일 경성에서 출발하여 부산에서 우랄환(배)으로 갈아타고 8월 3일 대련에 도착했다. 우랄환은 고베에서 출발하여 대련까지 가는 배로 여기에는 신문협회 회원 96명이 타고 있었다.[94] 협회의 만주 시찰은 철도를 주요 이동 수단으로 했고, 비적 습격에 대비하여 일본 군경들의 호위 속에서 진행되었다. 이광수는 만주시찰기를 『동아일보』에 「만주에서」(1933.8.9-8.23)라는 제목으로 5회 연재했으며, 이익상은 『조선일보』에 「만주기행」(1933.8.27-9.28)으로 21회 연재했다.[95]

이광수의 기행문과는 달리 이익상의 기행문은 일본 신문협회의

---

93 이익상은 신경향파 소설가였고 1930년 2월 13일 『매일신보』 편집국장 대리로 취임하게 되는데, 취임하게 된 것은 이익상과 절친한 관계였던 박석윤(1930년 『매일신보』 조선인 최초 부사장 취임)의 권유에 의한 것이었다.

94 「日本新聞協會 出席者 一行 三日朝 大連到着」, 『동아일보』, 1933.8.4.

95 〈일본 신문협회 만주 시찰 여정〉 경성출발(7.31) → 부산에서 우랄환 탑승(1박) → 대련 도착(8.3) → 대련박람회 시찰(8.4) → 동계관산(전승비 시찰) → 안산(철광 시찰) → 봉천(8.6, 요령성 백탑, 북릉 고분, 장학량 별장 시찰) → 무순(탄광 시찰) → 신경(8.10, 신경여학교 신문협회 대회 참석) → 합이빈(8.11) → 제제합이 → 도남…… 경성도착(8.16)

〈이광수의 만주시찰 여정〉 경성출발(8.2) → 안동현, 안산, 무순, 봉천(1박) → 대련 도착(8.3) → 대련박람회 시찰(8.4) → 이하 신문협회 일정과 동일.

공식 일정을 그대로 기록하고 있는데, 이 기록에 의하면 만주국 설립의 당위성을 담보할 수 있는 공간이 주요 시찰 대상이 되고 있고, 시찰단은 대련박람회를 시작으로 하여 제국의 위용을 전시하고 있는 장소들을 방문하게 된다. 이광수와 송진우의 경우는 대련에서부터 협회의 공식 일정을 따라서 만주를 시찰했고, 김동원의 경우는 합이빈에서 일행과 헤어져서 돈화, 국자가, 용정, 회막동, 남양평, 나진의 일정으로 4일간 더 여행했다.[96] 여기에서 주목해야 하는 것은 이광수 「만주에서」 기행문이 경성에서 출발하여 대련에 도착할 때까지의 여정과 대련에서 박람회를 시찰한 것만 기록하고 있고, 전체 16일의 일정에서 8월 2일부터 4일까지 3일간만 기록하고 있다는 점이다. 그리고 기행문에는 만주 시찰의 계기나 목적, 일본 신문협회에 대한 내용들을 언급하지 않는다. 단지 매회 연재 첫머리에 '벗이여'라고 호명하며, 일행은 'K와 나'라고 언급하고 있어 일부러 일행을 배제하고 있는 것 같은 인상을 준다.

이광수는 경성을 출발하면서 기차의 차창으로 보이는 문산, 평양의 풍경에 대한 소회를 적고 있는데, 평양의 경우는 "너무 아름다워"서 걱정이라고 언급하며, 압록강 철교를 건너면서 이것이 조선인의 힘으로 건설되지 못한 것에 대해 안타까워 한다. 이러한 서술은 최남선이 『소년』의 「쾌소년세계주유시보」에서 "너는 뉘 차를 타고 안던 듈 아나냐?하는 것이 電光갓히 心頭에 오르고"[97]라고 언급하고 있는 것을 반복하고 있는 듯한 느낌을 준다. 또한 이광수 자신이 쓴 「동경

---

96 「재만동포문제 좌담회」, 『삼천리』, 1933.8.
97 최남선, 「쾌소년세계주유시보」, 『소년』 2호, 1909.12, 9쪽.

에서 경성까지」에서 "우리가 四철 옷을 지어닙는 西洋木 玉洋木등
필육을 짜내는 富士紡績會社의 宏壯한 공장이 보인다. 어서 漢江가
에도 이러한 것이 섯스면 조켓다."라고 언급했던 것처럼 「만주에서」
는 1910년대의 문명화되지 않는 조선을 회고하는 듯한 식민지인의
시각을 드러낸다. 1910년대 이러한 서술은 지식을 체험하고 흡수할
경로, 그리고 그것을 가능하게 하는 물적 토대가 없는 조선에 대한
비판인 동시에 그럼에도 일본 자본에 의해 개발된 것을 이용할 수밖
에 없는 좌절을 표현[98]한 것이지만, 1930년대 이광수의 서술은 식민
지인의 비애가 내면화된 상태의 연민에 가까운 감정을 토로하고 있
다. 이광수는 만주의 국경을 통과하기 전 일상화된 식민지 자본의
예속적 상황을 인정하고 있으며, 제국과 식민의 내면화된 위계를 솔
직하게 서술하고 있다.

　그러나 이광수는 조선과 만주의 경계를 벗어나 만주국에 입국하
면서 현재보다는 과거의 역사적 시공간으로 역행한 듯한 태도를 취
한다.

　　高麗門이라는 것은 옛날 使臣들이 通關하던 곳입니다. 高句麗以前
　　으로 말하면 滿洲 一幅이 다 우리 民族의 版圖니까 말할 것도 없지마
　　는 高麗以後로 漸漸 졸아 들기를 一千年을 해오는 동안은 이 땅은 마
　　침내 漢族의 것이 되어 버렸습니다. (중략) 金石山이나 鷄冠山이나 다
　　옛날 우리 先人들이 사랑하는 山입니다. 아니 그리운 그 옛날이여! (중

98　홍순애, 「근대초기 지리학의 수용과 국토여행의 논리」, 『한중인문학연구』 제
　　34집, 한중인문학회, 2011, 46쪽.

략) 瀋陽이라면 丙子胡亂에 三學士가 靑太宗에게 갖은 勸誘와 惡刑을
받고도 끝끝내 降服하지 아니하다가 칼끝에 忠義의 熱血을 뿌리고 죽
은 곳입니다. 만일 吾族이 다시 이곳을 차지할 날이 온다고 하면 맨 처
음 할 일은 三學士의 忠魂碑, 忠魂塔을 세우는 것이겠습니다. 이제 瀋
陽城의 逆旅에서 一書生인 나는 吊忠魂의 노래나 부릅시다.[99]

이광수는 고려문에서 고구려 이후 일천 년의 시간을 거슬러 과거
를 회상하고 있으며, 심양에서는 조선시대 병자호란과 삼학사를 연
상한다. 그는 '다시 이곳을 차지할 날이 온다면'이라는 가능성을 제
시하며 충혼비와 충혼탑을 세우고 싶다는 희망을 서술한다. 이광수
가 회고적 관점에서 만주를 사유하는 과정은 계속되는데, 요양성을
지나면서 이곳이 고구려의 안시성이었다는 것을 상기하며 "遼陽은
距今 四千餘年前 禹貢의 靑州城이요, 漢代의 遼陽縣이요, 南北朝時
代에는 朝鮮의 領土가 되었다가 唐代에 遼州가 되어 다시 中國領土
가 되고 遼代에는 東京이라 하였고 淸朝에서는 奉天遷都前의 舊都"
라는 여행 책자의 구절을 직접 인용한다. 그리고 "山海關以東 어느
곳은 우리 조상의 유적이 아니겠습니까"라고 언급하며 만주가 "우
리 조상"의 고토라는 것을 강조한다. '유적'은 과거가 사라진 기억이
아닌 현재에도 여전히 유효한 증거로서 실체하고 있다는 것을 증명
한다. 만주는 조선의 역사와 문명을 시각적으로 증명함으로써 조선
인을 근대 민족으로 투영해 내는 상상의 장[100]이 된다. 타자들에 의

99 이광수, 「만주에서」, 『동아일보』, 1933.8.
100 이경훈, 「식민지와 관광지」, 『사이 間 SAI』 6호, 국제한국문학문화학회, 2009,

해 지배되었던 공간인 만주는 유적이라는 '증거'를 통해 조선인이 전유했던 공간으로 인식되고, 이것은 만주와 조선의 역사적 상동성을 확인하는 작업이다. 여기에서 이광수는 만주가 조선인의 '옛 영토'라는 고토의식을 고수하고 있다. 1933년 현재 만주가 동북아시아의 패권을 장악한 일본의 새로운 영토로 편입된 상황에서 이러한 고토의식은 현실적이지 못한 것이 사실이다.

이러한 만주에 대한 고토의식은 근대계몽기 국토의 상실에 대한 대안으로 박은식과 신채호가 '발해'와 연관하여 논의한 바 있고, 1920년대에는 선민의 안주지, 조선의 연장 지역이라는 개념으로 언급되기도 했다. 이종정은 "이 땅이 우리 先民의 안주지"였고 "目下 수백만 白衣대중이 주거하는 지대"이면서 "우리의 만대 자손이 이 땅에서 나서 이 땅에서 번영할 억만년 미래를"[101] 담보할 공간으로 인식했고, 차상찬은 "朝鮮人은 朝鮮내지에서 放逐되야 自然的으로 祖先의 遺地인 滿洲를 占하게"[102]된 것을 강조했다. 1920년대 대부분의 만주기행문들은 중일의 만몽 영유권 충돌로 인한 동포들의 궁핍, 가난, 중국 지주의 박해, 치안 부재로 인한 불안 등을 재현하거나 수경지 개척을 인정받기 위한 권리 회복을 주장하기도 했다. 그러나 이러한 주장이 나올 수 있었던 것은 1920년대 만주의 영유권 쟁탈이 가중되면서 토지상조권, 거주권, 치외법권의 문제로 중일이 첨예하게 대립하고 있었기 때문이었다. 그러나 이광수는 이 기행문에서

79쪽.
101 이종정, 「만몽답사여행기」, 『조선일보』, 1927.10.15~12.2.
102 차상찬, 「전란과중에 입한 재중 칠십만동포」, 『개벽』 52호, 1924.

1920년대적 인식에서 벗어나지 못하고 있는 양상을 보인다.

이러한 이광수의 고토의식은 만주의 '산'에 집중되는데, 그는 金石山이 금강산을 연상시키는 산이며, "산 속에 들어가 보고 싶을 이만치 좋은 산"이라고 서술한다. 그는 천산을 "遼東의 금강산"이라고 칭하며, 계관산과 금석산이 남만주의 '3座名山'이라고 서술한다. 이것들은 "다 같이 白頭山의 來脈으로서 西를 向하고 달려서 金石山, 鷄冠山, 天山을 順次" 이루어졌기 때문이다. 이광수는 금석산, 천산, 계관산을 백두산의 지맥으로 인정하고, 이것들을 통해 민족적 기원에 대한 환상을 환기시키고 있다. 그러나 이러한 서술은 『금강산유기』(1922)[103]에서도 언급하지 않았던 사실들이다. 이광수는 『금강산유기』에서 금강산을 순수하게 자연의 일부로서 풍경을 소요하는 여행자의 시선으로 관조한다. 그는 금강산의 자연미를 묘사하고 있고, 심미적 관찰의 대상으로서 자연이 지니고 있는 인간적인 미덕을 읽어내고 그것을 자신의 내적 성찰의 계기로 삼는다.[104] 그러나 「만주에서」는 만주의 삼대 명산을 백두산의 지맥으로 인정하고, 이 산에 백두산이 갖는 성산의 민족 정서를 투영한다. 이것은 최남선 『금강

---

103 『금강산유기』가 쓰여 지기 전, 1921년 3월 이광수는 상해의 활동을 접고 신의주로 귀국 (1921.4.2)하다가 2 · 8 선언의 범인으로 일본 경찰에 체포되지만, 며칠 만에 풀려나게 된다. 이로 인해 『독립신문』(1921.3.26)에서 언급했던 조선통독부의 회유로 귀국했다는 기사가 신빙성 있게 회자 되었고, 1921년 4월 백혜순과 이혼하고 5월에는 허영숙과 결혼하여 8월 3일에 신혼여행 겸 금강산순례를 떠나게 된다. 금강산 여행을 기록한 『금강산유기』는 철저하게 금강산의 여정만을 재현하고 있고, 일행에 대한 서술이나 역사적 관점 등을 배제하고 있다.

104 서영채, 「최남선과 이광수의 금강산기행문에 대하여」, 『민족문학사연구』 24집, 민족문학사학회, 2004, 242쪽.

예찬』(1926)에서 민족의 성산 이미지를 생산하면서 단군신화의 역사
성과 불함문화권에 대한 복원의 열망을 직접적으로 서술했던 것과
겹쳐진다. 1920년대 '금강산'을 자연의 미적 대상으로만 사유했던
이광수가 1930년대 만주에 위치한 '산'을 백두산의 지맥으로 격상시
켜 인식하고 있는 것이다. 이러한 이광수의 논리는 매우 인위적이다.

그런 점에서 「만주에서」는『금강산유기』보다는 「충무공유적순례」
(『동아일보』1931.5.21-6.8)의 정서에 더 가깝다. '이충무공 묘산 경매문제'
로 촉발된 충무공 사적에 대한 관심은 전국적인 유적지 보존 운동과
성금 모금으로 이어졌고, 당시『동아일보』편집국장이었던 이광수
는 충무공의 묘소와 유적지를 순례하는 기행문을 연재했다. 이광수
는 이것의 연장으로『이순신전』(1931.6.23-1932.4.3)을 집필했고, 「신주
승전봉과 권율도원사」(『동아일보』1931.8.13)의 기행문을 통해 임진왜란
당시 행주산성과 권율의 행적을 구체적으로 제시했다. 또한 그는
1932년 5월 평양의 고구려 유적과 단군릉의 흔적을 찾기 위해 답사
했고, 7월에는 단군성적과 신공성훈을 조사하기 위해 평양에 현진
건을 특파원으로 파견한 바 있다.[105] 역사에 대한 망각과 유적의 훼
손은 민족의 미래적 모습과 동일시됨으로써 이광수는 기행문을 통
해 잊혀져 가는 민족 서사를 재구성한다.[106] 이광수는 조선적 정체성

---

105 이광수는 단군릉을 3번 답사하는데, 첫 번째는 1932년 5월 소설『흙』을 집필
하기 위한 자료수집을위해 방문하게 된다. 2차답사는 1934년 1월『조선일보』
부사장 시절 방문하며, 세 번째는 1936년 4월 김성업과 만수대와 을밀대, 동명
성왕의 유적, 단군릉을 방문 답사하게 된다. 그리고『삼천리』(1936.4)에「단군
릉」의 기행문을 게재하였다. 이 기행문에는 1934년 단군릉을 답사한 내용을
적고 있다.
106 홍순애, 「이광수 기행문의 역사의 기념비화와 민족서사의 창안논리」,『한중

의 확립과 조선의 문화혼을 재발견하기 위해 공적 기억을 호출하고 있는 것이고, 이것은 유적 순례로 표면화된다.

만주사변 전 이광수의 기행문은 민족의 뿌리 찾기, 민족사의 복원이라는 명분하에 유적지의 재건과 민족적 위인을 재조명하며 문화 민족주의를 표방했다. 그러나 여기에서 주목할 점은 이러한 기행문들이 조선학 운동의 자장 안에서 유적 보존의 필요성과 유적의 기념비화 작업에 대한 이광수의 민족주의적 일념을 일정 부분 반영하고 있지만 「만주에서」는 조선 문화 부흥에 대한 효과와 이로 인한 민족 개조의 전망을 서술하고 있지는 않다는 점이다. 이것은 만주사변 전 이광수의 국토순례와 사변 후 만주 여행기가 갖는 차별점이다. 이 기행문은 1910년대식의 문명주의적 시각과 1920년대식의 고토 의식으로 서술된다는 점에서 이 시기 조선 지역 내 만주 담론과 변별된다.

이 기행문에 재현되는 만주 인식은 당시 이광수가 관여했던 수양동우회와 안창호의 이상촌 건립 문제와 밀접한 연관을 갖는다. 안창호의 조선인에 의한 '이상촌', '모범촌' 건립은 흥사단 원동위원부의 중점사업으로 계획[107]되었었다. 이 계획은 1920년 상해에서 처음으로 개최된 흥사단 제7회 원동대회를 전후하여 이루어졌고, 안창호는 중국 당국과의 외교 교섭을 통해 한국인들만의 자치구를 이룰 수 있다고 확신했다.[108] 안창호의 이상촌 건립에 대한 의지는 '흥사단'을 통해 표면화되는데, 그는 이상촌 건립 목적을 "1. 해외독립운동의

___

인문학연구』 43집, 한중인문학회, 2014, 41쪽.
107 이명화, 「도산 안창호의 이상촌운동 연구」, 『한국사학보』 8호, 고려사학회, 2000, 141쪽.
108 이명화, 위의 논문, 141쪽.

근거지로 삼을 것, 2. 해외에서 성공하여 귀국을 원하되 일본 통치하에 들기를 원치 않는 이들의 집단 생활지로 할 것, 3. 농촌 도시 생활의 표본을 만들 것, 4. 모국의 문화를 보존하게 할 것"[109] 등의 4가지 목적을 표명한 바 있다. 도산이 추진한 이상촌의 장소는 만주 길림성 봉밀산, 서간도 유하현 삼원보, 길림성 목릉현 소왕령, 길림성 교하 등이었고, 1927년 1월 도산은 이상촌 건설의 가능성을 확인하기 위해 동경성 경박호 일대를 답사했다.[110] 이 기획에 이광수도 동참하게 되는데, 그는 1920년 5월 흥사단 원동지부 임시 반장에 임명되어 1922년 2월 흥사단을 '수양동맹회'로 명칭을 변경하고 흥사단 약법의 일부를 '조선 신문화 건설의 기초'로 고쳐 조직[111]을 구성했다. 흥사단의 국내 지부 역할을 맡은 수양동맹회는 1923년 1월 토지를 기부 받고 '통속교육보급회' 재단을 인가받아 농촌계몽 사업을 벌이게 되는데, 이것은 도산의 이상촌 건설 계획의 일환이었다.[112] 이광수와 안창호의 사상적 이념은 동우회와 『동광』을 통해 공유되었고, 1933년

109 주요한 편저, 『증보 안도산 전서』, 삼중당, 1963, 399~400쪽.
1926년 겨울 안창호는 유기석과 함께 길림을 방문하여 만주의 군사단체인 참의부, 정의부, 북만주의 신민부의 합동회의에 참석하여 만주운동의 기본강령을 토의했고, 만주에 안전지대를 택하여 통합기관의 본거지를 두는 이상촌 계획과 관련한 내용을 언급했다.
110 이명화, 앞의 논문, 164쪽.
도산이 추진한 이상촌 장소는 다음과 같다. 만주 길림성 봉밀산, 서간도 유하현 삼원보, 길림성 목릉현 소왕령, 길림성 교하, 길림성 액목현구, 길림성 동경성 경박호, 양자강 연안 진강, 북경인근 서산과 해전, 북만주 서간대 일대의 산해관, 금주 호노도, 남경과 진강 사이의 하촉, 몽고 포두진 등이었고, 이곳에 관련자를 파견하여 가격과 지형조사를 했다.
111 김원모, 『영마루의 구름』, 단국대학교출판부, 2009, 417쪽.
112 『도산안창호 전집』권 9, 도산안창호선생기념사업회, 2000, 515쪽.

1월『동광』이 폐간되기 전까지 이어진다. 주요한에 의하면 만주사변으로 인해 독립의 기세가 더욱 꺾이게 되면서 도산이 경영하던 이상촌 계획, 만주에 독립운동 근거지를 닦으려는 계획은 일시 포기하지 않을 수 없었다[113]고 언급한 것처럼 이 시기 민족주의 운동은 필연적 변화를 수반 할 수밖에 없는 상황이었다.

안창호가 1932년 4월 윤봉길의 홍커우공원 사건의 배후로 지목되어 1932년 6월 조선으로 송환되면서 민족주의 운동은 그 동력을 상실하게 된다. 안창호의 압송으로 인해 이광수의 민족주의 운동은 침체될 수밖에 없었고, 동우회 활동과 이상촌 건립 운동은 좌절될 수밖에 없었다. 이런 상황에서 이광수는 일본 신문협회 대회에 참여하기 위해 만주를 횡단하고 있는 것이며, 발해의 수도였던 동경성 경박호, 즉 안창호가 이상촌 건립을 위해 답사했던 동경성을 추억하며 '발해'라는 단어를 기행문에 여러 번 서술한다. 즉 이광수의 이러한 서술에는 흥사단이 주도했던 이상촌 건설에 대한 회한과 그것에 대한 좌절감, 단절이 가져오는 비탄의 정서가 포함되어 있다. 만주는 조선의 천년의 역사를 내포한 공간일 뿐만 아니라 이광수 자신에게는 안창호와 함께한 이상촌 건설의 10년의 여정을 내포한 공간인 것이다.

「만주에서」 재현되는 과거 시간으로의 역행은 도산이 도모하고 있던 이상촌 건설과 수양동우회 운동이 복구되지 못할 것이라는 좌절감에 기인한다. 기행문에서는 "언젠가"라는 수사를 쓰고 있지만

---

113 주요한 편저, 앞의 책, 412쪽.

이것은 가능성을 배제한 상태의 희구적 발언이라고 할 수 있다. 만주는 이상촌 건설의 욕망을 실현할 수 있는 공간이었지만, 현재 만주국 설립이 진행되는 시점에서 이것은 환영에 지나지 않는 것이다. 즉 이광수의 만주 인식이 낭만성으로 경사되고 있는 것은 안창호의 이상촌 건설의 좌절과 민족주의 운동이 중단될 수밖에 없는 상황에 기인한 것이고, 이것은 만주 전적지에서 제국주의의 자취를 받아쓰기 하지 않는 것, 그러면서도 민족주의자로서의 일면을 상실하지 않는 방식에서 고안된 것이라고 볼 수 있다. 이광수는 이상촌 건설에 대한 희망이 사라진 공간에서 스스로 위무하는 방식을 동원하여 기행문을 집필하고 있는 것이고, 이것은 식민지인의 자의식과 내적 자괴감을 동반하며 연민과 낭만성의 수사로 점철되고 있다.

3.2 부르주아 민족주의의 분열과 낭만적 로맨티시즘으로의 침윤

이광수는 「만주에서」 대련에 도착할 때까지 고토의식을 전면화하여 서술하고 있다면, 대련에서는 식민지인의 자의식과 자조적 서술로 일관한다. 기행문에서 대련 일정은 4신과 5신에서 재현되며, 대련 부두와 충령탑 방문, 신사참배, 대련박람회 관람, 조선동포의 만남 등으로 기록된다. 일본 신문협회가 대련에서 대회를 개최한 것은 박람회의 시찰과 제국의 군사적 집결지의 역할을 했던 대련의 위상을 전시하기 위해서였다. 1898년 러시아는 청과 '여순대련조차조약'을 체결하여 대련을 원동지구의 세계 항구도시로 건설[114]했다. 1904년 러일전쟁으로 대련을 이양받은 일본은 여기에 전선 후방 병참기지

를 설치했고, 1907년에는 남만주철도 주식회사를 통해 중국 동북지
구 철도, 해항, 광산 경영 등에 관련한 식민지 개척을 본격화 했다.[115]
대련은 중국 동북 지역의 일본 점령을 가능하게 한 식민지 개척의 교
두보의 역할을 담당하며 만주국 내 제국 권력을 상징하는 도시였다.

기행문에서 이광수는 대련을 '포오츠머스' 조약과 관련한 역사적
사실을 언급하고 "온갖 문명의 시설을 구비한 대도시"라고 설명한
다. 그리고 그는 부두의 시설과 그곳에서 일하는 중국인 노동자(쿨리)
의 모습을 자세하게 묘사한다.

埠頭의 七層樓上에 올라서면 延長四킬로의 防波堤 東에서 西에 벌
인 埠頭에는 四千噸級의 汽船 三十五 六隻을 一時에 들여맬 수가 잇고
二萬噸級의 巨船 四隻을 同時에 갖다가 붙일수가잇는 築港을 一時에
바라다볼수가 잇습니다. (중략) "敎育이 없을사록 勞動에 適當한 모양
입니다. 山東쿨리는 果然일을 잘합니다. 黙黙히 하로에 열時間 열두時
間의 勞動을 하고 잇습니다." 나는 이 說明을 들으면서 그 퍼런옷을 입
은 쿨리들이 혹은 메고 끌고 그야말로 "黙黙히" 埠頭에서 일하고 잇는
것을 보앗습니다.[116]

---

114 우영만, 장익수 외, 「중국 대련시 도시형성을 통해서 본 연안도시의 근대화 과
정에 관한 연구」, 『대한건축학회 학술발표논문집』 20권 1호, 대한건축학회,
2000, 387쪽.

115 박화진, 「동북아시아 해양도시 근대화의 제 문제-20세기 초 중국 요녕성 대
련시 일본정을 중심으로」, 『동북아시아문화학회 국제학술대회 발표 자료집』,
동북아시아문화학회, 2002, 180쪽.

116 「만주에서(4)-대련구경」, 『동아일보』, 1933.8.20.

대련에 도착하고 나서 이광수는 협회의 공식적인 일정을 함께한다. 이들은 협회 일행들과 함께 만철사원에게 대련의 시가지와 대련 부두, 공장지대에 대한 자세한 설명을 듣는다. 이광수는 중국 식민지인의 현재적 모습을 쿨리의 단면을 통해 보고 있으며, 동양 최대의 부두가 이러한 식민지인의 노동력에 의해 유지되는 상황을 목도한다. 그러나 『매일신보』의 이익상은 "六千餘噸의 우랄丸의 四層 甲板보다 높은 埠頭는 東洋第一을 자랑"하고 있으며, "每年 六億餘圓의 物貨가 集散되는 大蓮港인 大蓮의 埠頭! 한 驚異이다."[117]라고 서술한다. 같은 장소에 있던 이익상은 부두의 규모를 제국의 경제적 위용과 동일시하며 경이감을 느끼지만, 이광수는 이러한 경이감을 서술하지 않는다. 이들은 같은 장소에서 서로 다른 것을 보고 각기 자신의 인식만을 서술한다.

대련에서 이광수는 대련의 정신적 기조가 '충령탑'에 있는 것을 확인한다. 충령탑은 러일전쟁 전사자 4천여 명의 유골을 비치한 곳으로 제국주의의 영토 확장 과정에서 희생된 일본 군인을 추모하기 위해 건립한 것이었다. 이곳은 대련을 방문하는 단체나 개인이 대련신사와 함께 필수로 참배를 해야 하는 장소였고, 제국의 우경화된 정책을 선전하는 성지였다. 이광수는 이 충령탑이 일본 제국주의 정신의 연원이며 조선에서는 행해지지 못하는 부분이라고 언급한다. 이러한 식민지인의 자의식은 대련박람회에서도 계속되는데, 대련박람회는 7월 22일부터 8월 말까지 40일 동안 대련에서 개최되어 조선(경

---

117 이익상, 「만주기행」, 『조선일보』, 1933.8.26.

기도)에서는 고무 제품, 과자, 청주 등 192점을 출품[118]했다. 이광수는 만철(滿鐵), 미쯔이(三井), 미쯔비시(三菱)의 기관들의 제품들과 대판, 경도 등에서 출품한 공업품이 전시되어 있는 것을 보고 조선관의 농산, 수산, 임산의 물품들과 비교하며 '찬 땀'이 흐르는 것을 느낀다. 그는 대련에서 물적 토대가 없는 조선의 식민지 상황의 맨얼굴을 확인한다.

이광수가 대련에서 초점을 두고 기록한 것은 제국과 식민의 위계보다는 식민지인으로서의 조선인의 비애다. 대련박람회를 관람하고 숙소에 돌아온 이광수는 몇몇 동포들과의 만남에서 그들의 생활상을 듣는다. 기생을 위주로 한 요리업과 소작 농민에 한정된 조선동포의 경제적 지위는 중국인 쿨리들과 다름이 없는 것이라고 인식한다. 이광수는 이러한 식민지 조선인과 자신의 모습을 한인(漢人)마차부로 투영한다. "십전, 이십 전의 손님을 구하야 하루 종일 대련의 시가를 떠벅거리고 돌아" 다니는 한인 마차부는 다름 아닌 일본 제국에 종속된 식민지인의 표상인 것이다. 대련에서 이광수는 일본 제국주의의 위용과 대비되는 조선의 식민지 현실의 비참함, 미래에 대한 가능성을 상실한 조선을 목도한다. 동양 최대의 부두 시설과 총액 구천만 원의 도시의 위용에 이광수는 심리적으로 압도된다. 이 상황에서 이광수가 할 수 있는 것은 "발해의 달"을 보는 것과 터벅거리는 말발굽 소리를 듣고 회한에 잠기는 것뿐이다. 대련에 뜬 달은 누구의 소유도 아니고, '발해의 달'이라고 명명할 수 있는 자유만이 이광수에

---

118 『동아일보』, 1933.7.9.

게 주어졌던 것이다. 이에 이광수는 현실 회피적인 관점으로 또는 현실과 유리된 낭만적 서술로 대련을 재현하고 있다.

그러나 이광수의 기행문에 비해 이익상의 기행문은 협회의 공식 일정 대부분을 서술하면서 제국의 만주 개척에 대한 시찰기를 충실하게 기록한다. 이익상은 제강소와 안산 철광, 무순 탄광, 신수도 신경, 하얼빈 등에 대해 자세하게 설명하는데 이 장소들은 만주기행에 있어서 빠짐없이 등장하는 곳으로 만주국의 자원 개발과 경제적 발전상, 국제 도시로써의 위용 등을 보여주는 대표적 순례지였다. 신문협회 제2일 대회는 신경고등여학교에서 개최되어 만주국 집정, 만주국 대관, 일본 군민 유력자, 협회원과 방청자 등 150여 명이 참여하여 성황을 이루었다.

대회는 만주국 건국에 대한 경축 결의, 故武藤元師에 대한 애도 결의, 관동군 장병에 대한 감사 결의, 재만조선동포의 보호에 대한 결의안 가결, 신문협회 초대연등으로 진행되었고, 이익상은 "신흥 만주국가도 제일 만히 苦楚를 바든 조선인에게는 특별한 保護가 업서서는 안될 것이다."[119]라고 언급하며, 재만 조선동포의 보호에 대한 결의안이 채택된 것이 가장 큰 수확이라고 적고 있다. 여기에서 이광수의 기행문과 차별화되는 것은 「만주에서」 기록하지 않은 행사들을 이익상은 전면화하고 있다는 점이다. 그는 현실적으로 재만 조선동포가 만주사변에서 가장 피해를 많이 본 민족이고 만주국 설립에 있어 조선인의 권익이 실질적으로 상정되어야 하는 필요성을 서술

---

119 이익상, 「만주기행(16) - 재만백만동포의 보호를 요망」, 『매일신보』, 1933.9.17.

하고 있다. 이익상은 제국이 의도한 시찰의 목적을 충분하게 받아쓰기하고 있지만, 그렇다고 재만 조선동포의 문제를 간과하지 않는다.

일본 신문협회 만주시찰 일정에서 주목해야 할 것은 동계관산의 러일전쟁 전적지, 장학량의 군영이었던 북대영 전적, 청조의 2세 태종황제 부처의 능인북릉, 장학량의 별장 등과 같은 일본의 전적지들과 중국의 패망을 확인할 수 있는 장소들을 방문한 것이다. 물론 일본 제국주의의 영토 전쟁에서 승리한 것에 대한 기념비적인 장소를 방문하는 것은 당연한 것이지만, 여기에서 이익상은 러시아, 중국 대일본의 구조하에 이 전적들을 자세히 묘사한다. 만주사변의 시발을 알리는 전투지였던 장학량의 군영인 북대영은 만주사변이 일어난 지 2년이 지난 시점에서 잡초가 우거진 폐지로, 청조의 태종황제 부처의 분묘 또한 과거의 영광과는 상관 없는 폐궁의 이미지로 재현된다. 청조의 유적과 장학량의 전적지에서 협회원들은 만주가 중국의 동북 삼성이 아닌 일본의 '만주국'으로 설립되는 과정을 실감하게 되며, 패배자의 전리품을 목도하면서 일본 제국의 위용을 확인하게 된다. 신문협회의 이러한 시찰은 만주국 건립에 대한 정당성과 당위성을 승인받는 것의 일종이었고, 이것은 제국의 만주 지배체제를 공고히 하는 방식 중의 하나였다.

이광수와 이익상은 동일한 일정으로 만주를 시찰하고 있지만 그 시각에는 많은 차이를 보인다. 이러한 차별성의 연원은 무엇이고, 이광수는 왜 전도된 역사 의식과 연민에 의한 서술을 계속하고 있는 것일까. 이광수의 이러한 서술은 만주사변 이후 동북아의 국제적 정세와 재만 조선동포 이재민이 속출하는 상황으로 봤을 때 자연스럽지 않은 것이 사실이다. 당시 김경재, 임원근, 서정희, 양재하, 신영우 등 당대 민족주의 계열, 사회주의 계열 인사들은 만주를 방문한 기행 문을 『삼천리』, 『동아일보』, 『조선일보』 등에 연재[120]했고, 이들은 만 주사변 후 재만 조선동포의 비참한 생활상과 집단부락 문제, 조선농 민의 무장 문제, 제국의 주재소 정책 등의 현실적 문제와 해결책을 중심으로 기행문을 서술하고 있다. 그러나 이광수 기행문은 주관적 인 감성이 농후한 낭만적인 정서를 전면에 배치한다.

　이광수 기행문의 서술적 특성과 이러한 인식이 어디에서 연유되 었는지 살펴보기 위해서는 만주사변 전후의 조선 내의 만주인식과 이 시기 이광수의 민족주의 운동에 대한 행보를 살펴볼 필요가 있다. 1932년 만주국 건국 선언과 9월 '일만의정서'의 채택, 1933년 일본의 국제연맹의 탈퇴 등 일본은 '괴뢰국'이라는 오명 속에서 만계와 일 계의 갈등이 계속되는 가운데 만주국의 조직체계를 수립했다. 만주 사변 이후 중국 군대의 패잔병들에 의한 약탈, 방화 등으로 재만조선 동포 이재민이 1932년 1월 당시 19,300[121]명으로 집계되는 등 피해가 속출하는 상황이었다. 민족단체 조직의 필요성이 계속되는 가운데 조선 내에서는 만주 조난동포 구제 문제가 논의되었고, 이에 민족주

120　이 시기 만주기행문은 서정희, 「만주 조난동포를 보고 와서」(『삼천리』 4권1 호, 1932.1), 김경재, 「동난의 간도에서」(『삼천리』 4권5호, 1932.5), 임원근, 「만주국 유기」(『삼천리』 4권12호, 1932.12), 임원근, 「만주국과 조선인 장래, 만주국 기행」(『삼천리』 5권1호, 1933.1), 신석신, 「봉천기행」(『조선일보』, 1930.12.24), 김종근, 「만주기행」(『동아일보』, 1930.12.5-12.9), 양재하, 「간도 기행」(『조선일보』, 1932.1.31-2.2), 신영우, 「만주기행」(『조선일보』, 1932.2. 26-3.11) 등이 있다.
121　김주용, 「일제강점기 한인의 만주 이주와 도시지역의 구조변화」, 『근대 만주 도시 역사지리연구』, 동북아역사재단, 2007, 132쪽.

의와 사회주의의 연합인 '만주동포문제협의회'[122]가 조직되었다. 협의회는 서정희를 중심으로 봉천에 사무소를 설치하여 조난 상황을 조사하고 무순, 장춘, 합이빈, 길림 등 14개 수용소[123]를 방문하여 위문품을 분배했고 이후 두 차례 만주 위문사를 파견하여 조난동포의 피해 복구에 힘쓰게 된다.

이광수는 『동아일보』를 대표하여 송진우와 함께 협의회에 참여하여 재만 조선동포 문제에 대해 관심을 표명하였다. 이광수가 실질적으로 운영했던 수양동우회의 기관지였던 『동광』에서는 「만주문제종횡담」(1931.9), 「만주일중관계략사」(1931.11) 등을 통해 만주 영토를 둘러싼 중일의 정치적 쟁투의 역사를 논의하는 한편, 만주국 설립과정에서 재만 조선인 거취 문제와 관련해서는 「간도문제특집」(『동광』 33호, 1932.5)으로 「간도문제란 무엇인가」(윤화수), 「간도란 이러한 곳」(농촌거사), 「간도는 어데로 가나」(류광렬) 등을 통해 간도의 특별자치구 구획에 대한 가능성과 재만 조선인의 거주 실태를 논의했다. 『동광』은 세계적 정세 변화에 대한 거시적인 안목과 재만 조선인의 거주권, 토지 소유권 등의 세부적인 부분까지 언급했다.

그러나 여기에서 『동광』과 이광수의 논의는 변별할 필요가 있다. 이광수는 「基礎의 準備」(1931.10), 「힘의 재인식」(1931.12)의 글들을 게재하면서 현재 국제정세에 대응하기 위한 민족의 대동단결, 통일된

---

122 만주사변 후 재만 조선인의 피해가 커지자 조선에서는 사회 각계 인사들로 구성된 '조난동포대책토의회'(1931.10.27)를 개최했다. 여기에는 『동아일보』를 대표하여 송진우와 이광수가 참여했다. 이날 회의에서 명칭을 '만주동포문제협의회'로 개칭하고 집행위원 43명을 선정했다.

123 서정희, 「만주 조난동포를 보고 와서」, 『삼천리』 4권1호, 1932.1.

주의와 규율 안에서의 민족운동론 또는 민족적 힘의 발현의 필요성을 역설한다. 그는 "戰爭은 一民族의 健全한 體力을 要하고 腦力을 要하고 精神力을 要"하는 것이며 "愛國과 團結과 服從과 勇氣－이것이 군사의 精神의 힘이다.[124]"라고 언급하며 전쟁이 힘의 격돌 결과라고 인식하고 있고, 이러한 사태에 직면하여 조선인은 공동체에 의한 조직의 결성, 민족적 단합을 해야 한다는 것을 강조한다.

또한 이광수는 1932년 「朝鮮民族運動의 三基礎事業」(『동광』 30호, 1932.1)에서 민족운동의 방향이 '인텔리겐치아 결성', '농민노동자 계몽과 생산향상', '협동조합운동'을 중심으로 이루어져야 한다고 언급하며 이것이 수양동우회의 의견이면서 개인의 사견이라는 것을 덧붙인다. 그는 민족운동이 유력한 단결 없이는 지속될 수 없다는 것을 역설한다. 하지만 이 글은 정치에 관계없는 '단결훈련'만을 거듭 강조하고 있을 뿐이어서, 사실 동우회의 취지와 부합한다고 보기 어렵다.[125] 이광수는 이 글에서 「민족개조론」, 「민족적 경륜」의 민족개량주의의 핵심을 논의하고 있지만, 『동광』의 만주에 대한 현실적 문제 인식과는 달리 이광수의 논설은 민족단체 조직에 대한 필요성에 대한 구호와 피상적인 개념만을 서술하고 있다. 이광수의 민족주의는 합법, 반혁명, 비폭력 무저항론을 근저로 했고 구체적이고 역사적인 운동 과정을 논의하지 못했다.[126] 이에 부르주아 민족주의 우파[127]

---

124 이광수, 「힘의 재인식」, 『동광』 28호, 1931.12.
125 최주한, 『이광수와 식민지 문학의 윤리』, 소명출판, 2014, 168쪽.
126 안태정, 「1920년대 일제의 조선지배논리와 이광수의 민족개량주의 논리」, 『사총』 35권, 고려대학교 역사연구소, 1989.
127 3.1운동과 물산장려운동이 좌절되자 민족주의자들은 완전 독립에서 일보 후

로 분류되었던 이광수는 부르주아의 주체의 역량의 중요성과 민족
운동의 동력은 노농 근로대중이 아니라는 것을 표명함으로써 대중
들의 동의를 얻지 못하는 상황이었다.

이러한 이광수의 민족주의는 도산의 실력양성론에 기반 한 것으
로, 식민지 자본주의가 심화됨에 따라 탈민족적 범주에서 경제적 모
순이 심화되는 국면에서는 한계를 갖기 마련이었다.[128] 이것은 단적
으로 만주사변 이후 조난동포 구제 문제를 언급한 이광수의 논설에
서 그대로 드러난다. 이광수는 「길림 양성의 조선인」(『동광』, 1931.1),
「재만동포에게 급고」(『동광』, 1931.11)에서 "항상 국법과 그 나라의 국
민감정을 존중하는 태도를 취"하여야 하며 "재만동포는 결코 어느
정치적 세력에 偏倚하여서는 안됩니다."라고 언급한다. 그의 논리에
의하면 내정 분쟁에 편승하는 것은 이익이 없으며, 침묵을 지키고 사
태를 주시하는 것이 식민지 조선인의 역할이라는 것이다. 이에 일본
출병의 결과로 동북 정권의 변동이 올 것이라는 판단에서 이광수는
교민단체를 만들어 권익을 옹호하고, 동포의 행동을 단속, 경제와

퇴하여 내정 독립만을 의미하는 자치권을 얻는 방법을 모색했고 이 운동을 지
지하는 이들을 '우익 민족주의자', 반대하는 이들을 '좌익 민족주의자'라고
불렀다. 그리고 경제적 지향에서도 자본가 중심의 자본주의를 '부르주아 민
족주의 우파', 소상품 생산자 중심의 자본주의를 지지하는 이들을 '부르주아
민족주의 좌파'라고 불렀다. '문화적민족주의'라는 용어는 대체로 부르주아
민족주의 우파를 지칭하는 경우가 많으나 부르주아 민족주의 좌파(안재홍의
예)도 포함한 경우도 있었다.
박찬승, 「부르주아민족주의, 우파민족주의, 문화민족주의」, 『역사비평』 75
집, 역사문제연구소, 2006, 286-290쪽. 참고.

128 정주아, 「공공의 적과 불편한 동반자-『군상』 연작을 통해 본 1930년대 춘원
의 민족운동과 사회주의의 길항관계」, 『한국현대문학연구』 40호, 한국현대
문학회, 2013, 331쪽.

문화를 부흥할 것을 장려한다. '엄숙하고 지혜로운 침묵'을 지키는 것을 재만동포에게 요구하고 있다는 점에서 이광수의 대응은 중립적이었지만 매우 수동적인 것이었고, 이것은 당대 재만 조선인 담론과는 이질적인 것이었다.

이 시기 민족주의 계열과 사회주의 계열 인사들은 재만 조선인 국적문제를 둘러싼 중국 귀화론, 간도연장주의에 의한 간도 자치권 설치 등의 문제를 주장하며 현실 문제 해결에 전력하게 된다. 재만 조선인에 대한 행정적, 법률적 구제책이 없는 상황에서 혼란은 가중되었고, 이러한 사태에 대해 『동아일보』 사설에서는 토지소유권을 통한 경제적 안정과 중국 관헌의 취체에 대한 신변 보장을 받기 위해서는 재만 조선인의 중국으로의 귀화가 이루어져야 하며, "조선인의 唯一한 所願은 歸化權의 獲得이다."[129]라고 그 해결책을 제시했다. 『조선일보』에서 안재홍은 재만 동포의 영구적 계책을 위하여 중국 입적의 획득과 일본 국적의 탈적이 필요하다[130]는 논리를 펴며 재만 조선인의 일본 탈적을 논의했다. 이러한 논의는 실현 가능성이 희박한 것이었지만 중일 정쟁의 과정에서 조선인의 권익을 증대하기 위한 논의였다는 점에서 주목할 만한 것이었다. 또한 만주사변 후 『동아일보』, 『조선일보』에서는 간도자치권, 간도특별구 설치 등에 대한 논의[131]

---

129 「在滿朝鮮人 歸化權 問題 곳 許함이 可하다」, 『동아일보』, 1931.8.9.
130 안재홍, 「在滿同胞問題 私議」, 『조선일보』, 1931.9.4.
    안재홍, 「내가 본 재만동포 문제 해결책―商租權보다도 入籍이 良策」, 『동광』 24호, 1931.8, 14쪽.
131 『동아일보』(1932.7.27)는 「실현성 농후한 간도자치구」라는 제목으로 "간도의 조선인이 간도 4현을 특별행정구로 하겠다는 운동은 아직 정식으로 결정되지 않핫스나 만주 당국은 이에 대하여 찬성의 의견을 가지고 잇슴으로 멀지

가 시작되었고, 만몽 신국가의 공민권 획득, 모범 농촌의 건설, 농사 시험장의 설치를 주장했다.

그럼에도 불구하고 이광수는 재만 조선인 문제에 있어 실질적인 대안을 제시하기보다는 단체설립과 자립경제 등의 원론적인 논의만을 계속하는 상황이었고, "차라리 이태리의 파시스트를 배우고 싶다.", "건강한 청년 남녀야 일어나라! 일어나서 그대들의 건강한 정신을 가지고 조선을 위하야 헌신하고 봉사할 차로 굳게 뭉치라."[132] 라는 구호를 외치며 파시스트적 면모를 보인다. 이에 김명식은 「英雄主義와 파시즘 이광수씨의 蒙의 啓함」(『동광』, 1932.3) 통해 이광수의 「지도자론」, 「힘의 再認識」, 「힘의 찬미」 등의 글들에서 나타나는 '反正義의 힘'이 갖는 부정성을 지적하며, 부르주아 민족주의가 파시스트의 강권주의, 영웅주의와 본질상 차이가 없으며, 조선에 있어서 총명한 부르주아지가 영웅주의를 발견한 것은 우연이 아니라고 비판한다. 이 시기 이광수의 사회주의에 대한 관심과 파시즘의 경사는 "개인화된 대중을 결속해야 할 필요성, 반사회주의, 반향락주의를 표방한 유심론적 전환의 필요성에서 파시즘의 시선을 차용"[133]한 것일 수도 있고, "사회주의 계열 논자들과의 이론 투쟁을 거치는 과정에서 전체주의적으로 변질된 내셔널리즘 담론의 일종으로 간

안허 결정되리라한다."라는 기사를 실었다. 이러한 간도자치구에 대한 논의로는 「만주국 요로에 간도독립 진정, 조선인민회에서」, 『매일신보』(1932.5. 13), 「만주국이 행정구 반대 특파변사기관설치」, 『동아일보』(1933.4.23) 등이 있다.
132 이광수, 「野獸에의 復歸, 靑年아 團結하야 時代 惡과 싸호자」, 『동광』, 1931.5.
133 정주아, 앞의 논문, 344쪽.

주"[134]될 수도 있다. 그러나 여기에서 간과할 수 없는 문제는 이러한 파시즘에 대한 관심은 민족주의 운동에 대한 한계를 인식한 시점에서 제기되었고, 이것은 이광수의 만주사변 후 일본의 군국주의 체제가 공고하게 진행되는 과정에서 배태되었다는 것이다. 이것은 1930년 초반의 현실과 민족개량주의 운동이 교호하지 못한 결과이기도 한 동시에 이광수의 민족주의의 분열을 보여주는 지점이기도 하다.

이광수는 만주 시찰을 다녀온 후 『삼천리』 주최 「재만동포문제 좌담회」에서 "만주 각지를 돌아다니면서 가장 크게 느낀 것은 만주에 버들이 많은 점"이라고 소개하며 "멀리 지평선 위로 參差한 密林이 보이고, 끝없이 넓어진 평야며 양떼며 유목민들이며 이런 것을 볼 때 아무 근심도 잊고 그저 속으로 정처 없이 방랑하고 싶은 생각이 불길같이 일어납니다."[135]라고 소회를 언급한다. 이광수에게 만주는 방랑자의 공간이며, 표박의 유목적 삶을 욕망하게 하는 공간이다. 16일간의 만주 시찰을 통해 이광수가 본 것은 현실보다는 낭만적 정조가 가득한 만주였고, 이것은 이광수만의 환영이었던 셈이다. 그러나 이광수의 정서는 당대 조선 이주민의 만주 개척에 대한 낙관론인 '낭만적 유토피아'[136]와는 차별화된, 개인의 주관적 정서의 과잉과 몰입

---

134 최주한, 앞의 책, 170쪽.
135 「재만동포문제 좌담회」, 『삼천리』, 1933.8.
　　이 좌담회에는 동아일보 전편집국장 이광수, 조선일보 편집국차장 김동원, 삼천리사 김동환이 참석했다. 이 좌담회는 이광수가 만주에 다녀온 직후 『동아일보』를 그만두고 『조선일보』로 가기 직전 열린 것으로 보인다.
136 김철, 「몰락하는 신생: '만주'의 꿈과 『농군』의 오독」, 『상허학보』 9집, 상허학회, 2009.
　　이경훈, 「만주와 친일 로맨티시즘」, 『한국근대문학연구』 7집, 한국근대문학회, 2003.

에 의한 나르시시즘과 로맨티시즘의 일종이라고 할 수 있다. 이광수의 「만주에서」는 일련의 민족주의 운동과 지도자론의 좌절에 대한 혼란을 일정 부분 반영하고 있으며, 이것은 이광수의 이후 친일 협력의 행보에 있어 중요한 결절점이 되고 있다.

「만주에서」의 만주 영토에 대한 고토 의식의 연원이 안창호의 이상촌 건립에 대한 실패와 『동광』의 폐간 등에 따른 민족주의운동의 좌절과 회의에서 비롯되었으며, 이 기행문에 재현되는 허무주의적 낭만성의 정서는 부르주아 민족주의 운동의 한계를 체감하는 것의 일부로서, 또는 식민주의를 내면화할 수밖에 없는 이광수의 전향의 논리를 반영하고 있다. 역전된 역사 인식으로 인한 니힐리즘적 수사가 글의 중심을 이루면서 이 기행문은 자책감과 좌절의 정서로 일관되고, 여기에는 민족주의자로서의 이광수의 자의식이 전면에 배치되고 있다. 이것은 현재의 '만주국'이 아닌 이데올로기가 결합되지 않은 자연으로서의 '만주'라는 공간을 보고자 하는 이광수의 의도를 반영한다.

그러나 여기에는 제국과 식민의 경계가 삭제됨으로써, 제3의 대안적 공간이 아닌 식민지 체계 안으로의 안착이라는 역설도 가능하게 된다. 이 기행문은 자의식과 연민의 수사로 일관됨으로써 식민과 제국의 구도를 벗어나고 있고, 이것은 탈민족주의적인 성향으로 경사됨으로써 이 시기 이광수의 민족주의 사상의 허약함과 분열을 보여주는 단적인 예가 된다. 이광수는 만주를 시찰하기 전, 소설 『삼봉이네 집』(1931.11.29-1931.4.24)을 통해 만주에 이주한 삼봉이네 가족의 몰락상을 재현한 바 있다. 이 소설은 간도 정착민을 상대로 조선인

123

간에 벌어지는 사기극과 국경 지대의 인종 차별 및 폭력사건, 쌀 시장의 등락에 따라 결국 빚에 내몰리기 마련인 농민 수탈의 구조 등 당대 농촌의 내부 모순을 폭로하고 있다.[137] 그러나 이 소설은 사회주의 단체 결성과 혁명에 의한 해결이라는 결말 구조를 보여주고 있다는 점에서 이광수의 피상적 만주 인식을 드러낸다. 또한 수양동우회가 1929년 11월 '동우회'로 명칭을 변경하면서 혁명단체임을 표명했지만, 사회주의 급진 좌익진영 사회단체로부터 관념적 도피 장소라고 비난을 받으며, '영접의 은둔소'라고 악평[138]을 받고 있었던 것으로 볼 때 이 시기 부르주아 민족주의 운동은 대중과 공감대를 형성하지 못했다. 이에 양주동은 이광수의 문학이 민족주의 문학과 인도주의 문학[139]을 대표하며, 이 문학이 "객관적 정세와 보조를 맞초지 아니치 못할 것"이라고 예감한 바 있다.

이러한 점에서 이광수가 만주시찰의 경험을 기행문으로 전달하려고 한 의도는 분명해진다. 1921년대 『금강산유기』가 쓰여 질 당시 이광수는 상해에서의 급거 귀국하여 변절자와 배신자라는 오명에서 자유롭지 못했고, 이러한 상황에서 그가 선택한 것은 금강산행이었다. 이광수가 금강산을 자신의 개인적인 감정, 근대적 내면 성찰로만 전유했던 것이 당대의 상황에서 이광수가 취할 수 있었던 중립적이면서도 비난을 모면하는 방식이었다. 이러한 행보 이후 이광수는 타협적 민족주의 운동단체 수양동맹회 조직(1922.2), 사이토 총독 사직

---

137 정주아, 앞의 논문, 333쪽.
138 김원모, 앞의 책, 566쪽.
139 양주동, 「회고, 전망, 비판―문단제사조의 종횡관」, 『동아일보』, 1931.1.3.

요구 공개장 게재(白岳山人, 「공개장: 齊藤君에게 與함」, 『동아일보』, 1922.4.1), '민족개조론' 발표(1922.5), 『동아일보』 입사, 안창호 모델 『선도자』(1923. 3.27-7.17) 연재 등의 일련의 행보를 통해서 비난을 종식하고 민족주의 자로 등극한 바 있다.

「만주에서」의 행보가 이와 겹쳐지는 것은 우연일까. 부르주아 민족주의 운동에 대한 비판에 직면한 상황에서 이광수는 『동아일보』를 대표하여 만주 시찰기를 작성해야 했고, 이것은 자신을 증명해야 하는 글쓰기로 변환될 소지가 다분했다고 볼 수 있다. 시찰기는 제국주의에 동조하는 입장과는 달라야 했고, 그렇다고 군국주의 체제의 현실적 상황을 외면할 수도 없는 상황에서 기행문은 3일 여정으로 축소 재현되고, 다양한 서술적 전략을 동원할 수밖에 없었다. 이광수는 만주 시찰 직후 『조선일보』 부사장 취임(1933.8.29), 아들 봉근의 죽음(1934.2), 연애소설이라는 기자단의 탄원서로 「그 여자의 일생」 연재 중단(1934.5), 『조선일보』 사퇴, 금강산 잠적(1934.5) 등의 행보를 보인다. 그러나 만주기행문은 『금강산유기』와 같은 효과를 거두지 못한다. 왜냐하면 만주기행문은 의식적이든, 무의식적이든 탈민족주의자의 전형을 보여주면서 이탈을 모색하는 글쓰기로 이행했기 때문이다. 만주기행문은 결국 자신의 이름을 조선에 표명했던 1910년대 기행문과 민족주의자로서의 명성을 가져온 1920년대 기행문과는 달리 그의 민족주의자의 종말을 가져오게 한 글쓰기였던 셈이다. 그래서 이 시기 이광수의 행보가 추락과 비상 사이에서 줄타기를 하는 불안한 광대의 모습을 연상케 한다면 비약일까.

4. 신민의 자격과 합리화된 민족서사
-「삼경인상기」(1943)

1930년대 초반 이광수가 기행문을 통해 임진왜란 당시의 이순신을 중심으로 하는 민족서사와 만주국의 환영을 재구성했다면, 1940년대에는 「삼경인상기」를 통해 삼국시대의 역사를 호출하여 제국협력의 논리에 적합한 민족서사를 재구성한다. 「삼경인상기」는 1942년 11월 이광수가 조선 문인 대표로 유진오, 박영희와 함께 제1회 대동아작가대회에 참석하고 일본어로 쓴 기행문으로 일본잡지인 『문학계』(1943.1)에 수록되었다. 대동아작가대회는 사상전의 장병으로서 문학가들이 "일본을 중심으로 대동아 민족들이 하나가 되어 대동아 정신의 문화를 세우고자 맹세"하는 자리였으며, "대동아 문화의 부흥을 위해 전력을 다하도록 붓을 들어 자국의 동포들에게 들려주겠다.[140]"는 취지로 식민 본국인 동경에서 개최되었다. 이 기행문은 '동경 견학 메모', '우지야마다(宇治山田)참배 메모', '나라(奈良)견학 메모', '교토 견학 메모'라는 방문지역을 중심으로 소제목을 달고 있고, 대회 일정을 기준으로 순차적으로 서술하고 있다.[141]

---

140 이광수, 김윤식 편역, 「삼경인상기」, 『이광수의 일어창작 및 산문선』, 도서출판 역락, 2010, 121-122쪽.

141 「삼경인상기」는 11일 간의 대회 일정을 자세하게 기록한다.
1일차: 동경역 도착, 니주바시 궁성요배, 2일차: 야스쿠니신사 참배, 메이지 신궁의 국민연성대회 참여, 3일차: 메이지 신궁 참배, 제국극장에서 열린 대동아문학자 제1회 대회 참석, 6일차: 가스미가우라 해군항공대, 쓰치우라 소년항공대 훈련서 방문, 가스미가우라 신사참배, 도네가와 경치 감상, 우에노역 도착, 아사히 신문 좌담회, 메구로(동경시내)에서 일본인들과 술집에서 회합, 7일차: 하야시 집, 가마쿠라 조묘지, 동경 도착, 6시 좌담회 참석, 8일차: 분

이광수의 일제말기 기행문에서 가장 문제시 되는 것은 「삼경인상기」이다. 이 기행문이 친일 협력의 적극적인 행위를 보여주던 시기에 쓰인 탓도 있지만, 여기에는 친일 협력이 자신을 가장하기 위한 행위였다는 것, 그리고 협력을 할 수 밖에 없었던 변명의 언술들이 교묘하게 짜깁기 되어 있기 때문이다. 김윤식은 이 기행문에서 일본 문학자들이 이광수의 맨얼굴을 확인하고 싶어 했지만 그는 "오늘의 조선인이 아니라 고대의 조선인으로 환원"하는 것을 보여줌으로써 『법화경』의 행자로 자신을 규정했고, 이로써 '가면 없이 춤추지 않는다.'[142]는 논리를 보여주었다고 언급한다. 김철은 이 기행문이 "내선일체의 담론을 적극적으로 수용함으로써 식민자로서의 주체 위치를 전도시키고자 하는 정신적 곡예의 한 현장을 풍부하게 보여주고 있다."[143]고 언급하며 이광수의 억압적 상황과 고뇌를 설명하고 있다. 최주한은 이 기행문에서 서술하고 있는 불교의 측면을 세부적으로 분석하면서 "이광수의 불교적 사유는 지상의 모든 권위란 결국 진리의 보편성 앞에 무릎 꿇을 수밖에 없다는 확신에 기반하고 있다."[144]고 설명하고 있다. 친일행위로 인해 이광수는 제국의 협력자

텐(문부성 미술전람회) 참석, 박문관 방문, 도니치 오찬 노(가면극)관람, 9일차: 유지야마다, 게쿠 참배, 후루이치 여관 냉수욕, 나이쿠 참배, 오사카 오찬회, 나카노시니 공회당 강연(대회 폐회식)나라호텔, 호텔 술집에서 일본인 작가와 회합, 10일차: 가스야카마 해돋이, 가시하라 신궁, 가스가 신사, 도다이지 참배, 12일차: 가스가 신사 방문

142 김윤식, 『일제말기 한국 작가의 일본어 글쓰기론』, 서울대학교출판부, 2003, 116-137쪽.
143 김철, 「동화 혹은 초극」, 『식민지를 안고서』, 역락, 2009.
144 최주한, 「친일협력 시기 이광수의 불교적 사유의 구조와 의미」, 『어문연구』 41권, 한국어문교육연구회, 2013, 297쪽.

로 인식되고 있지만, 이 협력의 논리는 민족보존론 또는 불교의 종교
적인 행위로 다양하게 해석되고 있다.

이광수는 자신의 전향에 대해 편지체 소설인 「육장기」(1939), 감옥
체험을 바탕으로 쓴 「무명」(1939), 원효의 구도행을 그린 『원효대사』
(1942)를 통해 직, 간접적으로 서술하고 있다. 특히 원효대사의 원효
의 탈속과정을 통해 이광수는 자신의 전향을 합리화하는 동시에 자
신의 과오를 자인하고 고백함으로써 구원의 가능성을 획득하고 있
다.[145] 「삼경인상기」의 경우는 허구를 기반으로 하는 장르가 아닌 경
험적 글쓰기의 일종이라는 점에서 이광수의 내면성을 좀 더 선명하
게 그려낸다. 이광수는 「삼경인상기」에서 조선의 대표적 문학가로
서 제국 문학가들과의 관계를 설명하고 있으며, 일본 내에 있는 백제
의 유적과 유물들을 관람한 소회를 서술하고 있다. 그리고 이광수는
이 기행문을 통해 백제의 유적과 유물을 매개로 하여 집단기억을 호
출한다. 원초적 기억과 이것을 증명하는 유물들은 여기에서 이광수
에 의해 특별한 의미로 규정되고 있고, 그는 이러한 과거의 표상을
통해 자신의 입장을 반영한다.

이광수가 제국의 대동아문학자대회에 참석하기 위해 처음 도착
한 곳은 동경이다. 그는 대회 1일차에 니주바시 궁성요배를 하면서
"보잘 것 없는 신하 카야마 미쓰로가 성수의 만세를 빕니다."라고 감
격해 하고, 2일차에 야스쿠니 신사에서 "지존을 우러러 보는 민초들
의 감격으로 모든 것을 폐하에게 바칩니다."라고 언급하고 있다. 그

---

145 최주한, 『제국 권력에의 야망과 반감 사이에서』, 소명출판, 2005, 177쪽.

리고 그는 제국의 군사력을 전시한 가스미가우라(해군항공대), 쓰치우라(소년 항공대 훈련소) 등을 방문한 것에 대해 숨이 막히는 경험이라고 서술하며, 히라이데(平出)해군 보도부 과장이 "무력으로서의 군대는 우리가 맡을 테니까 그대들은 사상전의 장병이 되어 주시오."라는 말에 눈이 뜨거워졌다고 기록하고 있다. 이러한 수사들은 전향한 이후의 이광수의 사상적 면모를 뚜렷하게 하지만 여기에는 문인 대표의 자격으로 방문기를 써야 하는 상황이라는 것이 전제되어 있다. 이광수는 문학자대회에 참석한 일원으로서 대회 취지와 대회 주체자들의 발언을 성실하게 옮겨 적을 의무가 있었던 것이고, 식민지인으로서 제국을 방문한 것에 대한 감격을 수사적 어휘들을 동원하여 제국주의자들에게 보여주어야 했으며, 이에 기행문은 일본어로 기록된다. 이 기행문이 제국의 이름으로 청탁되고, 제국의 문학잡지인 『문학계』에 수록된 것으로 보아 이 기행문은 단순한 여행기로 한정할 수 없다.

기행문은 11월 1일 동경에 도착하여 11월 6일까지 문학자대회에 참석한 내용에 대해서는 짧게 서술하고 있다. 제국 권력을 치하하고 천황의 신민으로 충성을 맹세하는 서술은 문학자대회에 참여하는 초반에만 서술된다. 기행문에서 초점을 맞추고 있는 것은 대회보다는 그 이후의 순례 장소에 따라 변화되는 식민지 작가의 감정과 사유이다. 즉 기행문은 문학자대회가 끝나고 난 이후 문학자들과 나라, 교토의 유적지들을 관람하는 과정을 주로 서술한다. 나라와 교토 방문은 공식 일정에 속한 것이었고, 여기에서 이광수는 일본의 고유 유물 보다는 백제와 조선 유물에 대해 더 많은 분량을 할애하여 서술한다. 특히 백제의 담징 벽화가 남아 있는 호류지를 통해 이광수는 자신의 논리를 피력한다.

> 절의 느낌은 가볍고, 우아하고, 밝아서 중국이나 조선의 사찰 건축에서 풍겨지는 엄숙함이 없다. 국보 일색의 호류지다. 나 같은 자가 이렇다 저렇다 말할 데가 아니다. 오직 나는 한 조선인으로서, 쇼토쿠 태자를 특히 삼가 그리워 사모한다고 말씀 올릴 이유가 있다. 그 까닭은 이러하다. 쇼토쿠 태자에게 『법화경』을 진상하고 강독한 것은 고구려 승려 혜자 대사이며 불상과 불각 등을 만드는 역할을 한 것은 백제 승려 혜총대사이다. 혜총은 일명 자총이라고도 했다. 그리고 호류지의 그 유명한 벽화는 고구려의 담징이 그린 것으로 되어 있다. (중략) 호류지의 동원은 쇼토쿠 태자가 기거한 이카루가노미야터이다. 혜자도 혜총도 담징도 아마도 이 근처에서 받들었을 터이리라, 현재 부여 신궁 조영지인 부여에서도 호류지와 규모가 비슷한 절의 흔적이 발굴되었다고 한다. 구메 마사오씨가 우에노 박물관에서부터 특히 나로 하여금 '백제관음(호류지에 있는 나무 불상)'에 주목하게 한 것도 그러한 의미였으리라. 가와카미 데쓰타로씨가 아쿠시지의 성관음을 주목하도록 한 것도 같은 의미라고 여겨졌다.[146]

대회 11일차에 이광수는 일행과 함께 나라의 호류지를 순례하면서 쇼토쿠 태자 당시의 고구려, 백제인이 남겨놓은 유물과 우에노

---

[146] 이광수, 앞의 책, 132-133쪽.

박물관에 있는 백제관음에 대해 자세하게 묘사한다. 그리고 호류지와 관련된 인물인 혜총과 혜자, 담징의 이야기를 서술한다. 이광수는 담징의 벽화, 백제관음을 통해 조선과 일본에 동일한 역사가 존재하고 있다는 것을 강조하는데, 여기에는 식민과 제국의 차이가 전제되지 않는다. 여기에서 중요하게 서술되는 것은 불교가 일본에 전파되어 현재 호류지에 그 자취가 남아있다는 사실이다. 제국의 공간에서 백제『법화경』의 전수과정을 추론하고, 그것이 일본 불교사상에 지대한 영향을 미쳤다는 것을 이광수는 확인하고 있다. 역사적 유물로 인해 과거의 기록이 사실이라는 것이 증명되면서, 이것은 제국과 조선이 공유하는 역사로 인식된다. 여기에서 이광수는 담징의 서사를 집단기억의 하나로 호출한다.

과거를 어떻게 표상하느냐의 문제는 이광수에게 중요한 문제로 인식되고 있고, 유적과 유물은 현재 시점에서 기념비화된다. 즉 공적기억이 단순한 백제와 일본의 교류에 한정되어 인식되었다면, 여기에서 이광수는 이러한 교류가 갖는 의미를 나름의 해석을 추가하여 설명하고 있다. 추상화된 역사가 현존하는 하나의 유물을 통해 호출되고, 이것은 현재의 식민지 상황에서 또 다른 의미로 기념비화 되고 있다. 이전의 공적기억이 교류의 차원이었다면, 현재의 이광수에 의해 설명되는 민족의 서사는 내선일체의 문화적 합일을 담보하는 것으로서 또는 선험적인 내선일체의 동인을 추동하는 사건으로 합리화하여 서술된다. 그리고 이것을 통해 조선과 일본의 관계는 재구성된다.

이러한 민족서사의 재구성은 교토의 야사카 신사에서도 반복된다. 이광수는 야사카 신사에서 고구려의 조진부사, 달사, 81인의 사절단의 이야기를 서술하고 일본의 '기온제'의 기원과 조선의 역사를 연결한다.

> 그렇다면 그 수행이란 무엇인가, 보살행이라 할 것이다. 보살행이란 무엇인가. 자기를 버리고 중생을 도와 구제함이다. 소위 불국토를 깨끗이 하고 중생을 성취함이다. 이것은 10년, 20년의 사업도 아니고, 일생이나 이생의 사업도 아니다. 삼계의 중생을 다 구할 때까지 계속되는 사업이다. 이것이야말로 삶의 유일한 목적이라는 것이 법화의 사상이다. 태자는 이것을 몸소 자기 사상으로 했다. '篤敬三寶'란 이 뜻이다. (중략) 나는 유메도노의 계단에 서서 오늘의 전쟁을 생각했다. 아시아 10억의 백성에게 황도의 빛을 입히기 위한 전쟁이며 이것은 일본의 보살행이 아니면 안되리라고 신명을 아끼지 않는 황군 장병은 법을 위한 불석신명이라고 나아가 또 생각했다. 문필에 종사하는 자의 업도 마땅히 여기에 있어야 한다는 것을[147]

여기에서 이광수는 역사적 사건과 유물을 통해 민족의 동질성과 문화적 유사성을 설명하면서 이것이 『법화경』에 의한 결과라고 강조한다. 즉 불교의 『법화경』과 관련된 서사는 이광수에게 네이션의 경계를 삭제하는 것으로 서술되고 있고, 이것은 제국과 식민의 권력적 행위를 종교적 행위로 치환하는 결과를 가져온다. 이광수가 이러

---

147 이광수, 앞의 책, 135-136쪽.

한 유적들을 통해 발견한 것은 『법화경』의 사상이며, 이것은 합리화된 민족서사를 재구성하기 위한 하나의 매개로 사용된다. 이 기행문에서 제시되는 『법화경』의 사상은 「원효대사」와 「육장기」, 「동포에게 보낸다」등에서도 반복되는 있는 논리이다. 특히 「무불옹의 추억」(1939.3)에서 이광수는 『경성일보』 사장이었던 아베 요시이의 발언을 인용하면서 "일본인 중 최소 1천 8백만 명은 고구려, 백제, 신라의 후손이며 제국에는 여전히 백제 신을 위한 제사를 봉행하고 있다."는 사실을 강조한 바 있다. 일본과 조선이 동일한 역사와 문화를 가지고 있다는 것을 이광수는 이전의 글쓰기에서부터 언급했던 것이고, 나라와 교토에서 이광수는 자신의 논리를 증명하는 유적과 유물을 직접 확인함으로써 『법화경』에 대한 신념을 강화하고 있다. 역사를 기반으로 하는 공적인 기억에서 『법화경』은 단순한 불경에 불과했지만, 이광수에 의해 재구성된 민족서사에서 『법화경』은 내선일체의 매개물이 되고 있는 것이다.

이광수의 『법화경』을 통한 행자로서의 행보는 민족과 네이션을 상관없는 것으로 논리화함으로써 자신의 친일 협력을 종교적 행위로 대체한다. 즉 『법화경』의 공유에 대한 논리는 제국에 일방적으로 조선이 종속되는 식민의 논리라기보다는 백제, 고구려 역사의 공유로 인한 두 민족의 재합일이라는 측면에서 전향의 논리마저 무화시키는 방법이 된다. 이광수는 이 기행문에서 보살생을 중생을 구제하는 것으로 인식하고 있고, 과거 혜자와 혜총이 그러한 보살행을 했다면 현재는 자신이 대리하고 있다는 논리를 편다. 『법화경』의 전파는 이광수에게 문학자로서의 임무와 민족주의자로서의 책무를 다할 하나의 방법으로 전유되고 있는 것이다. 제국의 위한 협력, 민족을 위한 협력의 그 양가적인 상황에서 『법화경』은 두 민족이 갖는 대립을 뛰어넘을 수 있는 사상이면서, 숭고한 수행자의 이미지를 덧붙일 수 있는 논리였던 셈이다.

이광수가 집필한 기행문에서 일본 내에 있는 조선의 역사적 유물에 대한 내용을 서술하고 있는 것이 「삼경인상기」가 처음은 아니다. 그는 1936년 동경 인근에 위치한 고려촌과 고려 신사를 방문한 경험을 기행문으로 작성했는데, 여기에서 고구려의 유적과 유물들은 유의미한 것으로 평가한다.

그 高麗王이라는 사람이 大端히 德이 높은 사람이어서 隣近百姓이 많이 그 敎化를 받고, 그가 죽으매, 그 德을 思慕하여 神社를 設하고 尊崇하는 것이라 한다. (중략) 高麗神社의 寶物中에 劍과 『金剛經』과 神의 彫刻이 있는 것은 意味가 크다고 생각한다. 그들은 祖國이 亡하매, 당시 祖國에서 發達되었던 것을 가질 수 있는 대로 가지고, 亡命하였던 것인데 劍은 그中에도 武藝와 工藝를 代表한 것이고, 『金剛經』과 佛像은 佛敎와 藝術을 代表한 것이요. 神의 彫刻은 高句麗의 古神道를 代表한 것이어서, 이것이 日本文化에 어떠한 影響을 주었는가 하는 것은 想像하기 쉬운 일이라고 믿는다. 다시 말하면 그들은 祖國의 宗敎와 藝術과 工藝와 文學을 가지고 멀리 바다를 건너 日本에 와서 그것을 移植하였다고 볼 수 있는 것이다.[148]

---

148 이광수, 「농사학교와 고려신사」, 『이광수전집 18』, 삼중당, 1966, 298-299쪽.

이 기행문에는 고려신사의 유물 중에 무예를 대표하는 검과 예술을 대표하는 불상, 『금강경』에 대해 소개하고 있다. 고구려인이 전란을 피해 망명했다는 역사적 사실은 여기에서 유물과 유적으로 증명된다. 그리고 이광수는 이러한 사실을 바탕으로 고구려의 후손들이 일본에 정착한 것과 이들의 문화가 일본 문화에 영향을 준 것을 확인한다. 유적을 통한 민족의 집단기억을 이광수는 제국에서 상기하고 있고, 이것은 '이식' 문화의 하나로 단정한다. 기억의 사회적 틀 가운데 가장 안정적이고도 확실한 과거상을 유지시켜 주는 것은 공간이다.[149] 여기에는 고려촌이라는 광범위한 공간이 모두 고구려인의 이주의 자취로서 인식되면서 이 공간은 집단기억의 매개물로 등장한다.

고구려인의 후손이 '지금' '이곳'에 존재한다는 것 자체가 이식의 증명이면서 역사의 기념비인 것이다. 문화의 이식뿐만 아니라 피의 교섭이 이루어졌다는 점을 이광수는 강조하고 있고, 그럼으로써 조선과 일본은 식민지와 제국의 위계라는 단순한 도식에서 벗어나게 된다. 이 기행문은 「삼경인상기」에서처럼 적극적으로 유적을 협력의 논리적 근거로 인유하고 있지는 않다. 다만 여기에서는 고려촌의 존재가 식민지 조선의 이전 시대와 연관되어 있다는 것만을 보여주고 있다. 이 기행문이 수양동우회사건 이전에 기록된 점으로 미루어 볼 때 이광수는 집단기억과 유물들을 인유하면서까지 자신의 사상을 변명할 필요가 없었던 것이다.

「삼경인상기」에서 이광수는 『법화경』을 통해 제국과 조선의 네이

---

149 김영범, 앞의 책, 299쪽.

션의 경계를 무화시키는 시도를 하고 있다. 그는 이 기행문에서 네이션이 현재의 총력전 체제하에서의 구분일 뿐이며, 결국 제국의 대동아공영권이라는 이념은 과거 백제와 고구려 시대의 유물이 전제된 『법화경』 사상의 실현이면서 전파라는 것을 강조한다. 가스가 신사의 고담스러움은 결국 일본적 번뇌를 표현한 것으로 "일본인은 번뇌를 사랑하고, 번뇌에 빠지면서도 번뇌를 초월하고자 한다."는 이광수의 단언은 『법화경』을 전수하기 위한 조건으로 서술된다. 그리고 『법화경』에 관련된 유적과 유물은 여기에서 조선과 일본의 역사에 있어서 공공의 기념물인 것이고, 이것을 통해 이광수는 일본과 조선의 합일된 민족서사를 재구성하고 있다.

과거의 기억을 재건하는 것, 조선인의 정체성을 획득하는 것은 다름 아닌 기억을 재건하는 것이며, 이러한 기억은 기념물을 통해 확인된다. 특수한 계층, 연령으로 분화되는 기억이 아닌 민족이라는 공유된 집단의식이 여기에서 효력을 발휘하는 것이며, 그럼으로써 유적은 이러한 집단기억의 공유된 상징물로써 의미화된다. 이로써 군국주의의 동아시아적 질서를 구축하려고 하는 일본 제국의 야망은 이광수의 논리에 의해 삭제되는 효과를 갖는다. 즉, 내선일체의 논리는 제국의 이데올로기를 위해 동원되는 것이 아니라, 『법화경』의 교화에 대한 결과로 인식되고 있다. 공적기억에 의한 역사에서 『법화경』은 민족의 우수성을 담보하는 유물이었다면, 이광수에 의해 재평가된 『법화경』은 내선일체의 논리를 증명하는 유물이 되는 것이다.

이광수가 시도하고 있는 이러한 제국과 식민의 역사적 연계성에 대한 서술은 이미 시라토리의 동양학 연구에서 논의된 바 있지만, 이광수의 논의는 그와는 상반된 지점에 위치에 있다. 일본은 제국의 내선일체와 대동아공영권의 구축을 위해, 또는 만주의 오족협화의 이념을 실현하기 위해 동양학을 필두로 하여 범아시아적 문화론을 정립했다. 일본 동양학의 전개는 서구적인 국민국가란 새로운 국가 상과의 관련 속에서 근대적 국가로서의 일본의 정체성을 어떻게 규정하는가[150]에 있었고, 시라토리의 경우는 일본의 특수성을 강조하면서 조선과 중국이 일본에 비해 후진적이라는 논리를 폈다. 결국 동양학은 일본인이 동양을 돕고 지도하며 통제하는 것이 중요하다는 의미를 보다 강하게 만들었고[151], 이것은 일제 말기 군국주의 체제에서 정당화되었다. 이광수가 서술하고 있는 『법화경』을 통한 일본과의 연계는 동양학의 논리와는 차별화된다. 동양학이 일본을 주체에 두고 로컬로서의 식민지를 논의하고 있다면, 이광수는 여기에서 일본과 백제를 동등한 주체로서 설명하고 있다. 동양학에서 일본은 중

---

150 오바타 미치히로, 「일본과 동양의 분리의 논리」, 『일본사상』 6호, 한국일본사상사학회, 2004, 250쪽.
　　시라토리 쿠라키치는 일본 동양학의 창시자로서 일본의 아시아에 대한 차별의식과 일본 제국주의의 정당성에 대해 논의했다. 시라토리는 유라시아문화는 북방지역과 문화를 중심으로 하는 남방지역의 두 가지로 나뉘며, 북방과 남방의 유형사이에는 문화적인 우월의 차이는 없고 역사적 충돌을 되풀이하면서 서로의 문화가 섞이고 단점이 개선되어 강화된 문화가 나온다고 언급한다. 그리고 동서 사이에 선천적인 우월관계는 없고, 서구는 언젠가는 쇠퇴함과 동시에 일본은 발전할 것이라고 시라토니는 단언한다. 그는 중국에 대해 이 지역이 후진성에 빠진 지역이며, 중국이 국가 유지를 위해 의례를 강조할 수밖에 없었던 것에 비해 일본은 중국이 잃은 종교성을 천황제란 형태로 유지해 왔다고 서술하고 있다. 그는 언어학적인 관점에서도 일본의 특수성을 밝히면서 일본의 진보를 측정할 수 있는 역사적 기반에 대해 논의한다.
151 오바타 미치히로, 위의 논문, 252쪽.

심이지만 이광수는 중심과 주변을 언급하고 있지 않은 것이다. 이것은 이광수가 이 기행문을 통해 보여주고자 하는 민족보존론의 핵심이기도 하다. 일본의 제국주의자들에게 천황의 적자라는 것을 증명하기 위해 이 기행문을 쓰고 있기 때문에 이광수는 나름의 합리화된 서술을 선택하고 있는 것이다.

이광수의『법화경』의 논리적 핵심은 제국과 식민, 민족과 네이션의 구별보다는 종교적인 귀화와 그 실천에 있다. 이광수는 식민과 제국의 동질화 과정을 인종이나 이데올로기 대신 종교적 신념으로 대체하고 있다. 이것은 내선일체라는 제국적 사유를 무화시키는 이광수 나름의 논리라고도 볼 수 있다. 즉, 개인의 사적 욕망과는 관계없이 종교적으로 대체되고 있는『법화경』의 사상은 제국 협력의 정치적 논리를 회피하는 방식으로 작동되고 있는 것이다. 이광수의 이러한 논리는 제국주의 이념에 대한 순응적 포즈와 친일 협력의 반민족적 행위에 대한 비난을 회피하는 하나의 방식으로 이해된다.

그럼에도 공공의 기억과 이것을 현재화하려는 이광수의 시도는 민족보존론의 시각에서 나름의 논리를 갖는다. 민족의 정체성을 탈각시키지 않은 수준에서 제국 이데올로기를 수용하는 방법은 결국 네이션의 경계 안에서는 가능할 수 없는 것이었고, 이에 이광수는 식민담론 안에서『법화경』을 전유하고 있는 것이다. 결국 민족보존론에 대한 신념을 지지하기 위한 하나의 방법으로 인유되고 있는『법화경』의 사상은 제국의 영토에서 이광수에 의해 이전과 구별되는 새로운 민족의 서사를 재구성하는 틀로서 역할하고 있다. 그럼에도 이광수에 의해 재코드화된 민족의 서사는 여전히 식민의 욕망적 부산물이라는 혐의를 벗지 못하고 제국과 민족보존론 그 사이에서 모호하게 똬리를 틀고 있다는 점을 간과해서는 안될 것이다.

「삼경인상기」에서 제1회 대동아문학자대회에 참석한 이광수는 식민지 문학자의 정체성을 의심받는 동시에 제국의 협력자로서도 인정받지 못하는 처지를 서술한다. 그는 문학자대회에서 제국 문학가들의 검열적 시선에서 자유롭지 못한 상황에서 그것을 극복하기 위해 타자를 향한 판옵티콘적인 검열을 시도하고 있다. 식민 본국에서의 긴장감은 이러한 전향의 논리를 확인하고자하는 자들과의 갈등을 동반하지만, 이광수는 나라와 교토의 백제, 고구려 유물을 통해 제국과 식민의 네이션의 경계를 무화시키는 방법을 동원한다. 이것은 백제와 고구려의 유물에 대한 기념비화를 통해 공적인 기억을 환기하고, 합리화된 해석을 통해 전유됨으로써 민족보존론에 대한 사상적 논거가 되고 있다. 이광수에게 있어 『법화경』의 논리는 과거의 교류적 차원의 매개가 아니라, 현재 내선일체의 동인으로써 의미화되고, 이를 증명하기 위해 인유되고 있다.

문학의 효용성과 미학성, 윤리성 등에 대한 논의는 근대 초기는 물론 식민지 시기에도 부단히 다루어졌던 의제였다. 이광수는 "문사라는 직업은 적게는 일 민족을 크게는 전 인류를 도솔하는 목민의 성직이외다."[152]라는 발언을 통해 자신의 문학론을 스스로 규정한 바 있다. 이것이 1920년의 초기의 문학론이라고 하더라도 그의 문학은 자신의 언급대로 민족의 테두리에서 벗어날 수 없었고, 이것이 일제말

---

152 이광수, 「문사와 수양」, 『창조』 8호, 1921.8.

기에 배반되었다고 하더라도 그 진실은 여전히 그의 문학 안에 뿌리를 틀고 있다. 지조와 절개를 강요당하는 역사적 상황 속에서 이광수가 어떻게 해서든 맨몸으로 식민지적 상황을 관통하고자 했던 것은 진리가 아닌 진실의 논리였다. 밖으로 드러나는 사실이라는 진리 대신에 그 이면에 잠복해 있는 진실이라는 것에 대한 추종, 그것이 이광수 문학의 핵심일지도 모른다. 배반과 협력, 훼절이라는 다각적 시선에서 여전히 그가 견지했던 것은 진실이라는 신념이며, 이것은 여전히 그의 문학론 안에 위치하고 있다는 점에서 좀 더 논의가 필요하다.

제2장

최남선 기행문의 문화민족주의 변모와 제국협력의 논리

—『송막연운록(松漠燕雲錄)』(1937)

1. 민족 기원 찾기와 기행문

최남선은 신문명의 보급과 수용, '조선적인 것'에 대한 정체성 탐구를 논의한 문화민족주의자이면서『단군론』과『불함문화론』을 정초한 역사학자이다. 그리고 그는 만주사변 이후 전시 체제기에 동북아 역사를『만몽문화』로 집약하면서 일선동조론과 대동아공영권에 대한 논리를 제시한 친일 협력의 사상가였다. 근대 초기부터 최남선은 근대문명론과 계몽론, 그리고 국토순례와 고적순례를 통해 조선적인 것에 대한 관심을 기행문을 통해 서술했고, 조선의 역사적 정체성을 규명했다. 최남선은 근대 초기 영토적 주권, 국경, 국가의 개념을『소년』(1908 창간),『청춘』(1914 창간)을 통해 정립하여 보여주었으며, 1920년대『백두산근참기』(1927),『금강예찬』(1928) 등의 국토순례는 국토와 세계에 대한 새로운 인식을 심어주고 식민지 조선을 재발견하는 계기가 되었으며, 이것은 식민지 현실을 거시적으로 조망하는 하나의 창으로 기능했다. 이 기행문들은 식민화된 공간의 철저한 시각화와 연계되면서, '조선적인 것'의 실체와 민족의 기원을 정립하는 작업의 일환으로 진행되었다.

최남선은 『단군론』, 『불함문화론』등의 단군연구와 민족 기원에 대한 서술을 통해 민족주의자로서 제국의 학지를 적극적으로 수용하면서도 이를 전유하여 제국의 담론에서는 부정되었던 조선 민족의 연원과 내력을 객관적, 학문적으로 규명하기 위해 노력했다.[153] 그러나 그는 1920년대 후반 조선사편수회에 참여함으로써 제국의 지배정책에 동조하면서 단군론에 대한 자신의 논리를 수정하게 된다. 또한 1934년 12월 일본신사를 답사하고 쓴 「일본의 신앙문화와 조선」의 글을 통해 일본 신도에 귀의해야한다는 논리를 폈고, 1937년 중추원 참의를 거치면서 친일협력의 사상가로 변모하게 된다.

이러한 친일협력의 과정에서 1937년 최남선이 만주를 시찰, 여행하고 쓴 기행문이 『송막연운록(松漠燕雲錄)』이다. 이 기행문은 일제말기 최남선의 인식을 잘 보여주는 글로 중일전쟁 이후의 식민지 조선과 제국의 관계, 단군과 불함문화에 대한 새로운 해석을 보여준다. 『매일신보』에 84회 연재된 이 기행문은 여타 만주기행문들과는 달리 만주의 문화적 연원과 기원을 추적하는 내용들을 서술하고 있고, 고도와 유적에 대한 문헌 고증학적인 견해를 서술하고 있다. 최남선은 연재를 시작하면서 제목인 『송막연운록』이 만주(松), 몽고(漠), 베이징(燕), 산시(雲)를 의미한다고 부기하고 있다. 그러나 이 기행문은

---

153 윤영실, 「단군과 신도: 1930년대 중반 최남선의 단군신앙 부흥론과 심전개발」, 『한국현대문학연구』 36집, 한국현대문학회, 2012, 201쪽.

다롄 도착 후 일정을 소략하게 소개하는 것으로 연재가 중단되었고, 마지막 연재본(84회)에 제목을 고쳐 다시 쓸 것을 간단하게 언급하고 있다.[154] 최남선은 이후 어떤 글에도 시찰에 대한 내용을 언급하지 않았고, 다롄에서 여행 일정이 하루 정도밖에 남지 않았다고 언급하는 것으로 봐서 다롄에서 귀국한 것으로 보인다. 그리고 시찰을 처음부터 동행했던 만철 참사 김동진의 귀국이 10월 17일로 보도[155]된 것으로 볼 때 최남선도 이즈음에 귀국했을 것으로 짐작된다. 최남선은 몽고, 베이징, 산시 지역을 시찰하지 않았음에도 왜 이 지역들을 제목으로 표기한 것일까. 그리고 그가 만주에서 보고자 한 것은 무엇이었을까.

이 장에서 최남선의 기행문을 주목하는 것은 그가 1920년대 문화민족주의에서 친일 협력의 사상적 전향의 논리를 보여준다는 점과 그럼에도 불구하고 만주가 갖는 고토(故土)와 조강(祖疆)에 대한 역사인식을 여전히 서술하고 있다는 점이다. 만주국 성립과 군국주의 국가체제의 확장이라는 이데올로기 안에서 만주의 여행, 시찰을 기록한 이 기행문은 이후 만주 건국대학에서 강의한 『만몽문화』와 관련된 일제 말기 최남선의 인식을 보다 세밀하게 진단할 수 있는 여지를

---

154 최남선은 1938년 4월 5일 만주 건국대학 교수로 초빙되어 경성을 떠나면서 연재를 중단한다. 그러나 최남선은 『매일신보』에 「동물괴담」(1938.4.5-4.13), 「변화괴담」(1938.4.14-5.2) 등의 글들을 계속해서 싣고 있은 것으로 봤을 때, 연재 중단은 최남선의 개인의 일정보다는 대내외적인 상황에 의해 결정된 것으로 보인다.
155 「인사」, 『매일신보』, 1937.9.25.
   ▲ 최남선 씨(중추원참의) 25일 오전 7시 50분 경성역 발 만주와 북지에 여행.
   ▲ 김동진 씨(선만척식회사 참사) 25일 오전 7시 50분 경성역 발 만주에 출장 내월 17일 귀임 예정.

준다. 이에 양가적이고 모순적인 식민지 지식인의 의식(무의식)은 다른 문학 장르보다 사실에 의거한 체험적 글쓰기인 기행문을 통해 보다 그 심층적인 의미를 살필 수 있다.

이 장에서는『송막연운록』을 통해 일제 말기 총력전 체제에서의 최남선 만주기행문이 내재하고 있는 만몽인식, 제국주의 담론, 만주 오족협화의 미학화 과정을 살펴보자. 만주국 설립 후 변화하는 제국의 식민 정책에 있어 조선의 문화민족주의자로서 최남선의 변모, 전향의 논리를 고찰함으로써 조선학의 내적 논리로 언급되었던 단군론이 어떻게 제국의 '신도', '일선동조론', '혼합민족론'의 이념으로 변화되는지 총동원 체제하 동북아 황도정치의 내적 논리는 무엇이 었는지 살펴보고자 한다. 여기에서는 일제말기 기행문이 '국민문학' 과 '친일문학'의 긴장과 갈등을 동반하며 자기 모순성으로 귀결되는 과정을 살펴봄으로써 식민지 사상가의 일면을 확인하게 될 것이다.

2. 일선동화의 논리와 오족협화 이념의 확장

『송막연운록(松漠燕雲錄)』은 1937년 9월 25일 경성역에서 청진행 기차를 타는 것부터 시작하여 10월 15일 다롄을 방문하는 것으로 20일 의 만주 시찰 일정을 기록한 기행문이다.[156] 기행문은『매일신보』에 1937년 10월 28일부터 1938년 4월 1일까지 84회의 분량으로 연재되

---

156 『매일신보』인사란에는 최남선과 김동진이 9월 25일 경성을 출발한 것으로 발표되었으나 기행문 원문에는 9월 26일로 표시되어 있다.

었다. 당시 만주기행문들이 5회~10회 가량으로 연재된 것에 비해 최
남선의 기행문은 매우 많은 회차로 연재되었고, 그 내용도 만주의 역
사지리학에 관심을 두고 있다는 점에서 차별화된다. 이 기행문에서
주목할 것은 재만 조선인의 생활상보다는 만주의 역사에 대한 문헌
학적 고증, 풍습의 차이, 종족적 동질성에 대한 연원을 소개하는 데
집중하고 있다는 점이다. 그는 기행문을 시작하면서 만지(滿支)로의
유람을 더 이상을 미룰 수 없는 상황으로 선만척식회사[157]의 주선에
의해 만주 안전농촌 시찰을 하게 되었다고 덧붙인다. 기행문에 기록
된 일정은 다음과 같다.

> 1937.9.26 : 경성출발 → 청진 → 용정촌(조선인민회 방문)
>
> 9.27 : 연길 → 도문년훈춘(조선인민회, 정의단 방문, 신안정 집단부
> 락 방문)
>
> 9.28 : 동경성
>
> 9.29 : 동경성(훈련원, 남대묘 방문)
>
> 9.30 : 적수폭포
>
> 10.1 : 경박호 → 목단강역(상업회의소, 조선인민회, 해림학교 방문)
> → 하동농촌(안전농촌, 인민회 방문)
>
> 10.3 : 하얼빈(러시아인 묘지 관람) → 수하농촌(안전농촌, 조선인민
> 회 방문)

---

157 鮮滿拓植會社는 1936년에 설립된 조선총독 관할의 특수회사로, 조선인 노동
자를 만주로 이주시키기 위해 설립한 기관이다. 이에 조선인의 만주 이주의
실행기관으로서 만주국 신경에 본사가 위치한 만선척식고분유한공사라는
자회사를 설립했다. 만선척식회사는 1941년 만주척식공사에 흡수 통합되었다.

10.6 : 하얼빈(박물관 관람)

10.7 : 신경(충령탑 참배, 만몽일사 방문, 일반군인회관 연회참석)

10.8 : 길림 → 신경

10.10 : 철령농촌(안전농촌 방문)

10.11 : 봉천(동북릉 방문, 협화회 지방공작반 보고회 연설)

10.12 : 봉천(동선당, 박물관, 국립봉천도서관, 도교사원 관람)

10.13 : 봉천(대남문)

10.14 : 영구(영구항, 안전농촌, 대동농장 방문)

10.15 : 다렌(전승기념탑 관람)

　최남선을 포함한 시찰단은 경성에서 청진으로 이동하여 다시 서북방면의 두만강 국경을 넘어 만주를 답사한다. 그리고 하얼빈까지 북진하여 여기에서 서남 방향의 요동평야를 가로질러 다렌에 도착한다. 이 시찰은 만철 직원에 의해 안내되고, 만주국 영사관의 호위와 일본 관군의 비호 아래 진행된다. 그는 조선의 국경을 넘는 감회라든지, 철도 시설 완비에 대한 상찬, 하얼빈의 이국적 정서, 요동평야의 광활함 등에 대해 서술한다. 신경에서는 "고구려 · 발해에서 요 · 금 · 원 · 명을 거쳐 청의 장춘시대까지 이르는 2천년의 변천"에 감격해한다. 그리고 이 기행문에서는 각 회마다 한시로 여행의 소감을 마무리함으로써 작가의 소회를 피력한다. 1920년대 당시 민족주의자들에 의해 쓰여진 만주 기행문들은 재만 조선인의 궁핍한 생활상과 남만동포들의 생활개선을 위한 조선인의 관심을 촉구하는 내용들을 서술했다.[158] 1933년 일본 신문협회 일원으로 만주를 시찰한 이광수는[159] 고토의식에 의한 식민지인의 자괴감과 안창호의 이상촌 건설의 좌절감을 「만주에서」를 통해 피력한 바 있다. 이에 비해 이 기행문은 만주의 안전농촌의 시찰과 조선인민회의 실상을 보고하고 만주의 중원 쟁탈에 대한 역사적 의의와 지리학에 대한 사실들을 문헌 고증학을 통해 서술하고 있으며, 제국의 동양사학자들이 언급한 만몽문화에 대한 내용을 확인하는 내용을 다수 포함하고 있다.

최남선은 시찰의 목적에 맞게 안전농촌을 방문하고 그곳의 조선인민회의 농민들에게 강연한 내용들을 기행문에 수록한다. 안전농촌은 1931년 만주사변 이후 근거지를 잃은 재만 조선인의 거주지 확보를 위해 조선총독부가 만주에 설치한 이주 부락이었다. 만주사변 당시 관동군과 중국군의 전투로 인해 조선인 부락이 방화, 전소, 약탈과 참살을 당하는 가운데, 1932년 1월 유리걸식하는 재만 조선인 피난민 수는 19,300명에 이르렀고,[160] 이에 대해 이광수와 안재홍은 '만주조난동포문제협의회'를 개최하고 그 대책을 논의하여 위문사절단을 파견했었다.[161] 조선총독부는 "만주에 재주하는 조선동포는 각지에 산해하야 그들을 보호함에 적지안은 불편을 늣겼슴으로 이들을 一정한 곳으로 집중식혀 안전농촌을 설정케 하였"[162]고 1932년

---

158 최삼룡, 허경진 편, 『만주기행문』, 보고사, 2010, 16쪽.
159 홍순애, 「이광수 기행문의 국토여행의 논리와 공간정치의 이데올로기-「만주에서」를 중심으로」, 『국어국문학』 170호, 국어국문학회, 2015, 485쪽.
160 김주용, 「일제강점기 한인의 만주 이주와 도시지역의 구조변화」, 『근대만주 도시 역사지리연구』, 동북아역사재단, 2007, 132쪽.
161 홍순애, 「만주기행문에 재현된 만주표상과 제국주의 이데올로기의 간극-1920년대와 만주사변전후를 중심으로」, 『국제어문』 56집, 국제어문학회, 2013, 430쪽.
162 「在滿同胞의 安全農村―適宜個所決定; 토지비옥하고 보호에 적당해, 실행

12월에는 만주국과의 협약을 통해 남북 만주 광야에 대규모 이민계
획을 세워 안전농촌 3개소를 설치[163], 1945년까지 5개의 안전농촌을
만들었다. 그러나 이 안전농촌은 제국의 식량공급기지 구축, 안정적
인 만주국 통치, 식민행정을 위한 치안유지 및 확보, 항일세력과의
대립각 해소, '협화'의 실현 등의 목적으로 만주국과 조선총독부에
의해 운영되었다.[164] 총독부는 이것을 재만 조선인 구제를 위한 대표
적인 정책으로 선전했고, 만주이민을 적극적으로 권유했다. 제국주
의 이념을 설파하기 위해 총독부는 안전농촌을 선전할 필요가 있었
고, 이에 최남선은 시찰단의 일원으로 만주의 안전농촌과 조선인민
회의 활동상황을 보고하여 총독부의 이민정책을 홍보하는 역할을
수행한다.

　기행문에서 안전농촌에 대한 서술은 84회 연재본 중 하동농촌 시
찰(「河東農村」㉑, 「天意祖廳」㉒), 수화농촌 시찰(「北滿平野」㉙), 철령농촌 시
찰(「鐵領農村」㊶), 영구농촌 시찰(「營口農村」㉘, 「營口朝鮮」㉛) 등으로 6회
분량에 그치고 있다. 시찰은 선만척식회사 직원의 안내로 진행되었
고, 그곳의 시설과 환경, 생활 모습 등을 둘러보고 만주이민 개척을
독려하는 연설로 진행되었다. 최남선은 안전농촌 이외에 연변 지역
의 총독부 하부조직인 용정, 훈춘의 조선인민회를 방문하지만 여기
에서도 인민회와 가공서의 문제, 치외법권 문제로 인민회 회원들이

　　되면 행복생활」, 『매일신보』, 1932.2.7.
163 「남북만주광야에 대규모 이민계획 – 안전농촌을 3개소 신설, 척무성과 총독
　　부에서」, 『중앙일보』, 1932.12.3.
164 김주용, 「만주지역 한인 '안전농촌' 연구 – 영구, 삼원포 지역을 중심으로」, 『한
　　국근현대사연구』 38집, 한국근현대사학회, 2006, 131쪽.

논쟁하는 상황만을 간략하게 보여준다. 최남선은 형식적인 절차에 의해 안전농촌과 인민회를 방문하고 있고, 재만 조선인에 대한 애정이나 동질감, 동포로서의 연민 등에 대한 내용을 서술하지 않는다. 최남선은 철저하게 제국주의 시찰단의 입장에서 그들을 보고 있으며, 객관화된 시선으로 재만 조선인의 현실만을 소극적으로 서술한다. 이러한 서술적 특성을 보이는 까닭은 무엇인가. 여기에는 두 가지의 가정을 생각할 수 있다. 하나는 친일협력자로서 전향했지만 제국의 정책 선전에 이용되지 않겠다는 민족주의자로서의 최소한의 양심이 반영되었을 것이라는 것과 또 하나는 1930년대 말 총력전 체제하에서 재만 조선인을 선만일여의 입장, 오족협화의 대동아적 시각으로 새롭게 규정하려는 의지가 반영되어 있다는 가정이다. 그러나 이 두 가지의 가정에서 설득력을 갖는 것은 어느 쪽인가.

하동 안전농촌에서 최남선은 만주 이민의 역사적 의의를 연설하고, 영구안전농촌에서도 조선인의 만주 개척의 역사적 사명과 민족의 발전이 만주 개척과 동궤를 이루고 있다고 언급한다. 안전농촌에서 최남선은 재만 조선인의 핍진한 삶에 대한 연민이나 동정 대신 협화회의 일원으로서 조선인의 역할과 그 사명에 더 많은 관심을 표명하고 있다. 여기에서 주목해야 할 점은 최남선이 조선인의 입장에서 안전농촌과 집단부락에 대해 서술하기보다는 제국주의자의 시선으로 일관하고 있다는 점이다. 그리고 여기에는 조선인을 일계의 일원으로서 다른 종족과 차별화하는 인식을 보인다. 이 시기 만주국은 왕도낙토(王道樂土)의 이념을 표방하며 만주국 협화회를 구성, 만주국 설립의 정당성을 선전하였는데, 최남선 또한 이 기행문에서 중일전

쟁 직후 만주국의 위상과 동북아 정세에 있어 협화회의 역할을 옹호
한다. 그리고 안전농촌의 성공적 안착과 만주 개척에 있어서 오족협
화의 일원으로서 조선인의 역할이 다른 때보다도 중요하다는 것을
강조한다. 최남선은 만주 개척을 담당하는 거룩한 임무의 수행자로
서 재만 조선인을 호명하고 있으며, 만주개척에 이바지하는 것이 조
선인의 사명이고 "하느님의 명이시며 祖靈의 도우심이다."라고까지
언급한다. 최남선은 봉천에서 개최된 협화회의 지방 공작반 보고회
에 참석하여 지나사변의 역사적 의의를 연설하게 된다. 그리고 이것
은 46회 「지나사변(중일전쟁)에 대해」의 제목으로 길게 서술된다.

> 그런데 중원에 왕도가 없어진 지 오래며 천하가 왕도를 바람이 간절
> 하니, 이번 우리의 일어섬은 본디 조금도 우리를 위한 것이 아니며, 실
> 로 중원과 천하를 위해 天理를 널리 펴고 왕도를 널리 미치게 할 주인
> 이 되지 않으면 안될 대세를 따른 것이다. 천리와 왕도를 규범으로 삼
> 아 실 한 오라기라도 이에 어그러짐이 있으면, 이는 우리 스스로 왕도
> 의 길을 벗어남이니, 우리는 언제든지 이 점을 두렵게 여겨 스스로를
> 닦고 성찰해야 할 것이다.[165]

최남선은 중일전쟁의 역사적 의의를 일본으로 대표되는 북방세
력의 우위성, 중원의 통일, 일본 제국의 동양 역사와 세계역사의 미
래적 전망으로 제시한다. 중원의 왕도는 제국 일본에 의해 성립될 수

---

165 최남선, 「송막연운록 ㊻ – 지나사변에 대해」, 『매일신보』, 1938.1.24.

밖에 없으며, 이것이 천리(天理)라고 설명한다. 과거 아시아의 역사는 변방민족 대 지나민족의 중원 쟁탈로 점철되었으나 현재는 북방세력이 역사의 무대 밖으로 퇴각한 상태이며 일본이 중심세력이 되어 지나 중원을 향한 총동원 태세를 취하고 있고, 이것이 제국의 역사적 사명인 것이다. 조선과 일본의 병합으로 인류의 운명이 결정되었으며, 일의 성패는 이 양자의 결합과 괴리 여하에 달려있는 것이다. 이에 조선인의 신성한 역할은 일본과의 완전한 결합에 있다. 현재의 시국적 상황에서 조선인은 동양의 전통을 방위하고 발전시키는 숭고한 의식에 참여해야 하며, 이것은 결국 일계로의 융합임을 시사한다. 최남선은 안전농촌의 재만 조선인과 협화회의 일원들을 대상으로 오족협화의 이념, 일계로의 융합적 필요성을 언급하지만 여기에서 조선인의 주체성 여부는 간과된다. 오직 일선동화의 이념만이 강력하게 작동되고 있고, 이로써 조선적 정체성의 틈입의 여지는 없다.

이러한 일선동화의 논리 안에는 타민족의 배타적 시선이 내재하고 있는데, 여기에는 만주족을 쇠퇴하는 민족의 전형이라 제시하면서 종족적 편향을 드러낸다. 시찰을 시작하면서 최남선은 만주 특유의 풍경과 만주인의 생활상, 그들이 왜 중원에서 패망할 수밖에 없었는지에 대해 관심을 갖는다. 최남선은 영안에 도착하여 과거 발해의 동경성을 둘러보는 동시에 그곳에 거주하고 만주인의 실질적인 생활을 관찰한다. 그는 「滿洲族」(⑫회 1937.11.8)과 「滿人土俗」(⑰회 1937.11.14) 연재분에서 만주인 민가의 풍물과 풍속, 집의 구조와 언어적 사용 실태를 서술한다.

구 만주인은 대개 기인이라고 자처하며, 기인의 티가 분명한 자일수
록 점잖음과 거드름은 대단하지만, 계산에 어둡고 실무 능력이 부족하
다. 서로 만나 말 두 마디 오가면 "흥 시절이 이래서!"라고 운명을 한탄
한다. (중략) 산둥의 이주민과 혼혈인인 자가 대부분이고 순수성을 지
킨 자는 매우 적다. 설사 순수한 만주족이라 하는 자도 문화와 생활은
대부분이 漢化되어, 저희의 고유한 언어, 문자를 해득하는 자는 별보
다도 드물다. 동경성의 다수한 만주족 중에 저희 언어를 아는 이는 한
두 명의 노인에 그치고, 문자는 아는 이가 없다고 한다.[166]

만주족의 정체성 상실은 민족적 언어와 영토로 설명된다. 만주족
은 중원이라는 동북아의 영토 상실로 식민화된 상태이며, 그들은 한
인에 융합되어 피의 순수성을 잃은 혼혈민족으로 서술된다. 만주족
은 더 이상 누루하치가 세운 국가의 백성이 아닌, 청의 몰락을 이어
주는 대상으로 재현된다. 최남선이 만주인의 종족적 패망에 관심을
보이는 것은 그들이 과거 중원의 주인이었기 때문이며, 그들의 멸족
은 자연스럽게 제국이 행하는 왕도의 결과로서 의미화되기 때문이
다. 중원에서 가장 오랜 역사를 지닌 만주족의 축출이 가능했던 것은
"청신한 혈액이 주입되어 새롭게 정화 작용"을 해주었기 때문이며,
중원의 정복은 동양의 정복과 동일시되기 때문에 중요하다. 최남선
의 인식에 중원은 "아시아인의 공동의 사업지"로서 "天道를 행하는
집단의 다스림 아래 있을 물건"이지만, 만주족은 철저한 포용력과

---

166 최남선, 「송막연운록 ⑰ - 만인 토속」, 『매일신보』, 1937.11.14.

중원문화의 무서운 동화력으로 북방적 특질을 거세하기 때문에 위험하다는 것이다. 따라서 제국의 중원 진출은 쟁탈을 목적으로 한 것이 아니라 "전 동양의 존재와 전통을 방위하고 발전시키려는 숭고한 의식에서 출발"한 것이기에 그 근거가 정당한 것이 된다. 최남선은 만주에서 중원 점령의 안도감에 취해있고, 동양 제패의 과정에서 승리자로 군림하게 된 제국의 위용을 만끽하고 있다. 이것은 철저한 제국주의자의 시선과 밀착되어 있다고 볼 수 있다.

중원 진출을 동양 역사의 진보적 행위로 규정하고 있는 최남선의 인식에서 또 하나의 정복해야 할 종족으로 거론되는 것은 백계 러시아이다. 최남선은 제국 외부의 '적'으로 러시아를 설정하고 있는데, 그는 10월 3일부터 10월 6일까지 4일간 하얼빈에 머물면서 8회 연재[167]로 "동방경영의 전략적 요충지이자 중심시장"으로 발전된 하얼빈을 서술한다. 그는 만주대륙의 민족 투쟁사의 표상으로 하얼빈을 인식하고 있으며, 그곳에서 그는 50여 종의 민족을 포용한 일대 국제도시의 위용을 실감한다. 그리고 "최후의 보루로서 북철을 사수하려 하는 소련 국민과 돌아갈 곳도 하소연할 곳도 없는 중에 한갓 帝政의 옛 꿈을 그리워하는 이른바 백계 러시아인"[168]을 목격하게 된다. 최남선은 동북아 정세를 일본 중심의 황인종과 백인종이 대립하는 인

---

[167] 『송막연운록-「哈爾濱」』(1937.11.23), 『송막연운록 ㉕-「露西亞基地」』(1937. 12.9), 『송막연운록 ㉖-「文廟와 極樂寺」』(1937.12.10), 『송막연운록 ㉗-「傅家甸」』(1937.12.11), 『송막연운록 ㉘-「綏化農村」』(1937.12.14), 『송막연운록 ㉙-「北滿平野」』(1937.12.15), 『송막연운록 ㉚-「猶太人敎會」』(1937.12.16), 『송막연운록 ㉛-「哈爾濱博物館」』(1937.12.17)

[168] 최남선, 「송막연운록-하얼빈」, 『매일신보』, 1937.11.23.

종 문제로 이해했고, 러시아는 '동방' 혹은 '동아'라는 지역적 공간과 대별하여 배제해야 할 대상[169]으로 설정한다. 러시아인의 묘소에서 최남선은 "음랭한 느낌"보다는 "명랑감과 환희심에 휩싸이게 된다."고 서술한다. 기행문에서 묘지는 구러시아의 퇴조로 인식되고 표상되면서 구러시아의 화려한 도시적 면모는 퇴각한 국가의 잔존물, 유물로 인식된다. 즉 최남선에게 하얼빈은 유럽과 아시아 연합의 국제 도시인 동시에 동양의 제국적 힘을 전시하는 공간이 된다.

이러한 최남선의 인식은 『매일신보』에 연재된 「로서아의 동방침략」(1938.11.2)에서도 확인되는데, 이 논설에서 최남선은 만주국의 국가적 정체성을 위협하는 동양의 적, 더 나아가 전 세계의 공동의 적으로 러시아를 설정한다.

滿洲國建設以後에 世人의 注意를 쓰러서 一步를 자칫하면 世界動亂의 原因이 되리라고 하야 오다가 지난번 張鼓峰事件이나서 全世界의 耳目을 이리로 集注하게 한 니른바 滿蘇國境問題란 것도 그 原因은 王朝가 어쩌케 갈리든지 政治形式이 어쩌케 변하든지를 超越하야 꾸준하야 쉬지 안는 露西亞人의 侵略性이 언제든지 작게는 이웃의 平和를 어즈럽게하고 크게는 世界의 秩序를 깨터리는 버릇이 잇슴을 닉히 아는데서 나오는 것입니다. 넷날의 露西亞는 다만 領土的 野心에 인한 侵略者로도 周圍의 모든 國民에 對하야 큰 威脅이얏습니다. 그런데 最近의 소비에트 聯邦이라하는 露西亞는 그 우에 또한 겸 思想的 凶計를

---

169 류시현, 「1930년대 일제 침략 전쟁을 지지하는 중국 동북지역 여행」, 『최남선 연구―제국의 근대와 식민지의 문화』, 역사비평사, 2009.

덧짐처가진 侵略者로 全世界 公同의 敵이되야 잇습니다.[170]

이 논설에서 최남선은 러시아가 만주에 대한 영토적 야심으로 인
해 제국의 영역을 침범하고 있으며, 따라서 러시아는 침략자일 뿐만
아니라 제국의 적이고 동양의 적이라고 언급한다. 이 논설은 1938년
만주와 러시아의 국경지대에서 발발한 장고봉전투[171] 직후 게재되
었는데, 만러 국경분쟁의 원인이 되었던 이 전투에서 일본은 포츠머
스조약을 위반한 러시아를 비난하며 원상 복구를 요구했다. 소비에
트 연방으로 국가체제를 형성하던 러시아는 '백색'의 서양을 대리하
는 국가로 표상되었고, 장고봉 전투에서 패배한 일본에게 러시아는
사상적 홍계를 가진 적인 동시에 제국의 영토 회복과 동양 세력의 확
대를 위해 포섭해야 할 대상으로 지목된다. 이 논설은 서양에 맞서는
동양문명의 우월한 시각을 표출하면서 러시아를 포획하고자 하는
당위성을 설파한다. 즉 중원을 포함한 대동아의 패권은 인종적으로
확장되고 있는 셈이며, 이로써 동양의 역사는 최남선에 의해 새롭게
구상되고 있는 것이다.

러시아를 동양의 영역 안으로 포획하려는 이러한 의도들은 신흥

---

170 최남선,「露西亞의 東方侵略 5(完)－全世界 共同의 敵」,『매일신보』, 1938.
11.2.
171 장고봉 사건은 두만강 하산에서 벌어진 일본과 러시아의 국경분쟁 중 하나
로 십여 일간의 전투 끝에 많은 사상자를 내고 일본이 패배한 소규모 전투였
다.『국민보』(1938. 8.10)에서는 장고봉 사건을 자세히 다루고 있으며,『삼천
리』(1938.10)에서는 황군이 속히 소군을 쳐서 물리쳐야 되겠다라는 주장을
폈다.
홍순애,『여행과 식민주의』, 서강대학교 출판부, 2014, 294-295쪽.

우의 「기행 서백리아 횡단」에서도 제시된 바 있다. 그는 "서백리아도 대동아권에 포함될 수 있는 것인가, 물론 지리적으로는 동아권에 포함되어야 할 것임을 자타가 공인할 것이다."[172]라고 언급하며, 러시아를 대동아권, 더 나아가 세계공영권으로 포섭할 것을 주장한다. 이러한 당대의 담론 안에서 최남선은 동북아시아의 영토적, 정치적 통합의 개념하에 러시아를 인식하고 있으며, 이것은 제국 이데올로기 안에서 하나의 가능태로 설정되고 있다. 제국주의자의 하향하는 시선이 반영된 이러한 서술은 제국주의 하부에 위치한 식민주의의 타자성과 관계된다. 식민자의 서열, 즉 누가 제국과 닮았느냐의 문제는 오족협화의 이념 내에서 제국을 대신할 국민의 등극과 연계된다. 최남선은 만주족의 패망과 중원에서의 러시아의 퇴각을 왕도낙토의 실현을 위한 필연적 결과로 인식하고 있다. 북방 세력의 총동원 체제에서 중요한 것은 식민자의 입장보다는 제국과의 일치, 동화인 것이다.

이러한 논리는 만주국 설립의 캐치프레이즈가 오족협화에 있는 것처럼 일본인과 조선인을 일계로 묶는 구도인 것이고, 일계의 정체성을 가지고 정신적으로 결합해야 하는 것을 의미한다. 최남선은 만주에서 일본인과 조선인의 경계, 제국과 식민의 경계적 무화를 지향하고 있는 것이다. 또한 이것은 오족협화의 일원으로 그치는 것이 아닌 제국의 국민의 자리를 선점하기 위한 포석이기도 한 것이다. 최남선은 중일전쟁 직후 일본의 동양적 제패의 상황 하에서 재만 조선인

---

172 신홍우, 「기행 서백리아의 횡단」, 『삼천리』 12권9호, 1940, 98-99쪽.

의 존속은 선만일여, 일선동화로 가능하다는 것을 피력한다. 결국 기행문에 재현되는 재만 조선인을 향한 객관적인 시선은 일계의 일원으로, 선만일여의 이념에 충실해야 한다는 최남선의 의지의 표명에 다름 아니다. 여기에서 최남선은 제국과 합일되는 종족으로 조선을 위치시키지만 이것은 역으로 제국을 모방하는 탈조선의 정체성만을 주입하는 결과를 낳고 있다.

3. 문화전파론을 통한 문화적 · 인종적 기원 탐색

『송막연운록』이 안전농촌 시찰을 목적으로 하고 있지만 정작 서술의 초점이 되는 것은 만주의 중원 역사가 갖는 종족적 흥망성쇠에 대한 내력이다. 여기에는 역사 이후 시대부터 고대국가들의 유물, 유적에 대한 내용에 많은 분량을 서술한다. 여기에서 주목해야 할 것은 만주가 발해, 부여, 고구려의 고토와 조강, 강역으로서의 이미지를 환기하며 의미화되고 있다는 점이다. 그리고 이러한 유적지 답사에 대한 서술은 다수의 옛 고문헌의 인용으로 이루어지고 있으며, 일본의 동양사학자, 인류학자들의 답사보고서와 문헌이 동원된다.

최남선은 20여 일에 걸친 만주시찰에서 역사적 지식과 인류학, 지리적 지식을 총 동원하여 방문 지역의 특성들을 기행문에 서술한다. 그는 각 유적지들에 대해 현재의 모습을 소개하고 고문헌에서 이 지역이 어떻게 평가되고 기록되었는지 인용하면서 자신의 논리를 보충한다. 이러한 서술 방법으로 인해 이 기행문은 단순히 시찰의 기록이 아닌 역사 유적지의 답사, 탐방 보고서 또는 지리학, 인류학 연구의 성격을 갖는다. 특히 일본의 재야 인류학자였던 도리이 류조(鳥居龍藏)의 『만몽の탐사』, 도리야마 키이치(鳥山喜一)의 『滿蒙文化史觀』, 시라토리 구라키치(白鳥庫吉)의 『滿洲歷史地理』 등의 문헌들을 빈번하게 인용한다.

최남선이 만주를 시찰하면서 주목하고 있는 것은 고구려, 발해, 부여 등의 옛 왕조 국가의 발흥지와 그곳에 잔존하고 있는 유적들이다. 그는 경성을 출발해 함경선을 타고 훈춘을 거쳐 발해의 고도 동경성에 도착한 감회를 매우 감상적인 어투로 표현한다. 동경성을 둘러보면서 발해 5경의 위치, 성곽, 훈련원 터의 유적들을 ⑨「노송령」, ⑩「단애선생」, ⑪「발해국」, ⑬「동경성」, ⑭「흥륭사 석등」, ⑮「삼령둔 고묘」 등에서 세부적으로 묘사한다.

> 발해의 고도에 왔다. 일대의 영웅 대씨(大氏)가 나라의 근본을 범연한 곳에 심었을 리도 없지. 흥, 그렇지. 勝兵이 십만에 해동성국의 위명을 천하에 드날린 발해이니, 이만한 國都를 가지지 않았을 리야 없지, 하고 플랫폼으로 내려오면서도 마음은 허공에서 헤매었다.[173]

발해와 일본의 해상 무역에서는 매양 모피를 가져오고 비단을 교역해갔다. 발해도 북방 국가답게 무력이 뛰어났던 것은 물론이지만, 동시에 이런 문화를 갖추고 있었음은 놀라운 사실이다. 그것이 대개 고구려의 문화재를 계승한 덕이라 할지라도, 발해가 북만주 깊숙한 곳의

---

173 최남선, 「송막연운록 ⑨-노송령」, 『매일신보』, 1937.11.5.

땅을 문명권 안으로 끌어들인 역사적 공덕은 특별히 찬양받을 만하다. 돌이켜 생각하면, 고구려가 국가로는 망하였지만 문명으로는 망하지 않았다 할 것이다.[174]

최남선은 발해가 고구려 민족의 후예에 의해 창건된 왕국이었다는 것, 북지나의 영토를 선점하며 미개한 북방을 문명화시킨 국가였다는 것을 강조한다. 특히 천연 요새의 형세를 띠고 있는 동경성은 해동성국의 성대한 자취로 서술된다. 동경성 훈련원 터에서 그는 시라토리가 습득한 화문방전과 도쿄제대의 하라다 요시히토(原田淑人)가 발굴한 유물들을 상기하며 기와와 벽돌 파편들이 흩어져 있는 고도의 흔적을 가늠한다. 최남선은 발해에 대해 많은 분량을 할애하여 서술하고 있는데, 이것은 당시 일본 사학자들에 의해 발해가 발굴되었던 정황과도 관계된다. 식민지 지배의 자료화를 위한 고고학, 인류학적 발굴의 대상으로 지목된 곳이 요동반도, 만주, 몽골이었고, 그 중의 발해는 상경 용천부의 위치와 관련하여 일본 역사학자들 사이에서 일본 민족의 문화적 영향과 관련하여 중요한 지역으로 인식되었다. 기행문에서 최남선은 발해의 상경이 「요사(遼史)」에는 홀한성(忽汗城)의 목단강 인근이라는 설에 대해 松井(「金の東京城」)과 도리야마 키이치가 다른 의견을 개진하며 아직 그 유래와 위치에 대한 정확한 설이 정해진 것이 없다고 언급한다.

발해 동경성은 1909년 시라토리에 의해 처음 발굴된 이래 1926년

---

174 최남선, 「송막연운록 ⑪ - 발해국」, 『매일신보』, 1937.11.7.

도리야마 키이치와 1927년 도리이 류조가 답사했고, 본격적인 발굴
은 1933년 일본 동아고고학회에 의해 이루어졌다. 도리이 류조는 만
주 탐사기[175]에서 발해가 니꼴리스크시 토성과 관계되며 "장단강 유
역은 영고탑 가까운 즉 이전 발해 상경 지역으로 발해 왕국의 중심
지"였고, "니콜리쓰크가 발해의 동경 용원부라고 한다면 그 옆을 흘
러 일본해로 흘러 들어가는 수분하는 당시 발해와 교통이 있었던 일
본과 교통 왕래 지점"[176]이라 단언한다. 그는 토성의 유적을 통해 발
해와 일본이 문화적으로 교류했고 서로 영향 관계하에 있었다는 것
을 규명한다. 최남선은 기행문에서 『당서(唐書)』, 『국서(國書)』(일본), 『요
사(遼史)』, 『금사상교(金史詳校)』 등 고문헌들을 통해 발해의 기원과 그
역사적 변천에 대해, 발해는 고구려 유장 대조영에 의해 국호가 열려
홀한하변의 상경 용천부에 수도를 두었고 청에 와서는 길림성 영고
탑 관하에 동경성에 예속, 만주국에서는 길림 동북부와 흑룡강성 일
부 빈강성에 포함되었다고 결론을 내린다. 최남선은 도리이의 의견
을 수용하면서 발해의 기원과 영토에 대해 논란되었던 것을 정리한
다. 또한 도리이가 논의했던 대로 발해와 일본이 교류했으며, 이로서
만주와 일본의 북방계의 문화권을 형성하고 있었다는 것을 제시
한다.

---

175 도리이 류조는 인류학자로서 1919년 동부 시베리아, 1921년 북사할린 지역을
    인류학, 인종학, 고고학적 조사를 한 결과를 '탐사조사기'의 형태로 간행했다.
    鳥居龍藏, 『人類學及人種學上 より見たる東北亞細亞: 西伯利, 北萬, 樺太』,
    東京 岡書院, 1924.
176 도리이 류조, 최석영 역주, 『인류학자와 일본의 식민지 통치』, 서경문화사,
    2007, 337쪽.

이러한 문화적 영향관계는 당시 니시무라 신지가 논의하고 있던 문화전파론과 흡사한 논리라고 할 수 있다. 니시무라 신지(西村眞次)는『인류학개론』에서 "인종에 알맞은 문화가 이루어지고 그것들은 저마다 각 지역에 분포하고, 정착하여 형식화 되어 제 2의 중심을 만들고 결국 이런 식으로 세계의 문화는 전파하게 된다."[177]라고 언급한다. 최남선은『만몽문화』(1942)에서 그의 주장을 부연 설명하면서 문화는 전파하거나 전이되는 것이고, "스키타이 문화, 흉노문화 등을 새로이 만들어 가장 심대한 시련과 풍부한 내용으로써 가장 가치 있는 신문화를 만들어낼 약속의 땅이 우리 만주의 땅"이라고 서술한다. 최남선에게 있어 만주는 문화 전파의 통로 역할을 하고 있는 것이고 "수많은 용광로, 수많은 문화의 저수지" 역할을 담당하면서 "역사적 사명을 약속"하는 핵심 지역으로 평가된다.

최남선의 이러한 평가는 1920년대 불함문화가 인류의 3대 문화권의 하나라고 제기했던『불함문화론』의 기본 논리와 흡사하다.『불함문화론』7장「神仙道의 胎盤」에서 최남선은 "발해는 원래 渤澥라 씌었고, 예로부터 신선사상과 결부되어 종종 설화의 무대가 되었음을 실로 연유가 있는 것으로서, 말하자면 신선이란 것의 연원은 원래 동방의 [붉(Părk)]에서 유래하여 동이에 의해 붉(Părk)이 되고 발해라 불리던"것이라 언급하며 붉과 발해의 관계성을 부연하고 있다. 최남선은 이 책에서 단군신화가 조선 및 인접 모든 민토(民土)에 공통으로 행하는 동계 문화(동방문화)내에 있는 보편통유(普遍通有)의 것이라는

---

177 최남선,『만몽문화』, 경인문화사, 2013, 73쪽.

사실을 밝혀냈지만, 이 문화민족주의에 의한 논리는 결국 '아세아주의(亞細亞主義)', '일선동조론(日鮮同祖論)'과 연계될 수 있는 단초를 그 속에 함축하고 있었다는 점[178]에서 그 한계를 노정한 바 있다. 결국 최남선은『송막연운록』에서 자신이 제기했던 그동안의 학설을 번복하며 조선이 중심이 되는 것이 아닌 제국이 중심이 되는 만주의 서사를 다시 쓴다. 만주국 설립으로 발해와 일본의 문화적 기원이 동일하다는 것, 이것은 결국 제국이 의도하는 문화적 동일성을 근간으로 하고 있는 일선융합, 일선동화의 논리로 종속되는 결과를 갖는다. 이러한 최남선의 논리는 발해가 조선민족의 역사적 주체성의 대상이 아닌 "왕도낙토 만주국의 이상을 일천년 전에 표방"한 것으로 의미화 되면서 발해가 갖는 고토, 강역의 민족적 의미는 퇴색된다. 그리고 발해의 기원과 그 역사적 변천은 단지 만주국 설립의 필연성을 담보하기 위한 것이고, 이로써 제국 학자들에 의해 제기된 역사적 논리는 만주에서 최남선에 의해 답습, 모방되고 있다.

최남선이 이 기행문에서 주의 깊게 서술하고 있는 것은 만주의 문화적 전파와 관련된 신화론과 종족론에 대한 것이다. 최남선은 만주인의 집터, 우물의 모양, 문의 형태 등에 관심을 갖고 설 풍속, 무속신앙, 신화 등이 조선과 유사한 것에 착안하여 만주의 중원 문화가 갖는 공통적 특성과 그 종족적 기원에 대해 서술한다. "주거의 正寢에 반드시 서쪽으로 창을 내고, 거기를 神의 위치이자 귀빈석으로 삼는 것"[179]은 변한의 옛 풍속인 조왕신을 서쪽에 베푸는 것과 같다고 언

---

178 윤승준, 「육당 최남선의 '단군론' 연구」,『인문학연구』37집, 조선대학교 인문학연구원, 2009, 321쪽

급한다. 그리고 만주 부인들의 머리 모양이 조선의 얹은머리와 유사하며, 어린아이의 요람은 그 형태가 제주도의 것과 흡사하다고 언급한다. 최남선은 만주인의 풍속과 조선 민족의 풍습이 비슷한 것을 착안하여 만주, 조선, 일본의 북방 문화의 동일성을 축출해 낸다. 또한 만주인의 대문과 일본 도리이의 유사성, 집채의 회춤마구리 모형과 일본사(日本寺)의 치쿠라 양식이 유사하다는 것을 발견하고, 이것이 만주와 일본 사이의 근본 문화상이 일치하며 그 중간에 반도가 위치한다고 언급한다.

최남선은 『불함문화론』(1925)에서 "중국문화가 소위 사이팔만의 제물소를 섭취하고 있음은 정히 그 민족 내에 모든 관계 민족의 혈액을 혼합하고 있음과 마찬가지다."[180]라고 언급했듯이, 만주는 최남선에게 동양 고대사의 시원적 지역으로서 만몽 종족의 역사적 동일성을 확인하는 공간으로 인식된다. 그는 단군 이후 조선민족의 단일성을 언급하면서 중국과 동등하거나 우월한 동이문화를 설정했고, 조선과 일본을 포함한 동일문화권을 언급했다.[181] 동방문화의 연원은 단군이며, 단군을 계기로 인류문화의 일부를 살필 수 있다는 것은 다시 말해 조선 민족이라는 특수성보다는 동북아 문화권이라는 보편성에 단군을 위치시킨다고 볼 수 있다. 그러나 이러한 논의는 식민지 시기 총독부에서 주관한 단군 연구가 제국주의 이념과 연동되어 일본인 사학자들에 의해 행해지면서 근대사학으로 무장한 제

---

179 최남선, 「송막연운록 ⑰-만인 토속」, 『매일신보』, 1937.11.14.
180 최남선, 정재승, 이주현 역주, 『불함문화론』, 우리역사연구재단, 2008, 143쪽.
181 류시현, 「한말, 일제시대 최남선의 문명, 문화론」, 『동방학지』 143호, 연세대학교 국학연구원, 2008, 71쪽.

국의 동양사학자들인 나카 미치오, 시라토리 쿠라키치[182], 이마니시
류, 오다쇼고 등에 의해 단군이 역사가 아닌 만들어진 신화로 부정되
었다. 시라토리는 동양사학이라는 명분 아래 조선의 민족 신화를 부
정하고, 자민족의 신화인 기기신화는 긍정하는 방식[183]을 통해 이것
을 최고의 고대 문명으로 인정했다. 이러한 상황에서 최남선은
1934년 「神道의 追想」, 1935년 「日本の信仰文化と朝鮮」의 글들에서
단군과 신도를 연계했고, 「조선문화の 당면과제」에서는 신도가 애
초에 일본만이 아니라 조선과 만주, 몽고 등을 포괄한 '동방보편'의
'정통정신'이자 '지도원리'였다는 전제[184] 하에서 단군을 신도에 종
속시킨다. 이것은 1930년대 총독부의 심전개발 정책의 호응 결과였
고, 이러한 논리는 1937년 만주를 시찰하면서도 계속된다.

　　이 박물관에서 일반인들이 무엇보다 흥미를 가져야 할 것은 만몽 내
　　지 시베리아 여러 주민의 토속적 모형이다. 시베리아 샤먼이 新衣를

182　최남선은 중국, 인도 문화와 대별되는 동방문화, 즉 북방계를 불함문화로 설
　　정하고 이것의 실체가 단군이며, 팔관회, 신도, 국선도를 논의한다. 동방 제문
　　화의 연원은 단군인 것이고, "이 문화권에서 가장 장구한 기간에 한 토지 안에
　　서 한 민족에 의하여 일관된 일통의 역사를 갖고 있으며, 그 전후좌우에 대해
　　문화적으로 하나의 방사점이 된 것이 조선"이라는 것을 확신한다. 그러나 시
　　라토리의『檀君考』(1929)는 단군에 대한 조선인의 기존의 논의를 거부하였
　　는데, 그는 "단군의 사적은 원래 불설에 근거한 가공의 선담이요, 단군의 일은
　　완전히 불설의 우두전단(牛頭栴檀)에 근거한 가작담이라고 믿지 않을 수 없
　　다."라고 언급했다. 시라토리는 백두산 신단수 문제에 집착하여 불교적 이미
　　지와 단군을 연결시켰고 민족 시조로서의 존재를 부정했다.
183　조현설, 「동아시아 신화학의 여명과 근대적 심상지리의 형성」, 『민족문학사
　　연구』16권, 민족문학사학회, 2000, 110쪽.
184　윤영실, 「단군과 신도: 1930년대 중반 최남선의 단군신앙 부흥론과 심전개발」,
　　『한국현대문학연구』36집, 한국현대문학회, 2012, 368쪽.

입고, 명도 차고, 칼 들고, 북 치면서 굿하는 모습이 우리 무속과 꼭 같음은 특히 주의를 끄는 바다. 또 학술상 가장 가치 있는 것은 만주리 부근인 쟈라이놀의 모래 밑 20척 가량에서 발굴되었다는 사슴뿔 3개다. 그중 1개는 중앙에 홈을 판 자리가 있어 인공이 가해졌음을 나타낸다. 또 다른 1개는 돌도끼 넣는 구멍을 뚫은 흔적이 있다. 이러한 사실은 유럽 구석기 시대의 기구와 흡사하여, 만주에 구석기 시대가 있음을 인정할 좋은 증거라고 한다.[185]

동아시아 학자 집단인 동성문물연구회가 수집, 전시한 유물들 중 최남선이 관심을 갖는 것은 샤먼과 관련된 것들이다. 시베리아의 샤먼 의장과 모형, 구석기 시대 유물들을 통해 만주가 시베리아 문화권과 유라시아 문화권의 영향에 있다는 것을 추정한다. 그리고 "만주의 까마귀 존숭 풍속이 실상 불함문화계에 공통으로 나타나는 하나의 큰 유형적 사실"이라고 언급한다. 만주의 고대 종교인 샤머니즘은 조선의 고유 신앙과 연계되고 있는 것이고, 이것은 불함문화론의 하나의 핵심적 논리가 된다. 이러한 논리는 최남선이 만주 건국대학에서 강의했던 것을 기록한 『만몽문화』에서도 반복되는데, 그는 샤먼을 구시베리아와 신시베리아로 나누며, 후자가 고등윤리적 종교에 속하고, 이것은 조선과 일본의 원시 신도의 원형을 이루고 있다고 주장한다.

오늘날 샤먼교를 믿고 있는 지역은 중앙아시아, 몽고, 만주, 시베리

185 최남선, 「송막연운록 ㉛-哈爾濱博物館」, 『매일신보』, 1937.12.17.

아, 에스키모 지역에 걸쳐있다. 인류학상으로 이른바 구시베리아 계통
의 사람들 사이에 믿어지고 있는 샤먼교는 참으로 소박 자연스러운 것
이다. 그러나 신시베리아 계통인 만주, 몽고는 상당히 진보된 종교적
내용을 가지고 있어 고등 윤리적 종교 속에 넣어야 마땅하다. 가령 조
선과 일본의 원시 신도까지도 샤먼에 넣는다고 하면 더욱 그러하다.
(중략) 우리들은 이러한 견지에서 만몽 계통의 역사적 종교를 가볍게
샤머니즘이라고 처리해 버리는 것을 피하고 단적으로 대륙 신도란 이
름을 내걸고자 하는 것이다. 대륙의 생활환경에 의해서 자연히 발생하
고 대륙 생활의 경험 누적에 의해서 저절로 발전하여 천리에 따르며
신의 뜻을 받드는 것을 본지로 하는 신앙 그 자체가 신도였다.[186]

여기에서 최남선은 만몽계통의 역사적 종교를 샤머니즘이라고
지칭하는 대신에 '대륙신도'라는 새로운 명칭을 제시한다. 그리고
대륙의 신도와 일본의 신도가 제사의 형식이나 표현의 어형이 일치
함으로 해서 일본의 신도와 동일하다는 논리를 편다. 이러한 어형의
통한 유사성의 증명은 『불함문화론』의 기본 논리였고, 『송막연운록』
에서도 '아막회', '오모회' 등을 통해서도 반복된다. 최남선은 1920년
대에 자신이 정초해 놨던 논리를 같은 방법으로 뒤집고 있다. 즉 『불
함문화론』에서 논의되었던 북방계 불함문화가 동방 제문화의 연원
으로 단군, 조선이었다면 1937년 『송막연운록』에서는 동방고민족의
문화가 일본의 '신도'로 수렴되고 있는 것이다. 즉 이 기행문은 『불

---

186 최남선, 앞의 책, 112-113쪽.

함문화론』의 논의를 제국의 이념을 위해 거부하고 변경한다.

최남선이 관심을 갖고 서술하고 있는 일본 '신도'의 종교적 기원 문제는 결국 일본의 민족기원설과 관계됨으로써 중요하게 논의된 다. 시라토리를 중심으로 하고 있던 동경제국대학의 동양사학자들 은 언어의 유사성이 없다는 것으로 혼합민족설, 일선동조론을 부정 하고 언어 비교를 통해 야마토민족의 단일민족론을 주장했다. 일본 은 혼합 민족이 아니라 단일 민족이어야 주변 민족과 '차이'가 발생 한다[187]는 논리이다. 이에 반해 도리이 류조는 몽골 지역에서 발견한 돌도끼, 돌괭이, 동칼 등의 파편을 가지고 하나의 인종인 동호민족 의 세력이 퍼져있다고 해석했고, 남방계통기원에 근거를 두고 일본 혼합민족론을 주장[188]했다. 또한 기다 사다이치(喜田貞吉)는 『고사기』 에서 천손민족이 태양을 조상으로 섬기는 동일한 사상이 조선, 만주 에 많이 전해지고 있다는 점에서 동일한 신화구조를 가지고 있으며, 이에 동일한 민족[189]이라고 주장했다. 혼합민족론은 결국 일선동조 론, 일선동원론을 강조하면서 조선의 아이덴티티를 거부하고, 식민 지 지배의 정당성과 그에 대한 담론을 제공하는데 이용되었다. 시라 토리의 단일민족론과 도리이, 기다의 혼합민족론이 서로 다른 기원 의 문제로 갈등 관계를 갖고 있었지만, 단일민족론은 민족의 차이로 인해 우성 민족이 열성 민족을 지배한다는 우생학적 논리하에 식민

---

187 조현설, 앞의 논문, 110쪽.
188 전성곤, 「몽고 여행 일기 분석을 통해 본 '타자', '자아' — 도리이 류조와 도리이 기미코를 중심으로」, 『일어일문학연구』 64집 2호, 일어일문학회, 2008, 396쪽.
189 최석영, 「일선동조론을 둘러싼 갈등」, 『일제의 조선연구와 식민지적 지식 생산』, 민속원, 2012, 468쪽.

지 지배를 정당화했다는 점에서 결국 혼합민족론과 같은 제국의 식민지 통치 논리였다고 할 수 있다.

최남선 이러한 일본 민족론에 대한 이견에 대해『송막연운록』에서 샤먼의 유물과 신화의 동일성을 통해 도리이 류조, 기다의 논리를 수용하고 있다. 최남선은 만주의 시찰을 통해 만몽의 문화적 동일성과 그 연원을 대륙의 신도와 조선을 연계하여 밝혀내고 있지만, 이것은 문화인류학적인 측면에서의 일본 사학자들과 다르지 않은 견해를 도출하고 있다. 이러한 연구는 제국의 식민지 정복에 대한 합리화의 논리로 동원되어 일선동조론의 틀 안에서 논의된 것이 사실인 바,『불함문화론』(1925년)과『만몽문화』(1941년) 사이에 쓰여진『송막연운록』은 기존의 불함문화가 대륙의 신도로 이행하는 과정을 만주여행을 통해 좀 더 세부적으로 보여주고 있는 셈이다.

만몽의 문화론적 견해는 결국 문화전파론에 입각하여 일선동조론의 내적논리로 수렴되고 있고, 이것은 일제말기 내선일체론의 대동아공영권의 이데올로기로 확장되는 수순을 밟게 된다. 그러나 여기에서 간과할 수 없는 문제는 여전히 최남선은 불함문화에 대한 논지를 폐기하지 않고 있다는 점이다. 단군에 대한 역사적 사실이 제국 역사학자들에 의해 부정되었음에도 불구하고 최남선은 여전히 단군의 존재를 상정하고 있으며, 불함문화에 대한 전파의 과정만을 수정하고 있을 뿐이다. 또한 이 기행문에서 최남선은 발해의 고도에서 백산 안희제와 대종교 3대 교주인 단애 윤세복을 만난 것에 대해 감격스러워 한다. 그는 백산과 단애에게서 대종교의 교파운동과 심전개발에 대한 내용을 전해 들으며, 이들에 의해 전개된 발해농장의 사업

성공에 대해 매우 기뻐하기도 한다. 그리고 최남선은 "떠돌던 난봉 자식/ 돌아옴만 기뻐하사/ 때 씻고 새옷 입혀/ 사당 절도 시키시니/ 이제야 어버이 마음/ 모른다고 하리까"라는 한시를 적으면서 자의 식을 드러낸다. 기행문이 전체적으로 제국협력의 맥락에서 서술되 고는 있지만, 여전히 문화민족주의자로서의 그의 또 다른 자의식은 발해, 부여, 고구려의 고토에서 발현되고 있는 것이다. 즉, 이 기행문 에서 최남선은 일선동화의 논리를 부연하고 있지만 그럼에도 불구 하고 그는 역사학자로서, 부르주아 민족주의자로서 면모를 희미하 게나마 드러내고 있는 셈이다.

『自列書』에서 최남선은 "단군을 우리 瞻拜 感念 源泉으로 번듯하게 신앙할 수 있는 기회"를 만들기 위해서였으며, 이러한 행위는 "당시의 내가 고심하면서 저지른 죄과"였다고 언급한다. 이에 이러한 행위가 "內 鮮一體를 위한 행동이 아닌 것만은 나의 양심으로 質言하는 바이다."[190] 라고 자술한다. 그러나 그가 남긴 일제 말기 문헌들은 회한에 찬 이 러한 옥중 자열의 변과 다르게 읽히고 해석되고 있다. 부르주아 민족 주의자와 친일론자로서의 경계는 뚜렷하지 않고 그것이 역사학자로 서의 기록이라는 점은 최남선 저작의 아이러니이기도 하다.

『송막연운록』에서 만주는 과거 만·몽·한 3국의 로컬적 역사에 국한되지 않는 보편적인 역사 개념으로 서술되고 있다. 최남선은 발 해와 부여의 고토를 방문하여 이 지역이 갖는 북방문화의 발상지로 서의 의미를 고문헌과 일본 사학자, 인류학자의 논의를 빌어 설명한

---

190 최남선, 「자열서」, 『최남선 전집』 10권, 현암사, 1973, 532쪽.

다. 발해는 조선의 고토, 강역, 민족적 특수성보다는 북방문화라는 보편성의 차원에서 서술된다. 안전농촌의 시찰에서는 재만 조선인에 대한 연민과 동정 대신에 동아권업의 성공을 당부하고 있으며, 만주개척의 사명에 충실할 것을 당부한다. 또한 만주인의 풍습과 신화에 대한 서술을 통해 만몽문화의 기원과 조선, 일본과의 영향관계를 서술하며 일선동화, 일선동조론의 논리를 서술한다. 이러한 논리는 니시무라 신지(西村眞次), 도리이 류조(鳥居龍藏)의 문화전파론과 민족이동설을 차용한 결과로서 일본 사학자들의 논리와 흡사한 것이라 할 수 있다.

이 기행문에서는 『불함문화론』에서 논의했던 조선을 중심으로 하는 불함문화는 만주, 만몽으로 변경됨으로써 제국주의 논리로 포섭된다. 인류의 3대 문화권 중의 하나가 불함문화이며, 그 중심에 조선이 위치한다는 논리는 제국주의의 기획에 의해 폐기되며, 제국의 신도의 기원과 연원을 중심으로 하는 북방문화, 만몽문화로 전치된다. 『송막연운록』은 북방민족에 의한 남방민족의 문화 전파의 과정을 서술하고 있으며, 이것은 오족협화의 이데올로기 안에서 만주국학 성립을 위한 근본원리로 수렴된다. 즉, 만주는 오족협화의 제국적 이념에 의해 통치되는 영토일 뿐만 아니라 일선동화와 일선동조론의 황도정치를 구현해주는 만주국학의 실체로서 설정된다. 그리고 『송막연운록』의 만주의 답사보고서는 만주와 몽고의 지리적, 역사적, 민족적 분포를 고찰하여 만몽 문화의 체계적 연구를 담은 『만몽문화』(1941)론의 근간이 된다.

『송막연운록』이 문헌고증학적 서술과 일본 사학자, 인류학자들의 논의를 다수 인용하고 있는 것은 식민지 시기 고적 조사 및 발굴 사업에 조선인 참여가 배제된 당시 상황과도 관계된다. 최남선은 1930년대 조선총독부 소속 '보물고적명승천연기념물 보존회' 위원, '박물관 건설위원회' 위원으로 위촉되었지만 발굴사업에 대해서는 거의 언급하지 않았다. 다만 "역사교과서위원 같은 것은 제일회 회합에서 의견 충돌이 되어 즉시 탈퇴도 하고, 조선사편수회 같은 것은 최후까지 참석하여『朝鮮史』 37권의 완성기 幾多 사료의 보존 시설을 보기도 하였다.[191]"라고『자열서』에 잠깐 언급하고 있다.

『불함문화론』의 확장이나 만몽문화의 논리를 세우기 위해서는 만주와 몽고 지역의 탐사와 유물 발굴이 선행되어야 했지만 현실상 가능하지 않았던 것이고, 만주를 단지 기차의 차창으로, 박물관의 전시품들로 가늠 할 수밖에 없었다고 할 수 있다. 이러한 방법은 여행의 끝 부분인(10월 13일부터~10월 15일까지)「요동벌판」(59회)에서부터「뤼순」(84회)까지, 즉 전체 84회 분량에서 27회 분량으로 연재된다. 최남선이 20일의 여정으로 만주를 서술하고 있지만, 만주의 고토에서 자신의 학설을 뒷받침 할 수 있는 것은 답사와 발굴 대신 고문헌에 기록된 사실들뿐이었으며, 이것은 역사학자로서 최남선의 최선의 선택이었던 셈이다. 그리고 이것은 제국주의에 경사되었으면서도 적극적 친일을 회피하는, 문화민족주의자로서의 자신의 정체성을 고수하는 하나의 방법이었을 것이다.

최남선은『송막연운록』을 만주 다롄에서 여행을 마치고 돌아와

---

191 최남선, 위의 책, 531쪽.

열흘 정도 후부터 연재를 시작하면서, 이 기행문에 몽고(漠), 북경(燕), 산시(雲)를 포함한 제목을 사용한다. 그는 답사하지 않았으면서도 이 지역을 기행문 제목으로 쓰고 있다. 1937년 중일전쟁으로 북경과 천진을 점령하고, 이후 무한과 광동, 산시에 이르는 중국의 대륙을 점령할 것을 예상한 것이 제목으로 반영된 것은 아니었을까. 여기에는 북경을 포함한 산시 지방까지 만몽의 아세아문화권, 북방문화권으로 본격적으로 포섭하고자 한 최남선의 의도가 내재되어 있다고 할 수 있다. 중일전쟁의 승리로 대륙 침략이 본격화되고 있는 상황에서 최남선은 전 아세아를 포함한 대동아라는 좀 더 확장된 영역을 상상했던 것이고, 제국의 황도정치의 환상에 젖어 있던 것이라 볼 수 있다. 『불함문화론』과 『만몽문화』 사이에 쓰여진 『송막연운록』은 그 견해의 낙차만큼 친일논자였던 최남선의 열망과 고뇌를 반영하는 만주의 역사 지리서인 동시에 인류학 보고서였다고 하겠다.

제3장

채만식 기행문의 만주 지정학과 비협력의 논리

―「간도행」(1943)

1. 총후문학으로서의 기행문

채만식은 해방 후 『민족의 죄인』을 통해 제국 협력의 동기를 사소설의 형식을 빌어 서술하고 있지만 신체제 협력의 논리를 해명하기에는 그 내용이 충분치 않은 게 사실이다. 그는 『민족의 죄인』에서 "1943년 2월 황해도로 강연을 간 것이 나로서는 아마 대일 협력의 첫걸음"이라고 언급했으나, 기존의 논의에서는 『인물평론』에 '일지사변 3주년 기념 특집'으로 게재한 「나의 '꽃과 병정'」이라는 짧은 수필이 첫 번째 협력 작품으로 인정하고 있다.[192] 그리고 논설과 수필에서 신체제에 대한 긍정적인 반응을 보이고 있다는 점에서 채만식의 협력에 대한 논의는 다양하게 분기되고 있다.[193]

---

192 김홍기, 『채만식연구』, 국학자료원, 2001, 188쪽.
193 채만식의 일제말기 친일 협력적인 글은 다음과 같다.
「여인들의 머리쪽」(『사해공론』, 1938.10), 「먼저 지성의 획득을, 지성 옹호의 채만식은 1924년 『조선문단』에 「세길로」를 발표하면서 등단한 이후 희곡 30여 편, 60여 편의 문학평론, 150여 편의 수필과 잡문, 장편을 포함한 소설 85편을 저술하는 등 다양한 문학적 양식을 실험했던 작가 중의 한명이다. 동시대 작가였던 임화[194]는 채만식의 통속적인 세태소설의 창작적 경향에 대해 언급한 바 있고, 김윤식[195]은 가치 중립적인 중산층의 보수주의적 세계관의 문학을 정립한 작가로 평가하고 있다. 우한용[196]은 비극적 세계관에 입각한 식민지 현실의 재현에 있어서의 창작 방법론, 즉 담화체계의 특성을 논의하면서 대화적인 관계보다는 의미 소통의 폐쇄성, 서술자의 강한 담론 통제력이 발휘되고 있는 것이 채만식 소설의 미학이라 언급하고 있다.

그럼에도 채만식 연구에서 핵심이 되고 있는 것은 일제 말기 대일 협력에 대한 논의라고 할 수 있다. 임종국[197]이 『친일문학론』에서 친일문학이 일제 말엽의 국민문학을 위시로 그와 인접하는 문학, 즉 전쟁문학, 애국문학, 결전문학이라고 개념화 했고, 김재용[198]은 일본어

변」(『비판』, 1938.11), 「나의 '꽃과 병정'」(『인문평론』, 1940.7), 「대륙경험의 장도, 그 세계사적 의의」(『매일신보』, 1940.11.22-11.23), 「자유주의를 청소, 신체제하의 여의 문학 활동방침」(『삼천리』, 1941.1), 「문학과 전체주의」(『삼천리』, 1941.1), 「시대를 배경하는 문학」(『매일신보』, 1941.5), 「영예의 유가족 방문기」(『매일신보』, 1943.1.18), 「추모되는 지인태 대위의 자폭」(『춘추』, 1943.1), 「간도행」(『매일신보』, 1943.2.17-2.24), 「농산물 출하 기타」(『半島の光』, 1943. 4), 「곤장(棍杖) 일백도」(『신세대』, 1943.5), 「몸뻬 시시비비」(『반도지광』, 1943.7), 「위대한 아버지 감화」(『매일신보』, 1943.1.18), 「홍대 하옵신 성은」(『매일신보』, 1943.8.18), 「경금속공장의 하루」(『신시대』, 1944.6) 등이다.

194 임화, 「세태소설론」, 『문학의 이론』, 학예사, 1940, 345쪽.
195 김윤식, 『한국 현대문학사』, 서울대학교 출판문화원, 1992, 464쪽.
196 우한용, 『채만식 소설의 언어미학』, 제이앤씨, 2008, 342쪽.
197 임종국, 『친일문학론』, 평화출판사, 1963.
198 김재용, 『협력과 저항: 일제 말 사회와 문학』, 소명출판, 2005.

로 글을 썼다고 하여 친일이라 말할 수 없고 다만 내선일체와 전쟁동원이 기준이 되어야 한다고 친일문학에 대한 개념을 세분화 했다. 그러나 방민호[199]는 일본어 글쓰기가 협력과 무관하다고는 볼 수 없다고 선을 긋는다. 김윤식과 최원식은 친일을 고백한 행위에 집중하고 있는데, 김윤식은 채만식이 문학적인 자기비판으로 나간 희귀한 사례로 언급하고 있고, 최원식[200] 또한 채만식이 신체제에 온몸으로 투항했다고 비난할 수 없는 것이 작가 중에서 유일하게 자신의 친일을 고백하고 있기 때문이라고 언급한다. 최근들에 류보선, 윤대석, 하정일, 박수연 등은 협력에 대해 역사철학적 맥락, 양가성, 탈식민주의적 시각의 필요성을 언급함으로써 논의를 진전시키고 있다.

채만식 소설에 대한 논의는 그동안 많은 연구가 있어 왔지만, 기행문에 대한 연구는 거의 이루어지지 않고 있다. 채만식의 기행문을 논의하는 이유는 기행문이 갖는 감정구조의 정치적 성격이 다층적이기 때문이다. 여행기, 시찰기 등은 작가의 경험과 체험 과정을 직접적으로 서술하는 특성으로 인해 작가의 이데올로기는 전면화될 수밖에 없다. 소설이 허구적 장치를 통해 작가의 사상과 이념을 전달한다면, 기행문은 지역의 지리적 특성을 서술자의 경험과 결부시켜 서술한다는 특성이 있다. 이에 식민지 시기 기행문은 지리적 상상력을 추동, 국토에 대한 실감을 전달함으로써 조선의 영토적 표상을 새롭게 정립하고자 하는 목적에 의해 집필되었다. 기행문은 허구성에 의한 글쓰기보다 작가의 내면이나 사상들을 직접적으로 전달하

---

199 방민호, 『채만식과 조선적 근대문학의 구상』, 소명출판, 2001.
200 최원식, 『민족문학의 논리』, 창작과 비평사, 1982.

는 장르다. 기행문이 간접화된 서술양식이 아닌 실제적인 경험을 서술하고 있다는 점에서 주체의 의식, 무의식은 보다 정교하게 드러난다.

근대 초기 『소년』, 『청춘』, 『학지광』 등에 국토순례기가 게재되면서 지리학적인 관심과 영토, 국토에 대한 인식을 재고했다. 『개벽』에 수록된 「조선문화의 기본조사」는 조선의 13도 답사기로 문화민족주의의 일환으로 서술되면서 한반도의 지정학과 인문지리의 정보를 축적, 식민 이데올로기에 대항 할 수 있는 지식체계를 구성했다. 1930년대 초반 만주국 설립 전후 『동아일보』, 『조선일보』, 『조선문단』에 게재된 만주기행문들은 오족협화에 의한 만주국 설립의 허구성과 모순성을 지적하며 조선 이주민의 문제를 적나라하게 서술했다. 『삼천리』의 경우는 총 131편의 해외기행문, 고도 답사기, 명산기행, 만주기행문 등을 게재함으로써 기행문 장르를 확산시켰고, 일제 말기에는 전장을 중심으로 북경, 남경, 천진 등과 일본 내지를 참관하는 기행문들을 통해 신체제를 선전했다.

대표적으로 이광수와 최남선의 경우 일제말기 행보는 기행문을 통해 보다 예각적으로 드러난다. 이광수의 경우는 『금강산유기』(1923)에서 자연 속에서 자신의 내적 성찰을 하고 있고, 1930년대 「충무공 유적순례」(『동아일보』, 1930.5.21-6.8), 「신주승전봉과 권율도원사」(『동아일보』, 1931.8.13), 「단군릉」(『삼천리』, 1936.4)을 통해 새로운 민족서사를 재구축함으로써 민족주의자로서의 역할을 수행했으나 일제 말기 「삼경인상기」(『문학계』, 1943.1)를 통해 『법화경』의 사상을 내선일체의 논리로 이용한 바 있다. 최남선 또한 『풍악기유』(1924)와 『금강예찬』(1928)에서 금강산의 자연미를 숭고의 차원으로 고양시키고 그 속에서 신화적 민족사라는 장대한 환상[201]을 서술함으로써 민족지사의 역할을 수행했으나 일제 말기 만주기행문인『송막연운록(松漠燕雲錄)』(1937)을 통해 오족협화의 이념을 선전, 선동하면서 동방의 고민족문화가 일본의 신도로 수렴된다는 일선동조론을 주장, 친일 역사학자로 변모했다. 이광수와 최남선은 시공간의 실체적 경험을 기록한 기행문을 통해 보다 선명하게 자신의 맨얼굴을 적극적으로 드러냈다고 할 수 있다. 이들은 민족주의자로서의 위치와 제국 협력의 논리를 강화하는 방법으로 기행문을 선택한 것이고, 이러한 선택은 매우 주요했다고 볼 수 있다.

채만식의 경우는 어떠한가. 채만식이 쓴 기행문은『채만식 전집』에 실린 1927년부터 1943년까지 쓴 10편이며, 수필과 소설로 분류된 기행문을 포함하면 20여 편 남짓 된다.[202] 다른 작가들에 비해 그 양적인 면에서는 적을 수 있으나 이 기행문들이 제국주의 영토를 확장하던 1930년대 후반에 집중적으로 쓰였고, 고도(故都)기행과 일제 말

---

201 서영채,「최남선과 이광수의 금강산 기행문에 대하여」,『민족문학사연구』24권, 민족문학사학회, 2004, 242쪽.
202 채만식의 기행문은 다음과 같다.
「백마강의 뱃놀이」(『현대평론』, 1927.7), 「자동차 드라이브」(『동아일보』, 1934.4.24), 「비류도의 쾌유」(『동아일보』, 1934.7.16), 「수학여행의 추억」(『신동아』, 1934.8), 「여행여담」(『조선일보』, 1935.12.21-12.28), 「고운 미혹 유혹에 빠졌다가」(『조광』, 1936.6), 「박연행 희화」(『동아일보』, 1937.11.16-11.21), 「금강창랑 굽이치는 군산항의 금일」(『조광』, 1938.7), 「송도잡기」(『조선일보』, 1938.7.3-7.11), 「임진강과 그 유역」(『조광』, 1938.8), 「구기자 열매만 붉어 있는 고향」(『조광』, 1938.9), 「만경평야」(『여성』, 1938.8), 「등경암」(『매일신보』, 1940.2.21), 「남행기」(『문장』, 1940.2), 「귀로 도중」(『매일신보』, 1941.5.15-5.18), 「간도행」(『매일신보』, 1943.2.17-2.24), 「農産物 出荷(供出) 其他」(『半島の光』, 1943.4), 「경금속공장의 하루」(『신시대』, 1944.6).

기 만주기행문을 포함하고 있다는 점에서 주목을 요한다. 채만식의 기행문에 대한 연구는 거의 되어 있지 않다. 다만 비허구적 장르인 수필을 대상으로 논의하고 있는 김미영[203]은 채만식 수필 235편을 해석하면서 탈권위적인 작가의 성격과 냉소적이고 풍자적인 관점이 수필로 표현되고 있다고 보고 있다.

채만식 기행문에서 가장 중요하게 논의해야 하는 것은 「간도행」이다. 이 기행문은 '조선문인협회' 회원으로 『매일신보』의 간도 시찰의 목적으로 기획되었다는 점에서 채만식의 일제 말기 협력의 논리에 대한 논의를 가능하게 한다. 여행의 일행이었던 정비석, 정인택, 이무영, 이석훈은 시찰의 경험을 좌담회, 기행문, 소설의 형식으로 발표했는데, 채만식의 「간도행」이 이들이 기록한 것과 어떻게 다른지, 동시대 만주기행문과의 차이와 동일성을 비교함으로써 채만식의 일제말기 사유를 살펴보고자 한다. 채만식이 『민족의 죄인』에서 자신의 협력이 '불멸의 고무장화'를 신은 것이라 했듯이, 이 기행문을 통해 협력과 저항에 대한 논리를 해명할 수 있을 것이다.

2. 선만일여의 논리와 왕도낙토의 표상

만주는 동아시아 영토 구획에 있어 중요한 지정학적 요충지로서 근대계몽기 때부터 러시아, 일본, 중국의 권력관계가 첨예하게 대립

---

203 김미영, 「채만식의 수필연구」, 『한국문학과 예술』, 숭실대학교 한국문학과 예술연구소, 2017, 253-286쪽.

되었던 지역이다. 조선인에게 있어 만주는 강력한 내셔널 히스토리를 구성하기 위한 핵심적 동력[204]이었고, 민족의 역사적 흥망과 밀접한 관련을 맺으며 북방의 대륙적 상상력을 추동했던 지역이었다. 만주는 근대 초기부터 민족의 디아스포라의 공간으로, 또는 고토와 강토의 역사적 공간으로 기행문에서 재현되었고 만주사변 이후 시찰기에는 선만일여의 이데올로기를 재현하는 공간으로 설정되었다. 그리고 일제 말기에는 '대동아공영권'의 이념을 실현하는 장소로 격상된다.

채만식의 만주행은 1942년 12월 26일 간도성 초청에 의해 이루어지며 시찰 경험을 『매일신보』에 1943년 2월 17일부터 24일까지 8회 연재한다. 그는 기행문 첫 회에 "만주국 간도성 홍보위원회의 초빙으로 간도 지방의 조선인 개척 상황 기타를 시찰"하기 위하여 '조선문인협회'의 소속 작가인 이석훈을 단장으로 정인택, 이무영, 정비석 등 5인이 동행했다고 언급한다. 시찰단은 1942년 12월 26일 오후 3시 55분 발 목단강행 급행 중등열차로 경성을 출발, 12일간의 만주 시찰을 마치고 1943년 1월 6일 연길에서 일정을 마무리한다. 『매일신보』[205]에는 "85萬의 間島省民中 약 8割을 차지하는 韓國同胞들의 滿洲國民으로서, 또 所謂 皇國臣民으로서의 생활실태 등을 시찰, 소개하도록 間島省 초청을 받고 문인 일행이 연길에 도착"했다는 소식을 전한다.

일행 중 채만식, 이석훈, 이무영, 정비석 등은 초행이었고, 정인택

---

204 앙드레 슈미드, 정여울 옮김, 『제국 그 사이의 한국』, 휴머니스트, 2007, 520쪽.
205 『매일신보』, 1942.12.27.

은 1942년 5월 총독부 하장국 척무과(司政局 拓務課)의 '만주 개척민 문화시찰단'으로 장혁주, 유치진과 함께 3주간 시찰한 경험이 있었다. 채만식은 간도 초행길에 대한 소감을 "우리는 흡사 중학 시절에 수학여행을 가던 것처럼이나 기분이 달뜸을 어찌하지 못했다. 그러나 한편으로는 이 행보가 단순히 사적인 여행이 아니요, 가서 잘 보고 잘 인식하여야"한다고 언급하며 시찰의 중압감을 표현한다. 간도 이민의 실태를 보고해야 하는 책임을 맡은 채만식은 "중대사명이 있음을 생각하고 어깨가 무긋함"을 느낀다.

채만식의 간도 시찰은 '조선문인협회' 회원이었기 때문에 가능했다. 『민족의 죄인』에서 채만식은 1938년 3월 '독서회'와 관련하여 치안유지법 위반으로 수감되는 과정과 형무소의 취조 상황을 자세하게 서술한다. 이 글에 의하면 그는 개성경찰서의 조사 결과 조선문인협회의 회원으로 "대단히 열심히 있는 사람으로 판명되어, 특별히 용서"를 받아 감옥에서 나오게 된다. 석방의 결정적인 증거는 조선문인협회 참여를 독려하는 한 장의 엽서였고, 이에 "소위 미영격멸 국민총궐기대회의 강연을 피하려 않고서 내 발로 걸어 나갔던 것"으로 협력의 길로 들어선다. 그리고 조선문인협회 회원 자격으로 시찰단 일원으로 간도에 특파된다.

채만식은 일정을 매우 자세하게 서술함으로써 방문 목적을 확실히 한다.

1942년

12월 26일 하오 3시 55분 경성 발 목단강 행 급행열차로 출발

12월 27일 1시 도문역 도착, 세관 검사

　　　　　7시 연길현 도착(간도성 번안과 모리(毛利), 복부(服部) 사무

　　　　　관 만남)

12월 28일 성공서 신길(神吉) 省長, 중원(中原) 차장, 미농(美濃) 총무

　　　　　과장 만남

　　　　　모리 홍보과장 안내로 도가선[206] 탑승(이무영, 정인택, 채

　　　　　만식 1반)

　　　　　죽중(竹中) 안내로 경도(京圖)선[207] 탑승(이석훈, 정비석 2반)

　　　　　도문 도착(송강(松岡), 경일(京日) 간도특파원 동행)

12월 29일 도문 출발, 왕청 도착

　　　　　왕청 국립종우목장 방문(전전(前田) 장장 동행)

　　　　　왕청협화회 기타의 중견 지도층 청년들과 좌담

　　　　　밤 8시 왕청 출발, 대흥구 도착

12월 30일 대흥구 춘화촌공소 방문(부촌장 도원봉도(桃原奉道) 동행)

　　　　　12시 대흥구 출발, 천교령역 도착

　　　　　춘양촌공소, 만척 출장소 방문, 부락민 집회 참석

12월 31일 대이수구 방문

　　　　　2시 반 석두하자 부락, 낙타산 방문

　　　　　6시 대흥구 도착(왕청현 실업과장 동행)

1943년

1월　1일 10시 대흥구 출발, 신흥둔 부락 도착

206　도가선: 도문에서 가목사(佳木斯)까지의 철도선(580km)
207　경도선: 만주 동남지역의 신경에서 도문까지의 철도선(528km)

오후에 대흥구 출발, 왕청 도착

1월 2일 왕청 출발, 도문 도착(국경특파원 봉조, 실업계 중진들과 간담회)

1월 3일 도문 출발, 상삼봉, 개산둔 도착

1시 달도하역 도착(신정 덕신촌장 남분주소 경위보 동행)

남양둔 촌공소 방문

1월 4일 팔도하 역적 부락 방문

용정 도착 (용정가공서 부가장 서하장명(西河長明) 동행)

가등청정(加藤淸正)비 관람, 성립의원 방문

관민 주최의 간담회 참석

1월 5일 9시 버스로 연길 도착

연길 성공소 방문, 최문국 집 방문

3시 간담회 참석(신길 성장 동행)

1월 6일 연길가공서 협화회 간도성 본부 인사

고은(古恩) 성본부 참사, 삼삼(杉森) 현본부 사무장, 조천

연길가 부가장, 기타 민간 측 다수와 간담

목양 연길방송국 인사방송

(이무영, 정인택은 中原차장 관저 방문, 실업가 덕산 씨 동행)

숙소로 돌아옴

간도성의 시찰단 초대는 일제말기 이민자 감소 문제와 관계된다. 시찰단이 방문하는 곳은 신흥촌을 제외하고 모두가 총독부의 이민 정책으로 이입된 개척농민 부락이었다. 조선인의 만주행은 근대 초기부터부터 시작되었고, 만주사변 이후 '만주 붐'이 일면서 조선인

이민은 급격하게 증가한다. 1936년 총독부는 조선인 이민을 전담하는 선만척식(鮮滿拓殖)주식회사를 설립하여 만주 이민을 장려했다.[208] 그러나 총독부의 선전과는 달리 선만척식회사에 지급해야하는 이주비, 소작료, 자작농 토지대금 상환은 이주민 입장에서는 과중한 부담이었고, 실제로 이주 초년도의 경우 가구별 60여 원의 적자가 불가피했다. 1937년 이후 조선 농민의 비참한 생활이 신문과 잡지를 통해 알려지면서 1939년 이후 신규 이민자 모집이 어려워지게 된다. 총독부는 당시 만주국 명예총영사였던 김연수를 내세워 조선인 유력자들과 지방 도시를 순회하며 이주를 독려하는 '선만척식의 밤'을 개최했다.[209] 총독부에서는 개별적 이민보다는 마을 단위의 집합이민 정책을 시도하였고, 당시 매체에서는 「江原道集合移民團 間島省 向發」(『동아일보』 1939.4.13), 「報恩郡서 五十戶 間島省에 開拓隊로 出發」(『동아일보』 1940.3.24) 등의 이주 상황을 보도했다. 이러한 상황에서 '반도작가' 채만식에게 맡겨진 책무는 이민 장려를 위한 "황국신민화의 열렬한 신념"을 전달하는 것이었다.

---

208 일제말기 만주 이민에는 집단, 집합, 분산 이민 등 세 가지로 분류되는데, 집단 이민의 경우는 만주국이 주관하는 만선척식(滿鮮拓殖)에서 주도했고, 집합 이민은 금융회와 농무계에서, 분산이민은 연고이민으로 재만 조선 농민의 친척 지기를 통해서 이주했다. 만선척식에서는 신규 조선인 이민 이식사업과 재만조선 농가의 통제 집결, 재만 조선인 소작농의 자작창정사업을 주관했고 감독자는 만주국, 산업부 대신이 맡았다. 만주에 입식된 개척농민들은 1937년 1만 2천여 명으로 왕청, 연길, 영구 방면에 부락을 형성했고, 1938년에는 1만여 명이 길림, 간도, 봉천 등으로, 1939년 2만 1천여 명이 왕청, 회덕, 영안, 홍경 등으로 이주했다.(함대훈, 앞의 글, 126-127쪽.)

209 정안기, 「만주국기 조선인의 만주이민과 선만척식(주)」, 『동북아역사논총』 31집, 동북아역사재단, 2011, 84쪽.

당시 만주시찰단[210]은 1932년 만주국 건국과 함께 본격적으로 조
직되었는데 『조선일보』, 『동아일보』, 『중앙일보』에서는 지역 신문
지국이 주최가 되어 일반 민중을 중심으로 시찰단을 모집하거나, 지
역 평의원, 유학생, 금융조합 단위의 단체시찰이 기획되었다.

만주기행은 주최측이 누구냐에 따라 시찰 장소가 달라지는데, 만
주사변 직후 김경재, 임원근, 서정희, 량재하, 신영우 등 당대 민족주
의 계열, 사회주의 계열 인사들은 국경 근처의 간도의 조선이주민 부
락을 방문하고 재만 동포의 비참한 생활과 집단 부락 문제, 조선인의
무장 문제, 일본의 주재소 정책 등의 현실 문제를 중심으로 기행문을
서술했다. 그러나 총독부가 주관한 경우에는 만주개척의 공적을 보
여주는 장소들인 제강소, 안산철광, 무순탄광, 신수도 신경, 합이빈
등이 시찰 대상이 되었다. 이곳을 시찰한 기행문에서는 만주국의 자
원 개발과 경제적 발전상, 국제도시로써의 위용 등을 서술하고 있으
며, 전쟁 승리의 기념비적인 장소를 방문, 장학량의 군영인 북대영,
청조의 태종황제 부처의 분묘 등을 폐지, 폐궁의 이미지로 재현했다.
이러한 시찰은 만주국 건립에 대한 정당성과 당위성을 승인받는 과

---

210 당시 만주시찰은 유행처럼 시행되었는데, 신문은 이러한 만주시찰에 대한 안
  내를 빈번하게 게재했다. 「만주시찰단 모집, 주최 『동아일보』 청주지국」(『동
  아일보』, 1932.3.6), 「만주시찰단 모집, 주최 『동아일보』 제천지국」(『동아일
  보』, 1935.4.7), 「본보 개성지국 후원, 만주시찰단원 모집」(『조선중앙일보』,
  1936.5.1), 「황해도회 의원의 만주시찰단, 2주간의 예정으로 출발」(『부산일보』,
  1937.3.21) 등이며, 『중앙일보』(1932.3.7)에서는 만주시찰단을 모집하면서 왕
  복 9일간 여비 65원으로 경성역을 출발하여 안동, 봉천, 대련을 둘러보고 경성
  에서 해산하는 일정으로 『중앙일보』 안동현 지국 주최로 진행한다는 것을 안
  내한다.

정의 일환으로 시행되었고, 이것은 제국의 만주 지배체제를 공고히 하는 방식 중의 하나였다.[211]

문인들의 만주기행문은 만주사변 이후 급격하게 늘어난다. 1933년 이광수, 김동원, 이익상은 일본 신문협회 일원으로 안동, 안산, 무순, 봉촌, 대련을 시찰한 내용을 신문에 게재하였는데, 이광수는 「만주에서」를 『동아일보』(1933.8.9-8.23)에, 이익상은 『조선일보』에 「만주기행」(1933.8.27-9.28)을 게재했다. 또한 최남선은 선만척식회사[212]에서 구성한 만주시찰단의 일원으로 1937년 9월 20여일에 걸쳐 용정, 훈춘, 하동 등의 안전농촌을 방문하고 「송막연운록」(『매일신보』, 1937.10. 28-1938.4.1)을 게재했다. 1939년 『조광』에서는 만주 문제 특집호를 기획하면서 시찰단을 구성하였고, 함대훈은 봉천, 신경, 하얼빈을 방문한 내용을 중심으로 「남북만주편답기」를 게재하였다. 그는 여기에서 "민족협화 왕도낙토의 정신 밑에 조선인의 만주생활"과 "일본인의 참된 집단적 건설 정신의 위대함"을 설명하며 조선 이민이 순조롭게 진행되고 있음을 언급한다. 이 시기 문학자들은 일본의 식민지 정책을 선전, 홍보하기 위해 다수 동원되었고, 이러한 행위는 일제말기 총력전 체제에서도 반복되었다.

채만식은 12일 간의 일정을 『매일신보』에 8회 분량으로 연재하고

---

211 홍순애, 「이광수 기행문의 국토여행의 논리와 공간정치의 이데올로기-「만주에서」를 중심으로」, 『국어국문학』 170호, 국어국문학회, 2015, 502-503쪽.
212 선만척식회사는 조선총독부 관할 특수회사로 1936년 설립되었다. 이 회사는 조선인을 만주로 이주시키기 위해 설립되었고, 만주 신경에 본사가 위치해 만석척식고분유한공사라는 자회사를 설립했다. 만선척식회사는 1941년 만주척식공사에 흡수 통합되었다.

있는데, 이것은 다른 시찰단의 기행문들에 비해 적은 분량이라고 할 수 있다. 최남선의 경우는 20일 여행의 기록을 84회로 연재(『매일신보』 1937.10.28-1938.4.1)한 바 있고, 이익상의 경우 17일 일정에 21회 연재 (『조선일보』 1933.8.27-9.28)하면서 시찰의 감회를 자세하게 적고 있다. 전쟁이 본격화된 1940년 이후 기행문은 이전에 비해 짧은 분량으로 게재되었고, 국민정신총동원운동의 일환으로 전쟁의 성과를 보여주는 지역이 중심이 되었다. 『매일신보』의 경우 「하와이 진주만 공격」(1941. 12.7), 「홍콩점령」(1941.12.25) 등에 대한 기사를 게재했고, 중국 남경, 홍콩, 싱가폴, 남양군도 등의 전장 기행문, 내지시찰단의 신궁참배기 등을 게재했다.[213] 총동원 체제하 기행문은 대동아공영의 확장을 보여주기 위한 선전의 일환으로 게재했지만 물자동원의 문제로 1930년 대보다 적게 연재되었다. 1940년 당시 『매일신보』는 석간 5면, 조간 4면으로 발행되었는데, 1942년 전쟁으로 인해 신문지면은 조간 4면, 석간 2면으로 줄었다가 조/석간 종합면으로 편성, 1944년 이후에는 단간제 4면으로 점차 지면이 줄어들었다.[214] 이 시기 작가들은 일선

---

213 1940년대 초부터 『삼천리』에서는 중일전쟁 이후 점령한 영토를 답사한 '남양 기행문'들을 게재하였고, 전쟁 독려를 위한 '전선기행문', 내선일체의 융합을 내용으로 하고 있는 '내지기행문'들을 게재했다.

남경학인, 「최근의 남경」(『삼천리』, 1938.12), 주운성, 「동경유기」(『삼천리』, 1938.12), 필자, 「초하의 고도 남경, 고적과 사실을 차저」(『삼천리』, 1939.6), 삼천리 편집국, 「전적과 시가, 이태백, 두복지, 백거이 소동파 등 시객이 노니든 자최를 차저」(『삼천리』1940.3), 동경 강호학인, 「내지에 나마잇는 백제 유적」(『삼천리』, 1940.3), 김경재, 「전후의 남경, 고도의 최근 상모는 어떤가」(『삼천리』, 1940.10), 재남경 양자학인, 「백낙천 놀든 노산의 풍경 기행」(『삼천리』, 1940.10), 백철, 「천황폐하어제친열 특별관함식 배관근기」(『삼천리』, 1940. 12), 양주삼, 「내지 기독교교계의 동향(내지를 시찰하고 돌아와서」(『삼천리』, 1941.9), 이석훈, 「이세신궁 성지참배기」(『삼천리』, 1942.1).

동조와 신체제를 선전, 선동하는 역할을 자임하면서 소설[215]과 기행
문들을 연재했고. 이러한 매체적 환경에서 채만식은 간도기행문을
연재하게 된다.

3. 동요하지 않는 '관람객'과 비협력의 논리

채만식은 1942년 12월 26일 경성을 출발하여 27일 도문역에 도착
하는 것을 시작으로 기행문을 서술한다. 1920~30년대 만주기행문에
서는 국경을 통과하는 감회와 중, 일 경찰들의 취체에 대한 긴장감
과 공포심을 대부분 서술한다. 한설야는 "오! 이것이 朝鮮의 마지막
山이로군!, 국경! 압록강!", "국경의 밤은 고요히 잠들어간다. 그러나
다른 것이 업스면서도 다른 것 가튼 것이 國境의 빗소리의 특색이

---

214 이희정, 「일제말기(1937-1945년) 『매일신보』문학의 전개양상 ─ 미디어적 전
　　략과의 상관성을 중심으로」, 『한국문학이론과 비평』 75집, 한국문학이론과
　　비평학회, 2017, 220쪽.
　　이희정은 1943년 말까지 『매일신보』는 역사소설을 연재했고, 이 시기 이보상
　　의 한문현토체 소설 대신 기성 문인의 역사소설을 선택하여 지식독자를 지향
　　하는 정책을 펴고 있다고 언급한다. 조간신문이 대중지향적 성격을 띠고 있
　　었던 만큼 신문사에서는 대중독자 취향을 위한 다양한 장르의 연재소설을 시
　　도함으로써 대중독자들로부터 많은 호응을 받았다고 언급한다.
215 1940년 『동아일보』, 『조선일보』가 폐간 되면서 작가들이 『매일신보』로 지면
　　을 옮겨오면서 대중취향의 소설, 일선동조론에 입각한 소설들을 연재했다.
　　김동인 『백마강』(1941.7.24-1942.1.30), 채만식 『아름다운 새벽』(1942.2.10-
　　7.10), 이광수 『원효대사』(1942.3.1-10.31), 박종화 『여명』(1943.6.17-12.13)이
　　연재되었고, 채만식 기행문이 실리던 시기에는 김래성의 탐정소설 『태풍』
　　(1942.11.21-1943.5.2)이 연재되었다.

다.[216]"라며 국경에 대한 감상을 고조된 억양으로 적는다. 이기영은 "인제 조선 땅을 다 지나왔구나 생각하니 어쩐지 마음 한 구석이 서운하고 고적한 느낌이 없지 않다."[217]라고 국경을 넘어선 소회를 언급한다. 이종정은 평북 용천 남시역에서 형사대가 수십 명씩 올라와 경계 감시를 하는 긴장감을 토로하며 "압록강 철교상에서 그들에게 原籍, 주소, 氏名, 연령, 직업, 만주행의 목적 등을 묻는 대로 일러바쳤다."[218]고 서술한다. 1939년 함대훈은 "안동에서 행장 검사는 대단했다. 다행히 우리 것은 그리 심하게 보지 않고 갔으므로 덜 불쾌하였으나 아무튼 행장을 남에게 보인다는 것은 그리 좋은 일은 아니다."[219]라고 언급하며 세관 검사에 대한 불쾌감을 서술한다. 대부분의 만주기행문은 만주의 첫인상을 수백만 동포가 거주하는 간도지역의 이주 역사와 고토, 강토에 대한 회환을 안타까운 심정으로 서술하며, 세관검사에 있어서 식민지인의 긴장과 불유쾌함을 자세하게 적는다.

그러나 채만식은 국경, 만주의 첫인상, 세관 검사에 대한 식민지인의 취체에 대한 경험을 생략한 채 도문시가의 풍경을 간략하게 소개한다. 그는 "도문시가는 아직 건설도상이라 그렇겠지만 턱없이 넓은 바닥에 가 띄엄띄엄 많은 건물들이 한 무더기씩 들앉아 있어 퍽 어설픈 인상"이라는 것만 서술한다. 1월 2일 채만식은 도문을 두 번째 방문하는데, 여기에서 그는 도문이 이전과 달리 변화하고 있는 도시 중

---

216 한설야, 「국경정조」, 『조선일보』, 1929.6.12-6.23.
217 이기영, 「만주견문 '대지의 아들'을 찾아서」, 『조선일보』, 1939.9.26-10.3.
218 이종정, 「만몽답사여행기」, 『조선일보』, 1927.10.15.
219 함대훈, 「남북만주편답기」, 『조광』, 1939.7.

의 하나로 언급한다. 도문은 원래 회막동이라는 국경 소부락이었으
나 경도(京圖)선의 개통이 되자 "오지 밀수를 목적으로 와짝 모여든
밀수당과 그 밀수경기로 대발전을 하게 되었고" 현재 도문은 밀수
졸부를 숙청 퇴산하고 '밀수도시 도문'의 추명을 씻기 위해 청년층
이 실업계를 리드하고 있다고 그곳 청년들의 말을 인용한다. 채만식
은 도문 실업계의 중진 청년들과 간담회를 했지만 이 내용에 대해서
는 서술하지 않는다.

채만식이 이 기행문에서 도문을 두 번 방문함에도 불구하고, 당시
도문의 지정학적 중요성에 대해서는 언급을 자제한다. 사실 도문은
일명 '도문회담'[220]이라고 일컬어지는 남총독에 의한 '선만일여'의
슬로건이 만들어진 장소였다. '도문회담'은 새로운 제국질서를 확립
하고자 하는 계획하에 이루어진 회담이었고, 선만일여의 식민 통치
의 이데올로기를 강화하는 협약이었다. 이 회담으로 인해 내선일체
의 제국 이데올로기는 선만일여의 슬로건으로 확장되었으며, 미나
미총독은 이 회담으로 '일만일체화의 제국정책'을 이끌었다. 최린은

---

220 정안기, 「1936년 조선 수뇌의 『圖們會談』과 『鮮滿一如』」, 『만주연구』 12집,
만주학회, 2011, 181-182쪽.
1936년 10월 29일 南조선총독과 植田 관동군 사령관 등이 주축이 된 이 회담
은 당시 만주국이 당면한 경제문제와 식민통치의 안정화를 추구하는 조선 측
의 정치적 현안을 서로 맞교환하는 정부차원의 정치경제적 회담이었고, 이
회담에서는 만주국과 압록강 공동개발의 협력적 관계를 약속하는 한편 조선
인의 만주이민과 만주국 관리임용 등의 문제를 협의함으로써 선만일여의 슬
로건을 본격적으로 이행할 것을 촉구했다. 미나미 총독은 도문회담 이후 "내
선일체는 진부하다. 선만일여로 가야 한다."고 주장했고, 이후 제국의 만주 정
책은 '南이즘'으로도 회자되었다. 선만일여 슬로건은 조선총독부가 추구하
는 내선일체와 만주국이 표방하는 민족협화 이데올로기의 상극 해소와 함께
새로운 제국질서를 지향하는 또 다른 식민통치 이데올로기였다고 할 수 있다.

『경성일보』에 「감격을 말한다.」(1936.11.7)[221]라는 논설을 게재하며 "이 회담은 조선통치의 본격적인 포석으로 조선 민중에게는 전도에 빛나는 광명이자, 감격이다."라고 고평했다. 도문의 이러한 정황들을 무시한 채 채만식은 단지 도문의 겨울 추위를 이야기하고 있고, 도문의 밀수 사업에 대한 협의회의 중진 청년들의 말을 그대로 옮기고 있다. 도문의 식민 통치의 역사적 사실을 외면한 채 채만식은 일정을 소략하게 소개하는 데 그친다.

시찰 3일째 되는 날 다섯 명의 일행은 두 개의 반으로 나눠 각기 다른 일정을 수행하게 된다. 채만식, 이무영, 정인택은 도가선(圖佳線)을 타고 간도의 동쪽을, 이석훈과 정비석은 경도선(京圖線)을 이용해 간도 서쪽을 시찰하게 된다. 12월 29일 채만식 일행 3명이 왕청에 도착하여 처음 시찰한 곳은 '국립종우목장'이다. 우유와 개량종 역우 공급을 목적으로 하고 있는 이 목장에서 시찰단은 축사와 착유 작업을 견학하고 왕청극장에서 협화회 기타 중견 지도층 청년들과 좌담회를 갖는다. "과거의 여러 가지 난관을 싸워 이기면서 오늘날에 이르러서는 황국 신민화의 확고한 신념 아래 왕도낙토 건설에 불타고 있는 기백을 그들의 하는 말 구절구절에서 엿볼 수 있었다."고 서술한다. 채만식은 '황국 신민화'에 의한 만주의 발전상을 직접적으로 언급하면서 신체제의 목표인 '왕도낙토' 건설을 위해 왕청 청년들이 노력하고 있다고 평가한다. 이렇게 직접적으로 신체제를 찬양하는 문장은 이 기행문에서 두 번 등장하는데, 그 중의 하나가 여기 왕청

---

221 최린, 「感激を語る(二)南總督植田大使の圖們會談に關して」, 『京城日報』, 1936.11.7.

에서 서술된다.

시찰단이 중점적으로 방문하는 곳은 조선 개척민 부락이다. 기행
문에서는 대홍구 춘화촌공소(12.30 방문), 대이수구(12.31 방문), 석두하
자 부락(12.31 방문), 신흥둔 부락(1.1 방문), 남양둔 부락(1.3 방문), 덕신촌
(1.3 방문) 등이 소개된다.

밤 여덟시 왕청을 떠나 춘화촌공소의 소재지인 대홍구로 가 일박하
고 밝은 아침 춘화촌공소에 나가니 촌장은 마침 출장이요. 조리원(助理
員, 부촌장) 도원봉도(桃原奉道)씨가 우리를 맞이하여 주었다. 강덕(康德)
7, 8 양년 전만을 엄습한 霜災는 이곳도 타격을 면치 못하여 강덕 5, 6년
도의 통계만 보더라도 현지소비 말고 대홍구역에서 반출된 것 중 大豆
의 가지만도 1백 80차량이던 것이 강덕 7, 8년에는 반출은커녕 현지 소
비에도 부족하였고, 一日耕 삼십석 수확의 水田이 다 폐경될 지경이었
다가 금년에야 풍작을 보아 그동안 벌써 50차량의 잡곡이 반출되었다
고 한다. 농산물 교역장엘 가보니 과연 출하(공출)된 대두, 대맥, 包米
(강냉이), 고량, 좁쌀 등의 잡곡이 산 같이 쌓여 있고, 한편으로 부절히
반출되며 반입되고 있었다. 이 흐뭇한 양곡이 이곳에 이주하여 와 匪
襲과 天災등과 싸우면서 황무지를 개척하여 얻은바 반도 동포의 피땀
의 결정이요. 총후 농민으로서의 지선인 식량공출의 현물임을 생각 할
때에 우리는 무량한 감개와 더불어 저절로 머리가 숙여짐을 금치 못
했다.[222]

---

222 채만식, 「간도행」, 『채만식 전집 9』, 창작과 비평, 1989, 628쪽.

채만식은 춘화촌공소의 곡식 공출에 대해 자세히 서술하며, 이것이 동포의 피땀의 결실인 것에 대해 감격한다. 시찰 내내 아무런 감정적 동요를 보이지 않았던 그는 춘화촌공소에서 양곡들이 쌓여 있는 것을 보고 흐뭇해하며 황무지를 개척한 조선 이주민의 노고에 대해 서술한다. 그리고 만주와 조선의 소작료에 대해 언급하는데, 만주에서는 농민이 자신이 수확할 양을 예상하여 당국에 공출할 양을 신청하고 선금으로 매 백 킬로에 1원씩 장려금을 받게 되어 있다고 소개한다. 이것은 조선에서 공출 후에 장려금이 나오는 것과는 다른 방식으로, 만주의 제도가 폐해가 없는 것은 아니지만 "좋은 고안"이라고 평가한다. 여기에서 조선의 식민지 정책에서 소작료의 부분은 개선되어야 하는 것으로 언급된다. 시찰단의 목적이 만주 이민을 독려하기 위한 것이기에 만주의 농지 정책에 대한 소개는 이 시기 기행문에서 반복되는 내용이었다.[223]

채만식이 가장 관심을 보인 개척부락은 대이수구(大梨樹溝)이다. 대이수구는 만선척식에서 연길, 왕청, 화룡 등 3현의 조선인을 귀농시켜 갱생을 도모하도록 하는 집단부락인 동시에 공동농장이었다.

> 이와 같이 몇 해 동안을 무서운 시련에 닦이어 나는 동안 대이수구
> 부락은 전원 부정업자고 개척민이고 할 것 없이 굳센 자활정신이 부지

---

223 함대훈은 만주가 조선과 비교해서 토지가가 저렴(답1평 15전내지 20전)하며 "1정보생산고가 2석 내지 3석인데 비료를 쓰지 않아 연 3할이 수확된다고 언급하며, 소작료로 자주에게 바치는 것이 3분지 1, 내지 5분지 1이어서 농민에게는 매우 유리한 조건이라는 것을 기행문에서 언급한다.
함대훈, 앞의 책, 1939.7.

불식 깊이깊이 박혀지고 말았다. 현재 그들은 감자와 강냉이와 좁쌀이 주식물이었다. 술도 오락도 없었다. 영하 30도의 추위에 여자와 아이들이 맨발로 다니고 있었다. 색시가 없어서 총각들이 장가를 못가고 있었다. 그러면서도 그들은 뻐젓이 살며 더 잘 살 노력을 하고 있었다. 자기네 손으로 학교를 세웠으며 부녀들은 국어강습이 열심이었다. 滿拓大橋嶺 출장소 관내에서 금년도 부채상환 성적이 가장 우량한 것으로 예상되는 부락중 대이수구도 그중 하나라고 하였다. 93호 부락인데 닭이 암탉만 6백여 마리였다. 생활에의 불타는 투지가 없이는 외부에 나타날 수 없는 사실들이었다. 물론 아직도 두 사람인가 아편중독자가 있고 약간의 부동분자도 없지 않다고 들었다. 그러나 소수일부로써 전체를 폄함은 책임 있는 사람으로는 삼갈 바이다. 대이수구에서 남녀 여러분이 모여 우리더러 조선에다 전해달라는 부탁 세 가지 1) 우리는 어려움을 이겨가면서 잘 살고 있으니 안심하시오. 2) 면사무소 어른들 앞으로는 부디 개척민을 조심해 뽑아 보내시오. 3) 위문단으로 오거든 우리 같은 벽지 동포도 더러 찾아주시오.[224]

채만식은 기행문에서 대이수구의 최근 몇 년간의 상황을 자세히 서술한다. 1940년 5, 6 차례의 비적의 습격이 있었고, 3백 명이 내습하여 부락을 점령하고 장정 80명과 소 16두를 약탈해 간 것, 자위대를 조직하여 치안이 확보되자 상재(霜災)로 인하여 2년 연속 흉작을 경험했음에도 이들은 굳센 자활 정신으로 학교를 세우고 농장을 이

---

[224] 채만식, 앞의 책, 630-631쪽.

루고 있음을 서술한다. 채만식은 이곳을 만주 이민 개척에서 가장 성공적인 사례로 꼽고 있고 이에 깊은 인상을 받는다. 대이수구는 그가 해방 후 저술한 『소년을 자란다』에서 주요 공간으로 등장한다. 이 소설은 1938년 대이수구에 빨치산이 엄습하여 강제적으로 곡식을 징발하는 과정과 부락민이 빨치산부대에 투신하는 장면들을 재현한다. 현경준은 『유맹』에서 대이수구 집단부락의 아편 중독자들의 삶을 재현하는데, 소설에서 대이수구는 규율과 감시에 의해 통제되고 동시에 환상을 선전하는 공간이며, 만주의 왕도낙토의 슬로건이 허구적으로 실현되는 공간으로 제시된다.[225] 대이수구는 간도성의 입장에서 만주의 왕도낙토의 역사적 과업을 과시하기 위한 적절한 장소였던 셈이다.

채만식은 개척민 부락을 시찰하면서 이들의 교육에 대해 많은 관심을 보인다. 그는 춘양촌에서 개척민이 끼니를 굶어가면서 학교를 손수 짓고 자제들을 공부시키는 것을 자세하게 설명한다. 조선의 면 단위에 해당하는 춘양촌 한 곳에만도 열 개의 학교가 개설되어 있고, 금년에 여섯 개의 학교가 개설될 것이라는 말을 듣고 놀라며 "전 간도의 조선인 아동 취학률이 75퍼센트로 조선의 55퍼센트보다 훨씬 높으며, 소화 21년 조선 의무 교육 실시의 95퍼센트를 간도는 그전에 달성할 것"이라고 예상한다. 간도 교육열에 대한 내용 또한 이 시기 간도기행문에서 동일하게 수록하는 내용들이었고, 채만식도 교육에

---

225 노상래, 「만주와 헤테로피아: 헤테로피아, 제3의 눈으로 읽는 만주─현경준의 『유맹』을 중심으로」, 『인문연구』 70호, 영남대학교 인문과학연구소, 2014, 41쪽.

대한 조선인의 열의에 대해 매우 흡족해 한다. 그러나 연길현 용정에서는 "교육열 높아 현 내 17개교의 남녀 중등학교가 있고 그 중 6교가 용정에 있는데, 중학 이상의 진학은 내적, 외적으로 여러 가지 불편 불리한 조건 때문에 중학 이상 전학시킬 자녀를 둔 가정이나 당국자들은 불소한 번민이 있는 모양"이라고 서술하며, 여전히 고등교육에 있어서는 그 시설이 미흡하다는 것을 언급한다.

채만식은 간도 시찰에 대한 내용을 「農産物 出荷(供出) 其他」(『半島の光』 1943.4)[226]을 통해서도 게재했는데, 여기에서는 (1) 대흥구 농산물 교역장, (2) 綿布 特配 (3) 출하량 신청제 (4) 청년들 (5) 국어열 등의 항목으로 나눠 서술한다. "조선 내지의 투害 구제금으로 10만원이라는 적지 않은 돈을 간도 동포들이 연출하여 불원간 그것을 조선에 전달하리라고 들었다. 이토록 간도의 동포들은 우리를 생각하고 있는데 우리는 그때까지는 너무 간도 동포에게 등한치 아니하였던가 하는 悔心이 자못 없지 못했다."라고 언급하며 자신의 감정을 솔직하게 드러낸다. 대이수구에서는 여인들과 아이들이 추위에 맨발로 다니는 것을 목도하고, 아기를 마대에 싸서 업고 다니는 것을 안타까워하며 특별 배급이 되어야 함을 주장한다. 채만식은 여기에서도 만주 개척민의 생활을 사실 그대로 적고 있으며, 이주민을 연민의 시선으로 서술한다.

개척민 시찰 일정이 마무리 되는 1월 3일 채만식 일행은 덕신촌에서 조선인 민회장을 만나 소연을 즐기는데, 이곳에서 채만식은 문경

---

226 채만식, 「農産物 出荷(供出) 其他」, 『半島の光』, 1943.4.
　　채만식, 『채만식 전집 9』, 창작과 비평사, 1987, 591-594쪽.

아리랑과 장타령을 듣고 '피로'를 잊는다. 그는 "이 일대가 조선인 만주 이주와 함께 시작된 年久한 지대로 그런 만큼 만주라기보다도 함경도의 어떤 동네와 조금도 다름이 없는 느낌"을 받는다. 용정에서도 채만식은 "파도 많은 간도사에 가장 예민 심각히 반영되어온 면이 있음을 생각하고 감개와 흥미가 새로웠다."고 솔직한 자신의 감정을 피력한다. 채만식이 기행문에서 중요하게 적고 있는 것은 시찰의 내용보다는 시찰 장소와 시간, 동행한 사람들의 이름이었고, 그나마 시찰의 내용은 매우 객관적인 시각으로 요약 서술한다. 그는 "단시일에 너무도 많은 것을 주마간산격"으로 보았다는 이유를 대고 있지만, 기행문에서 감정이 서술되는 지점은 개척민 정책의 위업을 서술하는 부분이 아니다. 그는 부락에서 신발을 신지 못하는 개척민과 비적에게 습격당해서 곡식을 모두 빼앗겼던 일들, 굶으면서도 자제를 교육시키는 개척민들의 삶에 감동을 받는다. 개척민들에 대한 연민의 감정은 채만식의 맨 얼굴이 드러나는 부분이다.

채만식의 기행문은 방문한 장소와 그곳에서 만난 관리들의 이름, 직책을 함께 병기하고 있다. 간도성 홍보고장 번안과 담당 모리(毛利), 복부(服部) 사무관, 성공서의 신길(神吉) 성장(省長), 중원(中原) 차장, 미농(美濃) 총무과장, 대흥구 춘화촌공소 부촌장 도원봉도(桃原奉道), 용정가공서 부가장 서하장명(西河長明) 등 채만식이 만난 대부분의 관리들은 일본인이었고 이들의 이름은 기행문에 빈번하게 등장한다. 일제말기 만주시찰단 기행문들은 시찰에 동원된 일본인 관리의 이름을 서술하지 않는다. 그러나 채만식은 관리의 이름을 호명함으로써 만주가 일본의 또 다른 식민지라는 것, 그 영토를 지배하는 주체

가 총독부라는 것을 강조함으로써 식민지의 연장이라는 것을 보여
준다.

당시 만주기행문에서 자주 언급되던 "대륙적 신흥기분"(이기영),
"자연과 투쟁 중인 위대한 창조성"(이기영), "낙토를 건설하는 개척
민"(이기영), "백절불굴하는 정신의 양성"(장혁주), "대동아 건설의 설
계도에서 건축되는 새로운 생활 방식"(유치진), "대동아 건설의 씩씩
한 소리를 치고 성장된 만주국의 자태와 그 건설에 헌신하고 있는 동
포의 용감한 개척생활"(유치진) 등의 구호들은 채만식 기행문에 등장
하지 않는다. 간도 이주민의 비참한 현재적 상황만을 전달하는데 주
력하고 있고, 미래적 비전은 언급하지 않음으로써 채만식은 비협력
의 포즈를 취한다. 채만식의 기행문은 형식적인 부분에서 매우 자세
하게 일본인 관리의 이름과 일정을 소개하고 방문지를 요약 정리함
으로써 충실하게 시찰단의 임무를 수행하고 있는 것처럼 보인다. 그
러나 내용적인 부분에서는 시찰자의 의견을 소극적으로 전달하며
감정을 자제함으로써 객관적인 태도를 유지한다. 말해야 할 것과 말
하지 말아야 할 것을 구분하는 것, 이것이 채만식의 글쓰기 전략이
었다고 볼 수 있다.

기행문의 마지막 회인 8회에 채만식은 "간도의 조선 사람들에게
반도 민중이 얼마나 열심히 황국 신민화에 또 총후전사로서 눈부신
활동을 하고 있는가를 전하는 동시에 간도 사람도 간도에서 살건 어
디 가서 살건 유일한 길은 황국 신민화에 있음을 역설하도록 부탁"
을 받았다고 적으며 삼(森)도서과장의 말을 대신 언급한다. 그리고
일본인 관리들의 이름을 길게 인용하는 것으로 감사 인사를 대신한

197

다.[227] 채만식은 만선일체의 시책을 달성하기 위해 시찰 단원의 임무를 수행하고 있지만, 제국을 위한 정치적 수사를 직접적으로 서술하지 않는 방식을 택하고 있다. 시찰에 대한 변을 총체적으로 언급해야 하는 상황에서도 채만식은 삼과장의 말을 받아 적음으로써 '관람객'의 위치를 고수한다. 그는 제국 정책에 동조하는 발언을 억제함으로써 비협력의 포즈를 취하고 있는 것이고, 이것은 대일 협력의 여지를 최소화하기 위한 채만식의 글쓰기 방식이었다고 볼 수 있다.

4. 시각의 이질성, 과도한 환상에의 도취

채만식과 간도 시찰에 동행한 이무영, 정인택, 이석훈, 정비석은 만주 개척민을 어떻게 재현하고 있는가. 이들은 모두 '조선문인협회' 회원이었고, 『매일신보』의 주선으로 간도시찰을 함께 하게 된다. 채만식의 협력의 수위를 진단하기 위해서는 간도 시찰에 동행했던 이들의 기행문을 비교해 보는 것이 필요하리라 본다. 이무영이 시찰에 참여하게 된 것은 1939년 농촌으로 이주하여 쓴 『제1과 제1장』(『인문평론』 1939.10)과 속편인 「흙의 노예」(『인문평론』 1940.4)가 당시 좋은

---

227 감사인사는 다음과 같다.
"岐部 省長, 중원 차장, 美濃, 腹部 이하 省 홍보위원회의 여러분, 특히 우리를 데려다 자신 현지안내의 노고까지 아끼지 아니한 모리고장, 현지 각지의 지도자 여러분, 협화회 여러분의 각각 깊은 사의를 표하는 동시 최문국 씨를 비롯하여 초면한 여러 문우며 기타 민간 측 여러분에게 마치 구우 친척을 만난 듯이 우리를 반겨 맞이하고 분에 넘치는 환대를 받은데 대하여 진심한 감사를 아울러 드리며 이 붓을 놓는다."

반응을 얻고 있었고, 이에 만주 개척민의 실정을 보여줄 수 있는 적임자로 낙점되었다. 정비석의 경우는 1942년 1월부터 『매일신보』의 사진 순보부에 재직하고 있어 동행 한 것으로 보인다. 이석훈은 조선문인협회 회원자격으로 부여신궁 조영공사에 참석한 후 그 소감을 쓴 「부여기행」(『신시대』 1941.3)을 게재한 바 있고, '황군의 무운장구 기원과 함께 총후에의 정신운동 수련' 달성을 위한 성지순배사로 일본에 파견되어 쓴 「이세신궁, 성지참배기」(『삼천리』14권 1호, 1942.1)를 발표했었다. 당시 이석훈은 문인협회 상무간사였고, 간도시찰단에서는 단장의 직책을 맡아 역할을 수행하게 된다. 정인택의 경우는 조선문인협회의 추천에 의해 1942년 6월 장혁주, 유치진, 정인택 3인으로 구성된 '만주개척민 문화시찰단' 일원으로 하얼빈, 하동, 복단, 도문, 연길, 명월구를 시찰한 바 있었다.

이무영은 시찰 후 「간도시찰 작가단 보고」(『綠旗』, 1943.2)와 「간도를 여행하고」(『경성일보』1943.2.16.17)를 일본어로 게재했다. 「간도시찰 작가단 보고」는 '간담회'로 게재되었는데, 여기에서는 '굉장한 교육열', '고투의 추억', '간도특설대(특설부대)', '공출에의 협력', '만주인식이 이민을 유도', '가정생활에 대해', '분촌 계획의 필요성', '敵地配置', '신부감 기근'의 주제에 대해 기자가 묻고 채만식, 이무영, 정인택, 이석훈, 정비석 등이 대답을 하는 것으로 진행된다.

기 자) 이주민의 생활 상태는 어떻습니까?
정인택) 개척민은 지금은 무엇이든 새로운 건설의 시기이므로 고생하겠지만 장래 희망이 보입니다.

기 자) 건국 이후 특히 지금은 치안이 나아졌지만 이전까지 고투
는 대단한 것이었다고 합니다.

정인택) 간도성에는 만주인이 인구의 1/5밖에 없고 건국 이전에는
농민이 학대받았지만 지금은 완전히 평화롭고 농민이 안심
하고 일할 수 있는 곳입니다.

이석훈) 개척민을 들이는 방법의 큰 문제는 만주와 간도성에 대한
정확한 인식에서 시작해야 한다는 것입니다. 금년부터 오
개년 계획으로 오만 호를 들일 것이라고 합니다. 지금까지
지식계급조차 거의 무관심합니다. 개척의 의의는 기후, 지
리, 풍속, 생활 문제 등 전반적인 인식이 없어서 막연히 보
내고, 막연히 이주시켜 곤란합니다. 선전을 잘해야 합니다.
3개월 일하면 1년간 편하게 살 수 있음이라든지 3년 있으면
지주가 되거나 부자가 될 수 있다고 해야 합니다.

채만식) 우리들이 출발할 때 모리 원서과장에게 어디에 가든 황국
신민에 대한 것을 이야기하라고 했지만 그럴 필요는 조금도
없었습니다. 이들이 실제로 행하고 있어서 한 마디도 할 기
회가 없었습니다.

정인택) 지금까지는 그것(황국 신민)이 육체적으로 왔다면, 지금부터
는 정신적인 수양이 필요한 시기가 되었습니다.[228]

이 간담회에서 정인택은 간도시찰에 대한 소감을 자세히 언급하

---

228 이무영, 「간도시찰 작가단 보고」, 『綠旗』, 1943.2.

고 있고, 앞으로의 전망도 매우 긍정적으로 진단한다. 정비석은 간도 특설대가 만들어진 계기와 활동, 일본 군인의 용맹함을 길게 대답한다. 그는 민중이 특설대에 감복하고 있고 이들이 일본군과 다르지 않음을 칭찬한다. 채만식의 경우는 답변의 횟수가 그리 많지 않고 그나마도 짧게 대답한다. 그리고 대이수의 경우 세 번이나 비적에게 습격받은 상황과 농민 팔십 여명이 무참히 살해되었다는 사실을 언급한다. 이석훈의 경우는 개척민에 대한 이민 정책이 좀 더 확실하게 시행되어야 하는 필요성을 설파하며 "3개월 일하면 1년간 편하게 살 수 있다."는 선전 문구까지 언급한다. 이것은 왕도낙토를 건설하기 위한 목적 의식적인 맹목성에서 나온 문구라고 할 수 있다. 이 간담회에서는 채만식 기행문에서 다루지 않았던 간도 특설대와 신부감 기근에 대해 언급하고 있는데, 간도는 현재 자위단을 만들만큼 열악한 치안의 상태에 있다는 것을 직접적으로 언급한다. 또한 5대 1의 비율로 개척지의 신부감이 부족하며, 이것이 사회 문제로 비화되고 있음을 자세하게 다룬다. 이 간담회는 간도 개척단의 상황을 전달하기 위한 자리였음에도 불구하고 채만식은 여기에서 소극적으로 답변하고 있다.

정인택의 경우는 1942년 6월에 만주국 건국 10주년 기념으로 기획된 만주시찰단의 일원으로 유치진, 장혁주와 함께 만주를 시찰하게 되는데 그는 이 경험을 소설 「검은 흙과 흰 얼굴」(『조광』, 1942.11)로 발표한다. 이 시찰 경험으로 정인택은 소설 2편, 좌담회 1편, 3편의 기행문을 게재했다.[229] 그리고 정인택은 두 번째 간도행을 채만식 일행과 함께했고 「滿洲開拓地紀行대이구둔을 중심으로」(『국민문학』

1943.3), 「대전하의 만주농촌」(『半島の光』 1943.4) 등 두 편의 글을 발표했다. 이 두 글 모두 채만식의 기행문 연재가 끝난 후 바로 게재했고, 전자의 경우는 대이수구를 중점적으로 다룬다.

　　"저 강 너머에 부락이 보이죠. 저곳이 석두하자라는 이주민의 집단 부락입니다. 이 부근의 수전은 전부 저 부락민의 경지입니다. 가까워 보여도 저게 1리 이상 됩니다." 촌장의 설명을 들으며 잠시 발을 멈추고 목책과 토벽에 둘러싼 석두하자 부락을 바라보았다. 무언가 찌릿하게 가슴 아래에서 복받쳐 올라, 나는 후하고 가벼운 흥분에 몸을 맡겼다. 부락에 가까워지자 나는 으레 이처럼 긴박감에 사로잡힌다. 치기 어린 감상의 소위라고 자성해 보지만 이것 뿐만은 아니다. 이런 산간 벽지에서 사나운 기후풍토와 싸우며, 황무지를 일구고 험난한 주변 중에서도 匪襲의 위험에 노출되어 있으면서도 지금의 평화로운 마을을 만들어 낸 것은 반도 농민의 뿌리 깊은 생활력으로, 도회에서 자란 약골인 나는 무조건적으로 압도당하고 만다. 나는 여기서 살 수 있을까? 살 수 있어. 자문자답해 본다.[230]

　　일행(이무영, 채만식, 정인택)은 대이수구에 도착하기 전 석두하자라는 이주민 집단부락을 가게 되는데 정인택은 이곳에서의 경험을 자

229　정인택의 간도개척에 대한 글들은 다음과 같다. 「검은 흙과 흰 얼굴」(『조광』, 1942.11), 「농무」(『국민문학』, 1942.11), 「개척민 부락장 현지 좌담회」(『조광』, 1942.10), 「개척지대 소묘」(『매일신보』, 1942.7.27-29), 「개척민의 감정」(『춘추』, 1942.8), 「반도 개척민 부락 풍경 옥토의 표정」(『신시대』, 1942.8)
230　정인택, 「滿洲開拓地紀行―大梨溝屯を中心に―으로」, 『국민문학』, 1943.3.

세하게 적는다. 그는 목책과 토벽이 둘러쳐진 부락의 분위기에 압도
되고, 비적의 습격을 이겨내며 수전을 이룬 집단부락민의 노고에 감
동한다. 도회출신의 '약골' 작가에게 이곳은 자신이 범접할 수 없는
공간이라고 언급하며 자신의 그동안의 행동을 반성한다. 그는 대이
수구에 도착하여 "汪淸縣 경위 모 순직한 康德 6년 12월 10일 崔賢,
陳翰章의 합류비, 부락 습격 때 격전 후 용맹하게 전사하다."라고 쓰
여진 기념비에 묵념을 올린다. 그리고 총으로 무장하고 마을을 지키
고 있는 젊은 청년에게 감사 인사를 올린다. 대이수구의 목가적인 풍
경과 엄숙한 목책, 집총한 보초도 이상하게 잘 어울렸다고 언급하는
정인택은 이 공간의 역사성과 분위기에 감정이 고조되어 있음을 자
백한다. 정인택은 매우 격양된 감정으로 대이수구를 묘사하고 있고
"부락민의 뜨거운 열정과 의지를 확인하는 자리"였다고 고평한다.
정인택은 채만식의 객관적인 보고형식의 기행문과는 달리 대일협력
의 적극적인 포즈와 수사로 기행문을 쓰고 있다.

정비석은 간도시찰에 대한 경험을 담은 기행문 「국경」(「국민문학」,
1943.7)을 발표했다. 간도시찰단은 여행 3일차에 1반과 2반으로 나눠
시찰을 하게 되는데, 기행문에 따르면 이석훈과 정비석은 경도(京圖)
선을 타고 두만강 상류 남평이라는 국경마을을 지나 무산, 장백산령
을 넘는다. 그리고 만소(滿蘇)국경의 시찰을 계획하여 특별지구 여행
증명서까지 교부받았으나 "어떤 사정으로" 만소국경 시찰은 취소되
었다고 적고 있다. 그럼에도 기행문은 국경에 대한 감회를 서술하며
국민문학의 세계성에 대해 언급한다. 정비석은 기행문을 시작하면
서 국경에 대해 "오늘에 이르도록 나는 국경이라는 낱말만큼 복잡한

意義를 내포하고 있는 다른 어떤 어휘는 들어보지를 못했다. 국경이라는 낱말이 갖는 절대적인 힘이 생활을 지배하고 있고, 국경은 극단적으로 생사도 같이하는 가장 밀접한 것"이라고 서술한다. 국가 간의 경계가 국경으로 표면화 되면서 국경은 국가의 지리적인 영토의 범위를 규정한다. 국가의 대치 국면이 국경으로 현실화됨으로써 국경은 긴장감이 상존하는 공간이다. 정비석은 국경의 의미를 '대동아전쟁'과 연결하여 의미화 한다. "대동아전쟁은 루스벨트가 대동아를 미국의 식민지로 만들어버리려는 야만 때문에 발생한 데에 지나지 않는다."라고 서술하며, 국경의 균형을 깨뜨린 범죄자로 루스벨트를 지목한다. 정비석은 '대동아전쟁'의 책임이 미국에 있다는 것을 기정사실화 하고 있고, 루스벨트를 범죄자로 호명한다. 이것은 대동아공영권의 확장을 위해 태평양 전쟁을 정당화 하고 있는 제국주의 이데올로기와 동일한 것이다.

정비석은 만주국 영내에서 받은 세관검사의 긴장감과 불쾌감을 서술하는데 "각자의 소지품을 일, 만 양국의 세관관리에 의해 상세히 검사를 받지 않으면 안 되었고, 세관검사라는 것은 왠지 신체를 벗겨 보여야하기 때문에 유쾌하지가 않았다."라고 언급한다. 세관검사가 단지 물품을 조사받는 것이 아닌 자신의 알몸을 보여야 하는 것처럼 수치스러운 것으로 정비석은 서술한다. 이것은 제국의 위엄을 체험하는 동시에 일본인이 될 수 없는 식민지인의 자각을 보여준다. 그럼에도 불구하고 정비석은 "국가의 은혜를 잊지 않는 것" 이것이 만물의 영장인 인간의 자격이라 규정하며 "조국 일본에 대한 사랑으로 화(和)"할 것을 주장한다. 조선인의 정체성을 거부하고 황국신민

으로 인정받아야 하는 것, 이것이 정비석이 주장하는 협력의 논리이
다. 또한 그는 '1월 3일 국경일'에 집집마다 깃발이 걸려있는 것을 보
고 감격스러워 한다. 깃발이 국민의 사상을 통일시켜주는 것이라 언
급하며 그는 남경성 함락 당시 남경 성벽에 일장기가 클로즈업되었
던 '뉴스영화'를 떠올린다. 정비석은 깃발의 매력에 감화되었다고
고백하고 "깃발의 운명이 그 나라의 운명을 상징한다."고 언급함으
로써 철저하게 군국주의를 내면화 한다.

> 우리들의 행동이 공간적으로는 늘 국경선에 의해서 제약받고 있는
> 데, 대동아전쟁의 혁혁한 戰果에 의해서 우리들의 행동의 범위는 무한
> 히 확대되어 간다. 만약 이것을 역으로 뒤집어 놓는 일이 생긴다면 상
> 상만 해도 몸서리쳐 진다. 우리들을 끝까지 보호해주는 자신의 나라를
> 두고 밖에서 나라를 깎아내리는 일은 있을 수 없다. 각각의 인간에게
> 는 이 지구상에 우뚝 선 단 하나의 낙원이라고 해야 할 것으로서 우리
> 들에게는 조국 일본이 있는 것이다. 우리가 일본을 지켜나가는 것은
> 즉 자기 자신이나 백대 천대까지의 자기 자손을 지키는 일이다. 그것
> 은 영원히 해나가야 할 사업이며 결코 일대에 그치는 안이한 사업이
> 아니다. 피 튀기는 전투인 것이다. (중략) 전투로 물든 붉은색의 피가
> 무한한 친근감을 가지고 나의 몸을 젖어들 수 있었던 것이다.[231]

이 인용문은 기행문의 마지막 부분이다. 정비석은 일본 제국을

---

231 정비석, 「국경」, 『국민문학』, 1943.7. (번역 『실천문학』, 1985.6, 162-167쪽)

'단 하나의 낙원'이라고 명명하며, '일본 조국'을 호명한다. 민족의 영속을 위해 일본 제국을 지켜야 하는 임무가 식민지인의 위업인 것이고, 이것은 생명을 건 전투로서 지켜질 수 있다는 것을 주장한다. 정비석에게 있어 전쟁의 목표는 미국을 이기는 것이고, 이것은 천황의 국체를 위한 성전으로 의미화된다. 그는 일본의 동아시아 패권 확립을 위해 식민지인이 성전에 임해야 하는 당위성을 설파한다. 만주 시찰기를 통해 정비석은 '대동아전쟁'의 정당성을 부르짖음으로써 협력을 노골화한다. 이러한 정비석의 인식은 일본 제국주의가 동아시아 협동체를 구상하는 동시에 대내적으로는 천황제 국체를 공고히 하고 있는 상황[232]과도 연결된다.

정비석의 일제말기 소설에서 보듯이 그는 대동아공영권 형성에 정신적 바탕이 된 동양론과 근대초극론을 받아들여 동아협동체 사상을 내면화 했고, 국가주의와 인간 정신의 일원성을 주장함으로써 국체사상의 고도의 정신주의를 지향하는 파시즘[233]에 경도된다. 정비석의 기행문에서는 간도개척민보다는 제국의 침략전쟁으로 확보된 영토만을 보고 있고, 여기에 조선이주민의 역경과 고난은 상정되지 않는다. 정비석은 천황제의 국체를 보전하는 혈전의 결과물로서 만주를 인식하고 있고, 동양의 패권을 희구하는 식민지인의 과도한 열망만을 피력하고 있다.

이무영, 정인택, 정비석 등의 만주기행은 공통적으로 국가시책에

---

232 이원경, 「일제말기 '동양론'의 수용과 소설적 형상화 – 정비석의 단편소설을 중심으로」, 『현대소설연구』 42호, 한국현대소설학회, 2009, 331쪽.
233 이원경, 위의 논문, 332-333쪽.

적극적으로 호응하는 언술로 가득하다. 간도 시찰에 동행했던 이무영, 정인택, 정비석의 기행문은 공통적으로 신체제에 적극적으로 호응하며 협력의 정당성을 설파한다. 정인택은 간도를 과도한 낭만성으로 전치시키며 왕도낙토, 유토피아로 설정하여 황국신민의 역할을 부르짖는다. 정비석의 경우는 동양주의에 몰입되어 대동아전쟁의 승리를 염원하는 서술이 중심을 이루며 동아시아 패권확립을 위해 '성전'에 임해야 하는 당위성을 주장한다. 이러한 정비석의 발언들은 1940년대 초반 태평양전쟁을 동양 대 서양의 인종 대결로 인식했던 당시의 대동아공영의 이데올로기와 맥을 같이 한다. 이에 비해 채만식은 매우 객관적인 여조로 사실에 충실한 기행문을 서술하고 있다. 채만식은 정인택처럼 과도한 낭만으로 간도를 황국신민의 왕도낙토, 유토피아로 상상하지도 않았고, 정비석처럼 동양주의에 몰입되어 대동아전쟁의 혈전을 희구하지도 않았다. 단지 동족의 연민에 대한 수사만을 일관적으로 쓰고 있고 협력에 적극적으로 동조하지 않음으로써 '관람객'의 포즈를 취하고 있다.

채만식의 간도기행문은 객관적인 서술과 사실에 입각한 보고 형식을 취하고 있으며, 조선인 만주 개척민에 대한 연민을 드러내는 글쓰기의 전략을 쓰고 있다. 일제 말기 총력전 체제와 신체제의 파시즘적 군국주의 안에서 채만식은 체제에 순응하는 일본어 글쓰기와 대동아공영의 사실들을 수용했지만 자발적인 의지로 신체제를 선전했다고는 보기 어렵다. 채만식은『민족의 죄인』에서 적극적 친일의 '무쇠탈'을 쓰지 않았다고 주장하며 제국주의에 대한 협력은 불우한 시대에 있어 불가피한 선택이었다고 언급한다. "한정 없이 술술 자

꾸만 미끄러져 들어가는 대일협력자의 수렁"에서 정강이까지만 미
끄러져 들어간 것, 친일은 "두 다리에 신겨진 불멸의 고무장화" 만큼
의 협력이었다고 언급한다. 그리고 그는 '불멸의 고무장화'를 신은
채 해방을 맞이했다고 고백한다. 그는 완전하게 온몸을 투척하지 않
은 친일의 상태를 '고무장화'로 표현한다.

　민족을 위해 협력했다는 자기 합리화 대신에 채만식은 솔직하게
협력을 인정하며, 그것이 '고무장화' 만큼의 협력이며 소멸되지 않
는 불멸의 '죄'라고 언급한다. '고무장화' 정도의 협력은 가난과 배고
픔의 육체적 현실을 벗어나기 위한 것이었고, 개인적 권력 추구의 결
과가 아니었음을 확실히 한다. 이러한 식민지인의 굴복을 시인하는
채만식의 글이 설득력을 갖는 것은 채만식의 일제말기 (무)의식을
서술한 기록들 덕분이다. 그 중의 하나가 간도시찰기인 셈이다. 채
만식은 「간도행」에서 이민부락, 공동농장의 시찰 지역을 조선인 개
척민의 영토로 인식하고 있고, 이러한 인식은 작가의 대일 협력에
대한 회의, 반성에서 비롯되었다고 할 수 있다. 채만식의 만주기행문
은 이무영, 정인택, 정비석의 대일 협력과 동양주의와는 다른 지향을
갖고 서술되었으며, 이것은 일제말기 채만식의 자기검열에 대한 결
과였다고 할 수 있다.

제3부

근대주체의 자아탐색과
서사전략

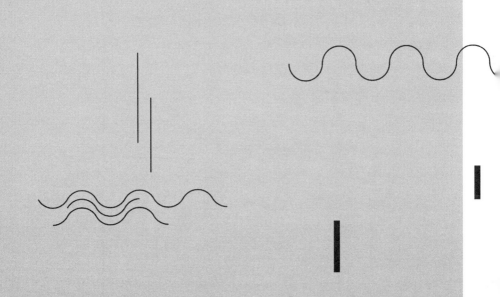

제1장

염상섭 『만세전』의 타자성 경험의 이중적 양상

1. 근대 주체의 발견과 타자성

『만세전』은 원래 「묘지」란 이름으로 1922년 7월부터 『신생활』지에 연재되었던 작품이다. 「묘지」는 잡지의 폐간(9호)과 함께 3회의 연재로 중단되었고, 이후 1924년 4월 6일부터 59회에 걸쳐 『시대일보』에 『만세전』으로 연재됨으로써 완결되었다.[234] 『만세전』에서 여행을 통해 제시되는 여정은 식민지인으로서 자신의 내부를 되찾는 동시에 식민 본국이라는 바깥을 되살피는 과정에 있다. 요컨대, 제국에 완전히 동화될 수도 그렇다고 식민화된 조선에 충실할 수도 없는 경계자의 시선으로 이 서사는 이루어져 있으며, 이것은 타자성이라는 이름의 다양한 모습으로 재현된다.

타자성은 경계선 내부에 대한 집착에서 벗어나 안과 밖을 뒤섞는

---

[234] 『만세전』은 「묘지」 제목으로 1922년 잡지 『신생활』에서 연재되다가 중단되었고, 1924년 『시대일보』에 『만세전』으로 연재되었다. 이후 1924년 8월 고려공사에서 『만세전』의 제목으로 단행본이 간행되었고, 1948년 2월 개작하여 수선사에서 출판되었다.

방식으로 자신의 내부를 주체화 시키는 방식[235]이다. 이는 내부와 외부의 구분을 유지하면서 내부에 집착하게 만드는 경계선을 해체하는 존재론이다. '나'를 타자에게 드러내어 타자와 통하고, 타자의 도움에 의해서 '나' 자신을 인식함으로서 자기를 구성하고 있는 가장 중요한 행위인 타자성은 '너'와의 관계에 의해서 결정된다.[236] 그래서 자기 자신의 내면을 바라볼 때 인간은 타자의 시선으로, 타자의 시선을 통해서 바라보게 되는 것이다. 푸코의 사유는 '타자의 사유'라고 할 만큼 타자의 입장에서 동일자들이 그 타자를 어떠한 방식으로 억압하고 관리해 왔는지를 정교하게 분석하고 있다. 푸코는 이론의 차원에서가 아닌 권력의 차원에서 해석하고 있으며, 주체가 배제시키거나 전략적으로 관리한 타자의 존재에 주목한다.

벵상 데콩브는 『동일자와 타자』에서 "타자를 동일자에 환원시키고 그럼으로써 차이를 동일성에 종속시킴이 없이는 타자를 스스로 제시할 수 없다."고 말한다. 데콩브는 동일자가 '타자'에 대응하면서 '타자'를 억압하고 배제하는 과정에 대해 정밀하게 서술한다. 자크 라캉은 거울단계에서의 나는 타자와의 변증법적 동일시에 의해 객관화되기 이전의 주체이며 그 보편 구조 속에서 주체 기능을 부여하기 이전의 주체라고 말한다. 그리고 거울단계에서 타자와 구별하는 상징적 단계로 이행하면서 독자적인 주체가 탄생한다고 말한다. 타자성은 라캉의 이론으로도 해석 가능한데, 타자성의 주체는 삶의 공

---

235 권성우, 『모더니티와 타자의 현상학』, 솔출판사, 1999, 35-39쪽.
236 쯔베탕 토도로프, 최현무 역, 『바흐친: 문학사회학과 대화 이론』, 까치, 1987, 137쪽.

간에서는 항상 결핍으로서의 욕망을 경험하며, 로고스 중심적 공간
으로 이동해야만 충족된 의식을 지닐 수 있다. 그러나 로고스 중심
적 공간으로 이동하는 순간 주체는 유아론에서 탈출하기 위해 필요
했던 타자성을 잃어버린다. 따라서 타자성의 주체는 그 순응적인 주
체를(타자로서) 예속화하는 자기중심적 주체와 동전의 앞뒷면을 이룬
다. 타자성의 주체는 자신의 내부를 주체화하려 하지만 그것은 안의
눈으로 밖을 보는 방식이 아니라, 외부를 외부로 봄으로써 그와 다른
내부의 주체성을 확립하는 방식이며, 타자성의 입장이란 어떤 제도
와 규약의 내부에 있으면서도 그에 동화될 수 없는 위치라고 라캉은
정의한다.[237]

염상섭은 식민지 시기 근대의 개별적 존재로서의 개인에 대해 천
착하고 있는 작가 중의 한 사람이다. 그는 「해바라기」, 「너희는 무엇
을 어덧느냐」, 「사랑과 죄」, 「진주는 주엇으나」등의 신여성 주인공
들을 통해,[238] 또는 여러 계층에 대한 삶의 질곡을 보여주고 있는 「삼
대」와 그 연작인 「무화과」, 「백구」, 그리고 인간 심리의 문제를 본질
적으로 다루고 있는 「이심」, 「두 파산」, 「모란꽃 필 때」등을 통해 식
민지 시기 자본주의 문제를 집요하게 파헤치고 있다. 염상섭 소설에
서 근대는 사회적·정치적인 의미에서는 서구의 세계 지배권이, 그

---

237 나병철, 『근대서사와 탈식민주의』, 문예출판사, 2001.
238 염상섭은 당대의 신여성들을 주인공으로 소설을 썼는데, 나혜석을 모델로 한
     소설인 「해바라기」, 김일엽을 대상으로 한 「너희는 무엇을 어덧느냐」, 그리고
     통속소설로 분류되는 「사랑과 죄」, 「진주는 주엇으나」 등이 있다. 그는 중·장
     편소설을 통해 신여성의 복합적인 내면을 보여 주는 한편 신여성에 대한 신랄
     한 비판도 함께하고 있다.

리고 사상적인 면에서는 계몽주의에 기초를 둔 교화와 계발의 이념
이 정착된 시기로 정의된다.[239] 근대성이 자기 자신을 자발적으로 갱
신하는 시대정신[240] 즉, 새로운 것에 반성적으로 접근할 수 있는 주
체의 성찰이라 한다면, 염상섭 초기 소설인 『만세전』은 근대적 자아
를 형상화하고자 했던 작가의 형식적 실험의 정점에 서 있는 작품이
라 해도 과언이 아닐 것이다.

염상섭은 1920년대 초부터 1960년대까지 30여 편에 가까운 장편
소설과 150여 편에 이르는 중·단편을 썼다. 이에 걸맞게 염상섭 소
설에 대한 비평과 연구 작업은 1920년대 이후 지금까지 많은 연구자
들에 의해 꾸준히 진행되고 있다. 1920년대가 근대소설의 형성기라
는 점에서 염상섭 소설이 재현하고 있는 식민지 상황은 전근대에서
근대로 이행하는 과정에서의 이성과 합리성에 기반 한, 그리고 근대
적 문물에 대한 시각을 드러내고 있다. 염상섭 소설은 식민지 근대인
에 대한 자기각성과 자기비판을 드러내며, 주체화되는 과정을 구체
화했다.

염상섭 「만제전」은 그의 초기 중·장편들과 함께 식민지 현실 대
응의 문제에 대해 고찰하거나, 탈식민주의, 근대 주체문제로 논의되

---

239 박주식, 「제국의 지도 그리기」, 『탈식민주의 이론과 쟁점』, 문학과지성사,
   2003, 261쪽.
   박주식은 근대성이 지배에 대한 정당성이 확보된 하나의 시대 개념이자 담론
   체계라고 정의한다. 그리고 그는 계몽주의 출현과 함께 현대(the modern)는
   비문명화되고 원시적인 과거에 비해 우월한 시대로 파악되었고, 이를 토대로
   문명화된 서구 세계는 아직 과거의 틀 속에 존재하는 비문명화된 원시 사회를
   정복하여 교화하고 문명화시켜야 한다는 당위적 권리를 스스로에게 부여하
   게 되었다고 보고 있다.
240 앤소니 기든스, 이윤희·이현희 역, 『포스트모더니티』, 민영사, 1994, 197쪽.

는데 조남현은 "정신적인 면에서의 핍박상과 물질적인 면에서의 곤궁상이 극도에 달한 식민 통치 아래서, 또 이념의 양극화, 전쟁, 니힐리즘, 아노미, 4 · 19 등의 위기와 격변의 와중에서 어마마한 양의 작품들을 남겼다는 것은 비상한 관심을 받아 마땅하다."[241]고 언급한다.

나병철은 통속성, 근대성, 그리고 탈식민성이라는 문화사적인 측면에서 이 소설을 논의하며 "이인화가 계몽주체로 회귀하는 것은 서구적 근대의 장 내부에 갇혀 있던 식민지 우파 지식인의 운명을 보여주는 셈"이라고 언급한다. 김은하는 근대적 주체의 문제를 거론하면서 시각, 연애, 감성 등에 대해 해석하고 있는데 "우울한 성격의 사람인 이인화의 주체 형성의 과정을 눈물에서 냉소로 가는, 감성의 서사"[242]로 담아내고 있다고 언급한다.

이 장에서는 식민 본국(일본)과 식민지 조선의 공간과 장소에 의한 주체성의 문제, 주체와 타자의 호명문제, 그리고 이에 대한 감성의 변화와 이것을 증명하는 고백의 서술 등에 대해 살펴보고자 한다. 『만세전』[243]에 나타난 식민지인으로서 일본과 조선이라는 이중의 공간에서 경험되는 다양한 방식의 타자화는 텍스트에서 비판적으로 또는 허무적으로 서술되고 있다. 『만세전』에서 재현하는 주체로서의 동일자가 타자에 대응하면서 타자를 배제하는 과정, 또는 타자에 의해 주체가 어떻게 타자화 되는지 고찰하고자 한다.

---

241 조남현, 「염상섭소설의 문학사적 자리매김을 위한 시론」, 『염상섭 문학연구』, 민음사, 1987, 75쪽.
242 김은하, 「근대소설의 형성과 우울한 남자: 염상섭의 「만세전」을 대상으로」, 『현대문학이론연구』 제29권, 현대문학이론학회, 2006, 83쪽.
243 논의할 텍스트는 1924년도 고려공사판의 『만세전』이다.

2. 관계성에 의한 환멸과 은폐의 시선

『만세전』은 경험의 주체로서 유학생인 '나'(이인화)가 일본[244]에서 아내가 위독하다는 전보를 받고 경성까지 여행하면서 겪는 이야기를 서술하고 있다. 서사의 구조는 환자가 있는 공간적인 전방의 방향성을 향한 급진적인 진행의 구조보다는 여행의 도상에 있는 존재로서의 주인공이 계속 우측과 좌측의 좌표상으로 관심을 가지고 이탈하면서 관찰하는 퍼스펙티브[245]를 갖고 있다. 식민 본국, 즉, 지배자의 공간에서 식민지 유학생의 신분으로 존재하는 '나'와 식민지에서 그 나라 백성으로서 현존하는 '나'는 비록 동일인이지만 다른 인식의 상태로 행동하는, 그 어느 공간에서도 동화되지 못하는 인물로 제시된다.

『만세전』에서 주체인식의 구조는 공간에 따라 다르게 나타난다. 여기에서 공간은 자아와 타자, 그리고 그것으로부터 발생하는 차이의 문제를 야기[246]시킨다. 주체의 행동양식과 인식의 진폭은 공간의 좌표에 의해 결정되는데, 이 소설에서 내지로 표현되는 동경과 조선의 부산, 경성 등은 제국과 식민지라는 공간의 차이로 인해 담론의 체계를 달리한다. 따라서 공간에 따라 타자성의 양상도 다르게 나타난다. 먼저 일본에서 서술자가 타자성을 경험하는 것은

---

244 고려공사판에서는 이인화가 일본에 거주하고 있는 지역의 이름을 본문에 표기하고 있지 않다.

245 이재선, 『한국소설사』, 민음사, 2001, 275쪽.

246 박주식, 「제국의 지도 그리기」, 『탈식민주의 이론과 쟁점』, 문학과지성사, 2003, 259쪽.

다름 아닌 제국의 인물들과의 관계에서 비롯된다. 이인화는 동경에서 접촉하는 인물들과의 관계를 통해 타자화 된다. 소설에서 이들은 자신의 이름으로 불리지 않음으로써 이인화의 인식의 상태를 알려준다.

하숙집의 하녀인 '찬밥쎙이'는 "밤낫 찬밥쎙이만 갓다가주는 下女이기 째문에 내가 지어준 別名이다." 하숙집 주인을 '주인여편네'라고 부르는가 하면, 자신의 학교를 'W'대학, 학교의 주임교수를 'H교수'라 부르며, 술집의 이름 또한 'M헌', M헌의 여급 'P', 학교 동급생 'X군' 등은 서사에서 기호로서 존재한다. 이것은 식민 본국과 식민지인이라는 지배관계를 부호화한 것이다. 즉, 피지배자의 글쓰기는 지배자가 연상되는 제국적 수사와 관련되면서 서사가 구성되고 있음을 알 수 있게 한다.[247] 제국주의적인 수사의 일종으로 '관찰자'의 시선[248]에서 식민 본국의 지형적 지표는 비우호적으로 묘사되고 있다. 지배자인 그들에 대해 인격적인 관계가 없다는 것, 그들은 단지 사물적 존재라는 것을 피지배자의 시선으로 보여주고 있는 것이다.

1920-30년대의 소설 중에서 김동인이나 현진건의 소설에서 이니셜이 사용된 적이 있긴 하지만, 이 경우에는 사용되는 동기가 다르다고 할 수 있다. 전자의 소설들에 쓰인 영문 이니셜은 익명성을 보장하기 위한 방편으로, 또는 이름이 명명되는 순간에 발생하는 인물의

---

247 Pratt, Mary Louise, Imerial Eyes: Travel Writing and Transculturation, Routledge, 1994, pp. 6-7.
248 Mcgee, Patrick, Telling the Other: The Question of value in morden and postcolonical writing, Cornell University Press, 1992.

성격이나 지위, 성별에 대한 암묵적인 편견을 제거하기 위해 사용되었다면, 『만세전』에서는 서술자의 심리 반영이라는 측면에서 이니셜을 쓰고 있다. 그리고 여기에서 주목해야 할 것은 '정자'가 일본인임에도 불구하고 이니셜로 기표되지 않고 예외적으로 이름이 사용된다는 점이다. 이것은 일본이라는 공간에서 이인화가 유일하게 지배자로서의 타자가 아닌 서로 소통할 수 있는 인물이라는 것을 알려주는 증거로써, 그리고 서사의 결말에서 자기고백의 서를 올리는 대상이 되고 있다는 점에서 다른 인물들과의 차별성을 드러내고 있다. 이니셜로 표기된 인물들과의 관계는 단순한 사건의 연속에 불과하며 이들은 개별화되어 이인화의 자아 각성이나 인식의 변화와는 무관하다는 것을 알 수 있다. 즉, 서술자는 인물들을 타자화 시킴으로써 그 공간에서 스스로 타자화되고 있는 것이다. 이러한 측면은 H교수와의 관계 속에서 확연히 드러난다.

教授室에는 마츰 H 主任教授가, 書類가방을 만저거리면서 나오랴고, 머뭇거리며 잇섯다. 나는 H 教授가 帽子를 쓰고 나오기를 기다려서, 좁은 마루 한구석으로 請 하야가지고 나직~하게, 來意를 말하얏다. (중략) 意外에 업는 承諾을 하야주기 째문에, 나는 割引券까지 어더가지고 나오기는 나왓스나 試驗치르기가 구치안어서하는 空然한 口實이라고, 誤解나하지 아니할가하는 自曲之心 이 처음부터 압흘서々々, 좀 주쌧々々 한 것이 암만하야도 不愉快하얏다. 終點으로나오서 K 町으로 向 하는 電車에 올너안저서도, 아까 H先生더러, 얼 씜에 한다는 소리가, 「어머님 病患이…」라한것을, 다시 생각하야보고, 혼자 더욱히

씻부드듯한 생각을 익이지못하얏섯다.[249]

　自己自身에게 對한 反抗인지, 自己以外의 무엇에게 對한 反抗인지, 그것조차 明瞭히 쌔닷지 못하면서, 덥허노코 압헤닥치는대로 무엇이든지 해내이랴는 듯한 터문이업는 鬱憤이, 가슴속에서 용심지카티 치미러 올러왓다. (중략) 그것은 맛치 鐘路에서 쌈마즌놈이, 行廊뒤ㅅ골에서 눈을흘기다가, 自己의 弱한 것을 憤慨하야보기도하고, 혼자 辨明하기도 하야보는 세움이엇다. 그러나 이러하게 겁々病이나서, 몸부림을 하는 一種의 發作的狀態는, 自己의 內面에 깁게 파고드러안즌 「結縛된自己」를 解放하랴는 慾求가, 猛烈하면 猛烈할사록, 그 發作의 程度가 한층 더하얏다. 말하자면 有形無形한 모든 矛盾에서, 自己를 救援하야내이지안으면, 窒息하겟다는 自覺이 分明하면서도, 그것을 實行할수업는 自己의 弱點에 對한 憤懣과 憐憫과 辨明이엇다.[250]

　첫 번째 인용문에서 '나'는 H교수에게 귀국을 해야만 하는 사정을 말하면서 당당하게 이야기하지 못한다. 시험을 보기 싫어서 핑계를 대는 것으로 오해할까봐 '자곡지심(自曲之心)'이 생기는가 하면, 어머니 병환 때문이라고 거짓말까지 하게 된다. 이것은 단순히 교수와 제자간의 관계에서 기인한 것이 아닌, '나'의 내부에 위치한 위계 때문이라 할 수 있다. '불유쾌'하다는 것과 한참 후에도 "씻부드듯한 생각"을 잊지 못하고 있다는 것은 제국주의자의 시선에서 자유롭지 못

249　염상섭, 『만세전』, 고려공사, 1924, 5-6쪽.
250　염상섭, 위의 책, 22-23쪽.

하며, 식민지 현실에서 자신은 언제나 타자로 존재해야 하는 것에 대한 일종의 자기 모멸과도 연결된다.

두 번째 인용문은 M헌에서 정자, P子와 술을 마시고 난 후 하숙으로 돌아오면서 느끼게 되는 번뇌와 울분을 묘사한 것이다. 1인칭 서술시점으로 제시되는 서사는 자신의 심리와 주위 인물들을 평가하고 해부하며, 내적 긴장을 사회현실에 대한 관찰로까지 확대한다. 지적인 불확실성, 일상적인 경험에서 벗어나는 것과 마주칠 때의 당혹감 이상의 감정은 여기에서 실체를 동반하지 않는다. 즉, 현실에 의해 결박될 수밖에 없는 상황에서 '나'가 할 수 있는 일은 자기모멸을 어떻게 해서든 벗어나려고 노력하는 것뿐이다. "熱病에나 씌운놈 貌樣으로, 폭켓트에 찔넛든 두손을 끄내어가지고, 샏리처 보기도하고, 입엇든 外套나 웃저고리를 버서々, O橋다리미트로 보기조케 던저버렷스면" 하는 공상만이 '나'의 유일한 해결책이다. 이런 경우 자아는 제국의 영토에서 행동으로 드러낼 수 없는 자기 연민과 분노로 침잠해야만 한다. 이 상황에서는 실체가 잡히지 않는 추상적인 인식, 즉, 주체의 타자되기만이 존재한다.

일본에서의 불가시적으로 제시되는 알 수 없는 분노는 이후 서사에서 조선의 식민지 현실을 직접 목격한 후의 인식과 비교된다. 전자가 자각이 동반되지 않는 상태에서의 극히 주관적인 울분이라면, 후자는 객관성을 담지한 총괄적인 자각의 상태에서 토로하는 자의식적인 목소리라 할 수 있다. 이인화가 머물고 있는 일본은 귀향해야할 고국보다는 덜 억압적이지만 이것은 은폐된 자아에 의해 조장된 식민지인의 가려진 얼굴이 상징화되는 공간이다. 다시 말해 식민주체

는 자아와 타자의 독립적 상호관계가 아닌 자아의 타자성이라는 문
제로 환원된다.[251] 제국의 공간에서 '나'는 식민지인으로서의 자유롭
지 못한 자아만을 갖고 있을 따름이며, 식민지 국가의 '백성'이라는
비애와 결핍은 어느 공간에서도 충족되지 못한 채 가장된 '자아'로
존재해야 하는 것이다. 그것은 '나'가 스스로 타자가 되는 방식으로
나타나고 있다.

3. 일망감시적 시선에 의한 '봄-보임'의 역학

　식민 본국 일본에서의 타자성 발현과 여행 중에 드러나는 인물의
타자성은 서사에서 각기 다른 양상으로 나타난다. 여행 서사에서 공
간의 이동 과정이 그대로 서술되면서 이 같은 양상은 더욱 두드러진
다. 이인화의 귀국 의도는 불순한데 아내의 임종을 보기 위함이 아
닌, 단지 "實相돈한分이라도 쓰랴면" 어쩔 수 없이 귀국을 해야 하기
때문이다. "試驗본다는 핑계를 하고 歸國도 고만두어버릴가하는 생
각이업지안엇"지만은 "아버님 꾸지람이나 家庭의 是非도 是非려니
와" 가장 중요한 것은 부쳐준 백 원을 쓰기 위함이다. 그래서 모국으
로의 귀국을 여행이라 표현하며 M헌에서 정자, P子와 술을 마시고

251　박주식, 앞의 책, 280쪽.
　　호미 바바에 의하면 식민 상황에서 모든 형태의 주체와 정체 그리고 담론은
　　그것이 지배자의 것이든 아니면 피지배자의 것이든 차이와 분열에 의해 구성
　　된다고 말한다. 즉, 주체의 정체성에는 이미 타자가 섞여 있으며, 그런 의미에
　　서 모든 형태의 정체성은 혼종적으로 존재한다는 것이다.

11시 기차를 탄다. 그는 고베에 가서 하루를 묵으며 을라를 만나고, 조선에 도착하고도 김천의 형님 댁에 들르기까지 하며 최종 도착지 경성으로의 여정을 지연시킨다. 여행을 떠나는 시점에서부터 인물과 지명은 약자로 표현되지 않고 '병화,' '을라,' '조의관' 등의 공식 명칭으로 서술되는데, 이것은 자아와 타자 간의 관계 인식의 여부와 연결된다. 위에서 살펴본 바와 같이, 이것은 일본인들과는 대조적인 명명법을 사용함으로써 인물 간의 관계성에 관한 서술자의 의도를 암시한다.

묘사에 있어서도 동경에서의 서사는 관망의 태도로서 일관되는 묘사였으나, 여행을 시작하는 시점부터는 식민지 주체로서 직접 체험되는 사건이 서술되면서 경험적인 묘사가 시작된다. 이것은 스스로 타자화된 제국 본국을 벗어나고 있다는 심리적인 측면과 모국으로 향하면서 시작되는 식민지인으로서의 자기 정체성의 각인과도 관계가 있다. 이러한 식민지 국민으로서의 자기 정체성은 식민지 조국에 대한 민족의 발견과 동일하게 시작되는데, 때로는 자기혐오로 때로는 식민지 현실에 대한 비판의식으로 재현된다.

이인화가 여행 중에 타자성을 경험하는 것은 하관에 도착해서부터이다. 하관에서 배를 타고 부산에 도착하기까지, 그리고 김천의 형님 댁에서, 대전으로 향하는 기차에서 이인화는 식민지인으로서의 정체성이 무엇인지를 자각하며 타자화되는 자신을 발견하게 된다. 이 과정에서 이인화는 익명적이고 일시적인 관찰자들에 의해 주시되고 있음을 깨닫는데, 서사에서 이것은 배로 갈아타기 위해 수속을 하는 동안 그를 집요하게 추궁하는 '임바네쓰'의 감시와 목욕탕에서의 일인들의 감추어진 시선들로 드러난다. 고통스럽고 불안하며, 무서움을 자아내면서 은밀하게 감추어져 있어야 할 것이 드러나는 것인 이것은 여기에서 '임바네쓰'로 표상된다.[252] 그래서 '임바네쓰'는 서사에서 직접적으로 그를 지배하는 시선으로 등장하며 인물이 식민지인으로서 지배의 권력 하에 놓여있음을 깨닫는 기표의 역할을 한다.

> 내 名衝을 바다들고, 내가 홍명을 다ー하기까지, 기대리고잇든 임바네쓰는 또 괴롭게 군다. 나는 그래도 亦是 잠잣고, 그 名衝을 도로쌧아서서, 住所를 記入하야주고나서, 사노앗든 物件을 들고 짐노은 자리로 와서안젓다. 厥者는, 또 쏫차와서, 「年歲는? 學校는? 무슨일로? 어듸까지?…」하며, 짓구지 승강이를부린다. 나는 시럽시 화가나서, 그까짓건 무러 무엇에쓰랴느냐고 소리를지르랴다가, 외마듸소리로 簡單々々히 對答하야주고, 부리낙케 짐을 들고 待合室밧그로 나와버럿다.[253]

임바네쓰는 하관에서 배를 타는 순간부터 이인화가 조선에 도착하

---

252 프로이트는 이러한 감정을 '운하임리헤(das Unheimliche)'(불안하게 하는 야릇함)라고 설명한 바 있다. 운하임리헤는 괴롭고 불안스런 두려움을 자아낸다는 의미와 아주 가까운 층위에 있다. 은밀한 어떤 것이 감추어져 있다가 드러날 때, 그것은 운하임리헤하게 된다. 엔치는 운하임리헤의 감정을 지적 불확실성으로 설명한다. 그는 이것을 어떤 사건이 우리가 익히 알고 있는 바나 우리에게 친숙한 것에서 벗어날수록, 그것은 우리에게 운하임리헤의 감정을 불러일으킬 소지가 있다고 말한다.
막스 밀네르, 이규현 역, 『프로이트와 문학의 이해』, 문학과 지성사, 1997, 216-264쪽.
253 염상섭, 앞의 책, 48-49쪽.

기까지 그의 행동을 규제하고 감시한다. 그는 이인화의 짐을 수색하는가 하면, 나이와 학교 그리고 무슨 일로 조선에 들어가는지에 대해 자세하게 캐묻는다. 임바네쓰의 존재는 지속적이고 의식적인 가시성의 상태로 지배자의 권력 형태로 나타나면서 참혹한 '나' 자신의 정체성은 인식되기 시작한다. 이 과정은 '나'가 철저히 그들에게 개별화된 타자의 층위로 밀려나는 것을 확인하는 계기가 된다. 또한 임바네쓰의 검사가 끝나고 찾게 되는 선실 안의 목욕탕에서 '나'는 일본인들의 대화를 들으며 식민지 조선의 참혹한 현실에 대해 의구심을 가지면서 발가벗겨진 것 같은 부끄러움을 느끼게 된다. 이 '부끄러움'은 일본인들에게 자신이 일본인인 척하는 심리적 위선과 그럼에도 스스로에게는 조선인이라는 수치심이 유발되는 양가적인 기제로 작용한다. 그러나 스스로 은폐된 조선인으로서의 '나'의 존재는 임바네쓰의 호출로 드러나고 목욕탕의 수많은 시선들로부터 감시의 대상으로 전락하게 되면서 배라는 공간은 지배자의 시선에 둘러싸인 원형감옥과 같이 인식된다. 권력의 근원은 어떤 인격 속에 있는 것이 아니라 신체, 표면, 빛, 시선 등의 신중한 구분 속에 그리고 내적인 매커니즘이 만들어 내는 관계 속에서 개개인이 포착되는 그러한 장치 속에 존재한다.[254] 요컨대 일망감시적(panopticon)[255]시선에 포위된

---

254 미셸 푸코, 오생근 역, 『감시와 처벌』, 나남출판, 1994, 298쪽.
255 푸코는 일망감시장치를 '봄-보임'의 결합을 분리시키는 장치라고 정의한다. 즉 주위를 둘러싼 원형의 건물 안에서는 아무것도 보지 못한 채 완전히 보이기만 하고, 중앙부의 탑 속에서는 모든 것을 볼 수 있지만 결코 보이지는 않는다. 그래서 이것은 아주 다양한 욕망으로부터 권력의 동질적인 효과를 만들어내는 경이로운 기계장치이다. 그리고 이것은 실험을 행하고 행동을 변화시키며, 개인을 훈육하거나 재훈육하는 일종의 기계장치로서 이용될 수 있다. 또한 그

인물에게 지배자의 시각은 불가시적이고 확인할 수 없는 것이 되면
서 임바네쓰는 제국의 눈이라는 환유의 일종으로 기능한다.

서사에서 이러한 양상은 조선이라는 식민지 영토에서 더욱 두드
러지게 나타난다. 그리고 일망감시적 지배자의 시각으로 통제되는
자아의 심리는 좀 더 예각적으로 서술된다. 이인화가 부산에 발을 디
디면서 서사는 식민지 조선에 대한 비판적 성찰을 좀 더 구체적으로
보여준다. 선실 안에서의 사건이 개인에 밀착되어 서술되었다면, 식
민지 영토에서는 대 사회적 문제가 실제 현실과 만나면서 서술자의
냉소적인 서술은 첨예하게 식민지의 현실을 고발한다.

누런洋服바지를 웅그바지로 입고 싹달막한키에 구두씃까지 철々
나려오는 길다란 環刀를 꼴면서, 朝鮮사람의 憲兵補助員이 쓰드러왓
다. (중략) 나는 空然히 가슴이 선뜻하얏스나 이 車間에는, 나를 尾行
하는사람이잇스리라는 생각을 하니까 安心이되엇다. 車間속은 괘々
하고 憲兵補助員의유착한구두ㅅ소리만 쑤벅 ~난다. 그러나 여러사
람의 가슴은 컴々한 「람프」의 심지ㅅ불이 썰리듯이, 썰리엇다. 한사람
두사람 들여다보고 지나친 뒤의ㅅ사람은 自己는 안이로구나하는 가
벼운 安心이 가슴에 나려안는 同時에 깁흔 한숨을 쉬는 모양이 얼굴
에 顯然히 나타낫다. 憲兵補助員의 발자최는 漸々 갓갓위 왓다. 憲兵
補助員이 내겻헤와서 웃득섯다. 나는 가슴이 쑥금하여 無心쿠 치어다

들은 부단히 평가하고, 보다 좋다고 생각하는 방법들을 그들에게 강요할 수 있
고, 또한 그의 모습도 쉽게 관찰될 수 있다. 따라서 일망감시장치는 일종의 권
력실험실로 운용되며 잔인하고 교묘한 동물원 우리의 모습으로 재현된다.
미셸 푸코, 위의 책, 289-329쪽. 참조

보앗다.[256]

위의 인용문은 이인화가 기차를 타고 경성으로 가는 도중에 일어
난 일을 묘사한 것이다. 기차 안으로 들어오는 헌병보조원의 모습을
보고 '나'는 매우 놀란다. '나'는 헌병보조원의 등장에 '가슴이 선뜻'
해지며 자신이 '람프'의 불처럼 떠는 것을 느낀다. 여기에서 식민권
력에 지배받고 있는 식민지인들은 죄인의 형상으로 그려진다. 인물
은 식민지 전체가 가시적, 또는 불가시적으로 작용되는 감시와 권력
의 시선 아래에서 원형감옥과 같은 모습으로 존재하고 있음을 인식
함으로써, 지배자에게 관찰된다는 불안한 의식이 행동으로까지 이
어진다. 그래서 일망감시장치[257]에 의한 가시화된 권력은 식민지인
을 죄인 취급하면서 자신들의 지배력을 강화하는 수단으로 이용된
다. 이것은 자아의 내적 심리까지 파고들어 자아를 통제하는 효과를
지님으로써 자아에게 은폐되어 있는 타자성의 실체를 깨닫게 한다.
또한 서술자는 여기에서 인물의 심리를 통해 철저히 타자화되는 식
민지 현실의 복합성을 다각도로 조망하고 있다.

이러한 타자화의 방식은 식민지인들이 일본인화 되어가는 모습

---

256 염상섭, 앞의 책, 141-142쪽.

257 도리트 콘은 일망감시주의(panopticism)가 실재세계에서 권력관계가 규정
되는 것에 적용되는 것과 마찬가지로 허구세계 내에서 재현된 권력관계에도
적용될 수 있다고 말한다. 소설의 서술자와 허구적 인물 사이에 속하는 형식
적인 관계에 일망감시주의를 적용함으로써 문제가 발생하는데, 이것은 빅토
리아 시대의 정전에 속하는 소설들에 한정된다고 말한다.
Chon, Dorrit, The Distinction of Fiction, The Johns Hopkins U. P., 1999, pp.
163-180.

에서 더욱 극명하게 드러나게 되는데, '김의관'은 이러한 현상을 대표하는 인물로 제시된다. 경성으로 향하는 기차 안에서 '나'는 김의관을 생각나게 하는 '金테眼鏡'을 보게 된다.

妓生하고 同行인지 혼자가는 지는 모르나 수달피털을 대인 훌륭한 外套를입고 金테眼鏡을 버틔고 안젓는 것이 돈푼 잇서보이기도하나 眼鏡넘어로 이사람 저사람의 얼굴을 유심히 바라다보는 작은눈은 狡猾하야보이었다[258]

위의 인용문은 김의관으로 비유되는 인물에 대한 서술이다. 기차가 추풍령에 도착했을 때 사냥을 갔다 오는 일본인들과 대화를 나누는 '금테안경'은 자신과 일본인과의 유독한 관계를 자랑삼아 떠들어 댄다. 이것을 보는 '나'는 '금테안경'이 김의관과 같은 위인이라고 생각하며, 김의관의 집에서 중학교를 통학했을 당시를 회상한다. 일본인에게 붙잡혀 가면서도 그들에게 호통을 치는 김의관의 모습을 보면서 "어린마음에 愉快도할 쑨안이라 第一 무서운사람이 第一 못나보이고, 第一 우습든 金議官이 第一 잘나보이엇다."고 생각했었다. 그러나 두 번째 붙잡혀 갔을 때는 첫 번째와는 다르게 "고개를 측느리디리고 洋服쟁이에게 쓸리어서가"는 모습을 보게 되면서 '나'는 김의관의 참모습을 발견하게 된다. 이후 김의관은 일본인들에게 빌붙어 한자리라도 얻으려고 수작을 부리는가 하면, 식민지적 상황을

---

258 염상섭, 앞의 책, 125-126쪽.

교활하게 자신의 이득으로 취하는 자로 변모한다. 이러한 모습은 경성 집에 도착해서 김의관을 직접 만나고 나서 다시 한번 확인된다. 그는 처와 첩에게 버림받고, 집에서도 쫓겨나 '나'의 집 사랑방에 기거하고 있었으며, 여전히 협잡을 해서 남에게 돈푼이라도 갉아먹으려고 했다. '금테안경'이나 김의관 이 둘은 일본인과의 동화를 표방하는 식민지인의 비굴한 모습으로 대변된다. 그럼에도 불구하고 스스로 타자화되는 자기 각성의 과정이 없이 우회적으로 그것을 이용하여 살아가는 식민지인의 모습은 아이러니하게도 지배자와 피지배자의 측면 모두에서 소외되는 결말을 맞고 있는 것이며, 이인화는 이들을 통해 주체의 타자화를 실감하게 되는 것이다.

이 밖에도 서사에서 이인화의 타자성 인식은 식민지 풍경을 목도하는 과정에서도 이루어진다. 이인화는 배를 타고 부산에 도착해서 그곳의 번화가를 가게 되는데, 그곳에서 그는 왜식으로 지어진 2층 건물을 보게 된다. 서술자는 일본과 직접적으로 대면하는 지역의 현상으로서 이송문화가 근대화의 가장된 모습으로 전환된 이와 같은 풍경들을 묘사한다. 그리고 서술자는 자신의 영토에서 쫓겨난 조선인들, 그리고 술집 여급의 조선인 혐오라든지, 환도를 찬 보통학교의 일인 훈도의 모습, 범죄를 저지르고 일인들에게 잡혀가는 결박된 조선인들의 모습에서 철저히 타자화된 식민지인들의 실상을 묘사한다. 서술자는 이러한 사건들을 통해 사물에 대한 단선적 파악이 아닌 상대적 파악을 통해 인물의 주관화뿐만 아니라 스스로 객관화되는 시각을 확보함으로써 인물의 타자성을 강화하고 있다. 또한 주체에게 이러한 타자성의 강화는 내면의 사유를 동반하게 되면서 자기반성을 위한 계기가 되고 있다.

4. 자기고백을 통한 반성적 사유와 '신생'의 지향

『만세전』의 서사는 모두 8장 195면으로 구성되어 있는데, 작품 전체의 분량에서 보면 일본에서 출발하여 경성에 도착하기까지의 만나흘이 조금 안 되는 여정을 서술하는데 무려 148면을 할애하고 있는 반면, 경성 집에 머문 보름 정도의 기간은 불과 45면에 한정하여 서술하고 있다. 이러한 구성적 측면에서 볼 때 『만세전』의 작품 의도가 여정에서 체험되는 식민지 현실과 실상이 인물에게 어떻게 각인되고 있는지를 보여주고자 함이라는 것을 짐작하게 한다. 따라서 앞의 논의에서 이러한 양상을 보았다면, 이 장에서는 경성 집에 머무르는 기간 동안 일본에서의 관계성에 의한 타자성과 여행 중에 드러나는 일망감시체제에 의한 타자성이 결국 인물의 의식을 어떻게 변화시키고 있는지 살펴보고자 한다.

타자성으로 인한 인식의 변화는 객관적 현실이 내면화되는 과정, 즉, 이인화가 조선인임을 자각하는 과정과 조선의 현실이 '무덤'이 되는 것, 그리고 아내의 죽음과 연관하여 생각해 볼 수 있다. 조선의 현실을 비유적으로 상징하고 있는 '병'은 아내로 그리고 죽음으로 연결되며, '묘지'는 암울한 시대의 병리적 현상을 보여주는 기표들로 작용한다. 소설에서 「공동묘지법」[259]에 대한 서술은 세 번 반복된다. 첫 번째로 이인화는 김천 형님집에서 묘지법에 대해 이야기를 나누며, 두 번째로 경성으로 가는 기차 안에서 갓장수와 묘지법에 대해 이야기하며, 세 번째로 아내의 장례를 치루면서 묘지법에 대해 가족들과 다시 이야기하게 된다. 이렇게 하나의 사안이 반복적으로 등장한다는 것은 작가가 이야기하고자 하는 것이 무엇인지를 암시하는 것으로도 볼 수 있다.

단적으로 이 소설에 대한 원제목이 '묘지'였듯이 여기에서 묘지의 의미는 매우 크다고 하겠다. 이 소설에서 묘지는 식민지 영토 전체를 암시하는 것으로, 또는 지배자에 의해 식민지인들이 권력의 질식 상태에 놓여 있음을 표상하는 것으로 볼 수 있다. 이러한 인식의 뒤에 따르게 되는 인물의 변화된 사유는 여러 가지 측면으로 나타난다. 일본에서 귀향하기 전에 했던 행동들과 목적 없이 을라를 만나러 가는 등의 즉흥적이고 무의미한 행동을 했던 이인화가 자발적으로 아내의 삼일장을 치르고, 아들을 양자로 입적 시키기로 김천형과 약조하는 행위 등은 그가 변모했음을 보여주는 증거라 할 수 있다. 아내의 죽음을 통해 획득되는 자아의 각성은 과히 줄탁동시(啐啄同時)에 비견될 만한 것으로 의사죽음을 경험한 자아가 재생을 향한 길을 모색하는 원동력이 되고 있다.

특히 정자에게 보내는 편지는 서사에서 중요한 역할을 수행하는데, 이것은 인물의 자각 과정이 어떠한 형태로 완성되었는지를 보여주고 있다는 데 주목할 필요가 있다. 소설에서 서술자가 전지적인

---

259 소설에서 인용되는 공동묘지법은 1912년 6월(명치15년)에 조선총독부령으로 「공동묘지규칙」으로 공포되었다. 이후 1920년에 개정되는데 이것은 3·1 운동으로 인해 문화정책의 일환으로 개정된 것이다.
「공동묘지규칙」, 『동아일보』, 1920.9.3.

입장에서 인물의 심리를 표현하고 있는 것은 편지이다. 편지는 고백체의 사적 양식의 정점을 이룬다. 고백은 한 개인이 존재할 필요가 있고 자신을 확정 해 줄 수 있는 공동체를 대표하는 청자에게 자신의 본성을 설명하기 위한 의도적이고 자의식적으로 시도하는 것이다. 고백체의 서사양식은 흔히 서술자와 주인공이 동일 인물이 되는 일인칭 주인공시점의 형태적 특징을 내재함으로써 서술자는 '지금', '여기'의 사고, 지각, 감정, 심리 상태를 드러내는 자아 본원성을 핵심적 요소[260]로 갖게 된다. 그래서 고백을 하는 주체는 자아의 정신적인 분열이나 위기를 드러내며 상실감을 편지로써 서술한다.

여기에서 피화자가 주체가 아닌 타자로 설정될 경우 자신의 존재 증명에 대한 물음을 확인하는 계기로 작용하면서 자기고백의 서사는 다른 양상을 띠게 된다. 이 경우 고백은 의사소통 도식 위에 기초하게 되는데, 이 과정에서 고백 주체는 고통스럽고 혼란스러운 과거 기억을 말함으로써 자신의 심적 부담을 덜게 되고, 개인의 내적 갈등을 소멸시키게 된다.[261] 『만세전』에서 이러한 기능을 하는 것이 편지

---

260 함브르거에 의하면 일인칭 시점에서는 인물로 나타나는 한 개의 일인칭 서술자가 있고, 서술행위 속의 그의 여기, 지금 있음(here and now: 자아 본원성)을 독자가 처음부터 끝까지 감지하는데 그것은 인격화된 서술자가 그가 체험한 것, 또는 이전 시점에서 관찰한 것을 또는 그것에서 배운 것을 보고하기 때문이라고 한다.
박재섭, 「한국 근대 고백체 소설 연구」, 서강대학교 박사학위 논문, 1993, 11쪽.
261 여기에서 편지는 타자와의 의사소통을 위해서만 쓰였다고 보기 어렵다. 발신자는 물론 이인화이고 수신자는 정자일 수도 있으나, 자신을 고백하고 있다는 점에서 이인화 자신을 수신자로 설정하고 있다고 볼 수 있다. 이인화 자신이 수신자로 규정될 경우는 위에서 논의한 것처럼 자기정체성에 대한 반성으로 이어진다.

이다. 이것은 주체의 자기상을 구성하는 기회가 되고, 자아의 복합적 인식을 일원화하는 역할을 한다. 이 소설에서 편지는 마음 속으로 들어가기 위한 침입 장치로서 인물의 내면을 드러내는 동시에 진실성에 대한 반영으로서 자아를 비추는 거울로 기능한다.

나는 스스로를 救하지안으면 안이될 責任이잇는것을 째다랏습니다. 스스로의 길을 차자내이고 開拓하야 나가지 안으면 안이될 自己自身에게 스스로 賦課한義務가잇는 것을 째다랏습니다. (중략) 이제 歐洲의天地는 그 慘憺하든 屠殺도 終焉을告하고 休戰條約이 完全히 成立되지안엇습니까? 歐洲의 天地, 非但歐洲天地쑨이리요. 全世界에는 新生의曙光이 가득하야 것습니다. 萬一 全體의 「알파」와 「오메가」가 個體에 잇다할 수 잇스면 新生이라는 榮光스런 事實은 個人에게서 出發하야 個人에 終結하는것이안이겟습니까. 그러면 우리는 무엇보다도 새롭은 生命이 躍動하는 歡喜를어들째까지 우리의 生活을 光明과 政道로 引導하십시다.[262]

위의 인용문에서 편지는 직접적인 자기 각성의 과정을 고백하고 있는 만큼 길게 서술되어 있다. 189쪽에서부터 194쪽에 이르기까지 무려 여섯 면에 걸쳐 서술되는 편지는 개인 의식의 획득이 어떠한 경로를 통해 드러나는지를 서술한다. 식민지 현실에서 아내의 죽음과 자신의 '單한씨'는 '나'의 자각을 일깨우는 역할을 수행했다고 고백

---

262 염상섭, 앞의 책, 191-192쪽.

한다. 그래서 아내는 사라졌지만 "너를 스스로 救 하여라! 너의 길을 스스로 開拓하여라"의 유언은 "貴엽고重한 教訓"을 준다고 언급한다. 그리고 무덤으로 비유되던 조선의 현실에 '新生의 曙光'이 비추고 있으며, '나'는 스스로 약진할 것을 다짐한다.

그러나 이러한 고백은 미래에 대한 비전뿐만 아니라, 과거에 대한 자기반성도 포함하고 있다는 측면에서 고해성사와 같다. 고백의 원인은 한 인간의 소외감, 즉 어떤 개인이 자기 자신이나 자신이 속한 사회에 적응하지 못하고 낯선 존재로 느끼게 되는 이화감, 고립 등 자아 정체성의 상실과 관련된다. 그래서 고백은 인간 사회가 갖는 부조리한 면에 대한 감정의 절실한 토로이기 때문에 개인적 문제를 넘어 사회와 밀접한 연관을 갖게 된다. "구데기가 들끓는 무덤"은 타자성 인식의 전 상태에서의 무자각적인 자아를 표상한 것이라면, 편지를 쓰고 있는 현재는 식민지 영토에 광명이 올 것을 기원함으로써 변화된 자아를 편지의 매체를 통해 확인하게 되는 것이다. 고립된 개인은 편지로써 자아의 존재를 발견하고자 하는 순수성을 내재하고 있을 뿐만 아니라, 폐쇄된 자아에서 벗어나고자 하는 욕망을 드러내고 있는 것이라 할 수 있다.

1920년대라는 국권 상실의 현실에서 지식인들의 정신적 충격은 매우 큰 것이었으며 이것을 탈피하기 위해 당시의 작가들이 할 수 있었던 일은 자아의 내면을 자연적 본질에 기대어 드러내는 것이었다. 그들은 민족과 국가를 위해서라는 거대 담론보다는 일상적 생활을 통해 사회적 원인을 찾으려는 노력에 매진하게 되면서, 고백적 서술은 1920~30년대의 소설에서 많이 등장하게 된다. 특히 고백적 서술에서 직접적으로 인물의 심리를 서술하고 있는 편지는 한 개인의 고백을 넘어 사회의 일원으로서 자아정체성을 구성한다. 특히『만세전』에서 이인화가 정자에게 쓰게 되는 장문의 편지는 이인화의 변화된 인식을 드러내는 역할을 하는 것과 동시에 자기 사유에 대한 반성이 이루어지고 있는 것을 보여준다. 염상섭 초기소설은 자의식적 독백을 주로 사용하고 있는데,『만세전』의 1인칭 서술시점은 이것의 연장선에서 작가 자신과 서술자, 그리고 인물이 등치됨으로서 소설을 통해 보여주고자 하는 것이 무엇인지를 직접적으로 드러낸다. 3・1운동이 자아의 각성에 따른 잠재되어 있던 자유에 대한 욕망이 폭발하는 과정에 있다고 한다면, 염상섭은『만세전』의 이인화라는 인물을 통해 타자성에 의한 자기반성적 사유와 더불어 '신생'에 대한 개아의 싹을 보여 주려고 했던 것으로 볼 수 있다.

『만세전』에서 여행의 서사는 식민지 백성에게 부과된 시련, 권력자로부터의 감시로 인한 타자화를 통해 현실을 자각하고 성숙에 이르는데 일종의 문턱의 역할을 하고 있다. 이것은 인물의 반성적 사유가 타자성의 인식이라는 것과 궤를 같이함으로써 가능할 수 있었으며, 여기에서 '타자성'은 염상섭이 자신의 소설에서 재현하고자 했던 근대인의 초상을 해부하는 기제로 사용함으로써『만세전』은 한 개인이 근대인으로 갱신되는 것을 형상화 하고 있다.

『만세전』에서 타자성은 공간의 문제와 밀접하게 관계된다. 이 소설에서 공간은 자아와 타자의 차이를 변별하는 기준점이 되기도 하고, 인식의 분열과 통합의 매개가 되기도 한다. 이것이 가능한 것은 식민화는 결국 필연적으로 영역의 문제, 영토의 문제와 결부되어 있기 때문이다. 다시 말해서 식민 본국에서 피지배자는 지배자를 흉내 내기(mimicry) 할 수 밖에 없고, 식민지에서는 노골적으로 지배자에게 감시당하는 상태에 놓여있을 수밖에 없기 때문이다. 타자성은 이러 한 두 공간에서의 주체가 어떻게 재현되고 구성되고 있는지에 대한 해석의 틀을 제공한다.

식민 본국인 동경에서 타자성은 인물들과의 관계를 통해 드러나 고 있다. 영문 이니셜과 별명으로 표기되는 인물들의 이름과 장소는 주체의 도덕적 정감이나 가치에 따라 결정되고, 이것은 관계성의 상 실로 규정된다. 즉 인격적인 존재로 그들을 인정하지 않음으로써 주 체는 스스로 그들에게서 타자화 되는 방식을 취하고 자기모멸과 자 기연민의 감정은 주체의 타자성을 더욱 공고하게 만드는 원인이 되 고 있다. 불가시적으로 드러나는 타자의 시선에 의해 지배되는 공간 에서 자아는 그 동일화의 굴레에 함몰되어 '나'를 망각하고 분리하 고 삭제하는 입장을 견지할 수밖에 없는 것이다. 다시 말해 식민주체 는 자아와 타자의 상호관계가 아닌 자아의 타자성으로 환원되고 있 다고 말할 수 있다.

타자성의 또 다른 양상은 여행의 서사를 통해 구현된다. 노골적으 로 드러나고 있는 임바네쓰의 시선은 일망감시체계의 권력 형태로 구조화되면서 타자성은 확인되고, 또한 식민지인들의 비굴한 모습 을 보면서 그들을 타자화 시킴으로써 주체는 다시 한번 타자와 주체 의 양가성을 경험한다. 또한 이러한 타자성의 경험은 자기사유를 통 해 동일자에서 배리되는 자아를 발견하는 계기가 되고 있다. 식민 본 국에서는 스스로 타자화되는 방식을 취했다면 이중의 시선이 공존하는 공간(부산과 경성)에서 주체는 지배자와 피지배자를 타자로 설정하고 있는 것이다. 이것은 결국 자기 정체성을 부정하던 이인화가 부끄러움이라는 정서적 환기를 통해, 그리고 '타자화'의 위치 전도를 통해 객관적 현실을 내면화함으로써 '신생(新生)'의 빛을 염원하는 것으로 귀결된다.

그리고 이러한 타자성은 소설에서 정자에게 보내는 장문의 편지로 인해 주체의 자기정체성의 완성을 고지하는데, 여기에서 편지는 주체 스스로에 대한 자기고백의 서사적 기능을 담당한다. 무덤으로 지칭되던 조선에 대한 인식은 이 편지를 통해 신생의 빛을 담지하고 있는 공간으로 치환되고 있다. 이 고백의 서는 공간에 따라 타자성이 다르게 발현된 것과 관계하여 타자라는 미지의 대상에 자기 이미지를 투영하고, 결국에는 그 이미지를 벗고 주체성을 정립하는 결정적인 역할을 하고 있다고 할 수 있다. 따라서 소설은 이러한 서사적 장치를 이용하여 타자성의 반성적 사유를 통해 형성된 '나'는 고정된 객체가 아니라 끊임없이 진동하는 주체이며, 이러한 진동이 자기 지향이라는 내면을 형성할 수 있게 하는 동력이 되고 있다는 것을 역설하고 있다.

제2장

최정희 소설 「야국초」의 젠더성과
천황제 파시즘

1. 여성의 코라(chora)적 글쓰기

제국의 주체들과 식민지인들 사이에 형성된 동공의 공간을 어떻게 인식하느냐, 그리고 어떠한 방식으로 그 곳에서 생산된 텍스트를 읽느냐의 문제는 텍스트 자체의 중요성보다는 작가를 둘러싸고 있는 현장의 상황이 먼저 전제되어야 하는 것이 사실이다. 사실에 대한 형상화와 재형상화를 통해 재현되는 소설은 허구로서 포장될 수 있지만 작가가 살았던 당대의 상황은 사실로서 보존되기 때문이다. 탈식민주의 시각에서 텍스트를 대할 때 주의해야 할 것은 그 시대에 대한 전반적인 지식이 아니라 감성적인 수위까지도 정확하게 인식해야 한다는 것이다. 이것은 또한 식민지 시대에 쓰여진 텍스트가 지닌 문제성이라고도 할 수 있다. 더욱이 남성보다 사회적 약자인 여성이 쓴 텍스트는 심리적, 개인적, 감정적인 삶의 내적 세부 사항까지도 권위적이지 않은 방식으로 당대를 재현하고 있다는 데에 주목할 필요가 있다.

에드워드 사이드는 "제국주의와 소설은 어떤 방식으로든 제국주의를 다루지 않고서는 소설을 읽는 것이 불가능할 정도로 서로를 강화"[263]시킨다고 언급한다. 식민지의 공간에서 식민지 국민에 의해 쓰인 텍스트는 다양한 형태의 적극적이든, 소극적이든 식민화를 합리화하거나 아니면 제국주의를 찬양하는 형태로 쓰여진다. 즉 소설의 서사양식이 지니는 특징인 허구성은 독자들을 쉽게 포섭하기 때문에 정지권력과 모종의 관계를 맺을 수밖에 없다. 그래서 소설은 지배자인 제국의 권위를 강화시키는데 필수 불가결한 것으로 기능하게 됨으로써 제국은 좀 더 쉬운 방법으로 권력을 유지할 수 있었고 작가는 개인의 이익이나 권력의 기반을 공고히 하는데 어느 정도의 소설 작품에 빚을 지고 있다고 말할 수 있다.

식민지 하에서의 여성의 글쓰기(ecriture feminine)에 대한 논의는 주로 여성적 경험의 특성과 여성 주체의 형성 과정을 근거로 하여 이루어진다.[264] 여성으로서 그리고 어머니로서의 중심적인 기호계의 담론이 부재, 파열, 모순으로 존재하는 무의식적 혁명세력을 코라(chora)[265]라고 한다. 즉 여성적 글쓰기란 코라의 여성성의 개념을 갖고, 기호학적 세계의 기묘하고 전위적인 언어 배열을 시도하여 문학적 언어

---

263 니라 간히, 이영욱 역, 「포스트식민 문학」, 『포스트식민주의란 무엇인가』, 현실문화연구, 2000, 173-201쪽.
264 쇼월터는 페미니즘 비평을 두 가지 유형으로 구분하는데, 하나는 여성에 관한 것으로서 남성작가가 쓴 작품을 다루는 것을 '페미니즘 비평(feminist critique)'이라 명명한다. 그리고 여성을 다루는 것을 '여성비평(gynocritics)'으로 구별한다. 글쓰는 주체인 여성이 여성 자체의 경험으로 글쓰기를 시도하고 있는 것이 여성비평인 것이다.
265 임옥희, 「미국여성비평의 전개과정」, 『세계의 문학』, 1988, 268-300쪽.

질서의 긴장을 높이고 그 생명을 재활성화하려는 노력에서 출발한
다. 그러나 식민주의하에서 코라의 성격은 정반대로 기능하게 된다.
즉 코라적 글쓰기는 여성의 성역할을 강조하는 글쓰기로서 변질된
다는 것이다.

　이런 맥락에서 '성' 범주를 도외시한 주체 개념을 중심으로 전개
되는 남성 중심성을 비판적으로 평가하고 있는 페미니즘적 글쓰기
는 1940년대라는 해방 이전의 상황에서 예외적으로 탈페미니즘적
인 글쓰기를 보인다. 여성과 남성의 '차이'는 생물학적 결정론에서
벗어나 젠더의 개념으로 상정됨에도 불구하고 이 시기 여성의 글쓰
기는 여전히 가부장제하의 성 역할이라는 테두리에서 벗어나지 않
는다. 도리어 여성의 모성성이 강조됨으로써 제국을 위해 희생하는
여성상이 새로 정립되기에 이른다. 버지니아 울프는 여성이 아이 낳
는 도구나 남성 섹슈얼리티의 수동적 대상이 아닌 주체로 서려면 동
등한 교육과 경제적 평등을 누릴 수 있는 사회적 기반이 필요하다고
강조한다. 여성적 차이를 새롭게 인식하기 위해서는 전면적인 문화
적 변화를 중요한 과제로 삼아야 하는 것이다. 그러나 식민주의 하
에서의 여성들은 이러한 시도조차도 할 수 없었으며, 여성을 더욱 가
부장제의 틀 안에 가두는 장치로써 제국주의 권력은 작동된다. 여기
에서 여성은 '이중 식민화'의 담론에 갇히게 된다. 즉 전통적 가부장
제와 제국의 권력에 여성이 속박되는 것이다. 이것에 대해 탈페이드
모한티는 여성이 자민족 중심적인 근시안과 '제3세계여성'의 합성
적 '타자화'를 동시에 겪게 된다고 말하며, 스피박 또한 "가부장제와
제국주의 사이, 주체-구성, 객체-형성 사이에서 여성의 형상은 사

라진다."라고 말한다.[266] 즉 '젠더화된 하위주체'의 형상은 가부장제 하의 남성에 의해 그리고 제국주의에서는 제국의 권력에 가려짐으로써 여성의 사회적 성역할은 무화되고 모성성만이 강조되는 형국에 이르게 되는 것이다.

이러한 맥락에서 식민지의 여성 주체, 즉 하위주체의 글쓰기가 어떠한 형태로 변이되어 파시즘을 형상화하고 있는지 최정희의 「야국초」를 대상으로 논의하고자 한다. 가부장제와 제국주의라는 두 이데올로기 안에서 쓰인 여성 작가의 소설이 제국을 어떻게 미메시스하며 친일문학으로 변모해 가는지 살펴보고자 한다. 이러한 논의는 국민문학의 형성과 변모의 측면에서 당대 여성작가의 글쓰기의 문제를 짚어보는 계기가 될 것이다.

2. 군국의 어머니 되기와 제국에의 헌신

이른바 친일문학은 일제하 전 기간의 친일문학이 아니라, 일제 말엽 황민화, 전시정책의 일환으로 강행된 문학운동을 지칭하는 것이 일반적인 관례이다. 당시에는 '국민문학'으로 호칭된 이것은 일본 국민으로서의 문학을 의미하기 때문에, 바꾸어 표현하면 황민문학과 동일한 뜻이 된다.[267] 즉 국민문학은 일본 정신에 입각하여 일본 정신을 선양하는 문학이다. 친일문학은 한국에서의 근대적 주체 형

---

266 니라 간히, 앞의 책, 173-201쪽.
267 김병걸, 김규동편, 『친일문학작품선집 1』, 실천문학사, 1986, 411-418쪽.

성에 관한 '리트머스 시험지'이다.[268] 국내의 문인들은 카프의 제2차 검거 이후, 일본의 감시가 강화되자 전향하든지 아니면 글 쓰는 것을 멈추게 된다. 이러한 상황에서 여류문인 중의 한 사람인 최정희는 전향 쪽을 선택하여 활동한 사람 중의 하나였다. 조선문단의 일원화 운동에서도 최정희는 일어로 소설을 발표함으로써 국민문학에 앞장서게 된다.

백철의 『신문학사조사』에 최정희는 최서해, 이익상, 유진오, 이효석, 채만식, 박화성, 강경애, 김창숙과 함께 '인텔리 동반작가'로 기록 되어 있다. 그러나 1930년대 초반 쓰인 작품들은 작가 스스로 아마추어 작품이라고 평하는데 그녀는 자신의 데뷔작을 「흉가」로 설정하여 이 작품 이전에 쓰여진 소설들을 인정하지 않는다. 그 이유는 그 소설들이 소녀가 쓴 편지의 연장이거나 삼천리사의 겁 없는 여기 자가 쓴 기사 혹은 가십의 연장[269]에 지나지 않기 때문이라고 언급한다. 최정희가 숙명여자고등보통학교를 졸업하고 입학한 중앙보육학교는 고종의 후궁으로 영친왕을 낳은 엄귀비가 건립한 현모양처를 양성하기 위한 학교였고, 이 학교를 중간에 그만두고 일본에서 유치원교사를 하며 학생극 예술좌에도 참여한 이력을 가진 그녀가 본격적 문학수업 없이 쓴 글[270]은 자신의 이력에 하등 도움이 되지 않은

---

268 김철, 「친일문학론: 근대적 주체의 형성과 관련하여」, 『국문학을 넘어서』, 국학자료원, 2000, 92–109쪽
269 김동식, 「여성과 모성을 넘어서」, 『한국소설문학대계』, 두산동아, 1995, 593–610쪽.
270 최정희의 문학수업기에 쓴 작품은 다음과 같다.
「정당한 스파이」(『삼천리』, 1931.10), 「명일의 식대」(『시대공론』, 1932.1), 「젊은 어머니」(『신가정』, 1933.3) 등 10여 편에 달한다.

것으로 여긴 모양이다.

최정희는 1934년 카프 제2차 검거사건, 즉 전주사건에 연루되어 여류문인으로는 유일하게 8개월간의 실형을 받았고 출옥 후 조선일보사에 입사한다. 「흉가」 이후에 최정희는 1940~41년에 걸쳐 '三脈'으로 지칭되는 「인맥」, 「천맥」, 「지맥」을 발표하고, 1942년 1월에는 그녀의 사상적 변이가 확실하게 드러나는 작품인 「야국초」를 일본어로 발표하게 된다. 최정희와 관련하여 거론되는 인물은 그녀의 남편인 김동환이다. 최정희가 1931년 삼천리사에 입사했을 당시 김동환은 그곳의 경영자였다. 김동환은 「국경의 밤」을 쓴 작가임에도 중일전쟁 후 친일로 변신하여 『삼천리』의 제호를 1942년 5월에 『大東亞』로 변경하여 발행했다. 이들이 언제 결혼을 했는지는 알 수 없으나 한흑구[271]는 자신의 저서에서 해방 직후 파인의 현부인으로 최정희를 만났다고 적고 있다.

1941년 8월 김동환은 삼천리사 명의로 각계 198명에게 안내장을 발송하여 '임전대책협의회'를 소집한다. 이것은 '흥아보국단준비위원회'와 합쳐 1941년 9월 '조선임전보국단'으로 재발족되는데, 이 단체는 중일전쟁에 출병할 학도병이나 의용군을 모집하기 위한 모임이었다. 그런데 여기에서 최정희는 군인으로 출병할 아들을 둔 어머니로서 강연을 하게 되는데, 이때 그녀는 신의 뜻을 받들어 아들을 천황에게 바치자고 말한다. 이러한 그녀의 행보에는 이전의 카프계 맹원의 성격은 찾아볼 수 없는 대신 식민지 여성으로서 오직

---

271 한흑구, 「巴人과 최정희」, 『현대문학』, 1971.7., 316-321쪽.

제국주의를 공고히 하는 데 기여하게 된다.

> 우리는 모든 것을 다 잊어버리고 귀하고 높은 오직 우리의 아들들의 뜻을 받드는 여자가 되십시다. 그래야만 우리도 남과 같은 여자구실을 할 것이요. 그래만 우리도 남과 같은 어머니의 구실을 할 것이다. 온 세상, 푸른 하늘 아래 있는 모든 여성들이 다 일어나서 자기의 아들들을 나라에 바치는데 우리라고 못 바칠 게 무업니까. 우리는 무엇이 못해서 남이 하는 대로 못합니까. (중략) "엄만 틀렸어"라는 말을 여러분의 아들한테서 듣지 마시는 강한 어머니가 되어 주시기를 바랍니다. 저도 그렇게 할 것을 여러분 앞에 맹세합니다. 신 앞에 맹세합니다. 여성은 약하나 하지만 어머니는 강하다 하지 않습니까.[272]

이 글은 조선임전보국단 주체 결전부인대강연회에서 최정희가 직접 강연한 「軍國의 어머니」의 일부분이다. 이 연설문은 최정희가 소설에서뿐만 아니라 현실에서도 친일적인 행동을 보여주고 있다는 점에서 주목을 요한다. 강연회는 그녀의 남편인 김동환의 주최로 열린 것으로 최정희는 여기에서 연설자의 한 사람으로 강단에 올라 어머니들을 설득한다. 중일전쟁 후 일반인들의 징집을 독려하기 위해 그녀는 식민지의 백성으로서 그리고 제국주의에 헌신하는 아들을 두고자 하는 어머니로서의 열망을 언급한다. 제국주의의 그늘에서 벗어나기보다는 그 안에서 안주하고자 하는 최정희의

---

272 최정희, 「군국의 어머니」, 『친일 문학론』, 평화신문사, 1963, 423~428쪽.

행동들은 그의 소설에서도 빈번하게 나타난다. 여성의 주체성이 부정되고 결국에는 다시 가부장제로 돌아와 안주하는 '삼맥'의 여주인공들은 최정희의 전향을 예고하는 듯한 느낌을 준다.

최정희의 친일로의 전향은 1930년대 후반, 즉 카프 제2차 검거 이후이다. 1930년대 초반에 최정희는 박화성 ,백신애, 강경애와 함께 동반자 문학의 색채를 강하게 내비치면서 활동하게 되지만 이후 이들과 문학적 색채를 달리하게 된다. 여기에서 최정희와 같이 동반자 작가의 계열로서 작품 활동을 한 강경애의 경우를 본다면 그들의 작품 경향이 어떻게 변별되는지 알 수 있다. 강경애의 소설에 나타나는 여성 의식은 부당한 식민지 통치에서 야기된 극심한 궁핍과 남성 중심 사회에 대한 강렬한 항거와 직결되어 이를 식민지 여성의 공동문제로 인식하고 대응하려 한다.[273] 그녀의 작품 속에 등장하는 가장 이상적인 여성은 자신에게 던져진 숱한 고난과 역경을 극복하고 자아를 회복하여 주체적이고 능동적인 인간으로 성장해 가는 '일어서는 여성'형이다. 이러한 여주인공들은 대개 무산계층의 남성이나 각성한 지식인과 연대하여 조직적인 투쟁에 가담하고 있어, 남성과의 대결보다는 일제로 상징되는 착취계급과의 대결을 지향하고 있다. 이것은 당시에 성행했던 사회주의 계열의 여성운동과 그 맥락을 같이하는 것으로 이해된다. 그래서 강경애의 소설에 묘사되는 남녀관계는 대개 동지애적 결합을 이루며 또한 가족적 이기주의에 함몰되는 배타적 사랑이 아닌 민족의 아픔을 헤아려 함께 나가는 '열린 사

---

273 송지현, 「일제 강점기 여성작가의 현실인식」, 『페미니즘비평과 한국소설』, 국학자료원, 1996, 249-280쪽.

랑'[274]을 강조한다.

그러나 최정희는 1942년에 「야국초」[275]를 일본어로 씀으로써 당시의 여류 작가들과는 다른 작품적 경향을 보인다. 일제말기 최정희는 「장미의 집」을 통해 여성 정체성에 대한 고민 대신 제국주의를 옹호하는 태도를 보인다.

성례는 구장 말에 거절을 안하고 곧 하겠노라고 대답했다. 부족한 자기지만. 정성껏 해서 조그마한 도움이라도 되어 보겠노라고 말했다. 정말 성례는 말로서만이 아니라, 자기 힘자라는 데까지 자기가 맡은 반원들이나마 날마다 진보하는 애국반원들이 되게 하겠다고 마음속으로 굳게 결심했던 것이었다.[276]

위의 인용문 「장미의 집」의 일부이다. 이 소설은 시국에 눈뜬 가정부인인 성례와 남편인 영세와의 갈등을 다룬 작품이다. 대동아 전쟁이 일어난 후 성례는 구장의 애국반장이 되라는 청을 수락한다. 그래서 자신이 제국을 위해 조금이라도 도움이 되고자 결심하지만, 이러한 성례의 태도를 남편은 못마땅해 한다. 그러나 성례는 '전쟁이 뭔지. 어떻게 살아가야 할지 모르는 사람들을 단 한 사람이래두 깨닫게 해야 할 것 같아서' 애국반장이 되었다고 말한다. 이에 영세의 친구인 남식은 사치하는 자신의 아내를 성례가 교화해 주기를 청하고,

---

274 송지현, 위의 책, 249-280쪽.
275 「야국초」는 일본어로 『국민문학』 1942년 11월호에 실렸다.
276 최정희, 「장미의 집」, 『신동아』, 1942.7.

이것을 본 영세는 그제야 아내의 뜻을 알고 화해를 한다. 성례의 구
국활동에 대해 영세는 자신의 태도를 바꾸어 아내를 지지하게 된다.
이 텍스트는 소설의 형식만을 차용했을 뿐 내용으로는 제국주의를
찬양하는 목적으로 쓰였고 할 수 있다. 이 소설은 '방송소설'로 라디
오를 통해 보다 직접적으로 전달되었다. 민족을 위해 투쟁하는 여성
보다는 제국의 어머니로서 여성의 정체성[277]을 선택하고 있는 최정
희는 일본어로 쓴 소설인 「야국초」를 통해 그 전향의 색채를 뚜렷이
하고 있다.

3. 천황의 적자 편입과 제국에 임대된 모성

최정희의 「야국초」는 국민문학의 일환으로 쓰인 소설이다. 일본
어로 쓴 이 텍스트는 조선문단의 일어화와 문단의 체제전환을 그대
로 따르고 있는 작품이다. 「야국초」는 서사구조에 있어서 회상을 통
해 과거를 반추하는 형식으로 되어 있다. 텍스트는 회상을 통해 과거

---

277 정체성은 인물인 '나'가 개체화(individuation)되기 전인 기본적 관계(primary
ties)가 무너지고 난 후 자신의 전체-자기원형(Archetype des selvst)을 추구
한다는 것을 의미하는데 정체성을 다른 말로는 흔히 주체성, 자기정의, 자각,
존재증명, 자아 정체감, 동일시 또는 아이덴티티라고도 한다. 이는 삶의 각 단
계에서 갖게 되는 부모, 타인, 사회와의 관계 속에서 '나'는 끊임없이 자신의
과제를 해결해 나가면서 새로운 자아를 확립하게 된다. 그러므로 인물이 다
른 인물들과의 관계에서 추구하는 바는 타인과의 동일성에 대한 개인의 의식
적 감각(conscious sense of indentity)이다.
박아청, 『아이덴티티의 세계』, 교육과학사, 1990, 56-62쪽.

의 사건을 재구성하는 한편 끊임없이 현재와 비교하는 서술을 통해
과거를 재해석한다. 회상은 상하의 수직운동을 통해서가 아니라 전
후의 수평적 움직임을 통해서 형성되는 시간이다. 시간의 수직성이
초현실성을 의미한다면 시간의 수평성은 인간의 구체적인 행동성
을 의미하기에 수직적인 시간보다는 수평적인 시간이 회상 행위와
어울린다.[278] 그래서 「야국초」의 여성 서술자는 회상을 통해 과거의
삶에 대해 반추하고, 현재 자기의 위치를 확인하게 된다. 회상이라는
행위로 인해 소설의 여성 주체는 가부장제와 제국주의라는 이중의
상황 속에서 하위주체로서 역사의 과정에 편입된다.

과거의 혼란한 경험은 시간이 경과함에 따라 소멸되지만 현재의
회상이라는 장치를 통해 재구성된다. 이때 재구성되는 조건은 자아
의 선택에 의해 수용된다.[279] 즉 현재라는 시간의 글쓰기를 통해 과
거의 기억은 다시 현재의 재경험으로 끌어올려지게 되고, 과거의 행
위들은 현재 상황에 의해 재구성되는 것이다. 「야국초」에서 기억에
의해 재생되는 과거는 혼란한 경험으로 치부되며, 현재는 질서화 된
경험으로 인식된다. 즉 과거의 혼란한 경험은 현재의 관점에서 재구

---

278 회상은 시간의 수평적 움직임 중에서도 좌(과거)에서 우(현재나 미래)로의
움직임에서 나타나는 관찰, 행동, 외향성의 축이 아니라 우에서 좌로의 움직
임에서 나타나는 무의식, 내향성의 축이 회상과 연결된다고 할 수 있다. 이런
이유에서 자아의 현 위치를 발견하려고 회상하는 여성인물들도 우에서 좌로
의 방향으로 움직이는 회상의 행위를 주로 하고 있다. 이때의 회상은 내부와
외부 사이에서 체험된 분열을 화해시키거나 분산되어 있던 과거의 삶을 해방
시키며 그것을 온전하고 분명한 것으로 보이게 하는 역할을 담당한다.
이승훈, 『시론』, 고려원, 1992, 127-130쪽.
279 신은경, 「여성성의 구현으로서의 여성텍스트와 여성문체」, 『문학정신』,
1991, 90-101쪽.

성된 기억의 일부로 자리 잡게 되는 것이다. 이 소설에서 회상을 통해 재구성되는 과거는 중요한 사건의 일부로 텍스트에서 기능한다. 또한 이러한 시간의 역전을 통해 제시되는 서사는 과거의 재인식 과정을 통해 현재의 모습을 정당화하려는 의도를 가진다고도 할 수 있다.

「야국초」의 서술자는 여성으로 과거에 버림받은 남자에게 편지를 쓰는 형식으로 현재형으로 서술된다. '나'는 가정이 있는 남자를 사랑했으나 임신을 한 상태에서 버림받고, 아들 '승일'을 혼자 키운다. '나'는 "잠자리가 어지러이 나는 가을의 일요일"에 승일과 함께 군사학교에 견학 갔다 오는 것을 서술한다. 여기에서 여성화자는 자신을 버린 남자에게 복수를 하기 위한 열망으로 가득하다. '당신'으로 표현되는 편지의 수신자는 '나'에게 있어 복수의 대상이 된다. 반면에 '나'는 그 복수의 방법으로 아들을 일본군으로 보내기로 결정한다. 여기에서 두 대립되는 이데올로기가 만나게 되는데, '당신'으로 표현되는 식민지 남성과 제국의 군인이 그것이다. 다시 말하면 식민지 남성은 복수의 대상이 되는 반면, 제국의 군인은 자신과 자신의 아들이 지향하는 대상이다.

텍스트에서 여성 화자는 황국의 적자가 되려는 의지, 아들을 천황의 아들로 바침으로써 제국의 국민으로 인정받으려는 의지를 표현하고 있다. 그래서 아들의 이름도 '패배하지 않고 이 세상의 모든 것에 이기기를' 바라는 마음에서 '승일(勝日)'로 명명한다. '당신'은 '나'의 인생을 실패로 만든 사람이며, 제국에 아들을 바치는 것은 '나'의 인생이 구원받는 방법이 된다.

아기 아버지에게 펜을 들어 알리고 싶었읍니다만 단념했습니다. 그때마다 제 인생의 실패를 반성하고, 여자로서 어머니로서 강하게 살 것을 결심했던 겁니다. 그것이 자기 자신에 대한 복수였기 때문입니다. 호적은 오빠 앞으로 올리기로 했습니다. 괴로운 줄은 알고 있으면서 아이의 장래를 위해 그렇게 해두었습니다. (중략) 수영도 운동도 잘 하지만, 공부도 잘 하는 편입니다. 하지만 저는 지식보다는 인간을 요구합니다. 지식만 있어서 항상 교활하기 쉬운 인간으로는 만들고 싶지 않기 때문입니다. 진정한 인간, 인간미 있는 올바른 인간을 만들고 싶기 때문입니다.[280]

훌륭한 제국 군인을 만들려고 하는 저입니다. 훌륭한 군인이 되려고 하는 승일이 입니다. 아무래도 군인생활－군인정신을 철저히 가르치지 않으면 안됩니다. 군인에게 군인정신이 빠졌다는 것은 혼이 없는 인간과 마찬가지니까요. 저는 무슨 일이 있어도 승일이를 혼이 없는 인간, 군인정신이 빠져 있는 군인으로 만들지는 않을 작정으로 있습니다.[281]

첫 번째 인용문에서 '나'는 아들을 진정한 인간으로 만들기를 원한다. '나'를 버린 '당신'처럼 지식만 있는 교활한 인간이 아닌, 지식보다는 인간미가 있는 인간으로 키우려 한다. 두 번째 인용문에서는 승일을 군인정신이 있는 사람으로 만들겠다고 한다. 여기에서 영혼이 없는 인간, 군인정신이 없는 인간은 반도 남자(조선인)로 귀결되며,

---

280 최정희, 「야국초」, 『친일 문학작품선집 2』, 실천문학사, 1986, 176쪽.
281 최정희, 위의 책, 179쪽.

인간다운 인간, 진정한 인간은 군인정신으로 살아가는 제국의 군인 (일본인)으로 설정된다.

여성화자인 '나'는 반도의 남자와 제국의 군인이라는 두 가지의 인간형을 제시한다. 반도의 남자는 자신을 인생의 패배자로 만들었고, 제국의 군인은 자신을 구원해 주는 존재이다. 반도의 남자는 자신의 지위와 명예만을 소중히 여긴 까닭에 한 여자를 아무렇지도 않게 버리는 남자이며, 제국의 군인은 괴로운 일을 해내는 남자, 강인한 정신을 가진 소유자로 인식하고 있다. 반도의 남자와 제국의 군인을 비교하고 있는 이 텍스트는 남자와 군인은 단지 은유에 불과하다. 반도의 남자는 식민지 조선, 조선의 현실로서 적대시되고 부정된다. 그리고 제국의 군인은 작가가 일본 제국주의를 찬양하기 위해 빌려온 대상이다. 여기에는 제국주의에 대한 찬양과 황국식민이 되려는 의지, 그리고 천황의 적자로 편입되려는 작가의 의지가 내재되어 있다.

제목에서부터 단적으로 제시되는 국화꽃은 서사에서 천황을 상징하는 모티프로 여러 차례 인용된다. 승일이와 같이 걸어가게 되는 길은 가을의 맑은 하늘이 있고 잠자리 떼가 한가하게 날아다니며 길가에 들국화가 흐드러지게 피어 있는 신작로이다. 이 길은 서술자인 '나'가 십 이 년 전에 '당신'과 함께 걸었던 길이기도 하다. 그러나 서사에서 과거의 들국화와 현재의 들국화는 서로 대립된 이미지를 갖는다.

그때도 지금처럼 들국화가 굉장히 많이 피어 있어 당신께선 그 꽃한 송이를 꺾어 제게 주시면서. "작고 가련한 꽃이지, 꼭 너 같아……"
하셨습니다.

들국화는 뽑혀서도 의연히 빨갛지도 않고 보랏빛도 아닌 묘한 색채
를 빛내면서 아름답습니다. "엄마. 내가 전쟁에 나가 싸우다가 죽어도
이 꽃을 보고 울지 않지?" (중략) 이제 저는 아무것도 생각하지 않고,
승일이를 키우듯이 승일이를 위해 들국화를 아름다운 꽃, 강인한 꽃으
로 가꾸기로 했습니다. 그게 제게 하셨던 당신의 행위에 대한 복수가
될 테니까요.

첫 번째 인용문은 회상을 통해 묘사되는 국화에 대한 서술이다. 그
리고 두 번째 인용문은 현재 시점에서 묘사된 국화의 이미지이다. 과
거에 '당신'과 함께 걷던 길에서 본 국화는 이름 없는 한 송이 꽃에
불과했다. 그리고 그 꽃의 유약함은 '나' 자신의 나약한 모습과 동일
시 되었었다. 그러나 군사학교를 갔다 오는 길에 발견한 국화꽃은 이
전의 국화의 이미지와는 다른 의미를 지닌다. 기쿠(菊), 즉 국화는 일
본 황실의 문장이므로 황실 그 자체를 상징하는 표지로 사용된다.[282]
이 천황가의 상징인 국화는 여기에서 복종의 의미로 차용된다. 자신
의 아들이 전쟁에 나가서 죽는다 해도 '나는 슬퍼할 필요가 없다고
말하는 것은 천황에게 자기 아들을 바쳤다고 생각하기 때문이다. 승

---

282 국화문장은 열여섯 겹의 국화 모양으로 되어 있으며, 그 문장은 사용이 엄격
히 규제되어 왔다.
서현섭, 「국화 터부」, 『일본인과 천황』, 고려원, 1997, 137-142쪽.

일이를 키우듯 들국화를 아름답게 가꾸기로 다짐하며 아들의 자리를 천황가의 상징인 들국화가 대신할 수 있다는 의지를 다지고 있다.

아들이 죽어도 울지 않는 것은 아들을 대신할 들국화가 자기 옆에 있기 때문으로 여기에서 아들과 국화는 등치를 이룬다. 「야국초」에서 '당신'과 대립되는 것은 '제국'이다. '당신'은 나를 버린 사람이고, 나의 인생을 실패하게 만든 사람이며, 그래서 복수의 대상이다. 그러나 '제국'은 '나'의 미래를 환하게 밝혀줄 대상이며. '나'의 아들이 그들을 위해 전쟁에 나가서 목숨을 잃어도 아깝지 않은, '나'가 추구하는 대상이다. 이 텍스트에서 '나'는 가부장제의 틀 속에 있다. '나'는 누군가의 보호를 받아야 하지만, 현재의 나를 보호해 줄 것은 '제국'이다. 이러한 두 대비되는 대상의 설정은 작가의 전향성을 잘 드러내는 장치로 기능한다.

펠로센트리즘(phallocentrism, 남근중심주의)은 문학적 견지에서의 세계 인식이 남성중심적인 사고로 이루어지며 남, 여 인물은 서로 분열되고 대칭되는 심리구조를 지니는 것을 말한다. 이것은 텍스트의 담화적 차원을 넘어서서 초텍스트의 차원 즉 문화적, 사회 역사적인 무의식과 관련하여 말할 수 있는 근거를 제공한다.[283] 가부장제하에서

---

283 줄리엣 미첼은 남성/여성의 언어(발화/청취, 과학/ 시, 논리/직관)와 세계를 구분하며 아이들은 이러한 상징질서가 녹아 있는 언어를 배움으로써 사회적 법칙을 실현하며 성−정체성을 획득하게 된다고 주장한다. 이리가레이는 여성을 남성에 대한 종속적 비정체성으로, 결핍으로 묘사하는 것에 반기를 든다. 언어는 사실상 남자에 의해서 지배되고 있음과 여자들의 언어는 침묵되어 왔음을 드러내며 여자들의 히스테릭한 능력을 재생, 계발시킴으로써 가부장적 요구들을 넘어설 것을 주장한다. 그래서 이미 존재하고 있는 펠로센트리즘의 내부를 외부로 뒤집는 반대의 방식을 해결방안으로 제시한다. 식수는

펠로센트리즘은 단지 생산을 위한 수단, 즉 가계의 혈족을 생산하는 도구로 여성을 위치시킨다. 여기에서 '엄마의 배는 잠시 빌린 것'이라는 가부장제의 인식이 유감없이 발휘된다. 여성은 단지 '신으로부터 잠시 맡은 신의 아이를 신에게 돌려주는' 역할을 할 뿐이다.

와카쿠와 미도리의 저서 『전쟁이 만드는 여성상』의 서두에는 갓 낳은 남자아이를 안고 야스쿠니에 참배하는, 즉 '군신'이 된 남편을 대면하는 젊은 미망인의 엄숙한 모습을 그린 도판을 싣고 있다. 이 여성은 남편을 잃었음에도 불구하고 어린 아들까지 '국가'에 바칠 결의를 보인다. 아이는 '국가의 것'이며, 여성은 아이를 우연히 맡고 있는 것에 불과하다는 것을 이 그림은 보여주고 있다. 이에 대해 우에노 치즈코는 "전시 중 일본여성에게 주어진 이미지는 전쟁 그 자체를 나타내 전의를 고양시키는 회화가 아닌 남자 아이를 안은 모성상, 즉 '성모자' 계보에 들어가는 것[284]이다."라고 말한다. 전시 중에 여자에게 지정되는 자리는 '야스쿠니의 어머니'의 자리뿐이다.

이것은 식민지의 여성에게도 동일하게 적용된다. 식민지의 아들

이론이나 주의를 거부하며 가부장제의 이분법적 사고방식에 대해 반기를 든다. 이분적 대립항들은 그 저변에 남성/여성의 대립과 필연적인 긍정성/부정성의 가치판단이 깔려 있는 남성중심적 패러다임이라고 설명한다. 가부장제 하에서의 승리자는 언제나 능동적 남성일 수밖에 없는 구조적 함정을 지적하고 여성은 수동성과 패배자와 언제나 동격일 수밖에 없음을 언급한다. 식수의 이론의 전개는 '펠로센트리즘'을 일컫는 이성 중심적 이데올로기를 파괴시키기 위한 노력으로 일관한다. 줄리아 크리스테바 역시 특권적 이성과 질서, 통일성, 명쾌함을 지니는 남성적 합리성에 대해서 반기를 들며 여성언어의 주변성과 이질성을 강조한다.
박선경, 「펠로센트리즘에 길들은 '여성', 모성애로의 탈출」, 『현대심리소설의 정신분석』, 계명문화사, 1996, 142-195쪽.
284 우에노 치즈코, 이선이 역, 『내셔널리즘과 젠더』, 박종철 출판사, 1998, 23-30쪽.

이 아닌, 제국의 아들로서, 천황의 서자가 아닌 적자가 되는 것이 식
민지인들의 목표인 것이다. 따라서 식민지 여성은 제국의 군인을 생
산하기 위한 '배'에 불과하다. 여기에서 여성의 정체성은 단지 모성
성으로만 한정된다. 최정희의 「야국초」도 식민지의 여성으로서 제
국에 아들을 바치는 것을 묘사하고 있다. 식민지 여성은 펠로센트리
즘에 의해 그리고 제국주의의 이념에 의해 이중으로 억압받을 수밖
에 없는 것이다. 그리고 최정희는 펠로센트리즘에 순응하여 식민지
여성으로서, 식민지 여성으로서 제국에 자신의 아들을 바치는 것을
정당화하고 있다.

> "엄마! 내가 전쟁에 나가서 싸우다 죽어도 엄만 이제 울지 않겠지!"
> 하라다 교관을 따라서 운동장으로 나올 때였습니다. 승일이가 이런 걸
> 제게 묻는 겁니다. 저는 승일이의 손을 힘차게 꽉 움켜쥐지 않을 수가
> 없습니다. "엄마 이제 울지 않는단다." (중략) "승일아, 훨씬 전부터 엄
> 만 알고 있었단다. 이제 울지 않을 테니까, 승일이는 아주 훌륭한 군인
> 이 되어서 나라를 위해 온 힘을 다 바치는 거다.", "응" 승일이는 저의
> 다른 얘기보다도 이 말에 가장 힘차게 고개를 끄덕여 줍니다. 저는 아
> 이의 손을 더욱 꽉 쥐었습니다.[285]

인용문은 '나'와 승일이가 일본의 군사학교를 방문하면서 나누는
이야기이다. 삼 년 전에 승일은 자신이 전쟁에 나가서 싸우다 죽으면

---

[285] 최정희, 앞의 책, 183쪽.

울지 않겠느냐는 질문을 했었다. 그 질문에 '나'는 너무나도 갑작스 럽고, 또 그 죽으면이라는 말에 깜짝 놀라서 아무 말도 하지 못하고, 아이의 얼굴만 쳐다보고 있었다. 그러한 어머니의 태도에 승일은 실 망했었다. 그러나 지금 위의 인용문에서처럼 '나'의 사상은 바뀌어 있다. 즉 전쟁에 나가서 하나밖에 없는 아들이 죽어도 훌륭한 아들을 나라에 바친 것으로 만족할 수 있다는 것이다. 제국에 예속된 식민지 여성에게 아들을 전쟁에 참여시키는 것 이상 영예로운 것은 없는 것 이다.

> "어머니, 제가 손을 잡아드릴까요?" 목소리는 아직 어린애 그대로입 니다만, 제 손을 잡으려고 하는 그 태도라든지 눈매 같은 건, 언제나 제 손을 잡고 외나무다리를 건너시려던 당신과 조금도 다를 바가 없었습 니다. "괜찮아 엄마 혼자서도 갈 수 있어" 저는 벌레라도 쫓듯이 아이의 손을 되밀쳐 버렸습니다. "그래도 위험하단 말예요" (중략) "나, 엄마 가 강하다고는 생각하지만, 그래도 나도 군인아저씨처럼 더욱 강해지 고 싶어서 엄마 손을 잡아주려고 했던 거야" 아이는 제 손을 꽉 쥐고 다 리를 건넜습니다. 아이에게 손을 잡히고 나서, 저는 당신 일을 생각지 말아야겠다고 생각하고 있었던 겁니다.[286]

인용문은 '나'와 승일이가 군사학교를 가는 길에 다리를 건너는 모습을 묘사한 것이다. 이 다리는 '당신'과 함께 건너던 다리였다. 과

---

286 최정희, 앞의 책, 177쪽.

거에 '당신'과 함께 다리를 건널 때와 지금 다리를 건너는 것의 양상은 크게 다르다. 과거에는 '나'의 손을 '당신'이 잡아주고 외나무 다리를 건넜지만, 지금은 아들이 '나'의 손을 잡아주고 있다. 식민지 남성의 손과 천황의 적자가 될 아들의 손은 다른 것이다. 아들은 강한 존재로 제국의 군인이 될 사람인 것이다. 여기에서 모성성은 제국의 아들을 생산하기 위한 '배'를 제공한 어머니로서 뿐만 아니라, 그 아들에게 보호를 받는 어머니로 제시된다. 다시 말해 아들을 제국에 바침으로써 어머니는 제국의 보호를 받게 되는 것이다. 과거의 '당신'이 '나'를 보호해 준 것처럼, 지금은 제국의 아들이 '나'를 보호해 주는 것이다. 그래서 '나'는 아들의 손을 잡으면서 과거의 '당신'을 잊어야 하는 필연성을 갖게 되는 것이다.

「야국초」의 모성성은 팰로센트리즘적 모성성이다. 이 텍스트에서 모성성은 부계주의의 생산으로써의 모성성으로 한정되어 논의된다. 가부장제와 제국주의에서의 모성성은 같은 양상으로 나타나고 있는 것이다. 어머니로서의 역할은 단지 천황의 적자를 낳아서 기르고, 전쟁에 그 아들을 내보냄으로써 국민국가에 헌신하는 것뿐이다. 그래서 여성의 배는 잠시 빌린 것이며, 여성성은 생산으로만 기능한다. 그리고 모성성은 제국의 아들을 키우는 역할만으로 한정된다.

4. 천황제 파시즘과 팰로센트리즘

김병걸은 '국민문학'이 되려면 5가지의 요건이 갖추어져야 한다고 말한다.[287] 그 첫 번째가 만세일계(萬世一系)인 천황을 중심으로 하는 제정일치의 국가형태, 천황의 적자로 생각하는 가족 국가형태, 천황의 도를 세계에 고루 펴게 함으로써 팔굉일우(八紘一宇)사상을 근간으로 해야 한다는 것이다. 그리고 두 번째가 일본정신에 입각하여 일본국민으로서의 자각과 긍지를 찬양해야 하는 것이다. 세 번째로는 일본정신의 외적 표현인 일본의 국민 생활을 내용으로 한다는 것이다. 네 번째는 일본 정신을 선양한다는 것이다. 긍지를 가지고 표현함으로써 자타에게 공감을 주고 우러러보게 만든다는 것이다. 따라서 친일문학은 일본 국민으로서의 자각과 긍지를 근간으로 하게 된다. 그리고 마지막 요건은 황민적 자각과 긍지를 근간으로 하면서 그것을 선양해야 하기 때문에 전부가 일본어로 쓰여야 한다는 것이다. 이러한 다섯 가지의 국민문학의 요건은 최정희 「야국초」에 모두 들어맞는다. 「야국초」는 문학으로서의 심미성보다는 이러한 황민화의 선전을 위한 내용을 주로 다루고 있다. 이러한 측면에서 볼 때 이 소설은 천황을 중심으로 하는 파시즘[288]과 연관이 된다.

일본에서는 국민의 뜻과 주체성의 화신인 천황의 존재와 강한 군국주의의 전통이 1930년대 파시즘 운동으로 발전하는 데 많은 요소를 제공해 주었다.[289] 이것은 일본의 특별한 가치관의 전형으로서 뿐

---

287 김병걸, 앞의 책, 411–413쪽.
288 파시즘이 처음으로 언급된 것은 레닌이 참석했던 코민테른의 마지막 세계대회, 즉 1922년 4차 대회에서였다. 코민테른에서는 파시즘 발흥의 부분적인 책임을 이탈리아 공산당이 져야 하며 아직까지 혁명적 행동이 가능한 상태라고 주장하면서 이 용어가 쓰이기 시작했다.
  마아틴 키친, 강명세 역, 「제3인터내셔널과 파시즘」, 『파시즘』, 이론과 실천, 1988, 13–26쪽.

만 아니라 미개한 민족을 정복하여 그 가치관의 정당성을 인증하는 비준자로서의 임무가 세계 내에서 자신이 맡고 있는 역할이라고 생각했다. 마루야마 마사오는 일본 파시즘의 가장 중요한 이데올로기적 특질로서 '가족주의적 경향'을 지적한 바 있다. 파시즘의 대중선전은 흔히 '민족'과 '국가'를 하나의 가족 공동체 내지는 혈연적 관계로 묘사함으로써 일체감을 강화한다. 지도자는 '엄격한 아버지'나 '자애로운 부모'로 표상되며 전 사회성원은 가족적 위계질서 속에 놓인다. '국민의 윤리'는 가족의 의무와 동궤에 놓이며, 국가에 대한 충성은 부모에 대한 효도와 같은 것이다.[290]

이러한 측면에서 최정희의 「야국초」에서 제국 신민이 되기 위한 '나'의 행동은 파시즘의 영향하에 있다고 할 수 있다. 승일의 과거 아버지가 '당신'이었다면 현재의 아버지는 '제국'이다. 국가를 하나의 가족적 위계 질서 속에 대입시킬 때 승일에게 아버지는 '효'를 바쳐

---

289 일본의 파시즘은 다른 여러 나라 파시즘과는 다른 양상을 띤다. 일본에는 진정 강력한 파시즘 정당이 존재한 일이 없었다. 파시즘을 지칭하는 많은 당파는 있었으나 그것들은 서로 반목하고 있는 실정이었으며 파시즘은 유럽의 산물로 보고 일본에서는 오히려 이를 배척하는 풍조가 강했다. 그러나 일본사회의 병폐는 심각했는데 투기와 독직이 멋대로 자행되었고 빈부의 차는 확대될 뿐이었으며, 자본주의는 봉건주의 시대로부터의 잔존물을 내포하면서 비정상적으로 발달되어 있었다. 천황은 이론상으로는 만능이어야 할 터인데도 실제로는 완전히 무력했을 뿐만 아니라 정당이 모두 약소했다는 점, 선거에서 부정이 있었다는 점 등으로 인해 의회가 잘 운영되었다고 말할 수 없다. 따라서 일본의 독재제가 일부 계층에 의한 독재이며 한 개인에 의한 독재는 아니었다는 것이다.
헨리 미첼, 유기성 역, 「파시즘」, 『세계의 파시즘』, 도서출판 청사, 1979, 161-174쪽.
290 김철, 「김동리와 파시즘」, 『국문학을 넘어서』, 국학자료원, 2000, 31-59쪽.

야할 대상이며, 나아가서 '충'을 바쳐야 하는 대상이다. '나'를 버린 남자에 대해 내가 복수하는 것은 그 남자보다 강한 존재에 나를 의탁하는 것이다. 그럼으로써 '나'를 버린 남자를 '나'의 계급 밑으로 추락하게 만드는 것이다.

> 전국에서 터져 오는
> 환호성에 맞춰 뛰노는 가슴
> 어른이 되면 우리들도
> 나라를 지키는 군인아저씨가 되어
> 멋진 공을 세울 테야
> 귀중한 군기를 받고
> 계승한 역사와 이 긍지
> 어른이 되면 우리들도
> 아세아를 일으키는 군인아저씨가 되어
> 세계에 자랑거리가 될 테야[291]

인용문은 '나'가 승일이와 군사학교에 가면서 듣게 되는 노래다. 이 노래는 「어른이 되면 우리들도」라는 노래를 승일이 만한 아이가 풀을 베면서 부르며 승일이도 항상 이 노래를 부른다. '나'는 승일이와 그 아이의 노랫소리를 듣고 "언제나 두 사람 다 같이 나라의 부름을 받고 진력할 거라고 생각하니 가슴이 뭉클해"진다. 여기에서 "아

---

291 최정희, 앞의 책, 177-178쪽.

세아를 일으키는 군인 아저씨"는 물론 일본군을 지명한 것이다. 제국의 군인이 되어 역사에 기록되는 훌륭한 공을 세우는 것, 이것이 승일의 목표인 것이며 '나'의 목표이다. 이 노래는 위로부터의 파시즘의한 전형이라 할 수 있는데 선전도구로서 대중이 파시즘의 전위대 노릇을 하고 있다고 할 수 있다. 노래는 이념을 쉽게 전달할 수 있는 도구이다. 이 노래는 아이에서부터 어른들까지 모두 부름으로써 제국에 헌신하겠다는 의식을 심어주고 있다. 이러한 파시즘이 중일전쟁이 일어난 후 군인을 징집하기 위한 좋은 수단이 되고 있음은 당연한것이라 할 수 있다.

총동원 체제라는 국민화 프로젝트는 여성뿐만 아니라 소수민족이나 피압박민들을 끌어들이면서 진행되었다. 앤더슨이 말하는 것처럼 국민화 프로젝트가 상상의 공동체를 만들어 내듯이 1940년대의 조선문단에서의 친일문학은 이러한 제국의 국민으로 편입하려는 글쓰기였다. 특히 최정희는 이러한 국민화 과정의 선두에 선 여류의 표상이었다고 해도 과언이 아니다.

파시스트들은 언제나 반드시 愛國者라는 美名下에서 登場한다. 그리고서는 自己를 딸으지 않는 者는 덮어놓고 賣國奴로 모라댄다. (중략)그럼에도 不拘하고 적어도 한때는 愛國者로 行勢할수있었든 原因은어데있는 것일까. 民衆 역시 한때는 그들을 熱狂的으로 支持한 것은 무엇 때문일까. 모든 秘密의 源泉은 感情에 있는 것이다. 神秘主義的 誘惑에 對해서 가장 弱한 部分인 感情! 理性이 아니라 感情! 民族感情에呼訴하는 것이기 때문이다. 恒常 노리고 있는 가장 미덥직한 擊路는 대

개는 언제나 이 같은 거위 本能的인 感情, 이를테면 『氣分』이다.[292]

박치우는 최정희와 동시대를 살았던 비평가로서 그 시대의 문단의 파시즘화에 대해 우려를 표하고 있는데 그는 구체적으로 작가들을 지적하거나 열거하고 있지는 않지만 국수주의의 파시즘화의 위기에 대처하여 문학자의 임무가 무엇인지에 대해, 그리고 문학자가 어떠한 태도로 임해야 하는지에 대해 논의하고 있다. 그의 평론집 『사상과 현실』에서 그는 파시즘이 언제나 신비주의적인 유혹에 약한 민중에게 '민족'을 거론함으로써 감정에 호소한다고 말한다. 즉 민중에게 '기분'으로 어필함으로써 즉각적인 행동을 유발하게 하는 기제로 파시즘이 사용되며 또한 계급의 대립을 말살하는 수단의 하나로서 "階級 대신에 民族을 내걸고 民族感情에 呼訴함으로서 非常事態의 反歷史的인 解決을 圓謀"하는 것이 파시즘의 특징이라고 지적한다.

박치우의 논리대로라면 최정희의 「야국초」는 감정에 호소하며

---

292 박치우, 「國粹主義의 파시즘化의 危機와 文學者의 任務」, 『思想과 現實』, 白楊堂, 1947, 150-160쪽.
박치우는 이 논문에서 파시즘의 대결구도로서 민주주의를 내세우고 있으며 작가들은 자본주의적 민주주의든, 사회주의적 민주주의든 상관없이 공동전선을 설립하여 투쟁해야 한다고 말한다. 그리고 승리의 대로를 발견할 수 있는 몇 가지 사항을 당부하고 있다.
1) 國粹主義의 파시즘化를 警戒하자! 2) 非合理性의 原理를 粉碎하자! 3) 合理性의 原理로써 武裝하자! 4) 合理主義思想陣營과 손을 잡자! 5) 感情을 民主主義的으로 訓諫하자! 6) 民族神秘主義의 誘惑에 속지 말자! 7) 主義啓蒙運動에 積極參與하자! 8) 國際파시즘의 뿌리를 뽑자! 9) 反팟쇼 기빨밑으로 모-든 民主主義者는 團結하자!

위기에 처한 국가를 구할 선도자, 또는 지도자로서 자신의 아들과 자신의 목숨까지 담보하겠다는 결의를 보인다는 것에서 전형적인 파시즘의 영향 하에 있는 작품이라 할 것이다. 특히 이 작품이 모티프로 삼고 있는 전 남자에 대한 '복수'는 버림받은 여자의 한풀이라는 측면에서 충분히 독자의 눈길을 끌만한 소재이고, 동시에 복수의 당위성을 부여받을 수 있는 이유가 된다. 이 같이 독자, 즉 민중을 '감정'과 '기분'에 의해 선동한다는 점은 합리주의에 기반을 둔 것이 아닌 비합리주의적인 감상주의에 파시즘이 기반하고 있음을 다시 한번 확인하게 된다. 최정희는 이 소설에서 기존의 가부장제의 관습들을 거부하고 그 대안으로 천황의 적자를 자처하는 태도를 보임으로써 그것이 고결한 모성성과 여성성임을 파시즘의 이름을 빌려 역설하고 있다.

최정희의 「야국초」는 두 이데올로기가 대립되어 나타나는바, 반도 남성의 가부장적 이데올로기와 제국의 이데올로기가 그것이다. 여성 화자인 '나'는 가정이 있는 남성 사이에서 난 아이를 제국의 군인으로 바칠 결심을 하면서 자신의 행동이 합리적이며 황국신민으로서 당연한 일이라고 생각한다. 이 텍스트는 이러한 스토리를 과거와 현재의 경험을 재구성하는 회상을 통해 서술하는데 이러한 서술은 과거를 치욕으로, 현재를 선택에 의한 질서화된 경험으로 서술하고 있다.

「야국초」는 여성의 글쓰기의 한 텍스트임에도 불구하고 펠로센트리즘적 사고에 갇혀있다. 즉 여기에서 여성의 모성성은 가부장제하에서의 모성성을 벗어나지 못한다. 여성은 단지 생산의 개념으로만 인식되어 천황의 적자를 낳는 수단으로 밖에 치부되지 않는다. 그리고 식민지 여성은 천황의 적자에 의해 보호를 받는 여성으로 설정되고 있다. 일본어로 쓰여진 이 텍스트는 국민문학의 다섯 가지 요소를 갖추면서 일본 제국주의에 대한 파시즘의 영향을 받아쓰기 하는 동시에 유포하는 역할까지 담당하고 있다. 국가를 하나의 가족공동체로 설정하여 혈족의 개념으로 국민국가가 작동되고 있음을 이 텍스트는 보여주고 있다.

엘런 식수는 여성적 글쓰기를 저항의 수단으로 보고 있으며, 육체가 갖는 리비도적 충동으로 돌아가 '여성 자신을 쓰도록' 강요하는 여성적 글쓰기를 주장한다.[293] 하지만 이 소설에서 저항의 대상은 식민지 남성에게 한정됨으로써 글쓰기의 차원이 변질된다. 식민지 가부장제에 의한 희생양으로서 여성이 복수할 대상은 반도의 남성이다. 따라서 반도의 남성에 대한 복수는 그의 아들을 제국의 아들로 바치는 것이며, 그럼으로써 자신이 계급적으로 우월하다는 것을 확인한다. 식민지 여성으로서의 글쓰기는 가부장제와 제국의 여성이라는 이중의 고리에 연결되어 있음으로 해서 그리고 이중의 억압기제 속에 갇혀 있게 됨으로써 변질된 저항의 방법이 동원된다. 현실의 구조적 질서에 편입하려는 여성의 글쓰기가 여기에서는 수단으로서 작용하고 있는 것이다. 그래서 소설의 미학성보다는 선동에 그 무게를 두게 되고 친일문학에서는 특히 이러한 점이 두드러지게 나타난다.

---

293 팸 모리스, 강희원 역, 『문학과 페미니즘』, 문예출판사, 1997, 201-229쪽.

최정희는 동반자작가였음에도 불구하고 사회주의 진영에서 작품 활동을 하지 않고 일제말기 제국의 이념을 선전, 선동하는 역할을 자임했다. 「야국초」는 그러한 최정희의 변모 혹은 전향을 진단하는 작품이다. 이 텍스트는 제국에 임대된 모성으로, 천황제 가부장제의 모성성으로 파시즘을 적극적으로 구현하는 일제말기 여성작가의 맨얼굴을 확인하게 한다.

제3장
최인훈 소설『광장』의 섹슈얼리티와 에로티시즘

1. 개작과정과 서사적 의미 변화

'이데올로기'라는 단어는 오랫동안 우리의 일상적이고 자의적인 언어에 대한 외부의 낯선 간섭자 역할을 자임해 왔다. 가끔 우리가 알지 못하는 사이에 거짓된 의식으로 끌고가는 숨겨진 동기와 요소들에 의해 다양한 해석의 가능성이 차단되고 문학은 정치이론의 자생지로 환원되었었다. 다행히도 현재 정치적 이데올로기의 관점은 실효 된지 오래다. 전후문학이 전쟁의 상흔에 따른 인간의 실존적 불안함을 이데올로기적인 측면에서 강조하고 이것이 분단문학과 이산문학으로 이행했다는 이전의 논리는 수긍되지만, 그 시대의 모든 문학이 단순히 이념을 앞세우고 있다는 편견은『광장』의 다양한 해석의 걸림돌이 되고 있다.

『광장』은 1960년 10월『새벽』에 발표된 이래 지금까지 네 번의 개작과정[294]을 거치면서 각각의 판본에 따른 새로운 해석의 가능성을 열어주고 있다.『광장』은 발표된 직후부터 30년 동안 서사의 구조와 내용, 한문 표기에서 한글 표기로, 세로쓰기에서 가로쓰기로, 그리고 맞춤법과 콤마에 이르기까지 다양하게 개작되었다. 작가는 『광장』의 다섯 가지 판본을 통해 한 개인의 삶을 주관적으로 보여주기보다는 존재, 이념, 사랑, 역사, 정치 등의 개념들에 대한 객관적 서술로 일관하고 있어 논자들이 어느 주제에 초점을 맞추느냐에 따라, 그리고 어느 판본을 선본으로 삼느냐에 따라 다양하게 해석되고 있다. 개작과정에서 주목해야 할 내용적 측면은 이명준과 관계되는 두 여성인 윤애와 은혜 그리고 갈매기의 의미 설정에 관한 것들이다. 민음사판에서 문학과 지성사 전집 판으로 개작될 때 '갈매기'는 이명준의 죽음과 관계되면서 텍스트의 전체적 해석이 전도될 정도로 많은 의미 수정이 이루어진다. '갈매기'가 윤애와 은혜 두 사람의 분신적 존재로 상징되는 것과 은혜와 이명준 사이의 태어나지 않은 딸로 설정되는 것은 분명히 다른 해석적 결과를 가져오기 때문에 이러한 개작의 과정은 간과할 수 없는 문제이기도 하다.

  최인훈은 '작가의 소감'에 이렇게 적고 있다. "인생을 풍문 듣듯 산다는 건 슬픈 일입니다. 풍문에 만족하지 않고 현장을 찾아갈 때

---

294 『광장』은 네 차례 걸쳐 개작되는데, 개작 과정은 1960년 10월에 발표된 직후부터 30년 동안 서사의 구조와 내용에서부터 한문에서 한글로, 세로쓰기에서 가로쓰기, 그리고 맞춤법과 콤마에 이르기까지 다양하게 변형된다.
발표: 『새벽』잡지 1960년 10월 원고지 600장 분량으로 발표.
첫 번째 개작: 단행본으로 800매 정도로 발표.
두 번째 개작: 신구문화사판, 『현대한국문학전집』에 수록.
세 번째 개작: 민음사판, 『광장』 한자어를 한글로 수정, 서사의 서두와 결말에 나오는 갈매기 부분 수정.
네 번째 개작: 문학과 지성사의 전집판, 갈매기의 의미 변모, 콤마 빈번하게 사용.

우리는 운명을 만납니다. 운명을 만나는 자리를 광장이라고 합시다. 광장에 대한 풍문도 구구합니다. 제가 여기 전하는 것은 풍문에 만족지 못하고 현장에 있으려고 한 우리 친구의 얘깁니다."[295] 라고. 이 말은 『광장』에서 작가가 말하고 싶은 것이 무엇인지, 독자에게 전달하고 싶은 메시지가 무엇인지를 암시하고 있다는 점에서 흥미롭다. 작가는 이 작품을 통해 전쟁과 분단, 좌우 이데올로기의 대립적 상황이 표출하는 긴장과 폭력이 한 개인의 내면에서 어떤 식으로 직조되는지, 인간의 자유의지와 욕망이 무엇으로 해소되는지 이야기하고 있다.

『광장』의 서사는 인물의 성적 지각(perception)에 대한 경험이 서사의 주 스토리 라인을 이룬다. 여기에서 성적지각은 객관적인 지각보다 내밀한 주관적 지각으로서 성적 행위와 관련된 지각을 말한다. 성적 지각은 육체를 통해서 인식대상으로 향하는 지각이다. 심리적이거나 생리적인 것만으로 설명 불가능한 성욕은 타자와의 내적, 외적 연결을 전제로 하고 있고, 타자와의 결합은 그것이 육체적인 것이든 정서적인 것이든 언제나 자아 회복의 기제가 된다.[296] 퐁티는 오성의 질서가 아닌 성적인 이해가 존재한다고 보는데, 오성은 경험이 일단 지각되면 그것을 하나의 개념하에 포함시키는 데 반해 욕망을 육체와 육체를 연결함으로써 맹목적인 이해에 이른다고 언급한다. 즉 여성의 육체는 아무런 성적 의미를 지니지 않는데 반해 정상적인 주체에게 가시적인 육체는 단순한 대상이 아니라 개인적이고 성적

---

295 최인훈, 「작가소감 '風聞'」, 『새벽』, 1960.11, 239쪽.
296 전미정, 「한국 현대시의 에로티시즘 연구」, 서강대 박사학위 논문, 1998, 23쪽.

도식에 의해 윤곽 지어지고, 성감대가 강조되고, 정서적 총체성과 통합된 남성적 몸짓을 끌어내는 성적 의미로 충만한 육체가 된다. 성적 리비도는 본능이 아니라 일반적인 힘, 심신으로서의 주체가 즐기고 다른 상황들에 뿌리를 내리고 자신을 다른 경험을 통해 수립하고 행위의 구조를 획득하는 일반적인 힘이다. 이 힘이 사람으로 하여금 역사를 갖게 한다. 한 인간의 성은 세계와 시간과 다른 인간을 향한 존재의 방식이 투사된 것이다.[297] 소설에서 이명준이 경험하고 인식하는 미이라, 윤애, 은혜, 갈매기는 다양한 성적 지각의 측면으로 드러난다. 그리고 육체를 매개로 한 지각의 양상은 인물에게 세계인식에 대한 관점을 다양하게 제공하고 있다.

이 장에서는 그 동안 대부분의 연구에서 논의해 왔던 정치적 이데올로기를 재현한 민족의 서사[298]라는 시선에서 벗어나『광장』이 섹슈얼리티의 성적 욕망에 의해 추동되는 서사라는 관점에서 고찰하고자 한다. 인간의 실존적 문제를 사랑과 욕망 차원에서 다루고 있다는 것은 그만큼『광장』의 스펙트럼이 다양하다는 것을 보여준다.『광장』에서 서술하고 있는 성적 지각은 두 가지 방식으로 나타난다. 하나는 섹슈얼리티적인 지각이며 다른 하나는 에로티시즘적 지각이다.[299] 이 둘은 몸을 매개로 하여 체현된다는 것은 같지만 정체성 구

---

297 Merleau-Ponty, Maurice, Phenomenology of Perception, London: Routledge and Kegan Paul, 1962, p.158
298 김병익 외 편,『현대 한국 문학의 이론』, 민음사, 1972.
유종호,「소설의 정치적 함축」,『세계의 문학』, 1979년 가을호.
권오룡,「이념과 삶의 현재화: 1960년에서 1990년까지『광장』의 변천사」,『한길문학』6, 1990.
권영민,『한국현대 문학사』, 민음사, 1993.

성 과정은 다르다고 할 수 있다. 이명준의 서사를 중심으로 성적 지각의 측면에서 육체가 어떻게 섹슈얼리티와 에로티시즘의 의사소통 과정에 관계하는지 살펴보고자 한다. 또한 여기에서는 육체가 단순히 인간의 육체만을 지칭하는 것이 아닌 전이된 상태에서의 육체, 즉 '미이라'와 '갈매기'도 포함하여 논의할 것이다. 이러한 논의는 결과적으로 1920~30년대의 성 담론과 1960년대 초에 쓰인 『광장』의 성 담론이 어떠한 형태로 변이·변모되는지에 대해 고찰함으로써 성적지각에 대한 섹슈얼리티와 에로티시즘의 새로운 지형도를 그릴 수 있다는 데 그 의의가 있다.

2. 박제된 육체의 탈성화(desexualization)

『광장』은 과거와 현재 시간의 교차반복에 의해 서사가 진행된다. 서사의 시작 부분은 현재 시간으로 진행되며, 과거의 시간은 역전되어 서사의 중간에 분포한다.[300] 소설의 스토리 시간은 명준이 대학교 3학년 때부터 타고르호를 타고 제3국으로 향하는 현재의 시간까

---

299 에로스와 에로티시즘는 섹스와 섹슈얼리티를 포함하는 좀 더 폭 넓은 상위개념이다. 후자는 성행위 및 생식 등과 관련된 생물학적 개념에만 한정되는 반면, 전자는 성행위에서 인간의 내적 정신을 고찰하여 양적이고 질적으로 승화시킨 것이다.
전미정, 앞의 논문, 1-11쪽.
300 『광장』의 텍스트에 서술된 시간의 순서로 도시해 보면 '타고르호의 이명준(현재시간) → 대학교 3학년 때의 이명준, 윤애와의 만남(과거시간) → 타고르호(현재시간) → 윤애와의 헤어짐, 은혜와의 만남과 헤어짐(과거시간) → 타고르호(현재시간) → 이명준의 죽음'으로 서사화된다.

지 설정된다. 즉, 소설은 주 인물의 회상과 기억을 통해 과거의 시간
이 재현되는 동시에 그것이 현재 시간에서 인물에게 어떤 인식적 변
화를 가져오게 하는가에 천착하고 있다. 그러나 과거의 기억은 쾌락
이 아니라 주로 의무에 대한 기억이며, 양심의 가책, 죄악, 원죄 등과
연결되면서 자유에 대한 약속과 행복이 아니라 처벌에 대한 공포와
불행[301]으로 규정된다. 현재의 시간이 타고르호라는 배의 협소한 공
간을 초점화하고 있다면, 과거의 시간은 해방 후의 서울과 인천, 평
양 등의 광범위한 공간을 서사화한다. 즉 소설에서 중요한 것은 현재
가 아닌 과거 시간에 대한 기억이다. 그것은 인물이 왜 타고르호에
승선할 수밖에 없었는가에 대한 이유이기도 하며 또한 서사가 지향
하는 목표이기도 하다.

서사는 타고르호를 타고 있는 현재의 시점에서부터 시작되지만,
최초의 사건은 과거 속에서 일어난다. 과거 시간은 이명준이 고고학
자인 정선생을 만나는 것에서부터 재현된다. 철학과 3학년인 이명
준이 "무엇 때문에 살며, 어떻게 살아야 보람을 가지고 살 수 있는
지"에 대한 해답을 구하기 위해 찾아가는 사람은 고고학자이며 여행
가인 정선생이다. 이 집에서 이명준은 여자 미이라를 보게 된다.

---

301 마르쿠제, 김인환 역, 『에로스와 문명 – 프로이트 이론의 철학적 연구』, 나남
출판, 1999, 228쪽.
마르쿠제는 기억의 억압된 내용을 해방하지 않고 기억의 해방하는 힘을 풀어
놓지 않으면 억압 없는 승화는 상상될 수 없다고 말한다. 그리고 그는 오르페
우스 신화에서 프루스트의 소설에 이르기까지 행복과 자유는 시간의 탈환,
다시 찾은 시간과 관계되어 있다고 언급한다.

명준은 누운 사람을 본다. 미이라였다. 칠한 물질의 겉이 가는 실처럼 금이 갈라져 있고, 통틀어 모습이 몸의 어디건 지나치게 모가 진 느낌이다. 여자의 미이라인 것은 팔목과 가슴, 허리의 모양으로 짐작이 가지만 부드러워야 할 턱, 어깨, 허리 언저리도 일부러 그렇게 다듬은 듯 반듯반듯 모가 졌다. 말하자면 진짜에 한꺼풀 입힌 조각일 텐데, 사진에서 보는 그리스 조각과는 사뭇 다르다. 그리스 조각의 선은 따뜻이 굽이쳐 흐르는 곡선인데, 이쪽은 얇은 판대기를 수없이 쌓아서 높낮이를 만든 것 같은 솜씨다. 집짓는 슬레이트를 가지고 사람 모습을 만들면 이렇게 되리라 싶다. (중략) 햇빛에 바랜 낙타 똥 냄새가 어렴풋이 풍기는 장엄한 시간이 몸속으로 소리쳐 흘러오는 듯한 떨림이 있다. 아랫배에서 치골에 이르는 언저리도 마찬가지 기하학적 우격다짐을 벗어나지 못하고 있다. 그 두부 모 자른 듯한 다름새가 보는 이로부터 구체적 상상을 가로막는 구실을 하고 있는, 굳어서 말라버린 이, 사람의 몸은 병원의 유리관 속 알코올에 담긴 몸뚱이가 풍기는 생생한 역겨움에서는 동떨어진 곳으로 그를 이끌어 간다. [302]

스토리 시간의 측면에서 처음으로 이명준에게 지각되는 육체는 박제된 미이라다. "수천년 전 그 무렵 이 땅덩어리 위에서 제일 깬 고장을 다스리던 태양의 나라에 산 양반 아냐"이었던 미이라는 여성의 육체를 가졌지만, 여기에서 그것은 죽음을 통과한 사물의 상태로 표현된다. 미이라는 "얇은 판대기를 수없이 쌓아서 높낮이를 만든 것",

---

302 최인훈, 『광장』, 문학과 지성사, 1996, 52-53쪽.

집 짓는 슬레이트를 가지고 사람을 만들어 놓은 것 같은 모습이며, "두부 모"와 같은 형상에, "낙타 똥"으로 비유되는 후각, 그리고 "몸 속으로 소리쳐 흘러오는 듯한 떨림"의 촉각으로 인지된다. 미이라는 몸 전체로서 경험되는 것이 아닌 시각, 후각, 촉각의 느낌으로 분편화 되어 이명준에게 지각되고 있다. 존재 상태의 육체가 아니라 존재가 상실된 죽음 이후의 미이라이기 때문에 성적 지각은 여기에서 이루어지지 않는다. 다시 말해 인간의 태초 상태인 원시성으로 돌아가지 못한 박제된 육체이기 때문에 인물과 어떠한 교합도 이루어지지 않는 것이다.

서사에서 이명준에게 지각되는 육체는 세계와 소통하기 위한 것으로만 존재한다. 여기에서 그가 체험하는 육체는 단순히 보이고, 만져지는 몸이 아니라 세계를 투사하는 도구로서 기능한다. 그리고 육체를 매개로 해서 체득되는 세계는 인물의 주체성을 확립하는 접점인 동시에 사회적 인식의 장이 형성되는 공간이 된다. 이명준은 미이라와 동일한 속성을 공유하고 있다고 할 수 있는데, 그것은 아직 아무것도 행동하지 않고 경험하지 않은 인물의 의식이 무중력의 상태에 있는 미이라와 같다는 것이다. "미스를 할 적마다 패 하나씩 빼앗기는 놀이"에서 이명준은 "아직 한 판도 안 한" 많은 패를 가지고 있는 상황으로, 실존하면서도 실존하지 않은 그 중간의 영역은 미이라의 영역인 동시에 이명준의 영역이라 할 수 있다.

무생물의 상태로 전이되어 버린 미이라는 여기에서 좀 더 많은 것을 상징하고 있다. 미이라가 보관되어 있는 정선생의 집은 "시간이 실각한 곳"이며, 역으로 말하면 "정부가 너무 많은, 지구상에 일었다가 쓰러진 왕조들이 모조리 여기에 연립정부를 만들고 있는" 공간이다. 초월적 시공간의 상태에 머물러 있는 미이라는 바로 그러한 정선생의 집에 누워 있는 것이다. 정선생이 미이라를 수집하고 정기적으로 미이라를 관찰해야만 하는 것은 네크로필리아에 매몰되어 있기 때문이다. "나한테는 패가 꼭 한 장뿐"이라는 정선생은 어떠한 미래도 담보할 수 없는 상태로서의 무정부주의와 동일화됨으로써 미이라의 속성과 결합된다. 죽음을 환기하는 미이라는 정선생과 이명준에게 네크로필리아[303]적 존재로 각인되고 있는 것이다.

그러나 이명준의 경우는 정선생의 네크로필리아와는 다르다. 이명준은 미이라를 보면서 죽음을 의사체험 한다. 미이라의 썩지 않은 육체는 이명준에게 실존적 떨림을 가능하게 하는 요소이자, 현재의 시간과 공간에서는 침묵으로 일관할 수밖에 없는 존재의 무가치를 알려주는 기표의 역할을 한다. "이런 굿을 치르지 않으면 제 생이란 훨씬 보잘것없는" 것이 되는 미이라의 관찰의식에는 죽음이 통과한 육체를 '봄'이라는 행위를 통해 실존에의 욕망을 추동시키고 있는 것이다. 생을 열망하는 에로스가 충만할수록 사의 열망, 즉 타나소스[304]의 에너지는 증폭된다. 현실이 인간성을 지나치게 억압하여 인

---

303 necrophilia: 死體愛好症
304 프로이트는 삶의 힘과 죽음의 힘을 에로스(Eros)와 타나토스(Thanatos)로 정의하며 이 둘의 관계는 서로 대립하며 상보성을 갖는다고 말한다. 그는 신경증에 걸린 사람들이 전이의 과정에서 행동하는 방식에서 뿐만 아니라 수많은 정상인의 운명에서 따온 그러한 사실들을 직시하고 다음과 같이 결론짓는다. "정신생활에서 재현하고 되풀이하려는 억제할 수 없는 경향, 쾌락 원칙을 고려하지 않고 쾌락 원칙을 넘어서 나타나는 경향이 있다는 것을 인정하지 않을 수 없다." 동일한 것으로 되돌아가려는 그러한 경향을 프로이트는 '죽음의 본능', 그리스 신화에서 죽음의 신의 이름인 '타나토스'라고 이름 붙인다. 그는

간에게 죽음 의식을 팽배하게 만들 때, 그 현실과 대극적 지점에 있
는 생명이나 영속성에 대한 의식은 평소보다 훨씬 더 고조된다. 즉
죽음을 많이 의식하면 할수록 역으로 삶의 에너지도 많이 방출되는
것이다.[305] 죽음은 실존의 가치를 환기하며, 타나토스에서 발아된
자아의 존재 기반을 확립하는 역할을 하고 있는 것이다. 그래서 이명
준이 '광장'과 '밀실'을 정선생에게 비교 설명하며, 진실된 광장에서
"갈빗대가 버그러지도록 뿌듯한 보람을 품고 살고 싶다."는 욕망을
품게 되는 것이다. 즉 탈성화(desexualization)된 미이라는 이명준의 실
존의 떨림을 추동하는 존재라고 할 수 있다.

　미이라의 죽은 육체가 서사의 시작에 등장하는 것은 서사의 마지
막에 이명준이 죽음을 맞이하는 것과 동궤를 이룬다. 죽음은 존재 소
멸의 순간이지만 미이라는 불연속성에서 전이된 사물로써 연속성
으로 미끌어져 들어가는 유일한 몸임을 말하고 있다. 체험하는 육체
가 아닌 체험된 뒤 육체의 최종적인 자리는 죽음이라는 인식이 서사
의 서두에서부터 시작되고 있는 것이다. 그래서 모든 체험이 끝난 이
후의 육체는 다시 죽음으로 밖에 돌아갈 장소가 없음을 말하고 있다.
서사의 결말에 은혜와 딸이 갈매기로 승화되고 그것을 따라 이명준

　이것을 삶의 본능인 '에로스'와 대비시키며, 에로스는 개인을 더욱더 넓은 전
체로 통합하면서 새로운 상황을 빚어내는 데 반하여, 죽음의 본능은 동일한
것의 반복을 통해 개인을 무기물적인 것, 무생물적인 것으로 되돌아가게 하
는 경향이 있다고 말한다. 타나토스는 리비도가 아니라 리비도와 반대되는
것이다.
막스 밀네르, 이규현 역 「프로이트와 문학의 이해」, 문학과지성사, 1997, 253-
254쪽.
305 전미정, 앞의 논문, 14쪽.

이 죽음을 선택하는 것은 에로티즘이 근본적으로 죽음의 의미를 포함하며 미이라의 타나토스와 역동적으로 순환하고 있음을 보여주는 것이라 할 수 있다.

서사에서 이명준이 두 번째로 만나게 되는 여성의 육체는 윤애이다. 아버지의 친구인 변선생 집에서 기거하면서 이명준은 윤애를 만나게 된다. 윤애는 "마른 편이지만, 그 말대로 눈매가 시원한 여자"였다. 이명준이 윤애와 몸적 존재로서 소통을 시작하게 되는 계기는 경찰서에서 폭행당한 사건 이후이다. 부친이 평양의 대남방송에 나온다는 이유로 경찰에게 빨갱이로 의심을 받은 뒤 이명준의 삶은 균열되기 시작한다. 경찰서에서 그는 취조받으면서 구타를 당하게 되고, 아버지의 현존은 의식으로서가 아니라 육체로 먼저 지각된다. "한 마리 씨벌레의 생산자"라는 아버지의 자격은 폭력으로 각인되고 있는 것이다. 육체로부터 전해지는 아버지의 부재는 이명준에게 알 수 없는 분노를 일으키게 하고 세계와의 소통 의지를 단절 시키는 계기가 된다. 아버지의 존재는 개인이 더 이상 밀실에서 견딜 수 없다는 것을 고지하는 동시에 "무언가 가슴 뿌듯한 일"을 찾아가게 하는 동기가 되는 것이다. 또한 이것은 주체가 '아버지의 법'에 진입하려는 것에 대한 거부라고도 할 수 있다. 상징계에서 미끄러진 주체는 상상계에 머무르려고 하고, 그는 결국 여성의 몸, 여성의 자궁으로 회귀하려는 남성자아의 원초적 모습을 보여준다. 아버지는 가부장 제도의 가장 대표적인 기표이다. 이 기표에 편입하기 위해 애쓰지만 역으로 편입될 수 없는 상황이 계속되면서 주체는 새로운 공간을 찾을 수밖에 없고, 그 공간은 여성의 몸으로 규정된다.

인물이 소통하고 안주하고자 하는 공간은 서사에서 윤애로 설정
된다. 이명준은 자신이 정주할 공간으로 윤애의 몸을 선택하게 되는
데 그 이유는 자아와 동일시되는 윤애를 통해 외로움과 고독감을 잊
을 수 있으리라는 기대 때문이다. 이명준이 광장과 밀실에서 모두 쫓
겨나 갈 수 있는 곳은 타자의 육체뿐이다. "사람의 몸이란, 허무의 마
당에 비친 외로움의 그림자"일 거라는 이명준의 인식은 타자의 육체
를 필요로 하게 되고, 진실 된 정치의 광장, 문화의 광장, 경제의 광
장을 찾지 못하고 회귀하는 곳은 여성의 육체인 윤애인 것이다.

　①윤애의 덤덤한 낯빛은 관념철학자의 이명준에게, 화려한 원피스
로 차리고, 손이 닿을 거기에 다소곳이 선 '물건' 자체였다. 부드러운
살결이 벽처럼 둘러싼 이 물건을 차지해 보자는 북받침이 불쑥 일어난
다.(79쪽)

　②어쩌면 이리도 마음이 차분치 못할까. 마음과 사랑이 함부로 뒤
바뀌는 짜증스러움이, 자기의 불안한 자리를 말하는 줄을 알긴 한다.
(중략) 그런들 윤애에게 화풀이할 까닭이 없었으나, 뉘우치면서도 언
제나 마찬가지였다. 윤애에게 부드러우려고 애쓴다. 모처럼 폐를 끼치
면서 심술까지 부릴 법이 없다고 뉘우친다.(81쪽)

　③기껏 신사 대접을 받다가, 도적놈으로 탈바꿈하는 데는 배창이
있어야 했다. 도적놈(82쪽)

　④한 여자를 굽혀보자는 생각. 죄악에 넘친 음모처럼 그를 꾄다.(82)

　⑤그녀는 흠칫하는 듯했으며, 가만 있는다. 오래 그러고 있는다. 다
음에는 어떻게 했으면 좋을지 모르겠다. 오래 끌수록 점점 거북하고

불안해진다.(83쪽)

⑥ 처음 짐작과는 달리 사랑하는 사람들끼리 마주앉았을 때 시간을 메우는 흉내를 쉽사리 해내고 있는 일에 놀란다. 아무 어려운 것이 없다.(85쪽)

⑦ 연애가 희한한 '기술'로만 비치던 명준에게는, 뻔히 자기 손으로 만져본 승리조차도 그러므로 허깨비가 아니었던가 싶게 믿어지지 않는다.(85쪽)

경찰서에서 취조받은 후 이명준은 인천에 위치한 한적한 시골의 윤애의 집에서 여름 동안 기거하게 된다. 내면의 "고요한 무너짐"을 태연함으로 가장하면서 이명준은 어떠한 '예감'에 사로잡히기도 하고, "단단한 벽에 금이 가는 낌새"를 느끼면서 윤애와의 소통을 시도한다. 위의 인용문은 윤애와 관계된 심리적인 상황을 표현한 문장들이다. "잠자리 날개 모양 풀이 꼿꼿한 모시 적삼"을 입은 윤애를 처음 찾아갔을 때 "명준은 덫에 걸린 느낌"을 갖게 된다. 그래서 이후에 묘사되는 윤애와의 성적인 접촉은 부정적으로 묘사된다. ①에서 윤애는 차지하고 싶은 '물건'에 불과하며, ②에서는 짜증스러움, 불안함이 동반된 만남을 하고 있다. ③은 자신을 도적놈이라 표현하고 있고, ④에서는 윤애를 음모로써 차지하고 있는 것처럼 묘사하고 있다. ⑤와 ⑥은 거북하고 불안한 심리와 자신이 사랑을 흉내 내는 것에 놀란다. 그리고 ⑦은 윤애와의 성적인 접촉이 단지 승리라는 단어로만 치부되고 있다.

이명준에게 윤애의 '몸'은 성적 지각이 쾌감으로써만 한정되는 섹슈얼리티적인 차원에 머문다. 그러한 이유는 윤애가 그의 요구를 거부한다는 것에서부터 비롯된다. 이명준은 사랑의 징표[306]로써 완전한 육체적 합일을 요구하지만 윤애는 그의 요구를 들어주지 않는다.

> ⑧ 마음은 몸을 따른다. 몸이 없었던들 무얼 가지고, 사람은 사람을 믿을 수 있을까..... 틀림없이 그때 그녀의 몸은 스스로를 깨닫고 있지 않았다.... 살을 섞는데서 그녀가 어느 만큼만 즐거움을 가지는, 그는 끝내 알 수 없었다.... 마음이 없으면 몸은 빈집인 모양이지. 다만 어떤 두 남녀가 서로의 몸을 알았다 뿐 아니라, 서로가 좋아서 그렇게 했다면 모든 허물을 덮어지고도 남는 것이 아니냐고 달래보는 길 밖에 없다.(89-90쪽)

여기에서 이명준은 윤애에게 거부되는 몸이다. 육체로 지각되는 것은 단순한 경험적 소여를 넘어선다. 육체의 지각은 외부의 지각을 언어로 설명하는데, 그 언어는 단절되어 이명준에게 전달되지 않는다. 육체는 정신적 갈등이 각인되는 장소임과 동시에 인간 상징의

---

306 여기에서 이명준의 성적 행위는 단순한 욕망의 문제가 아닌 사랑이 전제된 행위로서 의미화된다. 『광장』의 개정판을 보더라도 『문학과 지성사』에서 나온 전집은 이전보다도 사랑을 강조하고 있다. 최인훈은 이창동과의 대담에서 개작을 또 하나의 창작으로 본다면 후기로 올수록 사랑이란 것을 더욱 생각하고 가치를 두고 있다고 말한다. "훨씬 자각적으로 사랑이라는 것이 가치를 주어도 좋은 것이다. 무슨 종교나 이데올로기라고 하는 것에 대해서는 눈치 보지 않고 강력하게 주장해도 괜찮은 것이라고 생각합니다."
이창동, 「최인훈의 최근의 생각들」, 『작가세계』, 1990년 봄호, 60-61쪽.

원천이기도 하다. 그래서 육체는 상징화의 장소를 제공하고 궁극적으로 언어 자체를 표기하는 장소가 된다. 이명준과 윤애의 육체는 언어적으로 기표화 되지 않는다. 육체는 타성적인 것이 아니라 느끼는 주체이다. 즉 느끼지 못하는 육체는 언어로 확장되지 못하고 상실됨으로서 다른 타자를 요구하게 된다. 몸은 소통의 대상을 찾아 금기의 영역을 넘어 또 다른 육체적 존재로 향할 수밖에 없다.

아버지의 존재를 대리하는 윤애는 이명준에게 단지 육체적인 접촉을 욕망하는 섹슈얼리티적인 차원의 사물이지 사랑이나 정감이 개입된 대상이 아니다.[307] 즉 윤애는 성적욕망의 대상으로서만 존재함으로써 섹슈얼리티[308]의 범위에서 벗어나지 못한다. 두 육체의 연결 가능성이 삭제되었다는 것은 성적 상황뿐 아니라 정감적 이데올로기적 상황에도 서로 분리될 수밖에 없다는 것을 의미한다. 따라서 인물은 자아를 주체화할 수 있는 구체적인 자유가 결여되어 있어 미래에 대한 계획을 현재에 투사하지도 못한다.[309] 어떤 의미에서건 여기에서 여성의 육체는 훼손된 육체이며, 육체적 존재로서의 가치를 상실한 몸으로 각인하고 있는 것이다. 윤애의 육체는 비소통적 구조

---

307 여기에서 논의된 섹슈얼리티와 에로티즘은 다분히 남근 중심적이 될 수밖에 없다. 서사의 시점이 이명준이라는 남성의 시각에서 일방적으로 묘사되고 있기 때문이다.

308 섹슈얼리티는 내적 현상과 외적 현상, 정신 영역과 물질세계 모두를 가리키는 용어로 등장한다. 섹슈얼리티는 성별 육체(그 모양과 크기에도 불구하고)와 성적 욕망(그 다양성에도 불구하고)이 교차하지만 결국 분리되는 곳에 자리잡고 있다고 제안할 수 있다. 섹슈얼리티는 생리적인 충동에서부터 언어의 구조에 이르기까지 다양하게 정의되고 있다.
조셉 브리스토우, 이연정·공선희 역, 『섹슈얼리티』, 한나래, 2000.

309 김형효, 『메를로 뽕띠와 애매성의 철학』, 철학과 현실사, 1996.

의 육체에 불과하며, 성적인 존재 이상의 차원을 넘어서지 못하는 섹슈얼리티의 육체로 규정된다.

3. 육체의 상징화 과정과 에로티시즘

앞 장에서 살펴보았듯이 미이라의 육체는 삶을 추동하는 역할을 했고, 여성의 육체는 소통의 결여로 인해 또 다른 육체의 필요성을 환기했다. 여기에서는 세 번째로 지각되는 육체인 은혜의 서사를 살펴보면 이전 서사에서 여성의 육체가 단순히 보여지는 것이었다면 여기서는 체험되는 육체가 등장한다. 어떠한 소통도 거부된 상황에서 인물은 자신을 받아줄 광장을 찾아 다른 공간을 욕망하게 된다. 그 공간은 북녘 '잿빛 공화국'이었고, 이명준은 밀입북을 시도하게 된다. 월북 후 그는 『노동신문』의 편집부 기자로 근무하게 되는데, 그곳에서 그는 자신이 혁명이 아닌 혁명을 흉내 낼 뿐이라고 회의한다. 그는 "호랑이 굴에 스스로 걸어 들어온 저를 저주하면서" 진실된 광장을 다시 열망하게 된다. 왜곡된 사실을 전달해야만 하는 고통은 그가 욕망하는 광장과는 상이한 것이었고, 인간의 가능성을 억압하는 체제에서 소외된 노동은 이명준의 리비도를 성욕으로 전이 시킨다. 그는 또다시 "몸의 움직임만이 있는 곳"을 열망하게 되고, 드디어 "스스로 사람임을 믿을 수 있는" 은혜를 만나게 된다.

양말을 신지 않은, 맵시 있게 살이 붙은 두 다리는 문득 생생했다. 명

준은 가슴이 꽉 막혔다. 보고 있으면 볼수록. 그 기름한 살빛 물체는 나
서 처음 보는 듯이 새로웠다. 곤색 스커트 무르막에서부터 내민 다리는
뚝 끊어져서 조용히 놓인 토르소였다. 사랑하리라. 사랑하리라. 명준
은 속으로 그렇게 중얼거렸다. 깊은 데서 우러나오는 이 잔잔한 느낌
만은 아무도 빼앗을 수 없다. 이 다리를 위해서라면, 유럽과 아시아에
걸쳐 모든 소비에트를 팔기라도 하리라. 팔수만 있다면, 세상에 태어
나서 지금 이 자리에서 처음으로 진리의 벽을 더듬은 듯이 느꼈다. 그
는 손을 뻗쳐 다리를 만져보았다. 이것이야말로 확실한 진리다. 이 매
끄러운 닿음새. 따뜻함. 사랑스러운 튕김. 이것을 아니랄 수 있나. 모든
광장이 빈터로 돌아가도 이 벽만 남는다. 이 벽에 기대어 사람은 새로
운 해가 솟는 아침까지 풋잠을 잘 수 있다. 이 살아 있는 두 개의 기둥,
몸의 길은 몸이 안다.[310]

　이명준이 부상으로 입원한 병원에 은혜가 문병을 오면서 두 사람
은 만나게 되고, 둘은 사랑하게 된다. 위의 인용문에서 보는 바와 같
이 은혜의 육체는 '다리'로 상징화 된다. 은혜의 두 다리는 진리를 표
상하는 기표이며, "모든 광장이 빈터로 돌아가도" 이 다리는 현존하
는 것으로 표현된다. 페티시즘[311]의 전형인 이 다리는 "살아 있는 두

---

310 최인훈, 앞의 책, 129-130쪽.
311 페티시즘(fetishism; 절편음란증, 물신주의)이 음란절편이라는 용어로 처음
　　으로 널리 사용하게 된 것은 18세기에 원시종교에 관한 연구에서부터이다. 이
　　때의 의미는 숭배의 대상이 되는 무생물이었다. 19세기에 이르러 마르크스는
　　이 용어를 빌려와 자본주의 사회에서의 사회관계가 사물들 사이에 맺어지는
　　착각형태에 대해 기술하게 되었다. 그리고 프라프트 어빙은 1890년대에 성적
　　인 행위에 최초로 적용시켰고, 성도착(sexual perversion)으로 정의했다. 그 뒤

개의 기둥"으로서 "진리의 벽"을 상징한다. 여성의 육체가 단순히 소비되고 소유되는 것이 아니라 새로운 의미를 얻음으로써 상징화 과정에 참여하고 있는 것이다. 이런 육체의 상징화는 이들이 머무르던 공간과도 관계된다. 은혜와 이명준이 만나는 장소가 '방'의 공간이었다는 것은 이 장소가 갖는 은유적 속성과 연결된다. 보통 '방'은 문학에서 여성의 자궁을 상징하는데 이러한 원시성은 이 둘의 육체를 서로 전유하게 만든다. 윤애가 육체적 미완의 존재로 남아 있다면 은혜는 완전한 육체의 소통을 이루는 존재로 인식되고 있는 것이다.

이명준과 은혜의 서사는 전쟁 전·후라는 시간적 계기와 '방'과 '동굴'이라는 두 공간적 계기로 구획된다. 전쟁이 나면서 이 둘을 헤어지게 되고, 전장에서 다시 만남으로써 에로티시즘은 다시 회복되고 견고해진다. 두 번째 이들의 만남은 동굴에서 이루어지는데, 이 공간의 폐쇄성은 '방'과 같이 태초의 공간으로 비유된다. 이들에게 육체는 단순히 결합에 그치는 것이 아닌 인식의 합일로까지 나아간다. 이들은 육체의 합일을 이루고 인식의 동일화를 이루며, 소통의 장을 형성한다. 이것은 육체가 서술하는 언어가 되었다는 것을 의미한다. 에로티즘은 혐오감을 욕망으로 향하게 하는데, 여기에서 개인적 사랑은 에로티즘의 한 양상으로 제시된다.[312] 육체의 전유는 섹슈

로 프로이드나 다른 연구자들도 이러한 정의를 채택하였다. 이것은 일반적으로 무생물이나 부분적인 물건, 음모, 우단, 발 신발, 머리카락 등 비성적인 '주물'에 성적인 의미를 부여함으로써 성적인 만족을 얻으려는 남성의 변태행위로 정의되어 왔다.
딜런 베나스, 김종주 외 역, 『라깡 정신분석 사전』, 인간사랑, 1998, 347-350쪽.
312 조르쥬 바타이유, 조한경 역, 『에로티즘의 역사』, 민음사, 1998, 23쪽.

얼리티가 아닌 에로티시즘의 차원으로까지 이어짐으로써 이 둘의 사랑은 완성된다고 할 수 있다.

『광장』의 서사는 이 두 육체가 에로티시즘이라는 성적기표로 변해가는 과정을 극적으로 보여준다. 육체는 모든 감각의 총체이자 생생한 실존의 총화이다. 몸의 길 찾기라는 탐색의 서사에서 이것은 "마지막 남은 광장이며, 우상"이 되는 것이다. 이로써 인식의 궁극적인 완성은 육체의 지각을 통해[313] 이루어지고 월북 후에도 진정한 광장을 찾지 못한 이명준에게 은혜는 새로운 광장으로 인식되면서, 그 과정이 육체를 통해 확인되고 있는 셈이다. 은혜의 육체는 윤애와 같이 거부하는 것이 아닌 모든 것을 수용하는 모성적 몸이다. 육체의 일부분인 탯줄로서 연결된 결코 분리될 수 없는 어머니의 육체는 선험적으로 결합된 육체인 것이다.[314] 즉 이명준에게 그녀의 육체는 자아의식의 근거지 역할을 하고 있는 것으로, 이 육체는 섹슈얼리티의 경계를 넘어 에로티시즘의 영역에 있다고 할 수 있다.

앞에서 미아라와 윤애, 그리고 은혜라는 가시적인 육체가 이명준의 의식에서 어떠한 형태로 인식되는지 살펴보았는데, 여기에서는 네 번째의 육체로 갈매기에 대해 살펴보기로 하자. 이명준은 은혜와의 에로티시즘적인 상호작용이 있었음에도 은혜의 죽음으로 다시 혼자가 된다. 전쟁터에서 인간의 목숨이라는 것은 우연성에 의해 길들여질 수밖에 없는 상황임에도 은혜의 죽음은 이명준에게 육체의 소

---

313 양해림, 『몸의 현상학』, 철학과 현실사, 2000, 107쪽.
314 허라금, 「몸으로 다시 꾸며보는 여성 주체」, 『여성의 몸에 관한 철학적 성찰』, 철학과 현실사, 2000.

멸과 함께 진리의 사라짐으로 각인된다. 은혜의 육체, 특히 다리는 진리를 대리하는 것으로서 이명준에게 인식되었기 때문에 이 같은 사라짐은 이명준에게 또 다른 상실감을 가져오게 되는 것이다. 그러나 서사에서 은혜의 존재는 단순한 죽음으로서의 사라짐이 아닌 다른 육체적 존재로의 전이를 통해 에로티시즘의 승화를 보여준다.

전쟁이 끝나고 패배한 전쟁포로 신분으로 이명준은 자신이 가야 할 곳을 선택하게 되는데, 그것은 남한도 북한도 아닌 중립국이었다. 남한과 북한의 공간은 이제 이명준에게 희망을 제시하는 땅이 아니다. 그래서 이명준은 중립국으로 향하는 타고르호에 승선하게 되고 그곳에서 배가 떠날 때부터 쫓아 온 갈매기 두 마리를 보게 된다. 그러나 여기에서 갈매기는 불가시적인 존재로, 끊임없이 이명준을 따라다니는 육체가 없는 존재로 서술된다. 불가시성의 존재는 실재하지 않으면서 실재하는 것처럼, 그리고 실재하면서 실재하지 않는 것처럼 묘사된다. 그래서 이명준은 이것을 '헛것', '그림자'로 착각하기도 한다. 환각으로 체험되는 이 존재는 공간과 시간을 초월하여 이명준에게 지각되면서 그의 행동을 자극하는 요인이 된다. 그리고 이것은 의식에서 진행되는 갈등을 표면화시키는 역할을 수행한다. 결과적으로 이 갈매기는 이명훈이 죽음을 선택하는 궁극적인 요인이 된다.

① 그때다. 또 그 눈이다. 배가 떠나고부터 가끔 나타나는 허깨비다. 누군가 엿보고 있다가는, 명준이 휙 돌아보면, 쑥 숨어버린다. 헛것인 줄 알게 되고서도 줄곧 멈추지 않는 허깨비이다. 이번에는 그 눈은 백

간으로 들어가는 문 안쪽에서 이쪽을 지켜보다가 명준이 고개를 들자 쑥 숨어버린다. 얼굴이 없는 눈이다.(24쪽)

② 조금만 더 죄면 끝장이 날 것 같았다. 그때 명준의 시야에 퍼뜩 들어 온 것이 있다. 그 인물이 보고 있다. 저쪽, 둘러선 사람들의 머리 너머, 브 리지 쪽으로 난 문간에 휙 모습이 나타났다가 사라지는 것이었다.(100쪽)

③ 그는 흠칫 놀랐다. 그것은 그를 뒤따르고 있는 그 알 수 없는 그림 자의 목소리라는 환각이 드는 것이다.... 그 느낌은 아주 가까웠다. 그 런 탓으로 풀이할 틈이 없다. 두통도 그 증세였다. 눈에 보이지 않는 그 림자가, 여전히 숨은 채, 이번에는 목소리만 들려온 것이다. 어디선가 들어본 목소리인 것 같기도 하다.(105쪽)

④ 자기 방에 들어섰을 때였다. 자기를 따라오던 그림자가 문간에 멈춰 섰다는 환각이 또 스쳤다. 흰 그림자가 쏜살같이 저만치 날아가 는 것이 보인다.(181쪽)

⑤ 총구멍에 똑바로 겨눠져 얹혀진 새가 다른 한 마리의 반쯤한 새 인 것을 알아보자 이명준은 그 새가 누구라는 것을 알아보았다. 그러 자 작은 새하고 눈이 마주쳤다. 새는 빤히 내려다보고 있었다. 이 눈이 었다. 뱃길 내내 숨바꼭질해 온 그 얼굴 없던 눈은.(183쪽)

위의 ①에서부터 ⑤까지의 인용문은 이명준이 타고르호에서 환각 과 환청을 겪게 되는 것을 묘사한 것이다. ①에서 갈매기는 눈이 없 는 '헛개비'로 묘사되고 ②에서는 "휙 나타났다 사라지는 인물"로 ③ 에서는 "눈에 보이지 않는 그림자"와 "어디선가 들어본 목소리"로 ④에서는 "흰 그림자"로 재현된다. 육체는 가시적인 것이지만 여기에서 육체는 비가시적인 것으로 존재한다. "알 수 없는 그림자"는 실체를 얻지 못한 환상에 불과하지만, 그는 그림자로부터 "문득 잊어서는 안 될 무언가를 잊어버리고 있다는 것을 깨닫는 느낌"을 받게 된다. 때로는 시각적으로 또는 청각적으로 지각되는 비물질성의 그림자는 눈과 목소리로 자신을 드러낸다.

이것은 프로이트가 말하는 '운하임리헤'[315]라고 할 수 있는데, '불안하게 하는 야릇함'인 이것은 지적인 불확실성으로 일상적인 경험에서 벗어나는 것과 마주칠 때의 당혹감 이상의 어떤 것이다.[316] 고통스럽고 불안하며 무서움을 자아내면서 은밀하게 감추어져 있어야 할 것이 드러나는 것인 이것은 여기에서 '갈매기'로 표기된다. ⑤는 환각과 환청의 실체가 드러나면서 그 존재가 현시되는 순간을 서술한 것이다. 운하임리헤가 갈매기로 현시되고 이것이 소통을 시도함으로써 비로소 의미화 된다. 여기에서 이미지화 된 육체의 상태는 감정이입의 객체로서 그리고 의미 표현의 원천으로서 제시[317] 된다. 정신은 필연적으

---

315 다스 운하임리헤(das Unbeimliche)는 '불안하게 하는 야릇함'으로 독일어에서 프랑스어로 옮긴 것이다. 운하임리헤는 괴롭고 불안스러운 두려움을 자아낸다는 의미와 아주 가까운 층위에 있다. 은밀한 어떤 것이 감추어져 있다가 드러날 때, 그것은 운하임리헤하게 된다. 옌치는 운하임리헤의 감정을 지적 불확실성으로 설명한다. 이것을 어떤 사건이 우리가 익히 알고 있는 바나 우리에게 친숙한 것에서 벗어날수록, 그것은 우리에게 운하임리헤의 감정을 불러일으킬 소지가 있다고 말한다. 그러나 프로이트가 언급하듯이 새로운 것이라고 해서 모두 야릇한 불안감을 주지는 않는다. 새로운 것 중에서 괴롭고 불안한 감정보다는 오히려 발견의 기쁨이나 즐거움을 불러일으키는 것도 있다. 막스 밀네르, 앞의 책, 216-264쪽.

316 막스 밀네르, 위의 책, 216쪽.

317 Veronica Kelly, Dorothea Von Mŭcke, Body & Text in the Eighteenth Century, Stanford University Press, 1994, p. 17.

로 독백적이지만 육체는 철저히 대화적[318] 이기 때문에 상징화된 육체는 소통을 요구한다.

> 그 분지에서 자지러지게 어울리다가, 그녀는 불쑥 "저것. 갈매기..." 이런 소릴 했다. 그녀의 당돌한 말이 허전하던 일, 그 바다새가 보기 싫었다. 그녀보다도 더 미웠다. 총이 있었더라면, 그는 너울거리는 흰 그것을 겨누었을 것이다. 떨리는 손가락으로 방아쇠를 당겼을 것이다. 흰 가슴 위에서 갈매기가 날고 있다. 비에 젖어.[319]

> 그는 두 마리 새들을 방금까지 알아보지 못한 것이었다. 무덤 속에서 몸을 푼 한 여자의 용기를 방금 태어난 아기를 한 팔로 보듬고 다른 팔로 무덤을 깨뜨리고 하늘 높이 치솟는 여자를 그리고 마침내 그를 찾아내고야 만 그들의 사랑을 돌아서서 마스트를 올려다본다. 그들은 보이지 않는다. 바다를 본다. 큰 새와 꼬마 새는 바다를 향하여 미끄러지듯 내려오고 있다. (중략) 큰 새 작은 새는 좋아서 미칠 듯이, 물속에 가라앉을 듯. 탁 스치고 지나가는가 하면 되돌아오면서, 그렇다고 한다. 무덤을 이기고 온 못 잊을 고운 가시들이 손짓해 부른다. 내 딸아, 비로소 마음이 놓인다.[320]

위의 인용문에서처럼 갈매기는 은혜와 뱃속의 딸을 표상하는 기

---

318 정화열, 박현모 역, 「현상학과 몸의 정치」, 『몸의 정치』, 민음사, 1999, 267쪽.
319 최인훈, 앞의 책, 88쪽.
320 최인훈, 앞의 책, 187-188쪽.

표이다. 윤애와 관련된 갈매기는 저주의 대상, 과거의 기억 속에서 만 존재한다. 그러나 은혜로 대변되는 갈매기는 현재의 타고르호에까지 연속적으로 출현한다는 점에서 다르다. '나'의 육체에서 '나'가 소외되는 것을 깨닫는 과정은 이명준이 갈매기를 인식하는 과정과 같다. 완전한 육체의 일치를 체득한 상태에서 은혜의 죽음은 이명준의 의식에 그대로 남아 갈매기로 비유된다. 이명준의 의식에서 구성된 은혜와 딸의 육체는 갈매기라는 환유를 빌어 존재하게 되는 것이다. 일치되었던 육체에서 떨어져 나간 부분은 은혜와 딸, 즉 갈매기였던 것이며, 비로소 소외된 육체적 존재가 두려움으로 파악되었던 것이다. 이것은 통각의 의미로서 두통과 함께 동반되었던 것이고 갑판 위에서의 구토는 역겨움의 존재, 역겨움의 대상이 자신이었다는 것을 깨닫게 한다.

서사의 결말에서 갈매기가 바닷 속으로 사라질 때 이명준도 삶의 욕망을 버리고 바다로 향한다.[321] 이명준은 은혜와 태어나지 않은 딸과의 육체적 합일을 위해 바다의 푸른 광장으로 몸을 바치는 의식을 거행하고 있는 것이다. 서사에서 동굴이 이명준과 은혜의 육체적 합일의 공간이었다면 바다는 그와 은혜, 딸이 통합을 이루는 공간으로 제시된다. 여기에서 바다는 단순한 죽음의 장소가 아니라 자신이 육

---

321 전집 판본 이전의 판본에서 이명준의 죽음은 중립국에서도 별로 보람 있는 삶을 찾을 수 없으리라는 것을 깨달은 자의 죽음이지만, 전집판에서의 이명준의 죽음은 사랑을 확인하는 행위로 묘사되고 있다. 김현은 개작 과정 자체가 사랑에 무게를 싣고 있다고 언급한다.
김현, 「사랑의 재확인—개작된〈광장〉에 대하여」, 『문학과 유토피아』, 문학과 지성사, 1992, 257-264쪽.

체를 던져 뿌리를 내려야 할 우주의 자궁[322]이다. 그의 죽음 장소로써 바다는 유토피아의 공간인 동시에 불연속성을 연속성으로 전치시켜 주는 또 다른 광장인 셈이다. 에로티즘은 죽음까지 파고드는 삶이며, 죽음은 존재를 이어주는 연속성을 갖는다.[323] 그리고 본질적으로 죽음에 대한 의식은 자기 자신에 대한 의식이며 거꾸로 자기 자신에 대한 의식은 죽음에 대한 의식을 요청한다. 죽음은 결국 삶의 가장 화려한 한 형태로써 기억에 의해 재현된 자아를 확인할 때 거행된다. 이로써 죽음에 대한 의식은 에로티즘의 심연을 더욱 깊게 하고 있다.

『광장』은 '몸의 길' 찾기라는 과정을 통해 인물의 자아정체성이 어떻게 형성되는지를 보여줌으로써 육체가 세계를 인식하는 매체이자 무수한 의미를 표출하는 잠재적 텍스트라는 것을 보여준다. 서사에서 육체는 세계 안의 어떤 물체와 다르지 않은 하나의 사물인 동시에 관점의 중심에서 펼쳐지는 부채로 상징화된다.

---

322 김현, 앞의 논문, 321쪽.
323 조르쥬 바타이유, 앞의 책, 12쪽.
에로티즘의 영역은 본질적으로 폭력의 영역이며 위반의 영역이다. 가장 폭력적인 것은 죽음이다. 존재의 연속에 대한 향수는 모든 사람에게 세 가지 형태의 에로티즘으로 나타난다. 첫째로는 육체의 에로티즘으로 침울하고 어두운 어떤 것을 예감하게 하는 것이다. 두 번째로는 심정의 에로티즘으로 걷보기에는 육체적 에로티즘의 물질성으로부터 유리된 듯하지만, 깊은 애정에 바탕을 둔 연인들의 에로티즘도 결국 육체적 에로티즘의 안정된 한 가지 유형에 지나지 않는다. 세번째로는 신성의 에로티즘 신에 대한 사랑으로 엄숙한 종교적 의식이 집전되는 동안, 불연속적 존재의 죽음을 지켜본 사람들에게 계시되는 존재의 연속성이다. 종교적 장중함과 집단적 상황, 그리고 장려한 죽음에 의해 갑자기 드러난다.

펼쳐진 부채가 있다. 부채의 끈 넓은 테두리 쪽을, 철학과 학생 이명
준이 걸어간다. (중략) 다음에, 부채의 안쪽 좀더 좁은 너비에, 바다가
보이는 분지가 있다. 거기서 보면 갈매기가 날고 있다. 윤애가 말하고
있다. (중략) 그의 삶의 터는 부채꼴 넓은 데서 점점 안으로 오므라들고
있었다. 마지막으로 은혜와 둘이 안고 뒹굴던 동굴이 그 부채꼴 위에
있다. 사람이 안고 뒹구는 목숨의 꿈이 다르지 않으니, 어디선가 그런
소리도 들렸다. 그는 지금, 부채의 사북자리에 서 있다.[324]

위의 인용문은 『광장』의 결말에 해당하는 부분이다. 여기에서 논의
한 『광장』의 섹슈얼리티의 양상을 부채꼴의 지형도로 살펴보면 다음
과 같다. 먼저 전제할 것은 육체가 의식의 지향인 동시에 자아와 타자
를 그 자체로 감당하는 사이 공간이라는 것이다. 여기에서 의사소통
가능성으로서 성적 지각은 미이라, 윤애, 은혜, 갈매기라는 육체를 통
해 제시되고, 이들과 이명준과의 육체를 매개로 한 사이공간은 서로
다른 진폭을 갖는다. 첫 번째로 부채꼴의 가장 바깥을 차지하고 있는
것은 미이라의 존재이다. 상호교감의 불가능을 전제한 박제된 육체인
미이라는 단지 존재의 '떨림'의 감각으로 가치화됨으로써 중심에서
가장 먼 곳에 위치한다. 성적 지각의 측면에서 미완성의 차원을 벗어
나지 못했던 섹슈얼리티적인 윤애의 육체는 미이라보다 그 안쪽에 자
리를 잡고, 존재의 내적 정신까지 공유하는 에로티시즘적인 육체인
은혜는 윤애보다는 부채꼴 중심에 가깝게 위치한다. 마지막으로 비가

---

324 최인훈, 앞의 책, 186-187쪽.

시적인 존재로 환각 되는 갈매기는 은혜와 딸로 표상됨으로써 이명준의 죽음과 동일시를 이루고 있다는 점에서 부채골의 안자리를 차지한다. 즉, 갈매기는 에로티시즘의 승화된 존재로서 부채꼴의 중심인 가장 안쪽에 위치한다. 이러한 역삼각형의 지형도는 불확실한 세계에서 자아의 공간으로 축소되는『광장』의 서사가 심연으로 집중되는 탐색의 서사라는 것을 은유하는 것으로도 볼 수 있다.

『광장』이 단순히 정치적 이데올로기만을 재현하고 있는 텍스트가 아니라 사랑과 욕망의 주제에 의해 추동되는 서사라는 관점에서 살펴보았다. 소설이라는 장르가 언제나 인간 존재의 실체성에 관심이 있고, 그것을 진지하게 탐구한다는 점에서『광장』은 많은 시사점을 준다. 그리고 여성의 육체가 가부장적 틀에 묶여 하향하는 시선으로 해부되거나 훼손되는 것이 아닌 남성의 세계인식을 견인하는 긍정적인 함의를 전제하고 있다는 것, 인간의 자유의지가 육체를 매개로 하여 이루어진다는 것과 자아의 내면화를 추동하는 것이 성적 지향이라는 것, 그리고 섹슈얼리티와 에로티시즘이 인간의 소통 문제와 관계하고 있다는 것은『광장』의 텍스트가 지닌 또 다른 가능성이라 하겠다.

4. 1960년대 성담론의 변이와 차별화

한국의 근대소설은 1920년대 동인지를 중심으로 성, 사랑, 연애의 문제에 집중하여 전개되었다. 특히 1920년대 소설에서 지향하고 있

는 사랑의 개념은 자기완성이나 자아실현을 위한 매개였으나, 이것
은 식민지 현실 속에서 실현 불가능했기 때문에 사랑이 정욕이나 육
욕으로 변질된다.[325] 예를 들자면 1930년대 후반에 쓴 채만식『탁류』
는 여성의 섹슈얼리티가 국가 주권의 상실로 인해 주체의 지위를 상
실한 남성에게 우월한 입지점을 마련해 주는 수단이 되고 있다. 식민
지 현실 속에서 식민권력에 의해 타자화 된 남성은 여성을 한 번 더
타자화함으로써 자신의 주체성을 견고하게 한다.[326] 이 시기의 소설
들은 남성의 주체성이 견인되는 과정을 보여준다.

　『광장』에서 '몸'이라는 단어는 빈번하게 사용되는데, 이명준의 개
인적인 역사가 육체를 매개로 하여 쓰이고 있다고 해도 과언이 아닐
정도이다. 그래서『광장』의 서사는 과거, 현재 그리고 미래와 결부되
는 육체가 존재하며 인물들 간의 관계망 속에서도 육체의 경험이 얽
혀 있다. 이러한 육체들은 섹슈얼리티와 에로티시즘의 경계를 넘나
들면서 의미를 창출한다. 섹슈얼리티는 자아의 성찰적 기획의 핵
심[327]이 되며 에로티시즘은 성찰을 넘어 좀 더 숭고한 대상으로 자아
를 이끈다. 메를로-퐁티는 주체성의 중심에 몸을 위치시키면서 육
화된 주체(Embodied subject)의 개념을 설정하는데, 정신은 물질에서 독
립된 실체라기보다 몸이라는 매개를 통해서 사물을 향하는 육화된
의식이라고 말한다.[328] 즉 육체는 객관적 대상들의 존재근거와 인식

325　심진경, 「1900년대 후반 장편소설의 여성 섹슈얼리티 연구」, 서강대학교 박
　　사논문, 2001.
326　심진경, 위의 논문, 68쪽.
327　조셉 브리스토우, 앞의 책, 268쪽.
328　Merleau-Ponty, 앞의 책.

근거를 제공해 주는 지평의 구성자의 역할을 수행하고 있다고 할 수
있다.

육체는 단순한 문화적 텍스트가 아니다. 푸코의 주장대로 육체는
실제로 사회적 통제가 직접 행해지는 장이기도 하다. 상대적으로 긴
장과 위축의 언어인 여자의 전형적인 육체언어는 남자의 신분질서
내에서 구사될 때 복종의 언어로 이해된다.[329] 1920~30년대의 소설
에서 보이는 여성의 육체는 『광장』에서 다른 양상으로 투사된다. 물
론 식민지 시대와 그리고 해방과 전쟁이라는 상이한 역사적 배경으
로 인해 이전의 세대와는 다른 삶의 구조와 양태가 전개되었으리라
는 것을 감안하더라도 근대와 탈근대의 자아라는 관점에서 이들의
인식은 다를 수밖에 없다.

즉 『광장』에서 여성의 육체는 지배되지도 종속 되지도 않는다. 반
대로 남성의 육체가 여성의 주체성에 의해 거부되기도 하고 수용되
기도 한다. 그래서 서사에서 전락하는 주체로 설정되는 것이 남성이
며, 여성은 몰락의 과정에 비켜서 있다. 도리어 이명준이라는 한 남
성이 모순적 현실의 총체적 재현으로서의 몰락의 과정을 대신한다.
이명준은 두 여성에 의해 자신의 정체성을 가늠하는 욕망에 이끌리
는데, 이 두 여성은 주변부적인 여성의 존재가 아닌 남성적 질서를
파괴하고 해체하며 나아가서 조정하는 역할까지 담당한다. 이들은
남성에 의해 배제된 타자로서의 여성이 아닌 다층적인 성적역할을
조정하는 개인으로 등장한다.

---

329 케티 콘보이, 나디아 메디나, 사라 스탠베리, 윤효녕, 정남영, 조애리, 김영희,
　　한애경, 김희선 역, 『여성의 몸 어떻게 읽을 것인가』, 한울, 2001, 225쪽.

서사에서 이명준과 두 여성의 성적 지각은 단순히 성의 문제에 국한된 것이 아닌, 그 속에 똬리를 틀고 있는 수많은 이데올로기의 기표적 역할을 한다. 또한 이것은 체제비판에 대한 현실의 문제도 포함하고 있다. 『광장』에서 남성 주체는 이성적 주체도 역사적 주체도 아니다. 남성의 주체 성립은 필연적으로 여성의 역사성과 사회성을 소거하지만 여기에서는 반대로 여성의 이성적이고 역사적 주체의식이 남성의 주체성을 확립하게 하는 기제로 작용하고 있다. 윤애는 판옵티콘의 수감자처럼 확실하게 스스로를 단속하는 주체, 즉 가혹한 자기 감시에 헌신하는 자아로 등장한다. 이와 같은 자기 감시는 가부장제에 대한 복종의 한 형식[330]으로서 이명준과의 성적인 결합을 가로막는 요인임과 동시에 어떠한 이데올로기에도 구속받고 싶지 않은 이명준의 자아인식이 확인되는 지점이라 할 수 있다.

그리고 이명준은 상반된 여성인물에 대한 이상화와 투사 과정을 거친 다음에야 비로소 심리적 자기동일성을 회복하게 된다. 윤애와 은혜의 두 여성은 성적 욕망의 발견이라는 측면에서는 동일하지만, 그 욕망의 실현되느냐 아니면 좌절되느냐에 따라 이명준의 자아 정체성 확립에 다른 기여를 한다. 이 두 여성의 성역할에서 차이점은 은혜의 경우 이명준을 내적 존재로의 갱신을 이루게 한다는 데에 있다. 여기에서 두 여성의 성적 주체성은 남성에 의해 좌우되는 수동적인 것이 아닌 능동적인 것으로 기능한다. 도리어 남성의 성적 주체성이 상실과 회복을 반복하면서 도피처나 다른 대안을 찾기 위해 떠도

---

330 죠르쥬 바이유, 앞의 책, 237쪽.

는 영혼으로 간주된다. 여성의 성적 주체성에 의해 남성의 성적 주체성이 변화를 겪고 변이 과정을 거치고 있는 것이다.

1920~30년대 소설에서 사랑과 욕망이 실현 불가능했던 이유 중의 하나가 식민지 시대라는 외부적 문제에서 비롯되었다면, 『광장』은 사랑에 천착한 개인의 내부적 검열이 분단이라는 외부적 문제보다 우선시되고 있다. 즉, 여성을 타자가 아닌 자아의 내면을 완성시켜 주는 대상으로 보고 있다는 것이다. 그리고 이것은 『광장』이 죽음의 논리에 의한 갱신에 기댈 수밖에 없는 이유를 제공하기도 한다. 1920~30년대 소설에서 제시했던 죽음은 현실적 제약으로부터 인간의 무기력을 증거함으로써 현실의 비극적 상황을 극단적으로 보여주는 장치였으나, 『광장』에서의 죽음은 사랑을 완성하는 숭고성의 정점으로 설정된다. 즉 죽음이 비극이 아닌 에로티시즘의 심연과 연결된다는 것은 인간 본성에 내재된 초월적 이상에 대한 염원이 강하다는 것을 보여주는 것이라 할 수 있다. 『광장』은 남성에 의해 허구적으로 구성되는 여성성이 아닌, 능동적인 여성 주체에 의해 섹슈얼리티와 에로티시즘이 역동적으로 재구성되는 과정을 보여주는 서사이다. 이것은 1920~30년대 소설들과 변별되는 지점인 동시에 현재까지 지속되는 『광장』의 의미망이라 하겠다.

제4장

김승옥 소설 「무진기행」의 실존적 개인성과 크로노토프(chronotope)

1. 시공간의 본질적 연관성

　모든 일의 상태는 공간과 시간의 두 위상 속에서 이루어진다. 마찬가지로 하나의 서사체가 구성되는데 가장 긴요한 것은 시공 구조를 이루는 공간성과 시간성이다.[331] 바흐친은 이러한 소설에서의 공간과 시간의 문제를 크로노토프의 개념으로 '문학 속에 예술적으로 표현된 시간과 공간의 본질적 연관성[332]'이라 정의한다. 인간의 이미

331　이재선, 『현대소설의 서사시학 – 소설 텍스트 새로 읽기』, 학연사, 2002, 11쪽.
332　바흐친의 크로노토프의 개념은 'Forms of Time and of the Chronotope in the Novel'(1937-38), 'Epic and Novel'(1941)의 두 논문에서 논의된다. 바흐친은 서사시의 세계에서 소설의 세계로 옮겨오는 전이 과정을 보여주는 지표로 크로노토프 개념을 설정한다. 그는 소설의 역사는 크로노토프의 역사라고 언급하며, 소설의 진화 과정을 역사적 맥락에서 규명하고자 이 개념을 일종의 틀로서 사용하고 있다. 모든 소설이 크로노토프의 전개를 보이는 반면, 이와 다른 하위 장르에서는 일반적인 표지로서의 기능인 또 다른 크로노토프를 갖는다. 크로노토프의 특성으로는 1) 시간과 공간의 불가분성, 즉 이 둘은 본질적으로 분리될 수 없다. 2) 크로노토프는 본질적으로 장르적인 의미를 지닌다. 문학에서 장르와 장르의 하부장르를 결정하는 것은 크로노토프이다. 즉 장르에 따라 크로노토프가 변이하는 것이라 할 수 있다. 그리고 바흐친은 중세기

지는 본질적으로 항상 크로노토프와 관계가 있고, 크로노토프는 인간의 삶의 과정을 보여주는 창의 역할을 한다. 바흐친은 시간과 공간의 결합 방식에 따라, 그리고 그 비율에 따라 세계관의 차이가 생김으로써 장르적 변별점을 지닌다고 언급한다. 그는 서사시의 세계에서 소설의 세계로 옮겨 오는 전이 과정을 보여주는 지표로 크로노토프 개념을 설정한다. 소설의 진화 과정을 역사적 맥락에서 규명하고 있는 바흐친은 디에게시스의 차원에서 소설을 분석하는 틀로서 크로노토프 개념을 제시하고 있다.[333]

소설의 역사는 크로노토프의 역사라고 할 수 있는데 소설 속에서 인물은 공간과 별개로 존재할 수 없고, 이 공간은 시간의 계기를 통해 행위로서 재현된다는 점에서 크로노토프는 소설의 구성요소 이상의 의미를 갖는다. 다시 말해 시공을 감각하는 주체의 인식 상태는 크로노토프를 통해 간접화됨으로써 인식 주체와 세계와의 관계는 보다 심층적으로 드러난다. 또한 크로노토프는 소설의 기원과 그것에 따른 소설 구성의 문제를 아우를 수 있다는 점에서 본질적으로 장르적 의미를 내포하고 있다. 소설 형식에 대한 구성적 범주로서 시간과 공간의 재현양상에 따라 장르가 결정되며, 그 장르의 하류 분류까지도 가능하게 된다.

기사 로맨스 소설을 거쳐, 르네상스 시대의 프랑수아 라블레의 소설에 이르기까지 소설이 발달해 온 역사를 크로노토프로 규명하고 있다.
M.M.Bakhtin, Aesthetic Visualizing of Time/Space: The chronotope, THE BAKHTIN READER, Edward Arnold, 1994.
333 홍순애, 「김승옥 「무진기행」의 크로노토프 연구」, 『한민족문화연구』12집, 한민족문화학회, 2003, 254쪽.

바흐친의 언급대로 시간과 공간의 결합 방식에 따라 장르가 나눠지며, 소설의 기원과 그 발전은 크로노토프의 변이과정과 맥을 같이한다. 바흐친의 코로노토프는 철학, 수학, 물리학, 그리고 생물학 등에서 이루어진 시간-공간 이론을 차용하지 않고도 소설작품 속의 시공간이라는 주제를 다룰 수 있지만, 반면에 그 개념이 광범위하다는 단점이 있다. 그의 이론은 아인슈타인의 경험, 상대적 시간-공간 개념을 동시에 받아들여 구성한 까닭으로 개념적인 모호성과 모순을 지니고 있다.[334] 이에 토니 모리슨은 바흐친의 용어를 확장시켜 '다중 크로노토프'의 개념을 설명하는데 크로노토프는 개인의 목소리와 같이 인물의 자율성과 독립성을 묘사한다고 말한다.[335] 그녀가 언급한 크로노토프는 시간-공간이 서사체의 다른 요소들보다 인물에 집중됨으로써 바흐친이 정의하는 장르의 개념을 확장한다. 크로노토프는 서사체의 실제적 재현에 초점을 맞추는 것으로 충분하지 않기 때문에 서사체의 단위와 관련하여 연계성을 갖추어야 한다는 것이다.

---

334 이정아, 「「남도 사람」 연작의 크로노토프」, 「한국문학이론과 비평」 14집, 한국문학이론과 비평학회, 2002, 211쪽.
  이정아는 이러한 모순된 개념구성이 역설적으로 바로 문학작품의 분석도구로서 바흐친의 크로노토프 개념을 특히 독창적이고 생산적인 것으로 만드는 요소라고 언급한다. 그리고 칸트적 시간-공간 개념과 아인슈타인의 시간-공간 개념은 학문적으로는 절대적으로 단절된 관계인 것처럼 보이지만, 실제로 사람들의 삶과 의식에 영향을 미치는 시간·공간은 칸트적인 동시에 아인슈타인적이라고 말한다.

335 Jeremy Hawthorn, A Glossary of Contemporary Literary Theory, Oxford University Press. 1998, p.42. Toni Morrison은 자신의 소설 「Beloved」에서 바흐친의 용어를 확장시킨 '다중 크로노토프(polychronotope)'의 개념을 설명하는데, 이것은 지나치게 인물에 한정하는 문제점을 지닌다.

리파떼르는 바흐친의 크로노토프 개념을 디에게시스[336]의 구성
요소로 한정시켜 크로노토프를 구체화한다. 미메시스는 디에게시스
(diegesis)가 변별되거나 대립된 것이 아니며, 완전한 미메시스는 디에
게시스로서 사물 그 자체를 의미한다. 미메시스는 처음부터 불완전
한 미메시스로 출발하기 때문에 완전한 미메시스는 존재할 수 없고,
디에게시스의 범위 안에서의 미메시스일 뿐이다. 바흐친은 크로노
토프의 개념을 정의하면서 시간을 중심으로 서사가 직조된다고 한
반면[337] 리파떼르는 시간-공간이 어느 한쪽의 개념에 의해 의존되
는 것이 아니라고 언급한다. 시간은 공간에 존재하는 사물을 통해 구
체화되기 때문에 시간과 공간은 분리될 수 없고, 또한 시간은 공간의
중개를 통해 표현된다. 공간은 서사를 추동하는 원인적 공간으로 시
간을 통제하며, 공간과 시간은 하나의 단어나 문장에 의해서도 크로
노토프를 형성할 수 있게 된다.[338] 서사체는 시공간이 인물들에게 미
치는 영향과 상황에 따라 의미가 달라지는 것이다.

---

336 diegesis는 보여주는 것보다는 이야기하는데 중심을 둔 재현양식을 가리킨다.
   아리스토텔레스는 단순한 서술(diegesis)/ 모방자체(mimesis), 플라톤은 전달
   하기(diegesis)/ 모방하기(mimesis), 헨리제임스는 말하기(telling)/ 보여주기
   (showing), 러보크는 서술 위주/ 장면 위주로 서사체의 재현 양식을 나누고 있
   다. 쥬네트는 플라톤이 완전한 모방과 불완전한 모방을 대립시킨 것을 비판
   하면서 완전한 모방이란 더 이상 모방이 아니고, 그것은 사물 그 자체를 뜻한
   다고 말한다. 따라서 궁극적으로 단 하나의 모방은 불완전한 모방일 뿐이다.
   즉 미메시스는 디에게시스인 것이다.
337 M.M. Bakhtin, The Dialogue Imatination: For Essary. Trans. M. Holquist & C.
   Emerson, ed. M. Holquist. University of Taxas Press, Austin, Tex., 1981.
338 Michael Riffaterre, Chronotopes in Diegesis, Fiction Updated: Theories of
   Fictionality, Narratoloy, and Poetics, Toronto: University of Toronto Press,
   1996.

바흐친은 크로노토프가 주제적이고 파생적인 시간-공간을 창조
하며 텍스트의 진실에 접근한다고 언급한다. 그는 크로노토프를 주
제적, 파생적으로 양분하는데, 주제적 크로노토프[339]는 전통적인 토
포스[340]로서 공간요소를 생성하는 건축학적 특성을 갖는다. 토포스
들이 나타내는 수평과 수직의 축은 시간적 차원에서 대응되며 상징
적 가치를 부여 받는다. 그래서 주제적 크로노토프는 토포스에 의해
설정된 공간 내에서 인물의 행동규범을 제한하며, 서사체에 불안감
과 긴장을 조성한다. 또한 이것은 서사의 반전을 기만적으로 은폐하
여 일반적 관습과 밀접한 관련을 맺음으로서 시간의 지표역할을 하
게 된다. 따라서 한 공간 내에서 여러 시간이 인물들에 의해 분할 제
시되기도 하고, 단일한 시간에 몇 개의 공간의 변형이 이루어지기도
한다. 바흐친은 이러한 크로노토프의 유사한 개념의 일종으로 문턱
의 크로노토프[341]를 제시한다. 파생적 크로노토프[342]는 한 공간을 범

---

339 주제적thematic 크로노토프는 1) 하나의 공간에 여러 번의 시간적 변화를 일
　으키는 크로노토프 2) 단일한 시간에 몇 개의 공간 변형이 이루어지는 크로노
　토프로 나눌 수 있다. 1)의 경우 윌키 콜린스의 「No Name」은 주제적 크로노
　토프를 계단으로 설정하여 인물들이 상호관계를 맺는 공간으로 그리고 시간
　적 흐름에 따라 계단이 연계되는 사건을 통해 이야기를 현실화한다.
　Michael Riffaterre, Ibid., pp.246-249.
340 topos는 문학텍스트에 빈번히 나오는 모티프의 안정된 복합체로 현명한 도화
　사, 늙은 어린이, 유쾌한 장소 등이 유럽 문학에서 가장 일반적인 토포스이다.
341 문학에서 문턱의 크로노토프는 언제나 비유적이고 상징적인데, 이따금 공공
　연하게 드러나기도 하지만 대개는 함축되어 나타난다. 예컨대 도스토예프스
　키의 작품에서는 문턱과 관련된 크로노토프 (계단과 현관, 복도의 크로노토
　프 및 이러한 공간을 옥외로 확장한 거리와 광장의 크로노토프)가 작품 속의
　사건이 주로 일어나는 장소이며, 위기의 사건, 몰락, 부활, 재생, 현현, 사람의
　전인생을 좌우하는 결정 등이 일어나는 장소이다.
　미하일 바흐친, 전승희외 역, 「소설속의 시간과 크로노토프 형식」, 『장편소설

위 내에서 비유적 공간 또는 상상적인 공간이 서사 내부에서 또 다른
기호로서 형성되는 것을 말한다. 기호는 그것의 축어적 의미 외에 다
른 것을 지시함으로써 시적이 되고 심미적이 된다. 시간적 경험이라
는 현실에서 인물의 주관적 반응은 특정 시점으로 소급되어 시간을
다른 것의 상징으로 만든다. 그래서 파생적 크로노토프는 시계시간
을 무시하며 시간을 가속화하거나 지연시키며 인물이나 서술자의
환경에 맞게 설정된다. 즉 파생적 크로노토프는 의식적이면서도 주
관적인 본질을 지니고 있다고 할 수 있다.

이 장에서는 김승옥의 「무진기행」을 크로노토프로 논의하고자 한
다. 1960년대는 4.19로 인한 이승만 정부의 몰락과 박정희 군사정부
의 개발독재가 시작되는 시기이면서, 노동자, 부랑자 등의 소외자,
이방인들이 소설의 전면에 배치되기 시작한 시기이다. 특히 김승옥
은 1960년대 도시적 삶의 황량함과 소통 단절의 소외의식을 감수성
있는 문체로 전달하는데, 그는 1960년대가 감추고 있는, 아니 감출
필요도 없는 치부를 그리고 있으며, 그 치부들은 타락한 문명의 장소
인 도시와 도시인들 속에서 미만하고 있는 허황한 가치 추구의 제 양
상들을 보여준다.[343] 1960년대의 남성 자화상을 그리고 있는 김승옥

과 민중언어」, 창작과 비평사, 1988, 456쪽.
342 파생적(derivative) 크로노토프는 공간이 은유와 환유로서 축어적 의미 이외
의 공간을 생성하는 것을 말한다. 공간은 시간에 의해 병렬로서 구조화되기
도 하고 인물의 욕망에 의해 생성되기도 한다. 그것은 현실의 공간이 아닌 가
상의 공간일 수도 있으며 심리적 공간일 수도 있다. 그래서 공간은 대조를 이
루며 수사적인 공간이 된다. 마르셀 프르스트 소설 「소돔과 고모라」는 파생적
크로노토프로서 환영의 공간과 현실의 공간을 병렬로 배치하여 인물이 분리
되고 복제되는 것을 보여준다.
Michael Riffaterre, Ibid, pp. 252-254.

의 소설들은 도시의 무자비함을 벗어나 고향에서의 무의식의 퇴행을 욕망하는 인물들을 배치함으로써 크로노토프를 생성한다.

1950년대 문학이 전쟁과 관계하고 있다면, 1960년대 문학은 4.19 이후의 실존적 개인성에 밀착되어 있다. 수동적 의식이 아닌 상황을 인식하고 그 상황에 대처해 나가는 개인들이 1960년대 인물로 등장한다. 1960년대 문학에서 김승옥은 1950년대에 예외 없이 간직하고 있던 강력한 이슈에의 집착 내지 교훈주의에의 집착에서 완전히 벗어나 있다.[344] 인간의 소외 의식을 다루면서도 김승옥은 섬세한 내면 의식을 재현함으로써 실존적 개인성을 문제 삼는다. 김승옥 소설들은 "감수성의 혁명"[345] 이라고 일컬어지는 1960년대의 삶의 감각을 탁월하게 보여주며, 개인의 감성에 의해 포착된 현실을 구체화한다. 김승옥의 소설에는 자기 세계의 확립을 끊임없이 탐색하지만 외부적 상황에 의해 실존성을 의심받는 개인들의 모습이 투영된다. 이에 그의 소설들은 1960년대 일상인들이 품고 있는 낭만주의와 그 속에서 꿈틀거리는 자아의 존재방식을 찾으려는 시도들로 구성된다. 「무진기행」은 이러한 김승옥 소설의 특징을 반영하고 있는 소설로 크로노토프의 미학성을 잘 보여주는 텍스트이다.

---

343 김병익, 「김승옥문학과 비평」, 『무진기행 – 김승옥 문학선』, 나남, 2001, 644쪽.
344 천이두, 「존재로서의 고독」, 『다산성』, 나남, 2001, 618-619쪽.
345 유종호, 「감수성의 혁명」, 『다산성』, 한겨레, 1987, 368-373쪽.

2. 토포스의 병렬적 구성 – 주체적 크로노토프

이차원적 현실 내에서 또 다른 축을 구성하는 유일한 요소인 공간은 시간을 보완하는 개념으로 인지되는 것이 아니라, 해석과 기타 약호들에 의해 시간과 동등하게 제시된다. 공간은 오직 은유를 통해서만 표현되는데, 이러한 비유적 공간과 상상 속의 공간은 서사 내부에 위치한다. 또한 공간은 일정한 속도로 흘러가는 시간을 가속화시키거나 지연된 감정 상태로 대체시켜 인물이나 서술자의 환경에 맞게 설정해 주는 역할을 한다.[346] 비유로서 이루어진 크로노토프는 「무진기행」에서 병렬과 대조의 방식으로 구성된다. 「무진기행」은 무진에 대한 지형적인 특징들을 무려 세 페이지에 걸쳐 설명하는 것으로 시작한다.

공간의 묘사는 서사의 진행을 유예시키거나 정지시키는 것이 아닌 하나의 서술적 요소로서 앞으로 진행될 서사의 전조를 알리는 역할을 한다. 이러한 묘사는 일종의 메타언어로 기능하며[347] 서사의 핍진성과 모티프의 안정을 가져온다. 여기에서 안개로 대변되는 무진에 대한 묘사는 자연의 인공적인 이미지로서 재현된다. 자아는 내면세계와 외면세계가 결합되는 지점이기 때문에 감각적으로 맞춰지는 세계는 인물의 이미지를 반영한다.[348] 「무진기행」에서 크로노토프는 서사의 구성적 측면에서 대조적으로 제시되는데, 서사의 처음

---

346 Michael Riffiaterre, Ibid, pp.250-251.
347 Ruth Ronen, Description, Narrative and Representation, Narrative, October, 1997, pp.274-275.
348 Ralph Freedman, The Lyrical Nwei, Princetion University Press, 1963.

에 각인되는 크로노토프가 '이정비'였다면, 서사의 끝에는 '하얀 팻말'이 크로노트프를 생성한다.

소설에서 처음으로 윤희중에게 각인되는 무진의 기표는 산모퉁이를 돌아서 잡초 속에 튀어나와 있는 '이정비'이다. "버스가 산모퉁이를 돌아갈 때 나는 '무진(Mujin) 10km'라는 이정비를 보았다. 그것은 옛날과 똑같은 모습으로 길가의 잡초 속에서 튀어나와 있었다." 무진으로 입촌하는 길에서 만나게 되는 이정비는 반수면 상태에서 무진을 인식하는 첫 번째 기호로서 과거라는 시간과 무진이라는 공간을 동시에 포함하는 크로노토프이다. 이정비로 인해 인물은 무진이 안개에 잠식당하듯 자신도 과거의 시간으로 회귀하게 된다. 항상 자신을 상실하지 않을 수 없었던 과거의 경험에 대한 조건반사로서 이정비는 무진을 응축하는 하나의 사물로서 인물이 경험했던 무진의 과거를 상기시킨다.

소설의 마지막 부분에 등장하는 '하얀 팻말'은 첫 문장의 이정비와는 다른 크로노토프를 형성하는데, 하얀 팻말은 "덜컹거리며 달리는 버스 속에 앉아서 나는, 어디쯤에선가, 길가에 세워진 하얀 팻말을 보았다. 거기에는 선명한 검은 글씨로 '당신은 무진을 떠나고 있습니다. 안녕히 가십시오'라고 씌어 있었다. 나는 심한 부끄러움을 느꼈다."는 것으로 묘사된다. '하얀 팻말'과 선명한 대조를 이루는 무진과의 고별을 나타내는 '검은 글씨'는 무진과 문자가 절대적인 관계에 놓여있음을 보여준다.[349] 강렬한 심리적 색채로 채색된 팻말

---

349 김정란, 「무진 또는 하얀 바탕에 흰 글씨 쓰기」, 『무진기행』, 나남출판, 2001, 580쪽.

은 무진의 순결을 배반하고 근대의 물질적 안락을 선택했음을 알리
는 상징적 기호이다. 하선생과의 정사, 자신이 그녀를 지켜주겠다는
약속, 그리고 하선생에게 쓴 편지를 찢어버리는 행위들은 하얀 팻말
로 인해 상기되고, 그래서 '안녕히 가십시오'라는 말은 윤희중에게
아이러니적으로 인식된다. 하얀 팻말의 검은 글씨는 자신을 상실하
는 무진에서의 경험으로 또다시 부끄러움을 느끼게 만드는 크로노
토프다. 즉 이정비와는 달리 하얀 팻말은 직접적이고 감각적인 실체
로 무진을 실감하게 하는 크로노토프가 된다.

텍스트에서 대조적인 크로노토프를 구성하는 것은 또한 '무덤'과
'방죽길'이다. '무덤'은 과거 시간의 어머니와 현재 시간의 장인을
회상시키며, 방죽길은 아내와 하선생의 비교가 이루어지며 과거에
요양했던 시기를 떠올리게 한다. 무덤의 공간은 묘 속으로 다시 들
어가고 싶은 욕망을 불러일으키는 과거로의 고착을 나타내며, 방죽
길은 도시에서의 자신의 부끄러움을 잊게 하는 자유의 공간으로 설
정된다.

> 무덤: 나는 한 손으로 묘 위의 긴 풀을 뜯었다. 풀을 뜯으면서 나는
> 나를 전무님으로 만들기 위하여 전무선출에 관계된 사람들을 찾아다
> 니며 그 호걸웃음을 웃고 있을 장인 영감을 상상했다. 그러자 나는 묘
> 속으로 들어가고 싶었다.[350]

---

350 김승옥, 『무진기행－김승옥 문학선』, 나남출판, 2001, 130쪽.

방죽길: 돌아가는 길은 좀 멀긴 하지만 잔디가 곱게 깔린 방죽길을
걷기로 했다. 이슬비가 바람에 뿌옇게 날리고 있었다. 비를 따라서 풍
경이 흔들렸다. 나는 우산을 접어 버렸다. (중략) 노란 파라솔 하나가
멀리 보였다. 그것이 그 여자였다. 우리는 구름이 낀 하늘 밑을 나란히
걸어갔다. (중략) 그러면서도 나는 구름이 끼어 있는 하늘 밑의 바다로
뻗은 방죽 위를 걸어가면서 다시 곁에 선 여자의 손을 잡았다.[351]

무덤은 어두운 과거의 시간을 상기시키는 크로노토프로서 과거
와 현재의 시간을 한 공간에 위치시킨다. 소설에서 어머니의 무덤은
적은 분량으로 제시되지만 무덤은 무진이라는 공간에서 자신을 상
실할 수밖에 없었던 과거의 시간을 구성하는 매개체가 된다. 무덤은
의용군 징집을 피하기 위해 골방 속에서 숨어 지내던 때의 시간을 상
기 시킨다. '나'의 무진에서의 무기력과 무능은 골방에서부터 시작
되고 이곳에서 스스로를 모멸하는 고통의 시간을 보낸다. 골방의 과
거의 시간은 현재 어머니의 무덤으로 현현하게 되고, 무덤은 과거의
골방과 연계 된다. 즉 무덤은 '나'의 무진에의 골방에서의 부끄러운
과거를 환기시키는 크로노토프라고 할 수 있다.
　방죽길은 무진의 속성을 긍정적으로 응축하는 몇 안 되는 공간 중
의 하나이다. 무진의 안개는 모든 것을 자취도 없게 만들지만 방죽길
에서의 안개는 도리어 인물에게 평안함을 느끼게 한다. 방죽길은 두
번 서사에서 묘사되는데 비가 오는 풍경과 푸른 하늘 밑의 풍경이다.

---

351 김승옥, 위의 책, 130-134쪽.

하 선생과 같이 걷게 되는 방죽길은 바다라는 원형적 심상과 대면하는 공간으로 제시된다. 방죽길은 인물의 욕망이 실현되는 자아와 세계의 거리가 단축된 공간이며, 무진과 대조되는 음험함이 제거된 공간이다. 이 공간은 안개에 의해 수동적으로 움직이는 공간이 아니라 자아의 의지가 추동되는 공간이 된다. 방죽 길에서 윤희중은 폐병을 치유하기 위해 바닷가 방을 얻어 생활을 하던 시간을 기억한다. 바닷가 방은 폐병을 치유하기 위한 쉼의 공간이고 모성으로 충만한 공간이다. 바닷가 방으로 향하는 방죽길은 순수의 열망을 실현시키는 은유적 크로노토프가 된다.

「무진기행」에서 비유적 구조로서 제시되는 또 하나의 크로노토프는 하나의 시간에 여러 개의 공간을 재현하는 환유적 크로노토프이다. 소설에서 시간의 영향은 구체적으로 표현되는데, 시간은 명확한 공간 용어로 정의되고 사물을 통해 표현된다. 즉 시간을 재현할 수 있는 유일한 매개는 공간이 된다. 「무진기행」에서 사이렌 소리는 무진이라는 공간을 시간으로 재현한다. 이 공간에서 소리는 다른 어떤 서사적 자질보다 중요한 역할을 수행하는데, 그중에 통금사이렌 소리는 윤희중의 인식을 깨우는 역할을 함으로서 하나의 시간에 다수의 공간을 연결시킨다. 소설에서 통금 사이렌은 12시에 처음 울리고, 새벽녘에 다시 한번 울린다. 소설에서 시계와 사이렌의 소리는 일치하지 않는다. 두 개 중 하나가 정확하지 않다는 것인데, 이것은 인물의 인식의 시간을 축으로 엉켜있음을 보여준다. 잠이 들지 못하는 상태에서 듣게 되는 사이렌 소리는 그 자체로 시간의 환유로서 나와 술집 여자의 시간, 그리고 하 선생의 시간을 연결하고 통제한다.

"모든 사물이 모든 사고가 그 사이렌에 흡수되어" 갔고, "마침내 이 세상에선 아무것도 없어져 버렸다." 첫 사이렌 소리로 인해 모든 사물은 무화되지만 나와 하선생, 창부의 시간은 서로 연계된다.

나의 시간: 내가 이불 속으로 들어갔을 때 통금 사이렌이 불었다. 그것은 갑작스럽게 요란한 소리였다. 그 소리는 길었다. 모든 사물이 모든 사고(思考)가 그 사이렌에 흡수되어 갔다. 마침내 세상엔 아무 것도 없어져 버렸다. 사이렌만이 세상에 남아 있었다. 그 소리도 마침내 느껴지지 않을 만큼 오랫동안 계속할 것 같았다. 그때 소리가 갑자기 힘을 잃으면서 꺾였고 길게 신음하며 사라져 갔다. 내 사고만이 다시 살아났다.[352]

하선생의 시간: "무진의 개구리는 밤 열 두 시 이후에만 우는 줄로 알고 있었는데요." "열 두 시 이 후 에요?" "네, 밤 열 두 시가 넘으면 제가 방을 얻어 있는 주인댁 라디오 소리도 꺼지고 들리는 거라곤 개구리 울음소리뿐이거든요."[353]

창부의 시간: 그때 소리가 갑자기 힘을 잃으면서 꺾였고 길게 신음하며 사라져 갔다. 어디선가 부부들은 교합하리라. 아니다. 부부가 아니라 창부와 그 여자의 손님이리라. 나는 문득, 내가 간밤에 잠을 이루지 못하고 뒤척거리고 있었던 게 이 여자의 임종을 지켜주기 위해서

---

352 김승옥, 앞의 책, 129쪽.
353 김승옥, 앞의 책, 128쪽.

가 아니었을까 하는 생각이 들었다. 통금 해제의 사이렌이 불고 이 여
자는 약을 먹고 그제야 나는 슬며시 잠이 들었던 것만 같다. 갑자기 나
는 이 여자가 나의 일부처럼 느껴졌다. 아프긴 하지만 아끼지 않으면
안될 내 몸의 일부처럼 느껴졌다.[354]

통금 사이렌이 울리는 시각은 열두 시이다. 하선생에게 열두 시라
는 시계 시간은 주인집 라디오가 꺼지면서 들리게 되는 개구리울음
소리로 지각된다. 그리고 '나'는 통금 사이렌이 울리는 소리로 시계
시간을 가늠한다. 두 개의 다른 공간에서 각각의 시간은 존재하지만
그 인식의 지표는 다르다. 하나는 개구리 울음소리이고, 또 하나는
통금 사이렌 소리이다. 이것은 소리로서 하나의 시간이 두 개의 상이
한 공간을 기표하며 환유적으로 연결된다. 이러한 시간 연결은 두 인
물이 동일시를 이루는 기제로서 서사 내에서 작동한다.

여기에는 또 하나의 시간이 두 공간을 지시하는데 그것은 통금을
해제하는 싸이렌이다. '나'와 술집 여자의 공간은 통금이 해제되는
시간에 동시적으로 재현된다. 술집 여자에게 통금 해제 사이렌은 청
산가리를 입에 넣으며 자신의 죽음을 준비하는 시간이고, '나'는 그
사이렌 소리에 잠이 든다. 두 공간에서 사이렌 소리는 동일하게 수행
되지만 술집 여자와 나의 공간의 모습은 상이하다. 하나는 죽음으로
빠져들고 또 하나는 잠이 든다. 현재의 시간에서 '나'는 시체로 발견
된 술집 여자를 보며 전날의 사이렌 소리를 떠올린다. 그리고 그 소

---

354 김승옥, 앞의 책, 131-132쪽.

리는 무진을 빠져나갈 수 없는 여자의 마지막 임종을 알리는 것이었음을 인식하는데 이것은 현재의 시간에 의해 과거의 시간이 재구축되는 것을 보여준다. 술집 여자에게 무진을 빠져나가는 탈주의 방법은 죽음밖에 없었던 것으로 인식한 '나'는 여자의 주검을 보며 동질감을 가지게 된다. 그래서 "나는 문득 그 여자를 껴안고 싶은 충동에 사 잡히게"되는 것으로 '나'와 술집 여자는 사이렌 소리로 밀접화 되어 있다. 무진에서 술집 여자의 시간과 '나'의 시간은 사이렌 소리로 동일화되어 한 사람은 죽음으로 또 한 사람은 잠으로 의사 죽음을 경험한다. '나'도 술집 여자처럼 영원한 잠에 빠져버리고 싶은 욕망은 존재에의 무화, 무진에서의 탈주를 의미한다. 사이렌은 전날의 '나'의 인식과 다음날의 행동을 추동하는 역할을 하며 각 인물들의 공간은 사이렌소리로 환유적으로 연결되고 있다.

3. 환몽의 안과 밖의 구조 – 파생적 크로노토프

「무진기행」에서 공간은 크게 서울과 무진으로 구별된다. 도시에서 귀향하는 모티프를 지니고 있는 이 텍스트는 축어적 의미의 공간 외에 파생적 공간을 생성한다. 파생적 공간은 수사적인 형태로 재현되며, 이 두 공간은 대조적으로 또는 상징적으로 묘사된다. 도시와 무진이라는 공간은 하나가 다른 하나를 파생시키는 관계로 존재하며 전진과 퇴행이라는 과정을 거치는 꿈의 구조로 연결되어 있다. 융은 인격이 작용하는데 사용되는 정신에너지를 리비도(libido)라고 정의하는데, 이 정신에너지는 외부의 끊임없는 자극에 의해 항상 재분배의 이동을 일으킨다.[355] 재분배는 전진과 퇴행이라는 두 경향으로 이루어진다. 퇴행[356]은 무의식의 저장소에서 새로운 에너지를 찾아내기 위한 일시적인 후행, 들어감인데 수면은 무의식 속에 빠지는 기회, 무의식이 꿈에 나타나는 기회이다.[357] 전진하던 인간의 에너지가 일단 외계에 적응하기를 실패하면 무의식으로 후퇴하여 거기서 새로운 발전 가능성을 발견하고 또다시 외계로 향한다. 이러한 반복된 리듬은 귀향의 구조와 일치하며 인간 심리의 퇴행과 전진이라는 구조와도 맞물려 있다. 무진에서 생명력을 충전하여 도시로 나아가고, 소진된 생명력은 귀향을 반복하게 된다. 귀향이라는 지리적 이동은 자신의 근본을 찾아 들어감이라는 심리적 이동을 동반한다.[358] 그러나 여기에서 퇴행은 단순히 부정적인 현상만을 나타내는 것이 아닌 재생을 위한 시간이라고 볼 수 있다. 「무진 기행」에서 퇴행심리는 귀향의 모티프의 꿈꾸기의 형식으로 나타난다.

소설은 윤희중이 버스를 타고 무진으로 들어가는 장면에서부터

---

355 칼 융, 설영환 역, 『무의식 분석』, 선영사, 1990, 96쪽.
356 프로이트는 퇴행(regression)을 부정적인 현상으로 방어 또는 실패로 규정한다. 그러나 융이 말하는 퇴행은 싸워서 극복되어야 하는 것으로 재생의 시기로 보았다. 이것에 대해 휠라이트는 '전이 속으로의 창조적 퇴행'이라고 변호하면서 융의 주장을 지지하였다. 융이 퇴행에서 비롯되는 전진을 강조한 것은 죽음과 재탄생에 관한 강조와 일치한다.
　　A, 샤무엘, B. 쇼터, F. 플라우트, 민혜숙 역, 『융분석비평사전』, 동문선, 211-212쪽.
357 Calvin S. Hall, Vernon J. Nordby, 최현 역, 『융 심리학 입문』, 범우사, 1991, 95쪽.
358 최혜실, 『한국현대소설의 이론』, 국학자료원, 1994, 93쪽.

시작한다. 버스 속에서 윤희중은 반수면의 상태로 무진의 이정표를
보게 되면서 무진을 감지한다. 그리고 꿈결처럼 무진에 대해 설명하
는 농업 시찰원들의 낮은 저음의 목소리를 듣는다. 시각적으로 감지
되는 무진의 이정표와 청각으로 인지되는 목소리가 동시에 진행되
면서 그는 잠에 빠져든다. 차창을 통해 들어오는 바람은 "욕심껏 수
면제를 품고 있는 것처럼" 윤희중에게 인식되고, 그 바람 속의 "천진
스런 저온"과 "저편에 바다가 있다는 것을 알리는 소금기"는 수면제
를 만들어 낼 수 있을 정도이다. 무진이 가까웠음을 바람으로 느끼며
윤희중은 몸을 이완시켜 잠에 빠져든다.

입몽 과정: 그러나 열려진 차창으로 들어와서 나의 밖으로 드러난
살갗을 사정없이 간지럽히고 불어 가는 유월의 바람이 나를 반수면 상
태로 끌어넣었기 때문에 나는 힘을 주고 있을 수가 없었다. 바람은 무
수히 많은 작은 입자로 되어 있고 그 입자들은 할 수 있는 한 욕심껏 수
면제를 품고 있는 것처럼 내게는 생각되었다.[359]

출몽과정: 나는 이모가 나를 흔들어 깨워서 눈을 떴다. 늦은 아침이
었다. 이모는 전보 한 통을 내게 건네주었다. 엎드려 누운 채 나는 전보
를 펴보았다. '27일 회의 참석 필요, 급상경 바람 영.' '27' 일은 모레였
고 '영'은 아내였다. 나는 아프도록 쑤시는 이마를 베개에 대었다. 나는
숨을 거칠게 쉬고 있었다.[360]

359 김승옥, 앞의 책, 115쪽.
360 김승옥, 앞의 책, 138쪽.

무진을 가장 잘 함축하는 것은 안개이다. 현실과 잠의 경계에서 과
거 자신이 경험한 무진의 안개에 대한 기억을 떠올리고 회상하게 함
으로써 꿈의 구조를 만들고 있다. 안개는 "진주해 온 적군", "이승에
한이 있어 매일 밤 찾아오는 여귀"등으로 인격화되어 있다. 무진에
는 안개만 있고 사람은 존재하지 않을 만큼 안개는 무진을 지배하는
하나의 사물이다. 이 안개는 바깥 세상과 무진을 단절시키는 강한 울
타리로 작용함으로써 무진은 현실 세계가 아닌 환영의 세계, 다시 말
해 꿈의 공간으로 전치된다.

무진이 환영의 공간이라면, 도시는 꿈 바깥의 실제공간이다. 입몽
이 무진으로 가는 버스 안에서 이루어졌다면 출몽은 이모 집에서 이
루어진다. 윤희중은 늦은 아침, 이모에 의해 잠이 깨고 그가 받은 것
은 서울에서 온 전보이다. 꿈은 기분 좋게 몽롱함에서 깨어나는 것이
아닌 "아프도록 이마가 쑤시고", "숨을 거칠게 쉴 수 밖"에 없다. 꿈
안의 서사는 과거의 암울했던 자신의 기억을 상기시키며 미친 여자
의 비명소리와 어머니의 무덤, 그리고 술집 여자의 죽음을 확인하게
한다. 그리고 어머니의 강압에 의해 갇혀 있던 골방과 폐병을 치료하
기 위해 요양을 했던 바닷가 방, 그리고 실직과 실연을 당하고 귀향
하던 과거의 기억을 떠올리게 한다. 무진에서는 모든 것이 뒤죽박죽
되었던 것처럼 꿈속에서도 무진의 기억은 긍정적이지 않다.

"27일 회의 참석 필요 급상경 바람. 영"이라는 전보의 문구는 서울
이라는 생존 경쟁의 현실을 일깨워 주는 기표로서 역할 한다. 여기에
서 도시는 욕망을 드러낼 수 있는 공간이 아니다. 생활인으로서 자
신을 감추고 살아가야만 하는 공간이다. 밀집한 도시생활은 공간의

비좁음과 신체적 근접성을 야기하고, 정신적 거리화를 필요로 한다. 이런 정신적 거리화는 자기철회를 야기하고, 이것은 개인의 고립을 초래한다. 전보는 꿈속에서 체험하는 무진이 환영이라는 것을 고지함으로써 유희중은 하선생에게 쓴 편지를 찢어 버린다. 윤희중에게 현실은 "내게 주어진 한정된 책임 속에서만" 살아야 하는 공간인 것이다. 소설은 윤희중이 꿈에서 깨어나 무진을 나감으로써 끝을 맺고 있다. 소설의 결말에서 윤희중은 현실에 영합하기 위해 행동하는 자신을 보며 심한 부끄러움을 느낀다. 이것은 완전히 무의식의 세계를 탈주하여 이성의 통제를 받기 시작했음을 의미한다. 즉, 크로노토프는 꿈의 안과 꿈의 바깥이라는 이원적인 구조를 지니게 되면서, 무진은 도시의 파생된 공간으로서 원초적 생명력의 모태를 나타내는 공간이 된다.

「무진기행」에서 윤희중의 귀향은 네 번 이루어진다. 첫 번째가 6.25 때의 피신이며, 두 번째가 폐병으로 인한 요양, 세 번째가 회사에서 실직한 데다 동거하던 여인마저 떠나버린 절박한 상황에서의 귀향, 네 번째가 제약회사 전무가 되기 위해 귀향한 현재의 시간이다. 윤희중에게 무진은 자신의 생명을 보호하는 공간인 동시에 긴장된 신경과 지친 몸을 이완시키는 공간이다. 즉 무진은 개인적 시간에 의해 공간이 변화하는 인물의 인생의 여정을 집약할 수 있는 자아의 크로노토프[361]이다. 그러나 무진은 실재의 공간이라기보다는 관념

---

361 Zora Neale Hurston의 「Their Eyes were watching God」의 크로노토프는 상대적으로 범시간적이다. 민족의 선조적 시간으로부터 그녀의 개인적 시간은 변화되고 거주하는 공간 또한 영향을 받는다. 소설은 단락을 시작하면서 개인적 개험의 중요한 요소로 '자아의 크로노토프(chronotope of the self)'를 제시

의 공간이다. 안개의 마성이 지배하는 공간인 무진에서 윤희중은 자신의 유아기의 본능을 충족시킨다. 인간의 퇴행의 욕구는 요나 컴플렉스[362]로 정의할 수 있다. 요나 컴플렉스로 지배되는 무진은 윤희중에게 모태의 편안함과 비호의 공간으로 상정된다. 골방에 숨어 있는 것이나, 바닷가 방에 은폐되어 있는 것은 모두 모성적 상상력의 한 측면이라 할 수 있다.

윤희중에게 바다는 자궁의 안온함으로 인식된다. 안개의 '물' 이미지는 태내의 상태와 같은 비호성을 상징한다. 병든 육체를 회복하며 자신의 아니마인 하선생과 관계를 갖는 공간도 바닷가 방이다. 또한 무진은 안개와 바다로 집약되는 공간으로 무의식의 휴식 공간인 것이다. 무진은 리비도의 퇴행이 일어나는 공간으로써 억압되어 있는 욕망이 자연스럽게 분출되는 곳이기도 한 것이다. 인간은 자궁을 안전한 안식처로 그리워하는데, 이러한 욕망은 집, 동굴, 다락방, 지하실 등의 비호와 안락함의 공간을 추구함으로서 무의식을 촉발시킨다. 「무진기행」에서 골방과 무덤 등은 요나 컴플렉스를 상징하는

한다. 아프리카계 아메리카인의 한사람으로서 자신의 정체성을 찾기 위한 삶의 여정은 20세기 전반의 미국의 상황과 결부되어 크로노토프를 형성한다. 이 소설에서 근대성과 '민족' 그리고 자아의 크로노토프는 서로 연계되어 주요 인물인 제니의 '자아의 크로노토프'를 형성한다.
Leigh Anne Duck, Go there tuh Know there: Zora Neale Hurston and the Chronotope of the Folk, American Literary History, Summer 2001, Volume 13, Number 2, Oxford University Press, pp. 265-294.

362 성경에 의하면 요나는 고래 배속에서 삼일을 견딘 후 다시 살아난 예언자이다. Jung은 이 모티프를 중시 여겨 인간의 리비도의 퇴행과 전진, 유아기로 돌아가고자 하는 심리의 비유로 사용하였다. 이 개념을 Bachelard가 한층 심화시켰다. C.G. Jung, 앞의 책.

공간으로 변모된다. 즉 무진은 꿈속에서처럼 아무런 책임을 지지 않아도 되는 공간인 동시에 모태로 돌아가려는 퇴행의 욕망이 충만한 공간인 것이다.

그러나 이러한 무진에 비해 도시는 "무자비하게 쏟아져 들어오는 소음에" 자신을 상실한 공간이며, 자본주의의 속성으로 무장되어 개인의 존재적 상실을 위협하는 공간이다.

> 서울의 어느 거리에서고 나의 청각이 문득 외부로 향하면 무자비하게 쏟아져 들어오는 소음에 비틀거릴 때거나 밤늦게 신당동 집 앞의 포장된 골목을 올라갈 때, 나는 물이 가득한 강물이 흐르고 잔디로 덮인 방죽이 시오리 밖의 바닷가까지 뻗어 나가 있고 작은 숲이 있고 다리가 많고 (중략) 대로 만든 와상이 밤거리에 나앉아 있는 시골을 생각했고 그것은 무진이었다. 문득 한적이 그리울 때도 나는 무진을 생각했었다. 그러나 그럴 때의 무진은 내가 관념 속에서 그리고 있는 어느 아늑한 장소일 뿐이지 거기엔 사람이 살고 있지 않았다.[363]

대도시에서 인물은 외적 환경의 불안정한 파동과 불연속이 야기하는 심각한 붕괴로부터 자기 자신을 지키기 위해 이성적인 태도로 무장을 해야 한다.[364] 도시에서 주체는 권력관계로부터 자유롭지 못하다. 인물은 도시에서 강박적인 자기검열 의식에 의해 자기만이 소

---

363 김승옥, 앞의 책, 116쪽.
364 Steven Pile, The Body and the city: psychoanalysis, space, and suvjectivity, Routledge, 1996. p.225.

유하고 있는 기호에 집착하게 되는데 그것은 돈과 권력이다. 아내와 장인, 제약회사의 상무 자리는 자아와 교환되는 사물이며, 그래서 주체는 텅 빈 중앙에 자리 잡고 타자의 시선을 벗어나지 못한다. 서사에서 직접적으로 서울을 지시하는 기표는 '전보'뿐이다. 윤희중은 전보가 내포하고 있는 도시의 위력에 굴복하여 무진을 떠난다. 여기에서 도시는 리비도의 전진만을 강요하는 공간이며, 추상적인 개인과 구조화된 교환체계, 그리고 상징적 아버지 법으로 구성된 공간이다.[365] 제약회사와 돈 많은 아내, 그리고 장인만이 존재하는 서울은 인간의 본성이 차단된 공간으로 자본의 통제를 받아야하는 하는 공간이다. 무진이 요나콤플렉스의 어머니에 의해 지배되는 공간이었다면, 도시는 장인으로 대변되는 아버지의 법에 의해 지배되는 공간인 것이다. 즉, 도시의 파생적 크로노토프는 아버지의 법에 수긍하는 비정한 자본주의 사회를 상징한다.

김승옥의 소설은 시간과 공간의 다양한 변모 속에서 크로노토프 비유적 측면과 파생적 측면을 구성한다. 특히 「무진기행」에서 무진은 일상성의 배후에 있는 상징적 공간으로서 크로노토프를 구성한다. 그리고 무진의 공간에서 시간은 과거로 반복적으로 회귀하며, 현재의 시간과 혼합되고, 인물들의 심리적 시간에 연계됨으로써 주제적 크로노토프를 구성한다. 이러한 크로노토프는 '이정비'와 '하얀 팻말' 그리고 '무덤'과 '방죽길'로 대조를 이루며 병렬적으로 구조화되어 있고, 환유의 기법을 사용하여 '사이렌'의 크로노토프를

---

365 Georg Simmel, The Metropolis and Mental Life, Metropolis: Centre and stmbol of Our Time, Macmillan Press LTD. 1995. pp.31-32.

형성한다. 무진의 공간은 또 하나의 파생적인 공간을 내포하고 있는데 그것은 도시라는 공간이다. 여기에서 도시는 정신의 무감동적인 태도, 감정의 부재, 자기 철회 의식 등이 복잡하게 얽혀 있는 공간으로 고립과 냉담함이 일관되게 자행되는 공간이다. 무진이 요나컴플렉스의 공간, 모성적 공간, 퇴행의 공간이라면, 도시는 장인으로 대별되는 아버지의 법이 지배하는 공간이고, 무진에서 충전된 생명의 에너지가 소진되는 공간이다. 이 공간들은 각기 다양하게 변형되고 변모되는 과거의 시간과 현재의 시간을 통해서 크로노토프를 형성하고 있다. 크로노토프의 형식 내에서 독자는 작가의 명시적인 발언과는 다른 진실을 발견하면서 서사세계를 경험한다.[366] 즉 크로노토프는 단순히 시간을 재현하는 것이 아니라, 예술적으로 재해석됨으로서 주관화 된 대상을 재현하며 심미성을 지니게 된다. 크로노토프는 장르의 개념을 규정하는 데 그치는 것이 아니고 주제적인 토포스들과 파생적으로 상징화되는 시, 공간을 함께 구조화함으로써 다층적인 의미를 함축하며 소설을 미학적으로 구성하고 있다고 할 수 있다.

---

[366] Jay Ladin, Flashing Out the Chronotope, Critical Essays on Mikhail Bakhtin. Ed. Caryi Emerson, G.K. Hall & Co, New York, 1999, p.231.

참고문헌

기초 자료

『개벽』,『경성신문』,『공제』,『국민문학』,『국민문학』,『녹기』,『대동홍학보』,『대중신문』,『대한학회월보』,『대한홍학보』,『동광』,『동아일보』,『매일신보』,『불꽃』,『삼천리』,『세계의 문학』,『신생활』,『신생』,『신세대』,『아성』,『작가세계』,『조광』,『조선일보』,『조선지광』,『창조』,『청춘』,『태극학보』,『학지광』,『현대문학』,『半島の光』

단행본

군산대학교 채만식연구센터,『채만식 중·장편소설연구』, 소명출판, 2009.
권명아,『역사적 파시즘-제국의 판타지와 젠더정치』, 책세상, 2005.
권보드래,『한국문학의 기원』, 소명출판, 2000.
권영민,『한국현대 문학사』, 민음사, 1993, 200쪽.
권성우,『모더니티와 타자의 현상학』, 솔출판사, 1999.
김동식,『한국소설문학대계』, 두산동아, 1995.
김동인,『조선근대소설고』, 삼중당, 1976.
김병걸, 김규동 편,『친일 문학작품선집 1』, 실천문학사, 1986.
김병걸, 김규동 편,『친일 문학작품선집 2』, 실천문학사, 1986.
김병익,『현대 한국 문학의 이론』, 민음사, 1972.
김상태,『염상섭 문학연구』, 민음사, 1987.
김성곤,『포스트모던 소설과 비평』, 열음사, 1993.
김승옥,『무진기행』, 나남, 2001.
김열규,『고향가는 길』, 좋은날, 2001.
김열규,『메멘토 모리, 죽음을 기억하라』, 궁리, 2001.
김용정,『과학과 철학』, 범양출판사, 1996.
김욱동,『대화적 상상력-바흐친의 문학이론』, 문학과 지성사, 1988.
김원모,『영마루의 구름』, 단국대학교출판부, 2009.

김윤식,『한국근대문학양식론고』, 아세아문화사, 1980

김윤식,『한국근대소설사연구』, 을유문화사, 1986.

김윤식,『한국 현대문학사』, 서울대학교 출판문화원, 1992.

김윤식, 정호웅 공저,『한국소설사』, 예하, 1993.

김윤식,『이광수와 그의 시대 2』, 솔, 1999.

김윤식,『일제말기 한국 작가의 일본어 글쓰기론』, 서울대 출판부, 2003.

김재용 외,『친일문학의 내적논리』, 역락, 2003.

김재용,『협력과 저항: 일제 말 사회와 문학』, 소명출판, 2005.

김정란,『무진기행』, 나남출판, 2001.

김주용,『근대 만주 도시 역사지리연구』, 동북아역사재단, 2007.

김준오,『문학사와 장르』, 문학과 지성사, 2000.

김진균, 정근식 편저,『근대주체와 식민지 규율권력』, 문화과학사, 1997.

김철,『국문학을 넘어서』, 국학자료원, 2000.

김철, 신형기 외,『문학 속의 파시즘』, 삼인, 2001.

김홍기,『채만식연구』, 국학자료원, 2001.

김현 편,『쟝르의 이론』, 문학과지성사, 1987.

김현,『문학과 유토피아』, 문학과 지성사, 1992.

김현주,『이광수와 문화의 기획』, 태학사, 2005.

김형효,『메를로 뽕띠와 애매성의 철학』, 철학과 현실사, 1996.

나병철,『근대서사와 탈식민주의』, 문예출판사, 2001.

류보선,『한국 현대작가 연구』, 문학사상사, 1991.

류시현,『최남선 연구 - 제국의 근대와 식민지의 문화』, 역사비평사, 2009.

류철균, 한혜원 외,『트랜스미디어 스토리텔링의 이해』, 이화여자대학교
　　　　출판부, 2014.

문학사와 비평 연구회 편,『1960년대 문학연구』, 예하, 1993.

민족문학연구소,『일제말기 문인들의 만주체험』, 도서출판 역락, 2007,

박상준,『근대문학의 형성과 신경향파』, 소명출판, 2000.

박선경,『현대심리소설의 정신분석』, 계명문화사, 1996.

박숙자,『한국문학과 개인성』, 소명출판, 2008.

박아청,『아이덴티티의 세계』, 교육과학사, 1990.

박주식,『탈식민주의 이론과 쟁점』, 문학과지성사, 2003.

박찬승,『한국 근대정치 사상사연구』, 역사비평사, 1997.

방기중 편,『일제 파시즘 지배정책과 민중생활』, 혜안, 2004.

방민호,『채만식과 조선적 근대문학의 구상』, 소명출판, 2001.
백문임,『현역중진작가연구 I』, 국학자료원, 1997.
서현섭,『일본인과 천황』, 고려원, 1997.
서영채,『아첨의 영웅주의 - 최남선과 이광수』, 소명출판, 2011.
서재길,『한국근대문학과 일본』, 소명출판, 2002.
선우현,『사회비판과 정치적 실천 - 하버마스의 비판적 사회이론』, 백의, 1999.
송지현,『페미니즘 비평과 한국소설』, 국학자료원, 1996.
송하춘,『염상섭 문학 연구』, 민음사, 1987.
신종곤,『1920년대 문학의 재인식』, 깊은샘, 2001.
양해림,『몸의 현상학』, 철학과 현실사, 2000.
염상섭,『만세전』, 고려공사, 1924.
우정권,『한국현대 문학의 글쓰기 양상』, 도서출판 월인, 2002.
우정권,『한국근대 고백소설의 형성과 서사양식』, 소명출판, 2004.
우한용,『채만식 소설의 언어미학』, 제이앤씨, 2008.
유병석,『염상섭 전반기 소설 연구』, 아세아 문화사, 1985.
유영균,『서울중인작가와 근대소설의 양식 연구』, 박이정, 1998.
유종호,『다산성』, 한겨레, 1987.
유종호,『염상섭』, 서강대학교 출판부, 1998.
윤병로,『한국현대문학사』, 현대문학, 2005.
윤홍로,『이광수의 문학과 삶』, 한국연구원, 1992.
이경훈 편역,『진정 마음이 만나서야말로 - 이광수 친일소설 발굴집』, 평민사, 1995.
이경훈 편역,『춘원 이광수 친일문학전집 II』, 평민사, 1995.
이광수,『춘원 서간문범』, 삼중당, 1939.
이광수,『이광수 전집』, 삼중당, 1963.
이광수,『이광수 단편선 - 소년의 비애』, 문학과 지성사, 2006.
이광수, 김윤식 편역,『이광수의 일어창작 및 산문선』, 도서출판 역락, 2010.
이도업,『화엄경 사상연구』, 민족사, 1998.
이선영,『염상섭 소설전집 1』, 민음사, 1987.
이승훈,『시론』, 고려원, 1992.
이재선,『한국문학의 이해』, 새문사, 1981.

이재선, 『현대 한국 소설사』, 민음사, 1991.

이재선, 『한국문학의 원근법』, 민음사, 1996.

이재선, 『문학주제학이란 무엇인가』, 민음사, 1996.

이재선, 『한국단편소설연구』, 일조각, 1997.

이재선, 『한국문학 주제론』, 서강대학교 출판부, 1998.

이재선, 『한국소설사』, 민음사, 2001.

이재선, 『현대소설의 서사시학-소설 텍스트 새로 읽기』, 학연사, 2002.

이희정, 『한국근대소설의 형성과 매일신보』, 소명출판, 2008.

임옥희, 『세계의 문학』, 1988.

임종국, 『친일문학론』, 평화출판사, 1963.

임화, 『문학의 이론』, 학예사, 1940.

전영우, 『한국 근대토론의 사적 연구』, 일지사, 1991.

정윤혁 엮음, 『학도여 성전에 나서라』, 없어지지 않는 이야기, 1997.

조남현, 『염상섭 문학연구』, 민음사, 1987.

조남현, 『문학과 정신사적 자취』, 이우출판사, 1984.

조연현, 『한국현대문학사』, 성문각, 1969.

조연현, 『현대한국작가론』, 청운출판사, 1965.

주요한 편저, 『증보 안도산 전서』, 삼중당, 1963.

지수호, 『텍스트 분석방법으로서의 수사학』, 유로서적, 2004.

채만식, 『채만식 전집』, 창작과비평사, 1989.

채훈, 『염상섭 연구』, 새문사, 1982.

최남선, 『최남선 전집』, 현암사, 1974.

최남선, 정재승·이주현 역주, 『불함문화론』, 우리역사연구재단, 2008.

최남선, 전성곤 옮김, 『만몽문화』, 경인문화사, 2013.

최남선, 윤영실 옮김, 『송막연운록』, 경인문화사, 2013.

최삼룡, 허경진 편, 『만주기행문』, 보고사, 2010.

최석영, 『일제의 조선연구와 식민지적 지식 생산』, 민속원, 2012.

최유찬, 『채만식의 항일문학』, 서정시학, 2013.

최인훈, 『새벽』, 1960.11.

최인훈, 『광장/회색인』, 신구문화사, 1968.

최인훈, 『광장』, 문학과 지성사, 1996.

최원식, 『민족문학의 논리』, 창작과 비평사, 1982.

최주한, 『이광수와 식민지 문학의 윤리』, 소명출판, 2014.

최주한, 『제국 권력에의 야망과 반감 사이에서』, 소명출판, 2005.

최혜실, 『한국현대소설의 이론』, 국학자료원, 1994

하정일, 『20세기 한국문학과 근대성의 변증법』, 소명출판, 2000.

한기형 외, 『근대어·근대매체·근대문학』, 성균관대 대동문화연구원, 2006.

한민주, 『낭만의 테러-파시스트 문학과 유토피아적 충동』, 푸른사상, 2008.

허라금, 『여성의 몸에 관한 철학적 성찰』, 철학과 현실사, 2000.

홍순애, 『한국근대소설과 알레고리』, 제이앤씨, 2009.

홍순애, 『여행과 식민주의』, 서강대학교출판부, 2015.

황석영, 『삼포가는 길-황석영 중단편전집 2』, 창비, 2015,

┃ 논문

공임순, 「김일성 청년상에 대한 (남)북한의 상징 투쟁과 체제 전유 방식들-
냉전에서 열전으로, 북한 사회의 집단/공유 기억의 창출과 역사의
기념비화」, 『민족문학사연구』 39호, 민족문학사학회, 2009.

구인모, 「국토순례와 민족의 자기구성-근대 국토기행문의 문학사적 의
의」, 『한국문학연구』 27집, 동국대학교 한국문학연구소, 2004.

권오룡, 「이념과 삶의 현재화: 1960년에서 1990년까지 『광장』의 변천사」,
『한길문학』 6, 1990.

권용선, 「1910년대 '근대적 글쓰기'의 형성과정 연구」, 인하대학교 박사논
문, 2004.

김동식, 「한국의 근대적 문학 개념 형성과정 연구」, 서울대학교 박사논문,
1999.

김병구, 「염상섭 소설의 탈식민성: 「만세전」과 「삼대」를 중심으로」, 『현대
소설연구』 제18권, 한국현대소설학회, 2003.

김성수, 「근대적 글쓰기로서의 서간 양식 연구-근대 서간의 형성과 양식
적 특징」, 『민족 문학사연구』 39집, 민족문화연구소, 2009.

김영옥, 「1970년대 근대화의 전개와 여성의 몸」, 『여성학 논집』 18집, 이화
여자대학교 한국여성연구원, 2001.

김은하, 「근대소설의 형성과 우울한 남자: 염상섭의 「만세전」을 대상으로」,
『현대문학이론연구』 제29권, 현대문학이론학회, 2006.

김종영, 「파시즘에서 연설의 기능」, 『텍스트 언어학』 13, 텍스트 언어학회,
2002.

김주용, 「만주지역 한인 '안전농촌' 연구-영구, 삼원포 지역을 중심으로」, 『한국근현대사 연구』 38집, 한국근현대사학회, 2006.

김현주, 「『서유견문』의 (문명)개화론과 번역의 정치학」, 『국제어문』 24집, 국제어문학회, 2001.

김혜원, 「1930년대 단편소설에 나타난 몸의 형상화 방식 연구」, 서강대학교 석사논문, 2001.

김휘정, 「『만세전』과 근대성」, 『여성문학연구』 제7권, 한국여성문학학회, 2002.

남상권, 「『만세전』에 나타난 알레고리 연구」, 『한민족어문학』 제40권, 한민족어문학회, 2002.

노상래, 「만주와 헤테로피아: 헤테로피아, 제3의 눈으로 읽는 만주-현경준의 『유맹』을 중심으로」, 『인문연구』 70호, 영남대학교 인문과학연구소, 2014.

노지승, 「1970년대 호스티스 멜로드라마 혹은 이주, 성노동, 저항의 여성 생애사」, 『여성문학연구』 41집, 한국여성문학학회, 2017.

류보선, 「탈향의 정치경제학과 미완의 귀향들」, 『현대소설연구』 61호, 한국현대소설학회, 2016.

박경현, 「개화기 화법교육의 편린」, 『기전어문학』 8-9집, 수원대학교 국어국문학회, 1994.

박유희, 「1980년대 문예드라마 〈TV문학관〉연구」, 『한국극예술연구』 제57집, 한국극예술학회, 2017.

박재섭, 「한국 근대 고백체 소설 연구」, 서강대학교 박사학위논문, 1993.

박정애, 「근대적 주체의 시선에 포착된 타자들: 염상섭 「만세전」의 경우」, 『여성문학연구』 제6권, 한국여성문학학회, 2001.

박찬승, 「부르주아민족주의, 우파민족주의, 문화민족주의」, 『역사비평』 75집, 역사문제연구소, 2006.

박화진, 「동북아시아 해양도시 근대화의 제문제-20세기 초 중국 요녕성 대련시 일본정을 중심으로」, 『국제학술대회 발표자료집』, 동북아시아문화학회, 2002.

방민호, 「일제말기 문학인들의 대일 협력 유형과 의미」, 『한국현대문학연구』 22집, 한국현대문학회, 2007.

서경석, 「만주국 기행문학 연구」, 『어문학』 제86집, 한국어문학회, 2004.

서영인, 「일제말기 정인택의 친일 협력문학과 만주 시찰체험 국책 이데올

로기의 호명과 그 수용과정을 중심으로」, 『현대문학이론연구』 53
집, 현대문학이론연구학회, 2013.

서영채, 「최남선과 이광수의 금강산 기행문에 대하여」, 『민족문학사연구』
24권, 민족문학사학회, 2004.

서은선, 「최인훈 소설 〈광장〉이 추구한 여성성의 분석」, 『새얼어문논집』 제
4집, 새얼어문학회, 2001.

세키네 히데유키, 「도리이류조와 오카 마사오의 일본민족 기원론 - 문화
전파와 민족이동의 관점에서」, 『동북아문화연구』 제29집, 동북아
시아문화학회, 2011.

송기섭, 「〈만세전〉의 이인화 탐구」, 『현대소설연구』 제17권, 한국현대소설
학회, 2002.

신은경, 「여성성의 구현으로서의 여성텍스트와 여성문체」, 『문학정신』,
1991.12.

심진경, 「1930년대 후반 장편소설의 여성 섹슈얼리티 연구」, 서강대학교
박사논문, 2001.

안병택, 「극적 내러티브의 시각적 연출 특성 연구」, 『한국콘텐츠학회 논문』
12권 9호, 한국콘텐츠학회, 2012.

양문규, 「1910년대 유학생 잡지와 한국근대소설의 형성」, 『현대문학의 연
구』 34집, 한국현대문학학회, 2008.

오경환, 「집단 기억과 역사: 집단기억의 역사적 적용」, 『아태쟁점과 연구』
2권 3호, 한양대학교 아태지역연구센터, 2007, 87쪽.

오바타 미치히로, 「일본과 동양의 분리의 논리」, 『일본사상』 제6호, 한국일
본사상사학회, 2004.

오영숙, 『한국 로드무비의 심상지리와 시대 정서』, 『영화연구』 84호, 한국
영화학회, 2020.

오윤호, 「한국근대소설의 식민지 경험과 서사전략연구: 염상섭과 최인훈
을 중심으로」, 서강대학교 박사학위논문, 2003.

유정환, 「1980년대 초반 전두환 정부의 사회정화사업 시행과 지역감시체
계 재편」, 『역사문제연구』 제40호, 역사문제연구소, 2018.

유필규, 「1930년대 연변지역 한인 '집단부락'의 설치와 통제적 생활상」, 『한
국독립운동사 연구』 제30집, 한국독립운동사연구소, 2008.

윤승준, 「육당 최남선의 '단군론' 연구」, 『인문학연구』 37집, 조선대학교
인문학연구원, 2009.

윤영실, 「단군과 신도: 1930년대 중반 최남선의 단군신앙 부흥론과 심전개발」, 『한국현대문학연구』 36집, 한국현대문학회, 2012.

이경훈, 「식민지와 관광지」, 『사이 間 SAI』 제6호, 국제한국문학문화학회, 2009.

이명화, 「도산 안창호의 이상촌운동 연구」, 『한국사학보』, 고려사학회, 2000.

이원경, 「일제말기 '동양론'의 수용과 소설적 형상화 정비석의 단편소설을 중심으로」, 『현대소설연구』 42호, 한국현대소설학회, 2009.

이정아, 「〈남도 사람〉 연작의 크로노토프」, 『한국문학이론과 비평』 14집, 한국문학이론과 비평학회, 2002.

이희정, 「일제말기(1937~1945년) 『매일신보』 문학의 전개양상 ─ 미디어적 전략과의 상관성을 중심으로」, 『한국문학이론과 비평』 제75집, 한국문학이론과 비평학회, 2017.

전미정, 「한국 현대시의 에로티시즘 연구」, 서강대학교 박사학위 논문, 1998.

전성곤, 「몽고 여행 일기 분석을 통해 본 '타자', '자아' ─ 도리이 류조와 도리이 기미코를 중심으로」, 『일어일문학연구』 제64집 2호, 한국일어일문학회, 2008.

전성곤, 「최남선의 『불함문화론』 다시 읽기」, 『역사문제연구』 16권, 역사문제연구소, 2006.

정미강, 「1920년대 재일 조선유학생의 자유주의적 문화운동연구」, 한국학중앙연구원 박사학위 논문, 2006.

정안기, 「1936년 조선 수뇌의 『圖們會談』과 『鮮滿一如』」, 『만주연구』 제12집, 만주학회, 2011.

정연희, 「『만세전』의 서술기법과 구조연구」, 『현대소설연구』 제13권, 한국현대소설학회, 2000.

정우봉, 「연설과 토론을 통해 본 근대계몽기의 수사학」, 『고전문학연구』 제30집, 한국고전문학학회, 2006.

정욱재, 「1910~1920년대 경학원의 인적 구성과 역할 ─ 사성과 강사를 중심으로」, 『정신문화연구』 106호, 정신문화연구소, 2007.

정재서, 「육당 신화학의 중국신화 수용과 그 문화사적 의미 ─ '불함문화론'을 중심으로」, 『중국소설논총』 35집, 한국중국소설학회, 2011.

정주아, 「공공의 적과 불편한 동반자 ─ 『군상』 연작을 통해 본 1930년대 춘원의 민족운동과 사회주의의 길항관계」, 『한국현대문학연구』 40

호, 한국현대문학회, 2013.

정창석, 「일본 군국주의 파시즘 그 식민지에의 적용」, 『일본문화학보』 제34집, 한국일본문화학회, 2007.

정혜경, 「소설의 영화화와 트랜스미디어 스토리텔링 – '살인자의 기억법'을 중심으로」, 『국어문학』 67집, 국어문학회, 2018.

조현설, 「동아시아 신화학의 여명과 근대적 심상지리의 형성」, 『민족문학사연구』 16권, 민족문학사학회, 2000.

채관식, 「만주사변 전후 국내 민족주의 계열의 재만조선인 국적문제제기와 민족인식의 논리」, 『한국근현대사연구』 69집, 한국근현대사학회, 2014.

최병도, 「만주동포문제협의회의 결성 및 해체에 관한 연구 – 1930년 초 국내 민족운동진영의 동향과 관련하여」, 『한국근현대사연구』 39집, 한국근현대사학회, 2006.

최병우, 「한국 근대 1인칭 소설연구」, 서울대 박사논문, 1992.

최선경, 「연설문의 텍스트 언어학적 분석」, 서울대학교박사논문, 1999.

최주한, 「친일협력 시기 이광수의 불교적 사유의 구조와 의미」, 『어문연구』 41권, 한국어문교육연구회, 2013.

최현숙, 「『소음과 분노』 – 나르시스적 주체와 상상의 아버지」, 『인문과학연구』 제47집, 강원대학교 인문과학연구소, 2015.

츠카세 스스무, 「근대에 있어서 만주의 민족문제」, 『만주연구』 제6집, 만주학회, 2007.

허경진, 「유길준과 『서유견문』」, 『어문연구』 제32권1호, 한국어문교육연구회, 2004.

홍순애, 「한국근대소설의 '길' 모티프와 크로노토프(chronotope)」, 『인문학연구』 24집, 동덕여자대학교 인문과학연구소, 2017.

홍순애, 「근대계몽기 연설의 미디어 체험과 수용」, 『어문연구』 135호, 한국어문교육연구회, 2007.

홍순애, 「연설의 미디어 체험과 수용」, 『어문연구』 135호, 한국어문교육연구회, 2007.

홍순애, 「근대초기 지리학의 수용과 국토여행의 논리」, 『한중인문학연구』 제34집, 한중인문학회, 2011.

홍순애, 「만주기행문에 재현된 만주표상과 제국주의 이데올로기의 간극 – 1920년대와 만주사변 전후를 중심으로」, 『국제어문』 57집, 국제어문학회, 2013.
홍순애, 「이광수 기행문의 역사의 기념비화와 민족서사의 창안논리」, 『한 중인문학연구』 제43집, 한중인문학회, 2014.
홍순애, 「이광수 기행문의 국토여행의 논리와 공간정치의 이데올로기, 『만 주에서』를 중심으로」, 『국어국문학』 170호, 국어국문학회, 2015.

| 외국서지

가라타니 고진, 조영일 역, 『근대문학의 종언』, 도서출판b, 2006.
골드만, 루시엥, 조경숙 역, 『소설사회학을 위하여』, 청하, 1982.
니라 간히, 이영욱 역, 「포스트식민 문학」, 『포스트식민주의란 무엇인가』, 현실문화연구, 2000.
딜런 베나스, 김종주 외 역, 『라깡 정신분석 사전』, 인간사랑, 1998.
도리이 류조, 최석영 역주, 『인류학자와 일본의 식민지 통치』, 서경문화사, 2007.
로버트J. C 영, 이경란, 성정혜 옮김, 『식민욕망 이론, 문화, 인종의 혼종성』, 북코리아, 2013.
마루야마 마사오, 김석근 역, 『현대정치의 사상과 행동』, 한길사, 1997.
마르쿠제, 김인환 역, 『에로스와 문명－프로이트 이론의 철학적 연구』, 나 남출판, 1999.
마아틴 키친, 강명세 역, 『파시즘』, 이론과 실천. 1988.
막스 밀네르, 이규현 역, 『프로이트와 문학의 이해』, 문학과 지성사, 1997.
맥루언 마샬, 김성기, 이한우 역, 『미디어의 이해』, 민음사, 2006.
미셀 푸코, 오생근 역, 『감시와 처벌』, 나남출판, 1994.
미즈우치 도시오 편, 심정보 역, 『공간의 정치지리』, 푸른길, 2010.
미하일 바흐친, 전승희, 서경희, 박유미 역, 『장편소설과 민중언어』, 창작 과 비평사. 1988.
스티브 코핸·린다 샤이어스, 임병권, 이호 역, 『이야기하기의 이론－소설 과 영화의 문화 기호학』, 한나래, 1996.
시모어 채트먼, 김경수 역, 『영화와 소설의 서사구조－이야기와 담화』, 민 음사, 1990.
앙드레 슈미드, 정여울 옮김, 『제국 그사이의 한국』, 휴머니스트, 2007
앤소니 기든스, 이윤희, 이현희, 『포스트모더니티』, 민영사, 1994.

야우스, 한스, 장영태 역,『도전으로서의 문학사』, 문학과지성사, 1983.

에드가 모랭, 김명숙 역,『인간과 죽음』, 동문선, 2000.

에테인 발리바르, 서관모 역,『이론』, 진보평론, 1993.

옹, 월터 J, 이기우, 임명진 역,『구술문화와 문자문화』, 문예출판사, 1995.

요시미 순야, 안미라 역,『미디어 문화론』, 커뮤니케이션 북스, 2006.

우에노 치즈코, 이선이 역,『내셔널리즘과 젠더』, 박종철 출판사,1998.

이시다코조 편, 노상래 역,『신반도 문학선집 1』, 제이앤씨, 2008.

이쿠다 사토시,『하룻밤에 읽는 성서』, 중앙M&B, 2000.

이효덕, 박성관 역,『표상공간의 근대』, 소명출판, 2002.

정화열, 박현모 역,『몸의 정치』, 민음사, 1999.

제프리 K, 올릭, 강경이 옮김,『기억의 지도』, 옥당, 2011.

조르쥬 바타이유, 조한경 역,『에로티즘의 역사』, 민음사, 1998.

조섭 브리스토우, 이연정 · 공선희 역,『섹슈얼리티』, 한나래, 2000.

쯔베탕 토도로프, 최현무 역,『바흐찐: 문학사회학과 대화이론』, 까치, 1987.

칼 융, 설영환 역,『무의식 분석』, 선영사 1990.

캘빈 S. 홀, 버논 J. 노드비, 최현 역,『융 심리학 입문』, 범우사, 1991.

케테 함브르거, 장영태 역,『문학의 논리 – 문학장르에 대한 언어 이론적 접
　　　근』, 홍익대학교출판부, 2002.

케티 콘보이, 나디아 메디나, 사라 스탠베리 공편, 고경하 외 공역,『여성의
　　　몸 어떻게 읽을 것인가』, 한울, 2001.

파울슈티히, 베르너, 황대현,『근대초기 매체의 역사』, 지식의 풍경, 2007.

팸 모리스, 강희원 역,『문학과 페미니즘』, 문예출판사,1997.

프레드리익 쾜멜, 권의무 역,『시간의 개념과 구조』, 계명대학교출판부,
　　　1986.

하버마스, 위르겐, 한승완 역,『공론장의 구조변동』, 나남출판, 2001.

헨리 미첼, 유기성 역,『세계의 파시즘』, 도서출판 청사. 1979.

헨리 젠킨스, 김정희원, 김동신 역,『컨버전스 컬쳐: 올드미디어와 뉴미디
　　　어의 충돌』, 비즈앤비즈, 2008.

후쿠자와 유키치, 엄장준, 김경신 역,『학문을 권함』, 지안사, 1993.

三好行雄, 정선태 역,『일본문학의 근대와 반근대』, 소명출판, 2002.

Blanche Housman Gelfant, The American City Novel, University of Oklahoma
　　　Press, 1954.

Chon, Dorrit, The Distinction of Fiction. Baltimore: The Johns Hopkins

U.P, 1999. Pratt, Mary Louise, Imperial Eyes: Travel Writing and Transculturation. London: Loutledge, 2001.

Eugen H. Falk, Types of Thematic Structure, The University of Chikage, 1967. Georg Simmel, The Metropolis and Mental Life, Metropolis: Centre and Symbol of Our Time, Philip Kasinitz, Macmillan Press LTD. 1995.

Hans Meyerhoff, Time in Literature, University of California Press, 1968.

I. Seigneurel, Jean Charles, Dictionary of Literary Themes and Motifs, Greenwood Press, 1995.

Jay Ladin, Flashing Out the Chronotope, Critical Essays on Mikhail Bakhtin. Ed. Caryl Emerson, G.K. Hall & Co, New York, 1999.

Jennifer Mclerran and Patric Mckee, Old age in myth and symbol, Greenwood press, 1991.

Jeremy Hawthorn, A Glossary of Contemporary Literary Theory, Oxford University Press. 1998.

Leigh Anne Duck, Go there tub Know there': Zora Neale Hurston and the Chronotope of the Folk, American Literary History, Summer 2001, Volume 13, Number 2, Oxford University Press.

Lyndy Abrahm, A Dictionary of Alchemical Imagery, Cambridge U.P. 1998.

M.M.Bakhtin, Aesthetic Visualizing of Time/Space: The Chronotope, THE BAKHTIN READER, Edward Arnold, 1994.

M.M.Bakhtin, The Dialogue Imatination: For Essary. Trans. M. Holquist & C. Emerson, ed. M. Holquist. University of Taxas Press, Austin, Tex., 1981.

Mcgee, Patrick, Telling the Other: The Question of Value in Morden and Postcolonical Writing. Ithaca: Cornell U.P., 1992.

Merleau-Ponty, Maurice, Phenomenology of Perception, London: Routledge and Kegan Paul, 1962.

Michael Riffaterre, Chronotopes in Diegesis, Fiction Updated: Theories of Fictionality, Narratology, and Poetics, Toronto: University of Toronto Press, 1996.

Steven Pile, The Body and the City: Psychoanalysis, Space and Subjectivity, Routledge, 1996.

Veronica Kelly, Dorothea Von Mücke, Body & Text in the Eighteenth
    Century, Stanford University Press. 1994.
Werner Sollors, The Return of Thematic Criticism, Harvard Univ.Press,
    1993.

저 자 약 력

홍순애

[경력]
동덕여자대학교 국어국문학과 졸업
서강대학교 국어국문학과 대학원, 석사, 박사졸업
서울대학교 국어교육학과 포스트닥터 연구원
서강대학교 국어국문학과 대우교수
현재 동덕여자대학교 국어국문학과 교수

[단독저서]
『한국근대문학과 알레고리』
『여행과 식민주의』

[공저]
『공간의 시학』
『한국 전후 문제시인 연구』
『한국근대문학과 신문』
『한민족 문학, 문화연구의 동향과 전망』
『박경리 문학과 젠더』
『김유정 문학의 광장』
『다문화사회 예술융합교육의 방법과 실제』